Valentin Musso est né en 1977. Agrégé de lettres, il enseigne la littérature et les langues anciennes dans les Alpes-Maritimes. Il est l'auteur de plusieurs romans, dont *Les Cendres froides* et *Le Murmure de l'ogre*, Prix Sang d'encre des lycéens et Prix du polar historique.

DU MÊME AUTEUR

La Ronde des innocents
Les Nouveaux Auteurs, 2010
et « Points », nº P2627

Les Cendres froides
Les Nouveaux Auteurs, 2011
et « Points », nº P2830

Le Murmure de l'Ogre
Seuil, 2012
et « Points », nº P3143

Sans faille
Seuil, 2014
et « Points », nº P4000

Une vraie famille
Seuil, 2015
et « Points », nº P4333

La Femme à droite sur la photo
Seuil, 2017
et « Points », nº P4817

Valentin Musso

DERNIER ÉTÉ POUR LISA

ROMAN

Éditions du Seuil

TEXTE INTÉGRAL

Pour les citations au fil du texte :
Rodrigo Fresán, *La Part inventée*, traduit de l'espagnol (Argentine)
Par Isabelle Gugnon, © Éditions du Seuil, 2017.
Kristopher Jansma, *New York Odyssée*, traduit de l'anglais (États-Unis)
Par Sophie Troff, © Éditions Rue Fromentin, 2017.
Ian McEwan, *Sur la plage de Chesil*, traduit de l'anglais
par France Camus-Pichon, © Éditions Gallimard, 2008.

ISBN 978-2-7578-7557-5
(ISBN 978-2-02-139011-7, 1re publication)

À mon frère Guillaume

Prologue

Il m'arrive souvent de me demander quelle fut sa dernière pensée ou quelle fut la dernière image qu'elle vit. Avant que son cœur cesse définitivement de battre. Avant que son cerveau, brutalement privé d'oxygène, s'abandonne à une explosion anarchique de fréquences cérébrales qui vous ôte tout libre arbitre et toute conscience réelle du monde.

J'ai lu un jour dans une revue que les scientifiques avaient un temps été persuadés que l'œil humain, pareil à un film sensible, gardait l'empreinte de la scène ayant précédé la mort. On avait cru que l'on pourrait ainsi résoudre des affaires criminelles. Lors de l'autopsie des victimes, le globe oculaire était découpé, nettoyé, puis placé devant un projecteur. Lorsqu'on pouvait voir au travers, on le photographiait dans l'espoir de découvrir sur le cliché le visage de l'assassin. Cette technique avait même reçu un nom : l'optogramme. Bien qu'absurde, elle portait en elle l'idée réconfortante que la science serait un jour capable de fournir des preuves irréfutables et de délester l'homme de sa responsabilité de juger ses semblables, de décider qui est coupable et qui ne l'est pas.

Peut-être en définitive n'y eut-il ni dernière pensée ni dernière image. Peut-être que son cerveau et son corps, tout entiers envahis par une panique indicible, étaient trop occupés à lutter – coups de poing, coups de pied, hurlements, ongles cherchant à arracher la peau de son assaillant –, à s'attacher au mince espoir que quelqu'un ou quelque chose viendrait mettre un terme à son cauchemar.

Il m'arrive aussi souvent de me dire que personne ne connaîtra jamais la vérité, que les événements qui se déroulèrent aux alentours de minuit le samedi 21 août 2004 sur les rives du lac Michigan resteront à jamais perdus, enfouis, comme quelque trésor caché dans la chambre secrète d'une pyramide. La vérité… Pas celle des hommes ou des tribunaux qui, s'appuyant sur un faisceau de preuves et arguant du sacro-saint « doute raisonnable », s'arrogent le droit de récrire l'histoire à leur convenance. Je parle de la vérité nue, sans artifices : le simple enchaînement des faits, qui ne laisse pas de place à l'interprétation, qui ne demande aucun point de vue particulier.

Je ne crois malheureusement pas qu'un seul d'entre nous soit capable d'une telle objectivité. Car nos vies ne se résument pas à un enchaînement de faits. Elles ne sont constituées que de regards et de jugements que nous portons sur les autres et sur le monde.

Chacun conserve en lui *sa* version de l'histoire. Voici la mienne : celle du dernier été que je passai à Black Oak, petite ville du Wisconsin où j'ai grandi, et que je ne cesse de revivre, presque quotidiennement, depuis plus de dix ans.

PREMIÈRE PARTIE

Le retour

Le passé est un jouet cassé que chacun répare comme il l'entend.

Rodrigo Fresán, *La Part inventée*

1

New York, avril 2016

Le rendez-vous avait lieu dans le *lounge bar* d'un hôtel branché de la 7e Avenue, le type même d'endroit où je ne mettais les pieds que contraint et forcé, pour raisons professionnelles.

J'étais en avance, du moins en étais-je persuadé avant de sortir de l'ascenseur et d'apercevoir au fond du salon, installée sur un élégant canapé crème, celle à qui dix ans de règne incontesté sur les pages littéraires du *New York Times* valaient toute une flopée de surnoms aussi ronflants qu'intimidants – « la madone du monde des livres », « le sniper de la littérature », « la papesse des belles-lettres », et quelques autres savoureuses périphrases qui m'étaient depuis longtemps sorties de l'esprit –, l'une des femmes les plus redoutées et les plus haïes de cette ville, devant laquelle agents et éditeurs se confondaient en courbettes et salamalecs dans l'espoir ténu de voir figurer leurs poulains en bonne place dans le célèbre quotidien, en un mot comme en cent, l'insubmersible Penny MacLane.

Je ne l'avais pas revue depuis presque trois ans, mais elle n'avait pas plus changé que si je l'avais quittée la veille : sèche comme un coup de trique dans son tailleur parme bon chic bon genre, lèvres figées dans un rictus vaguement comminatoire, exsudant ce mélange de fatuité et d'assurance des gens sûrs de leur pouvoir et de leur position.

Dans l'espoir de lui faire bonne impression, je m'étais d'abord affublé d'une cravate paisley – un cadeau de Noël aussi hideux qu'inutile gisant depuis des lustres dans le tréfonds de ma garde-robe –, que j'avais eu la présence d'esprit de retirer dans l'ascenseur et qui formait désormais un bourrelet peu seyant dans la poche de ma veste.

Une critique enthousiaste de Penny, si elle ne valait pas une recommandation d'Oprah Winfrey, vous assurait néanmoins de confortables ventes et vous donnait le sentiment de figurer dans la liste des auteurs influents du moment. J'étais anxieux, dégoulinant déjà dans ma chemise blanche trop cintrée, et furieusement nostalgique de l'époque où, fort de mes succès et de mes tirages, j'assenais aux journalistes des réponses définitives sur le métier d'écrivain.

Je tentai de faire bonne figure en montant à l'abordage. Penny ne prit même pas la peine de se lever pour me serrer la main.

– Bonjour, Nick, ravie de vous revoir.

– Ravi également.

Pourquoi avais-je l'impression que ces amabilités consenties du bout des lèvres dissimulaient une furieuse envie de me dévorer tout cru ?

– Jay m'a passé un coup de fil hier après-midi.

– Je sais, il m'en a touché un mot.

Traduction : Jay, mon éditeur, m'avait sermonné pendant plus d'une heure dans son bureau de Flatiron, un capharnaüm surchargé de manuscrits, de bouquins fraîchement sortis des presses et de piles de lettres d'agents. « Reste zen, aimable et courtois, d'accord ? Le pit-bull va essayer de te pousser dans tes retranchements, ne tombe pas dans le panneau, je t'en prie ! » Plus facile à dire qu'à faire…

– Il vient de m'envoyer les épreuves de votre roman. Je n'ai malheureusement pas encore eu le temps de les lire.

Un serveur tiré à quatre épingles s'approcha de notre table. Penny MacLane avait commandé une infusion qui dégageait une odeur de pomme et de vanille plutôt écœurante. Comme j'avais déjà ingurgité quatre cafés serrés depuis mon réveil, je pris un jus d'orange.

– Ça ne vous gêne pas si j'enregistre ?

– Bien sûr que non.

Tout autant que ma réponse, sa question était de pure forme. Elle déposa sur la table basse un enregistreur à cassettes qui me fit froncer les sourcils : c'était le genre d'antiquités qu'on ne devait même plus pouvoir dénicher sur eBay.

– Ne vous moquez pas de moi. Il est indestructible, je travaille avec depuis près de vingt ans. Je déteste utiliser ces… « bidules » numériques.

Je lui adressai un sourire complice.

– Comme je vous comprends… Vous savez que j'ai tapé mon premier roman sur une Adler des années 60 ? Elle appartenait à mon père. Quasiment le même modèle que celui de Jack Torrance dans *Shining*. « Un tiens vaut mieux que deux tu l'auras » – vous vous souvenez ? Espérons que je ne finisse pas comme lui…

– C'est amusant, dit-elle froidement en appuyant sur une touche de l'enregistreur. On peut commencer ? Pouvez-vous me dire un mot sur votre prochain livre ?

J'ai cru comprendre que l'histoire se passait encore dans le Wisconsin.

C'était avec une délectation palpable qu'elle avait insisté sur l'adverbe « encore » – sans doute une manière de me faire comprendre que je ressassais.

– Oui… On en revient toujours aux sources, en définitive.

Je cherchai la position la moins inconfortable sur ma banquette, puis me mis à débiter le résumé que j'avais appris par cœur la veille au soir. Mon histoire, énoncée à voix haute, me parut soudain inepte. Je me demandai quelle quatrième de couverture le service marketing serait capable de bricoler pour pousser mes habituels lecteurs à se délester de vingt précieux dollars.

– Ça a l'air intéressant, dit poliment Penny une fois que j'eus fini. J'ai hâte de le lire.

– Merci.

Elle sirota une gorgée de tisane avec une saisissante économie de mouvements. Comment faisait-elle pour rester aussi hiératique sur ce sofa ?

– Remontons un peu dans le passé, si vous le voulez bien. Vous avez fait une entrée fracassante dans le monde des lettres en 2010 avec la publication de votre premier roman, *Les Leçons du passé*. À l'époque, vous aviez à peine…

– 23 ans, énonçai-je d'un ton modeste.

– Quels souvenirs gardez-vous de ce formidable succès ?

Évidemment, Penny se moquait comme d'une guigne de mon prochain roman : son entrée en matière n'avait été qu'une ficelle grossière destinée à m'amadouer.

– Eh bien… j'ai eu l'impression d'être pris dans un immense tourbillon. Les demandes d'interview, les télés, les enchères hallucinantes sur les droits du livre… je n'aurais jamais pensé vivre ça un jour. En réalité, je n'imaginais même pas au départ que ce roman puisse intéresser un agent ou un éditeur.

– Parlons justement de votre éditeur. Jay Baker s'occupe de vous depuis vos débuts. Vous êtes très proche de lui, n'est-ce pas ?

– Effectivement, Jay a immédiatement cru en moi. Il m'a fait retravailler *Les Leçons du passé*, m'a aidé à débarrasser le texte des fameuses scories du débutant. Je sais que je lui dois beaucoup.

– Ce succès a dû engendrer une grosse pression. Vous deviez vous sentir comme Atlas condamné à porter la voûte céleste sur ses épaules.

Je dus refréner un rire à sa comparaison pompeuse.

– C'est vrai que l'écriture de mon deuxième roman a été un peu compliquée. J'étais en tournée dans tout le pays et à l'étranger. Les avions, les hôtels… je manquais de temps. J'ai dû m'adapter, tout simplement.

– Et avant la sortie du livre, dans quel état d'esprit êtes-vous en général ?

– Je pense être comme tous les écrivains : impatient, anxieux, attendant fébrilement les premières critiques, en particulier celle du *New York Times*.

Elle m'adressa un sourire plus agacé qu'amusé. Si elle n'avait rien contre une discrète déférence, Penny MacLane avait l'obséquiosité en horreur.

– Je suis désolée d'aborder ce point, Nick, mais les ventes de vos deux derniers romans, tout comme les critiques, d'ailleurs, ont été pour le moins décevantes.

« Reste zen, aimable et courtois. » Je pris tout mon temps pour faire descendre une gorgée de mon verre et éviter de sortir de mes gonds.

– « Décevantes », peut-être par rapport à mon premier livre, un best-seller, mais j'imagine que quatre-vingt-dix-neuf pour cent des écrivains seraient ravis de s'en contenter.

– Évidemment, fit-elle, piquée au vif, tout est relatif.

– Mes deux derniers textes étaient... plus intimistes, plus psychologiques. Je savais parfaitement que je prenais un risque d'un point de vue purement commercial. Mais j'aime bousculer le lecteur. Il n'y a rien de pire que de le laisser s'installer dans une routine, vous ne croyez pas ?

– Hum... Votre premier livre a fait grand bruit bien au-delà du monde littéraire parce qu'il était inspiré d'une histoire vraie, un fait divers dont la presse à l'époque a beaucoup parlé.

Je sentis les battements de mon cœur s'accélérer.

– Je ne présenterais pas les choses de cette manière.

– Allons, Nick ! Vous savez ce que disait Fellini : « La perle est l'autobiographie de l'huître. » Un écrivain est comme une éponge. Ce drame qui a traversé votre vie était au cœur de votre roman.

– Ce roman n'a pas été directement inspiré par des faits réels.

– Vous oubliez qu'à l'époque la famille de la victime a tenté de le faire interdire !

– Non, Penny, je ne peux pas vous laisser dire ça. Il y a eu des rumeurs colportées par la presse, mais personne n'a jamais voulu faire interdire quoi que ce soit.

– Vous avez pourtant dû récrire certains passages avant la parution, et pas seulement pour des considérations littéraires.

– J'avais commis l'erreur de conserver les noms des lieux où j'ai passé mon enfance. Mais j'ai vite compris que cela pouvait semer la confusion dans l'esprit des lecteurs, et ces modifications, je les ai faites de mon propre chef, sans que personne me le demande.

Penny toussota comme une petite fille bien élevée qui craindrait de se faire remarquer. Je n'aimai pas cette soudaine réserve et j'avais raison de craindre le pire.

– Pourriez-vous me parler d'Ethan Walker ?

J'eus un moment de flottement. La seule mention de ce nom réveillait des souvenirs trop douloureux que j'avais cru naïvement pouvoir tenir à l'écart de la conversation.

– Penny, je pensais que Jay avait été clair sur la question : nous ne devions pas parler de l'actualité.

Mauvaise comédienne, elle fit mine de s'offusquer :

– Je n'ai rien convenu de tel avec lui. Je lui ai simplement promis que nous parlerions de votre prochain livre – ce que nous avons fait.

– Je n'ai rien à vous dire sur Ethan.

– Tout de même, vous avez bien un avis sur sa récente libération ?

Je sentis des gouttes de sueur perler sous mes aisselles. Quelle alternative m'était donnée ? Planter Penny MacLane devant sa tisane bio et m'attirer de gros ennuis, ou entrer dans son jeu et m'attirer de *très* gros ennuis ?

– Je n'ai plus parlé à Ethan depuis douze ans.

– Vous n'êtes jamais allé le voir en prison ? Vous ne l'avez jamais appelé ?

– Non.

Penny afficha une moue qu'elle avait dû longuement parfaire devant le miroir de sa salle de bains : « Vous êtes dans le pétrin, laissez-moi donc vous aider… »

– Écoutez, Nick, ce n'est un secret pour personne : au cours de ma carrière, je ne me suis pas fait que des amis… J'avoue m'être montrée moins dithyrambique que la plupart de mes collègues au sujet de votre premier roman, mais j'y ai immédiatement décelé la patte d'un véritable auteur. J'ai toujours eu de la sympathie pour vous, sincèrement, et j'ai suivi votre carrière avec beaucoup d'intérêt. Mais…

– Car bien sûr il y a un « mais ».

– … dans mon bureau m'attend un semi-remorque de romans qui paraîtront dans les deux prochains mois. Vous savez combien les choses ont changé en l'espace de quelques années. Le marché du livre est devenu instable, le monde de la critique est trop bruyant et confus. Nous sommes malheureusement contraints de faire des choix dans l'espoir d'attirer de nouveaux lecteurs.

– Ne vous fatiguez pas, Penny, j'ai compris : mes ventes ne plaident plus en ma faveur. Il vous faut du sensationnel, du croustillant…

Silence gêné de sa part.

– Nous devons tous nous adapter, dit-elle enfin. Mon rédacteur en chef était réticent à l'idée que je vous consacre un portrait. Si Jay n'avait pas autant insisté… Comprenez-moi : je ne peux pas m'en tenir à un roman que je n'ai même pas lu ! Les lecteurs ont besoin d'être appâtés. Ils ont envie qu'on leur raconte une histoire – or personne n'a oublié cette affaire, ça je peux vous l'assurer.

Hésitant, je passai deux doigts sur la commissure de mes lèvres. Le regard de Penny se mit soudain à luire. À l'instar de ses futurs lecteurs, elle savait qu'elle m'avait ferré et qu'il ne lui restait plus qu'à me sortir la tête hors de l'eau. Je n'avais plus le choix. Ou peut-être trouvais-je commode de m'en persuader.

– Nick, j'ai besoin de connaître votre intime conviction. Croyez-vous, comme des millions de gens dans ce pays, que votre ami Ethan a tué Lisa Nielsen ?

Chicago Tribune
18 février 2016

Affaire Lisa Nielsen : condamnation invalidée

Ethan Walker, condamné à la prison à perpétuité en 2005 pour le meurtre de Lisa Nielsen, vient d'obtenir d'un juge du Wisconsin sa remise en liberté. Aujourd'hui âgé de 30 ans, il pourrait sortir très prochainement de prison, à moins que les procureurs ne fassent appel de la décision d'annuler sa condamnation.

Le juge Joseph Weaver a estimé que les droits constitutionnels de M. Walker avaient été bafoués lors de son arrestation et de son interrogatoire, et que ses aveux étaient donc irrecevables. Le magistrat a également insisté sur le fait que les traces d'ADN retrouvées sur la victime ne constituaient pas des preuves significatives, dans la mesure où l'enquête avait clairement établi que l'accusé entretenait une relation intime avec la jeune fille.

Cette décision rarissime de la cour fédérale marque une nouvelle étape majeure dans cette affaire qui avait eu un retentissement national et avait durablement divisé l'opinion publique. Pour les soutiens de l'accusé, cette condamnation avait illustré les failles du système judiciaire américain. Les avocats de M. Walker ont toujours soutenu que l'enquête avait été bâclée et menée uniquement à charge contre leur client, sur la base d'indices matériels contestables. « Nous nous réjouissons évidemment de cette décision, ont-ils déclaré. Le combat acharné que nous avons mené ces dernières années n'aura pas été inutile. Notre priorité maintenant, c'est d'aider Ethan à se reconstruire et à commencer une nouvelle vie, même si nous avons conscience que rien ne pourra effacer l'injustice qu'il a eu à subir. »

2

Jay avait réservé une table au Shuko, son adresse favorite dans l'East Village. Comme d'habitude, mon éditeur mangeait et buvait de bon cœur. Mon rendez-vous cataclysmique avec l'ouragan MacLane m'avait quant à moi ôté tout appétit, et je me contentais depuis un bon moment de pousser du bout de mes baguettes les piments rouges marinés qui languissaient dans mon assiette.

– Allez mange, mon vieux, c'est un vrai régal ! On se fout complètement de ce que cette vieille harpie écrira ! Il n'y a pas de bonne ou de mauvaise publicité…

– Je sais. Il n'y a que de la « publicité-tout-court », c'est ce que tu répètes toujours.

– Je le répète parce que c'est vrai, répondit-il la bouche pleine. Les gens passent leur temps à zapper, ils sont devenus de véritables ectoplasmes. Même les lecteurs du *Times* ne s'emmerdent plus à lire les articles en entier. Ils verront ton nom, celui du bouquin, et avec un peu chance ta bouille de gendre idéal. Que demander de plus ?

La désinvolture de Jay m'exaspérait.

– Ah bon, tu trouves que j'ai une bouille de gendre idéal ?

– Oui, enfin… un gendre idéal qui cacherait un squelette dans le placard.

Bizarrement, je trouvai que la formule me seyait à merveille.

– Tu m'as vraiment fait un sale coup avec MacLane : tu m'avais promis que l'interview porterait sur mon roman, et sur rien d'autre !

Nous étions assis côte à côte. Jay s'appuya des deux coudes sur le comptoir en me coulant un regard de biais.

– Redescends un peu sur terre ! Qu'est-ce que tu imaginais ? Les temps sont durs pour tout le monde, Nick. Il faut bien faire quelques compromis.

– En l'occurrence, je parlerais plutôt de compromissions…

– Pas la peine de pinailler. Et puis, si je ne te secouais pas un peu, tu passerais tes journées enfermé dans ton appartement devant ton ordinateur.

– Je te rappelle que je suis censé être écrivain, Jay. Où est-ce que tu voudrais que j'écrive ? À la terrasse du Sky Room ? Sur un banc dans Central Park ? Cette fois-ci, je crois que j'ai vraiment merdé.

Il posa ses baguettes, visiblement agacé que je vienne lui gâcher son repas.

– Bon, reprenons depuis le début. Qu'est-ce que tu lui as dit exactement au sujet de Walker ?

– Trois fois rien, mais tu sais comment sont les journalistes : capables de trafiquer n'importe quelle phrase anodine pour en faire un titre accrocheur. MacLane n'écoutait que ce qu'elle avait envie d'entendre. Tu aurais dû la voir avec son antiquité à cassettes et son air suffisant…

– Je l'imagine sans mal. Mais est-ce que tu lui as dit que tu croyais ton pote innocent ?

– Mon « pote » ! Arrête un peu ! Si Ethan entrait dans ce restaurant, je ne suis même pas sûr que je le reconnaîtrais. Je ne le lui ai pas dit textuellement, mais c'est l'impression que j'ai dû donner.

– Et alors, quel est le problème ?

– « Quel est le problème ? » Quatre-vingt-dix pour cent des habitants de ce pays sont certains qu'il est coupable du meurtre d'une fille de 17 ans !

– Tu oublies qu'il a été innocenté.

Je haussai les épaules.

– Remis en liberté, pas innocenté… ça fait une grosse différence, crois-moi. Les gens sont convaincus qu'un psychopathe se retrouve dans la nature à cause des lubies d'un juge laxiste. On ne va plus voir en moi que le soutien inconditionnel d'un tueur !

Jay pianota sur le comptoir avec impatience.

– Tu as tendance à ne regarder que ta petite personne. Il faut voir plus loin, plus grand. Cet article va te remettre en pleine lumière et en entraîner d'autres… l'effet boule de neige.

– Tu ne comprends pas : je n'ai plus envie que mon nom soit associé à cette affaire. J'ai envie d'exister, d'être reconnu en tant qu'écrivain.

– Mais tu es reconnu en tant qu'écrivain ! *Les Leçons du passé*… la révélation littéraire de l'année 2010, le plus gros carton de la maison de ces dix dernières années. Et Ryan Gosling dans ton rôle, c'était quelque chose quand même !

– Tu ne vas pas t'y mettre toi aussi ! Ryan Gosling ne jouait pas mon rôle, ce personnage n'a strictement rien à voir avec moi.

– Bien entendu…

– Et puis, quel choix calamiteux ! Il avait dix ans de trop pour le rôle. Et ce ridicule regard de chien battu qui ne le quitte pas une seconde durant le film… Une horreur ! Ce que je veux, c'est écrire des romans, et éviter qu'on me ramène toujours à mon passé…

– Bon, écoute, on avisera quand l'article sortira, ça ne sert à rien de se faire des films. Je devrais recevoir les premiers exemplaires sous dix jours, ce serait bien si tu pouvais ensuite te mettre rapidement aux services de presse.

– D'accord.

Jay lorgna son assiette vide d'un air dépité.

– Je me prendrais bien une part de leur succulente *apple pie* – tu sais, avec la glace à la vanille.

– Je croyais que tu avais commencé un régime…

Il tapota ostensiblement son ventre proéminent.

– Tu me connais : les bonnes résolutions et moi, ça fait deux.

– Tu peux finir si tu veux, lui proposai-je en poussant vers lui mon assiette.

– Ce n'est pas de refus.

Le restaurant était désormais quasi complet. Le brouhaha ambiant commençait à me donner mal au crâne. Tandis que Jay faisait un sort à mes piments, je me perdis dans mes pensées en fixant des yeux derrière le comptoir le chef asiatique qui préparait ses sushis à une cadence stakhanoviste.

– Et Chloé dans tout ça ?

– Quoi, Chloé ?

– Comment est-ce qu'elle prend les choses ? Je vois bien que la sortie du bouquin te met sur les nerfs… sans compter la libération de Walker.

J'évitai de croiser son regard.

– Je ne vais pas te baratiner : les choses ne vont pas fort entre nous en ce moment.

Il manqua s'étouffer.

– Qu'est-ce que c'est que cette histoire ? Ne me dis pas que vous avez rompu…

– Tout de suite les grands mots ! On n'a pas vraiment rompu, mais ça doit bien faire deux ou trois semaines qu'on ne s'est pas vus.

– Ça ferait une excellente définition du verbe « rompre » dans le dictionnaire.

– De toute façon, on ne vivait même pas ensemble, alors…

– Uniquement parce que tu n'as jamais voulu qu'elle s'installe chez toi !

La conversation commençait à me mettre mal à l'aise. Jay avait beau être mon meilleur ami, je n'étais pas d'humeur à faire étalage de mes problèmes personnels. J'avais eu ma dose avec Penny MacLane.

– J'ai à peine 30 ans. Je n'ai aucune envie d'emménager en couple et de m'enliser dans la routine conjugale !

– À ton âge, j'avais déjà convolé en justes noces et j'avais un gosse.

– Oui, et on a vu comment ton mariage a fini.

Il grimaça en avalant une dernière bouchée.

– Ça c'était un coup bas.

– Désolé, Jay, ce n'est pas ce que je voulais dire. Je me comporte comme un vrai con en ce moment.

– Tu l'as dit.

Il y eut un de ces silences affreusement gênants, exceptionnels entre nous. Qui étais-je pour venir faire la morale à Jay ? Après tout, il avait été capable de vivre près de dix ans avec la même femme – un exploit pour moi qui n'avais jamais rien construit de sérieux avec personne – et je savais qu'il était un père formidable : Mary, sa petite fille de 12 ans, n'avait d'yeux que pour lui.

– En fait, je crois qu'on avait besoin de prendre un peu de distance, repris-je prudemment.

– « Prendre un peu de distance »… Tu n'as rien trouvé de plus original ?

– Écoute, Chloé et moi, on a fait des efforts, beaucoup d'efforts, mais je ne crois pas que ça puisse marcher entre nous.

– Qu'est-ce qui t'arrive, bon sang ? Tu étais complètement fou d'elle ! Je me souviens que…

– Je l'aime encore, ça n'est pas le problème. Les choses sont juste compliquées.

– Avec toi, tout est toujours compliqué. Tu devrais essayer de te détendre de temps à autre, ça te ferait du bien.

– Essaie de comprendre : elle doit se coltiner à longueur de journée des auteurs paranos et sûrs de leur génie.

– Tout comme moi, je te rappelle.

– Sauf que tu ne te retrouves pas tous les soirs aux côtés d'un type perdu dans les affres de la création.

– Tu ne crois pas que tu en rajoutes un peu ?

– Et puis tu sais bien que je foire toutes mes histoires.

Jay passa une main sur sa barbe de trois jours soigneusement entretenue.

– Et c'est tout ? Tu ne vas rien faire pour arranger les choses ? Tu as songé qu'elle avait sept ans de plus que toi ?

– Où est-ce que tu veux en venir, au juste ?

Il haussa les épaules en me gratifiant d'un sourire narquois.

– Contrairement à toi, Chloé a envie de construire quelque chose de solide et elle ne t'attendra pas éternellement. 37 ans, ce n'est pas vraiment la même chose pour une femme et pour un homme.

– Par pitié ! Chloé n'a pas du tout envie d'avoir un gosse, si c'est ce à quoi tu penses. Elle est hyperactive, elle ne vit que pour son boulot.

– Merci, je suis au courant, je te rappelle que c'est moi qui te l'ai présentée. Tu ne m'en as d'ailleurs jamais témoigné beaucoup de gratitude.

– Tu l'imagines s'arrêter de bosser pendant des mois pour s'occuper d'un nouveau-né ? Et puis merde ! C'est quoi ce dialogue surréaliste ? Je ne veux pas devenir papa !

– Oh, on dit toujours ça. Mais quand tu tiens pour la première fois ton enfant dans tes bras…

– Arrête les violons. D'ailleurs, pourquoi est-ce que ce serait à moi de faire le premier pas ?

– Tu te comportes comme un gosse buté. Chloé est une femme séduisante, le genre à avoir toujours une cour de prétendants autour d'elle.

– On dirait que tu parles de Pénélope.

– Tu n'as donc pas l'intention de l'appeler ?

Je gardai le silence quelques secondes.

– Il se pourrait que je la voie ce soir.

– Et ça dépendra de quoi exactement ? De l'alignement des astres ? De l'indice du CAC 40 ? Du cours du baril du pétrole ?

– Tu ne t'arrêtes jamais, ma parole ! Tu te souviens de ce chanteur dont je t'ai parlé l'autre fois… Justin Fallon ? Random House a publié un bouquin sur sa tournée, Chloé a travaillé avec lui.

Jay me regarda avec des yeux ronds.

– Tu vis sur quelle planète ? Bien sûr que je me souviens de Justin Fallon ! Il est premier des ventes depuis des mois. « *I was lost, forgive me / Please don't let me go…* » se mit-il à fredonner avec entrain.

– Tout le monde nous regarde !

– Qu'est-ce que Fallon vient faire dans l'histoire ?

– Il donne une soirée dans un appartement qu'il vient d'acheter. J'y ai été invité… par l'intermédiaire de Chloé, évidemment.

– Attends ! Tu as reçu l'invitation avant ou après votre séparation ?

– Après, je crois, mais ça ne veut strictement rien dire.

– Tu rigoles ? C'est un sacré bon signe ! Ça veut dire qu'elle a envie de te revoir, mais que son orgueil, aussi démesuré que le tien, l'empêche de faire le premier pas.

– Ces invitations ont dû être lancées il y a des semaines.

– Tu connais l'adage : « Dans un couple, il y en a toujours un qui aime plus que l'autre. » Et en général aucun des deux ne veut donner l'impression qu'il tient ce rôle-là.

– Bon, tu as fini avec ta psychologie de comptoir ?

Jay ricana.

– Nick Altman dans une soirée branchée ! Je regrette de rater ça. Tu pourras faire un *selfie* avec Fallon ? Je l'accrocherai au-dessus de mon bureau.

*

Pour me changer les idées après mon déjeuner frugal avec Jay, je fis un tour à Clic Bookstore, sur Centre Street, où j'avais mes habitudes. J'y achetai quelques livres d'art et de photos que m'avait conseillés Chloé avant ce que je n'osais toujours pas appeler notre

« séparation ». Comme beaucoup de gens, je me dis souvent que j'ai raté ma vocation. Rien ne me prédestinait à devenir écrivain – si tant est qu'aucun y ait jamais été prédestiné. On dit fréquemment que pour devenir écrivain il n'existe qu'une seule méthode : lire beaucoup et beaucoup écrire. Si j'ai à peu près respecté la seconde injonction, la première fut longtemps pour moi lettre morte. Adolescent, je lisais peu, me contentant d'ingurgiter en quatrième vitesse les classiques qu'on nous imposait au lycée : *Ne tirez pas sur l'oiseau moqueur*, *Sa Majesté des Mouches*… Ces lectures ne constituaient certes pas pour moi un pensum, mais le fait est que je préférais passer le plus clair de mon temps à regarder de vieux films ou à développer des photos dans la petite chambre noire que j'avais aménagée dans un réduit, à l'entresol de la maison familiale. J'étais plus passionné à l'époque par Robert Capa ou Dorothea Lange que par Francis Scott Fitzgerald et Jack Kerouac. Je m'imaginais déjà arpentant les routes américaines et traversant le monde à la recherche de mon Jour J, chevillée au corps la célèbre formule selon laquelle « si ta photo n'est pas assez bonne, c'est que tu n'étais pas assez près ». Mais voilà, mes clichés n'ont jamais figuré à la une d'aucun magazine et ils dorment encore dans des boîtes à chaussures quelque part dans le grenier ou la cave de mes parents.

J'ai aujourd'hui la certitude que je n'aurais jamais écrit sans la mort de Lisa. Elle fut pour moi une ligne de démarcation entre un avant et un après. Qui en réalité peut bien savoir ce que nous serions tous devenus si Lisa n'avait pas disparu ? Un de mes profs au lycée nous a un jour expliqué, dans une salle de classe à moitié torpide, que la physique théorique prouverait un jour l'existence d'univers multiples. Selon lui, il était tout à fait possible qu'existent en dehors de notre propre monde des réalités alternatives où des doubles de nous-mêmes auraient une autre vie et un autre destin. Je me demande si, d'une certaine manière, l'écriture ne m'a pas permis de vivre ces réalités alternatives.

Je passai l'après-midi à feuilleter mes derniers achats dans le confortable duplex de SoHo que j'avais acquis avec les droits cinématographiques de mon premier roman. Je n'avais pas envie de m'enfermer dans mon bureau pour pondre mes « 3 000 signes espaces compris » quotidiens. En fait, je ne cessais de penser à Ethan – chose inévitable vu le tour qu'avait pris mon interview. Mon esprit était occupé à imaginer cette réalité alternative dans laquelle le célèbre Nick Altman aurait rendu visite à son ami en prison ou aurait du moins eu la bonté de prendre de ses nouvelles au lieu de dresser un mur protecteur et égoïste autour de lui.

J'avais d'autant moins envie d'allumer mon ordinateur que je craignais d'y retrouver un dossier encombrant, qui attirait chaque fois mon regard comme un aimant : « Dernier été à Black Oak », ainsi l'avais-je intitulé. Il était rempli de notes, de coupures de journaux numérisées, de brouillons informes auxquels je travaillais en dents de scie et en catimini depuis à peu près quatre ans. Alors même que la plupart des gens considéraient *Les Leçons du passé* comme autobiographiques, je n'avais jamais vu dans ce livre qu'une duperie, une falsification, une version fardée de la fêlure qui avait traversé ma vie. Je n'avais pas eu les tripes de donner ma version de l'histoire, me contentant de dissimuler la réalité derrière des êtres de papier et une banale histoire policière.

Je n'oserais pas l'avouer dans une interview, mais je crois n'avoir jamais eu le goût du romanesque ni de talent particulier pour inventer des histoires. Là résidait sans doute mon vrai problème. J'avais beau me persuader que l'échec « relatif » de mes deux derniers livres était dû à une conjonction de facteurs extérieurs – la surproduction littéraire, le manque de fidélité des lecteurs, l'émergence de nouveaux *golden boys* de la littérature qui m'avaient détrôné –, je savais que la véritable explication était bien plus prosaïque : ces livres n'avaient été que des fictions désincarnées auxquelles je n'avais jamais cru. Non, sans la mort de Lisa, je n'aurais jamais écrit la moindre ligne.

Quand vint l'heure de me préparer, je demeurai une bonne demi-heure sous le jet brûlant de la douche à ressasser la perfide question de Penny MacLane : « Croyez-vous que votre ami Ethan a tué Lisa Nielsen ? »

Pendant toutes ces années, je n'avais jamais osé me la poser clairement. Et le pire, c'était que je n'étais même pas certain de pouvoir y apporter une réponse.

3

Il était plus de 22 heures lorsque mon taxi me déposa devant le Apthorp, sur Broadway. Je n'aime guère en général faire partie des premiers invités d'une soirée, surtout lorsque je sais que je n'y connais personne. Un M. Muscles en costume noir et à la mine patibulaire jouait les cerbères devant la grille de l'immeuble. On vérifia mon nom sur la liste des invités et il me fallut montrer une pièce d'identité. C'est tout juste si on ne m'infligea pas une fouille au corps.

Dieu sait pourquoi, je m'étais imaginé une soirée décadente, pleine de gens bizarres au comportement hédoniste et exacerbé par la drogue – une de ces soirées qu'auraient pu donner Eric Clapton ou Mike Jagger dans l'effervescence des années 60. Mais la réalité était bien plus sage et décevante. L'appartement de notre star de la pop trahissait un goût bourgeois plutôt suranné : lampadaires anciens au pied en marbre, canapés et fauteuils tout droit sortis d'une vente chez Sotheby's, croûtes figuratives aux murs alternant sans aucune logique avec des photos de tournées et d'enregistrements en studio qui manifestaient un culte de la personnalité assez dérangeant. Peut-être Fallon avait-il acheté l'appartement meublé et n'avait-il pas eu le temps de refaire la déco. À l'évidence en tout cas, il n'était pas du genre à vouloir mourir à 30 ans d'une overdose : son image de *bad boy* vaguement sulfureuse n'était qu'un coup marketing destiné à attirer de jeunes groupies rebelles en mal de sensations fortes.

L'ambiance était… en fait, il n'y avait pas vraiment d'ambiance. Les convives paraissaient s'ennuyer et déambulaient dans le gigantesque double salon, tenant en main une coupe de champagne ou de petites verrines remplies de mousses multicolores que j'imaginai issues de quelques hasardeuses expérimentations de cuisine moléculaire. Je ne vis pas trace de Chloé, pas plus que de notre hôte, d'ailleurs. Je me fis servir un scotch au bar et essayai comme je le pouvais de me mêler aux invités. Lorsque c'était nécessaire, je disais travailler dans le monde de l'édition, mais en évitant de trop entrer dans les détails. Il est toujours étonnant de voir le nombre de banalités que peuvent s'échanger dans ce genre de réception des gens qui ne se connaissent ni d'Ève ni d'Adam. Bizarrement, je suis plutôt doué pour l'exercice et j'arrive à paraître toujours inspiré aux yeux des autres. Je suis une sorte de timide extraverti : pudique, réservé, parfois pusillanime, mais capable de donner le change en public et de faire preuve d'une rassurante urbanité.

Dans cette morne assistance, il n'y eut pour me reconnaître qu'un quinquagénaire déjà passablement aviné, un ponte de la major qui produisait les disques de Fallon.

– J'ai a-do-ré votre bouquin, m'assena-t-il dans une élocution hésitante. *Les Blessures du passé*… une histoire passionnante. C'est ma femme qui me l'a conseillé, elle ne tarit pas d'éloges à votre sujet.

– *Les « Leçons » du passé*, tentai-je de corriger sans conviction.

Il dodelinait de la tête sans vraiment m'écouter.

– C'est vraiment dommage que vous n'ayez plus rien écrit depuis. Ah, l'inspiration… je suppose que ça ne se commande pas comme une pizza chez Papa Murphy's.

Je me contentai de sourire bêtement en avalant une gorgée de scotch. Après tout, il n'était pas le premier à me croire l'auteur d'un seul et unique livre.

– Et Justin, il n'est pas là ?

Mon soiffard fit un tour à trois cent soixante degrés, puis il me donna une grande tape sur l'épaule en me fixant d'un œil vaseux.

– Oh, il doit bien être dans les parages. J'imagine qu'il a ramené une poule dans sa chambre.

Il partit d'un éclat de rire pathétique en renversant la moitié de son verre sur le magnifique tapis persan sous nos pieds. Mal à l'aise, je prétextai une envie pressante pour fuir sa compagnie. Dans les toilettes, je m'aspergeai le visage d'eau froide et restai de longues secondes à contempler mon reflet dans le miroir au-dessus du gigantesque lavabo en pierre de lave qui aurait facilement pu servir de baignoire à un nouveau-né.

Bon sang, qu'est-ce que tu fous là, Nick ?

Je regrettais de ne pas être resté chez moi : j'aurais pu revoir sur le câble un bon vieux classique des années 50 et commander chinois – les émulsions au lait de crevettes et au cumin du buffet m'avaient laissé dans la bouche un goût désagréable.

De retour parmi les invités, alors que je m'apprêtais à mettre les voiles, je les vis au centre d'un petit groupe, à l'autre bout de la pièce. Justin Fallon était assis sur l'accoudoir d'un canapé – affalé, devrais-je plutôt dire. Il était en train d'allumer un cigarillo, le genre de ceux que fume Clint Eastwood dans *Pour une poignée de dollars*. Il portait un jean troué aux genoux, une chemise de bûcheron ouverte sur sa poitrine blanche et imberbe, et un gros piercing en fer à cheval au sourcil droit : il était à l'image parfaite des innombrables portraits qui ornaient les murs du salon. À côté de lui, Chloé riait aux éclats. Je ne l'avais jamais vue rire avec une telle exubérance. Elle était magnifique dans sa jupe rose et sa blouse fleurie un peu rétro – une nouvelle tenue, à l'évidence, tout comme sa coupe de cheveux, qui mettait en valeur les traits de son visage. La voir ainsi me plongea dans un profond désarroi. C'était une version de Chloé plus détendue, plus enjouée et plus séduisante que jamais. Plus heureuse aussi.

J'aurais sans doute battu en retraite si nos regards ne s'étaient croisés. À ce moment précis – relation de cause à effet ou simple coïncidence ? –, elle effleura d'un geste complice l'avant-bras de notre Caruso des charts. Pourquoi le nier ? Je me sentais terriblement jaloux, voire humilié. Pas seulement à cause de leur évidente connivence, mais parce que Chloé était la plus belle femme de la soirée et qu'elle n'était pas à mon bras. Ma réaction était machiste et complètement puérile, mais je n'y pouvais rien.

Pour faire bonne figure, je m'avançai vers leur groupe en feignant l'indifférence. Chloé eut l'indulgence de faire un pas vers moi, mais il n'y eut pas le moindre contact physique entre nous.

– Bonsoir, Nick.

Rarement un mot aussi banal que « bonsoir » m'avait paru si froid dans sa bouche.

– 'soir, Chloé.

– Je ne pensais pas que tu viendrais.

– Oh, je n'aurais raté cette petite fête pour rien au monde. Et puis, je n'avais rien d'autre à faire : tu sais combien les soirées d'un célibataire peuvent être tristes.

Ma remarque ne provoqua chez elle qu'une grimace contrariée.

Chloé m'introduisit auprès de son cercle d'amis. Il y avait là tout un tas d'illustres représentants du monde du show-biz – attachés de presse, managers, musiciens, bookers, mannequins – qui m'étaient totalement inconnus et dont je ne pris pas la peine de retenir les noms. Fallon fit l'effort de se redresser de son accoudoir pour me tendre la main. L'odeur puissante de son cigarillo me donna la nausée.

– Ravi de te rencontrer, Nick. Chloé m'a beaucoup parlé de toi. Tu t'amuses bien ?

– Super soirée, fis-je d'un ton atone. Merci de m'avoir invité.

– Remercie Chloé.

Je n'aimais pas la manière dont il susurrait son nom. À mes oreilles résonnait encore la blague graveleuse du producteur de Fallon. Où étaient-ils jusque-là ? Comment avaient-ils pu réapparaître comme par magie ?

– C'est bon d'avoir un écrivain à succès parmi nous, reprit Fallon en expulsant une volute de fumée, ça relève un peu le niveau de la soirée.

Sa remarque provoqua des rires faussement indignés autour de nous.

– Tu n'as pas honte, Justin ? déclara la fille anorexique recroquevillée sur le canapé à côté de lui.

– Au fait, désolé, je n'ai pas eu l'occasion de lire ton bouquin… Par contre, j'ai adoré le film qu'ils en ont tiré. Je l'ai maté l'autre soir sur Netflix, je l'ai trouvé génial.

– Ah, merci, mais je n'y suis pour rien. Je me suis contenté de vendre les droits.

– En parlant cinéma, vous savez qu'Al Pacino habite deux étages au-dessus.

– C'est vrai ? s'enquit Chloé d'un ton enthousiaste.

– On se croise parfois dans l'ascenseur, il m'avait d'ailleurs promis qu'il passerait. Personne n'a vu Al ? lança-t-il à la cantonade, comme si la présence d'une star de ce calibre avait pu rester inaperçue.

– Al ! Al ! reprirent en chœur quelques personnes dans l'assistance.

Fallon fronça soudain les sourcils.

– Putain, mais au fait, tu ne ressembles pas du tout à Ryan Gosling !

– Non, mais j'y travaille.

Il toussota et faillit lâcher son cigarillo.

– Ah ah ! Non, vraiment, j'admire les types comme toi. Je vois déjà combien c'est difficile de torcher une malheureuse chanson avec trois couplets et un refrain… alors un roman de quatre ou cinq cents pages, je n'ose même pas imaginer. Où est-ce que tu trouves l'inspiration ?

Je préférais encore disserter sur la vie privée de Kim Kardashian plutôt que d'affronter cette interrogation cauchemardesque. La plupart du temps, je répondais que l'inspiration n'était qu'une escroquerie inventée par les artistes pour se rendre intéressants, mais Chloé me regardait d'un œil sévère et je n'avais aucune envie d'aggraver mon cas.

– Oh, un peu partout : dans les journaux, dans les conversations, dans la vie des gens que je côtoie… Un écrivain est un peu comme une éponge, il absorbe chaque détail du monde qui l'entoure. Il faut savoir faire feu de tout bois. (Le regard de Chloé s'assombrissait à mesure que je débitais ces clichés.) Tenez, par exemple : je vous regarde tous assis sur ce canapé en train de bavarder et de plaisanter, vous incarnez quelque chose, une certaine idée de la réussite et de la fièvre new-yorkaise. Ça pourrait très bien faire une scène dans mon prochain roman.

– Holà ! Tu me fais flipper, mec ! Tu vas vraiment parler de nous dans un bouquin ?

J'avais la désagréable impression de converser avec un enfant de 5 ans.

– Non, c'était juste un exemple.

Le chanteur récupéra sa coupe sur la table basse avant de grimacer.

– Dites, vous n'en avez pas marre du champagne ? Oh, mais j'y pense : j'ai quelque part un whisky irlandais de trente ans d'âge, une pure merveille ! Il m'a coûté la bagatelle de 10 000 dollars. Je l'ai acheté à un gala de charité organisé par les sœurs Olsen en faveur des enfants leucémiques. On pourrait boire à leur santé – qu'est-ce que vous en pensez ?

Par chance, Fallon se leva et partit à la recherche de sa précieuse bouteille. Je devais en profiter pour mettre un terme à cette conversation. Je me penchai vers Chloé et lui demandai à voix basse :

– On pourrait discuter un moment ?

– Hum… Si tu veux.

– Je préférerais un endroit un peu plus tranquille.

– Viens, on n'a qu'à aller prendre l'air sur la terrasse.

Je la suivis. En guise de terrasse, il n'y avait en réalité qu'un minuscule balcon donnant sur la First Baptist Church, à peine assez large pour qu'on puisse se tenir debout sans être collés l'un à l'autre. Je pouvais même sentir son parfum, un mélange d'iris et de patchouli – je le savais parce que c'était moi qui le lui avais offert pour son anniversaire. Si la métamorphose qu'elle avait opérée m'agaçait, j'étais heureux qu'elle porte ce parfum, même si ce détail ne signifiait peut-être rien. Avant que nous ayons échangé le moindre mot, elle sortit de son sac à main un paquet de cigarettes mentholées.

– Tu t'es remise à fumer ?

– Pas vraiment… je ne fume que quand je suis contrariée. Tu en veux une ?

– Pourquoi pas ?

J'avais l'impression de n'être qu'un importun venu lui gâcher sa petite soirée. Je n'avais pas envie d'une dispute, mais je ne pus m'empêcher de lui livrer ce que j'avais sur le cœur.

– Tu as l'air de bien t'entendre avec lui.

– Qui ça, « lui » ?

– Ton chanteur pour midinettes…

Elle alluma les deux cigarettes en même temps en secouant la tête.

– « Chanteur pour midinettes » ! Il s'appelle Justin Fallon, pas Justin Bieber. Et il a eu pleins d'articles dithyrambiques dans *Rolling Stone*.

– Ravi de l'apprendre.

– Tu devrais écouter son dernier disque, je crois que ça te plairait.

– Côté musique, tu sais bien que j'en suis resté à U2.

– Tu n'étais même pas né quand ils ont sorti leur premier album ! C'était vraiment n'importe quoi, ta tirade sur l'inspiration tout à l'heure. Tu voulais te moquer de lui, c'est ça ?

– Tu sais ce qu'on dit : « À question idiote, réponse idiote. »

– Pourquoi est-ce qu'il faut toujours que tu prennes les gens de haut ? Tu te crois vraiment supérieur au reste de l'humanité ?

– Je te rappelle que je ne suis à la base qu'un bouseux du Wisconsin.

– Ah ça, tu aimes bien le cultiver, ton petit côté provincial ! Rodéos, pick-up et poussière de maïs… Monsieur ne fera jamais partie de la futile élite new-yorkaise ! Il a su rester quelqu'un de simple, de proche des réalités, même s'il vit dans un loft de cent cinquante mètres carrés dans SoHo.

– Loft que je n'ai pas hérité de mes parents. Ce que je possède, je l'ai gagné grâce à mon travail, je ne dois ma réussite à personne.

– Parce que tu crois que j'ai choisi de naître avec une cuillère en argent dans la bouche ? Si tu attends que je m'en excuse, tu risques d'être déçu.

Je me mordis les lèvres.

– Désolé, Chloé, je ne te visais pas du tout en disant ça, je te le jure. Je ne voulais pas te blesser.

Elle balaya l'air avec sa cigarette avant de tirer longuement dessus.

– Il m'en faut un peu plus pour me blesser. Je ne suis pas une fleur fragile élevée sous cloche, contrairement à ce que tu crois. (Elle me regarda soudain avec une drôle de tête, peut-être parce que j'avais fait une drôle de tête avant elle.) On pourrait avoir une discussion spontanée, sans que ce dialogue se retrouve dans ton prochain roman ?

Je refermai le bloc-notes logé dans un coin de mon cerveau.

– Bon, je l'avoue, je n'ai pas été très sympa tout à l'heure. Mais c'était quoi, ce délire autour des enfants leucémiques ? Cinq minutes de plus et il était capable de trinquer à la paix dans le monde. Franchement, qu'est-ce que tu lui trouves, à ce type ?

– Tu me fais une crise de jalousie ?... Non, pas vraiment ton genre. Tu aurais plutôt tendance à être trop indifférent.

– Réponds franchement : tu sors avec lui ?

– On croirait entendre un ado qui parle à sa copine de lycée ! Non, je ne « sors » pas avec lui. J'ai publié un bouquin sur sa tournée, il m'a gentiment invitée, point barre. Il est en couple avec Miranda – tu ne lis jamais les magazines ?

Elle avait dit « Miranda » comme elle aurait pu dire « Madonna » ou « Rihanna ». Et non, je ne perdais pas mon temps à lire la presse *people*, pas plus d'ailleurs que Chloé, malgré ce qu'elle prétendait.

– Quelle Miranda ?

– La fille blonde qui était assise à côté de lui. Tu sais bien : le mannequin.

– Ils se sont bien trouvés, ces deux-là !

– On pourrait parler d'autre chose ?

– Cela vaudrait mieux, tu as raison.

– Il paraît que Penny MacLane t'a interviewé.

– Comment es-tu au courant ? Tu as parlé à Jay ?

– Manhattan est un village, les nouvelles vont vite.

– Sérieusement.

– J'ai déjeuné avec elle la semaine dernière. Elle m'a dit qu'elle devait te voir aujourd'hui. Ça s'est bien passé ?

– Autant me demander si ma dernière visite chez le dentiste s'est bien passée. Disons que ça aurait pu être pire. Au moins on aura un article.

– J'ai beaucoup aimé ton livre – mais tu le sais déjà.

J'ignore qui a dit que le verbe « aimer » se suffit à lui-même, que sitôt qu'on lui ajoute un adverbe on le dénature complètement.

– C'est gentil de dire ça.

– Je suis sincère. J'espère vraiment qu'il marchera.

Quelques accords de guitare retentirent en provenance du salon, bientôt couverts par une voix rocailleuse et saccadée. Fallon venait d'entamer la sérénade. Je dois avouer qu'il chantait plutôt bien. Son timbre et ses intonations rappelaient un peu ceux de Bob Dylan, période *The Times They Are a-Changin'*. Quant à la qualité de son répertoire, j'en entendais trop peu pour pouvoir en juger.

– Tu devrais y aller, tu vas rater le concert privé.

Chloé me regarda d'un air triste, qui tranchait avec l'ironie de ma remarque.

– Nick, pourquoi es-tu venu, au juste ? Tu détestes ce genre de soirée. Et ne me dis pas que c'est parce que tu as reçu une invitation, tes tiroirs en sont pleins.

– Je rêvais de rencontrer Tony Montana en chair et en os, ça a toujours été mon idole.

– Cesse de tout tourner en dérision.

Je m'appuyai contre la rambarde en plongeant mon regard vers la 79e Rue pour éviter de croiser le sien. Quand on est percé à jour, mieux vaut cesser de faire semblant pour ne pas s'enfoncer dans le ridicule.

– J'avais envie de te voir. Mais je crois que je ne t'apprends rien…

Elle garda le silence. Je ne m'attendais évidemment pas à ce qu'elle me facilite la tâche.

– Je suis désolé, Chloé, pour le mal que je t'ai fait, repris-je. Tu ne peux pas savoir combien je regrette. Je voudrais que tu me donnes une seconde chance.

Je n'avais rien trouvé de mieux. En matière de sentiments, dès que je n'étais plus dans un de mes romans, mes répliques étaient en général complètement nases.

– Tu sais bien que les choses ne peuvent pas s'arranger d'un claquement de doigts. J'ai besoin de temps.

– Qu'est-ce que le temps changera à l'affaire ? Pourquoi est-ce que tu serais plus disposée à me pardonner dans six mois que ce soir ?

Nous fûmes interrompus par le piano de Philip Glass que j'avais choisi comme sonnerie. Agacé, je sortis mon portable et regardai le numéro qu'affichait l'écran.

– Désolé, c'est mes parents. C'est bizarre : il est plus de 23 heures, ils ne m'appellent jamais aussi tard d'habitude.

– Tu devrais peut-être répondre. Je t'attends à l'intérieur.

Je décrochai avec contrariété, persuadé que je venais de louper l'occasion de discuter enfin sérieusement avec Chloé – une occasion qui n'était peut-être pas près de se reproduire.

– Allô, Nick, c'est maman…

Au son de sa voix, je compris aussitôt qu'il s'était passé quelque chose de grave. Durant toute notre conversation, je devais demeurer appuyé contre la rambarde, le regard perdu dans le vague, tandis que ma cigarette se consumait lentement entre mes doigts.

Lorsque j'eus raccroché, je m'aperçus que Chloé était restée derrière la vitre à m'observer. Elle ouvrit la porte-fenêtre.

– C'était ma mère.

– Qu'est-ce qui se passe, Nick ? Tu es tout pâle.

– Mon père… il est mort.

– Oh mon Dieu ! fit-elle en plaçant une main devant sa bouche.

– Je… il faut que je prévienne mon frère tout de suite.

Mais j'étais incapable de faire le moindre geste. Chloé s'approcha de moi, répéta « Oh mon Dieu », puis elle me prit dans ses bras.

4

Quand je pense à mon père, je le revois assis derrière son bureau en acajou dans notre maison de Black Oak. Il porte sur le bout du nez une paire de lunettes demi-lune et doit être occupé à mettre de l'ordre dans ses affaires. Devant lui, tout un tas d'objets familiers qui n'ont jamais changé de place : un presse-papiers, une timbale en argent dans laquelle il rangeait ses stylos, un vieux téléphone à cadran au ressort capricieux, un sextant en laiton avec lequel il m'était défendu de jouer mais que je m'empressais de tripoter dès qu'il avait le dos tourné. En toile de fond, une immense bibliothèque essentiellement remplie de livres d'histoire et d'ouvrages médicaux. Je ne suis pas sûr qu'il ait conscience de ma présence à quelques mètres de lui. Dans cette scène, qui n'a rien de remarquable, je dois tout juste avoir 4 ou 5 ans. Je suis en train de jouer sur un tapis qui dégage une odeur poussiéreuse mais agréable. Je regarde, fasciné, les milliers de particules qui volent dans le rayon de lumière en provenance de l'unique fenêtre de la pièce. De temps à autre, je me réfugie sous un encombrant rocking-chair en bois massif : le plaid qui le recouvre me sert de tente.

En réalité, je ne suis pas certain qu'il s'agisse d'un véritable souvenir. Les traits de mon père, ses petits yeux gris malicieux, la fine moustache qu'il avait à l'époque me semblent trop nets dans mon esprit pour ne pas croire que j'ai reconstitué cette scène à partir de photos ou de moments distincts de ma vie. Mais elle est à l'image de mon enfance : une longue période tranquille où je ne me souciais de rien, un univers monotone et rassurant que j'imaginais devoir durer éternellement et qui s'est brutalement effondré l'été de mes 18 ans.

Ce tableau apaisant ne doit pas occulter le fait que mon père était le plus souvent absent de la maison, car son travail de médecin, qu'il envisageait comme un sacerdoce, ne lui laissait guère de moments de liberté. C'était un homme intègre, équanime mais un peu rigide, respecté de tous et connu pour son empathie envers les patients. Quoique faisant partie des *notables* de la ville – concept qui dans une bourgade de la taille de Black Oak possède encore une lourde signification –, il n'avait jamais fait fortune grâce à sa profession. J'ai appris tardivement que nombre de ses patients, dans l'incapacité de régler une consultation, le payaient selon un système de troc anachronique devenu tacite entre eux. J'ai ainsi le souvenir de John Altman rentrant les bras chargés de « cadeaux » : petit gibier de chasse, paniers remplis de nourriture et de kilos de colby, babioles que ma mère ne tardait pas à remiser au garage, et même, une fois, un lot de jantes en alu rutilantes qu'il n'a jamais cherché à installer sur sa Chevrolet Malibu.

Contrairement à la plupart des habitants, mon père n'était pas originaire de Black Oak. Il était né à Milwaukee, dans une famille de cette classe laborieuse qui travailla durant des décennies pour les chemins de fer – « la St. Paul », comme on l'appelait alors, le plus grand employeur de la région. Je sais somme toute peu de choses sur ma famille paternelle : que nos ancêtres étaient un joyeux mélange d'Anglais, d'Allemands et d'Irlandais ; que mon arrière-grand-père s'installa à son arrivée à Milwaukee dans le quartier de Merrill Park, où fourmillaient les Irlandais et où les échoppes portaient les noms de Corrigan ou d'O'Leary ; qu'il fit, comme tant d'autres, simplifier l'orthographe du nom « Alltmann » en « Altman » ; et que notre lignée était pieusement catholique dans une ville qui comptait alors essentiellement des méthodistes et des presbytériens. Mon père fut le premier membre de la famille à entreprendre des études. En s'inscrivant en année préparatoire de médecine à Ripon College, il rompit avec une tradition solidement établie qui rendait impensable qu'un Altman ambitionne autre chose dans la vie que de devenir machiniste, aiguilleur, freineur, charpentier ou forgeron.

Comparée à celle de mon père, la famille de ma mère, bourgeoise et bien sous tous rapports, paraissait sortie de la cuisse de Jupiter. Le mariage précoce de mes parents suscita pas mal de méfiance dans les deux clans : les Durnin n'accueillirent qu'à contrecœur en leur sein un représentant de la *working class*, à qui ils ne marquaient que condescendance et paternalisme ; les Altman vécurent quant à eux cette union et l'ambition professionnelle de mon père comme un affront fait à leur modeste condition.

Pourtant, mon grand-père maternel, qui menait un train de vie enviable, se révéla au crépuscule de son existence criblé de dettes. Les Durnin perdirent à sa mort à peu près tout, de leur élégante maison à leurs nombreux terrains agricoles dont ils tiraient de substantiels revenus. Par une étrange ironie du sort, les cartes furent rebattues et la hiérarchie sociale entre les Durnin et les Altman inversée.

Malgré les bâtons qu'on avait mis dans leurs roues, le mariage de mes parents dura. Autant être honnête, je n'ai jamais surpris entre eux de manifestations de passion dévorante. En fait, les gestes d'amour ou même d'affection étaient plutôt rares chez nous – et je dois dire que j'ai été surpris, en arrivant à New York, de constater avec quelle facilité les gens pouvaient s'embrasser et se toucher en public. Mais ils se témoignaient un profond respect mutuel et je n'ai pas souvenir de grandes disputes ou d'altercations entre eux.

*

Je revins donc à Black Oak plus tôt que je ne l'aurais cru. Le lendemain de la soirée chez Fallon, je pris aux premières heures un vol New York-Milwaukee. Durant les deux heures et demie que dura le trajet, épuisé par une nuit blanche, je ne cessai de repenser au coup de fil de la veille. Ma mère ne s'était pas montrée confuse : elle m'avait relaté les événements avec un étrange détachement – peut-être le seul moyen pour elle de mettre la réalité à distance.

Comme tous les jours, mon père était parti à son cabinet. Elle l'avait brièvement eu au téléphone en fin de matinée. Il était rentré à la maison plus tôt que d'habitude, en milieu d'après-midi, souffrant d'un terrible mal de tête dont il se plaignait depuis deux jours. Il s'était isolé dans son bureau pour prendre un peu de repos. Ma mère l'avait trouvé deux heures plus tard assis dans son fauteuil, perdu et incapable de parler – à la suite d'une hémorragie cérébrale, comme elle devait l'apprendre à l'hôpital. Transporté en urgence à Sheboygan, à quelques miles au nord de Black Oak, il avait fait peu après son arrivée une seconde hémorragie qui lui avait été fatale. Je n'en savais guère plus.

Dans la foulée, tandis que Chloé essayait de me réconforter, j'avais appelé mon jeune frère Adam, qui terminait ses études supérieures de droit à Yale. J'étais tombé sur sa messagerie. Il m'avait rappelé à plus de 1 heure du matin et nous étions restés à discuter une bonne partie de la nuit, chacun redoutant de se retrouver seul face aux événements. Avant de raccrocher, il m'avait dit qu'il prendrait lui aussi un vol pour le Wisconsin sitôt qu'il aurait prévenu l'université.

Dans l'avion, j'avais beau me répéter : « Voilà, ton père est mort, il est *vraiment* mort », quelque chose m'empêchait de m'approprier tout à fait cette idée. Elle demeurait une réalité évanescente : pendant quelques secondes, j'envisageais clairement une existence dont mon père ne faisait plus partie, et je me sentais la gorge nouée par les sanglots, puis l'idée s'éloignait lentement, se diluait, s'étiolait, comme s'il se fût agi d'une ineptie ou d'un canular.

Je louai une voiture à l'aéroport et pris l'Interstate 43, qui longe le lac Michigan jusqu'à Manitowoc. Durant des kilomètres défilèrent devant moi ces paysages qui n'avaient jamais changé : des acres de champs et des prairies désertes d'où émergeaient çà et là des fermes ou de vieux silos à grains ; de vastes étendues de sapins, de tilleuls et de chênes ; et un ciel immense qui envahissait tout l'espace et semblait vous happer si vous le fixiez trop longtemps. Chaque fois que je revenais dans le Midwest, le contraste avec l'effervescence de New York me déstabilisait, et il me fallait en général plusieurs jours pour changer de rythme de vie et retrouver mes anciennes habitudes.

Regardant les voitures et les camions qui me doublaient, je songeai que pour tous ces gens Black Oak n'était au mieux qu'une escale, une étape, ou plus vraisemblablement le genre de petite ville devant laquelle on passe sans s'arrêter et dont on ne connaît l'existence que par un panneau routier. Durant tout le trajet, je fus obsédé par ce que seraient mes retrouvailles avec ma mère. Quels mots pourrais-je bien trouver, moi qui n'avais jamais été à l'aise avec les sentiments ? Quel réconfort serais-je capable de lui apporter ? Savoir que nous serions sans doute seuls face à face dans cette grande maison m'angoissait et cette échéance m'en faisait presque oublier le tragique de la situation. Égoïstement, j'aurais préféré qu'Adam arrive avant moi pour affronter ces moments désagréables à ma place.

Mes parents habitaient, sur Clifton Street, la rue la plus agréable de la ville, une de ces demeures qu'on qualifiait volontiers de luxueuses dans le coin, mais pour le prix de laquelle ils auraient à peine pu acheter un studio à Greenwich Village.

Dès que j'entrai, je fus frappé par l'odeur de vieux meubles cirés et de linge propre caractéristique des maisons « bien tenues ». Je posai mon sac dans l'entrée et me dirigeai vers la cuisine, où j'avais entendu du bruit. J'y découvris notre voisine, Vera Anderson, en train de faire la vaisselle. Elle se retourna en sursautant.

– Mon Dieu, Nick, tu m'as fait une de ces peurs !

Vera était le genre de femmes qu'on considère comme envahissantes au quotidien, mais qui s'avèrent serviables et attentionnées dans les moments difficiles.

– Viens ici que je t'embrasse, dit-elle en abandonnant son évier. Oh, je suis tellement désolée pour ton père…

– Merci, Vera.

– Qui aurait pu s'attendre à une chose pareille ? Je discutais encore avec lui avant-hier. Et de quoi est-ce que je lui parlais ? De mes jambes – tu sais combien mon nerf sciatique me fait souffrir. Si j'avais su ! Si j'avais su… On se sent tout bête après coup.

Elle avait posé ses mains pleines d'eau savonneuse sur ma chemise et me gratifiait d'une longue accolade dont j'eus le plus grand mal à me libérer. Lorsqu'elle m'eut enfin lâché, elle me regarda de pied en cap d'un air contrarié.

– Mais ça n'est pas possible, tu as encore grandi, ma parole !

– Ça m'étonnerait.

J'avais atteint mon mètre quatre-vingts définitif à l'âge de 19 ans, mais Vera était la spécialiste des phrases toutes faites : elle avait du mal à aller au bout d'une conversation sans la ponctuer d'un « On n'arrête pas le progrès » ou d'un « Il n'y a que les imbéciles qui ne changent pas d'avis ».

– Tu as faim ? Tu veux que je te prépare quelque chose ? Il y a du poulet froid dans le frigo – ou je pourrais peut-être te faire des pancakes. Tu aimes les pancakes, n'est-ce pas ? Quelle question idiote ! Tout le monde les aime.

– Merci, Vera, mais je n'ai pas faim. Où est ma mère ?

Déçue, elle retourna à sa vaisselle.

– Elle se repose à l'étage. Je ne l'ai pas quittée depuis ce matin, j'ai dû la mettre de force au lit quand nous sommes revenues de l'hôpital. Elle m'a tenu tête, mais tu me connais…

Je m'assis sur une chaise. J'étais exténué et en proie à un affreux mal de crâne depuis que l'avion avait atterri.

– Susannah ! s'écria Vera. Pourquoi as-tu quitté ton lit ?

Je me retournai. Ma mère était debout dans l'embrasure de la porte. Son visage était défait, ses cheveux en désordre, ses yeux rougis et minuscules, comme retirés dans leurs orbites. Elle souriait pourtant.

– Nick… J'ai entendu la voiture.

– Maman.

Nous nous embrassâmes. C'était bien la première fois qu'il y avait autant d'effusions dans cette maison en aussi peu de temps. Vera toussota derrière nous.

– Je crois que je vais vous laisser un peu en famille. Si vous avez besoin de quoi que ce soit, je suis chez moi. Je reviendrai tout à l'heure.

Ma mère lui posa une main sur le bras tandis qu'elle quittait la pièce.

– Merci, Vera, merci pour tout.

– Ne dis pas de bêtises, Susannah. Tu ferais la même chose pour moi.

Quand elle fut partie, nous gardâmes le silence un long moment. J'aurais aimé trouver des mots réconfortants, mais rien ne me venait à l'esprit.

– Je vais faire du thé. Tu en veux ? J'ai eu ton frère au téléphone. Il doit arriver ce soir – tard, à ce que j'ai compris. Il doit me rappeler pour me donner l'heure précise.

– J'irai le chercher à l'aéroport : il sera certainement crevé, il est inutile qu'il loue une voiture.

– Ça ne te dérange pas ?

– Maman, en quoi aller chercher mon frère pourrait me déranger ?

Elle s'affaira à faire chauffer la bouilloire.

– Vera est restée avec moi à l'hôpital toute la matinée. Sans elle… je ne crois pas que j'aurais été capable de tenir le coup. Nous irons voir ton père demain matin.

Elle demeura devant le plan de travail, le regard tourné vers la fenêtre qui donnait sur le jardin. Je me sentais oppressé et, pour la première fois depuis que j'avais appris la nouvelle, en colère.

– Bon sang ! Comment est-ce que ça a pu arriver ? Papa était en forme, il n'avait pas de problèmes de santé.

– Je m'en veux, Nick.

– Pourquoi est-ce que tu t'en voudrais ? Tu n'y es pour rien.

Elle se retourna.

– Les médecins ont dit que ce genre de chose pouvait arriver à n'importe qui, surtout à cet âge. Mais quand il a fait sa première hémorragie il était seul dans son bureau. Dieu sait combien de temps il est resté dans cet état… Si j'étais allée le voir plus tôt, ils auraient pu le sauver !

– Arrête, maman, tu ne pouvais pas te douter de ce qui se passait.

– Si. Je me suis montrée négligente. Ton père n'allait pas si bien que ça ces derniers temps.

– Quoi !

Elle prit place en face de moi.

– Il était très fatigué, son travail le préoccupait et certains jours l'épuisait. J'aurais souhaité qu'il lève le pied, mais il ne voulait rien entendre… J'aurais dû insister davantage.

– Pourquoi ne m'en as-tu rien dit ? La dernière fois que je t'ai appelée, tu m'as assuré que tout allait bien.

Elle baissa les yeux.

– Qu'aurais-je pu te dire, Nick ? Nous nous voyons si peu. Tu as ta vie à New York, tes livres… Je ne voulais pas t'inquiéter inutilement.

– Tu aurais dû m'en parler ! J'aurais fait le voyage jusqu'ici pour le convaincre de changer de vie.

– Il ne t'aurait pas écouté.

S'appesantir sur le sujet n'aurait servi à rien, à part la faire culpabiliser encore plus. Mes parents étaient venus me rendre visite à New York quatre mois plus tôt. Mon père m'avait paru vieilli, mais j'avais préféré chasser cette impression et, avec le recul, je le regrettais amèrement.

Ma mère se leva dès que la bouilloire se mit à siffler. Ces petits gestes du quotidien me semblaient désormais dérisoires, presque indécents, mais sans doute étaient-ils de ceux qui lui permettraient de continuer à vivre.

– Comment va Chloé ?

– Elle est très triste de ce qui s'est passé. Elle m'a demandé de t'embrasser et de te dire qu'elle pensait à toi.

– C'est gentil. Elle viendra à l'enterrement ?

– Elle fera son possible, maman, mais tu sais qu'elle a beaucoup de responsabilités…

– Bien sûr, je comprends, fit-elle avec une déception évidente. Même s'il ne l'a pas souvent vue, ton père aimait beaucoup Chloé, tu sais. Il était heureux que tu aies trouvé une femme comme elle. Elle a les pieds sur terre, et on voit qu'elle est très amoureuse de toi. Nick, pourquoi est-ce que vous ne vous mariez pas ? Vous êtes ensemble depuis un bon moment déjà. Il serait peut-être temps que tu t'engages.

– Maman ! Les choses ne fonctionnent plus comme ça aujourd'hui.

– Tiens donc ! Tu penses que le mariage est démodé et ringard ?

– Quarante pour cent des mariages finissent en divorce.

– Je n'aime pas que tu dises des choses pareilles devant moi.

– Ce n'est pas une opinion personnelle, ce sont simplement des statistiques ! Nous sommes heureux comme ça, et je n'ai pas besoin de passer devant un prêtre et de devenir l'attraction du jour au milieu de cent cinquante invités.

– Le mariage est un saint sacrement. Ton père et moi avons été mariés durant quarante ans. Nous nous sommes juré fidélité pour le meilleur et pour le pire : ce genre d'engagement compte dans une vie.

Je détestais quand ma mère me faisait la morale et mettait la religion sur la table.

– Je sais très bien ce que tu as en tête. Tu parles de mon âge, mais en réalité tu songes à celui de Chloé. Tu voudrais des petits-enfants, mais moi je ne me sens pas prêt à devenir père. Et puis, tu ne tiens jamais ce genre de discours à Adam. Pourquoi est-ce que tu m'en réserves l'exclusivité ?

Elle haussa les épaules.

– Ne sois pas bête. Adam a quatre ans de moins que toi et il n'a pas fini ses études.

– Plus qu'un an et il passera l'examen du barreau. Que je sache, papa n'avait pas « fini ses études » quand il t'a épousée. De toute façon, je ne sais pas pourquoi on parle de ça, ce n'est vraiment pas le moment… Je vais aller poser mes affaires dans ma chambre, si ça ne te dérange pas.

– Mais tu n'as pas bu ton thé !

– Je le boirai tout à l'heure. Je crois que j'ai besoin de prendre une douche. Au fait, tu aurais de l'aspirine ?

– Tu en trouveras dans notre salle de bains…

L'armoire au-dessus du lavabo s'était transformée en véritable pharmacie. Mon père était certes médecin, mais je n'avais pas souvenir qu'il y ait jamais eu autant de médicaments à la maison. Antalgiques, benzodiazépines, bêtabloquants… Ces petits tubes soigneusement alignés devant moi me rendirent encore plus cruelle la dégradation de santé de mon père qu'on m'avait cachée – ou que je n'avais pas voulu voir.

Dans ma chambre, en revanche, rien n'avait changé. Au mur, toujours les mêmes affiches de films aux bords déchirés : *Fenêtre sur cour* et *2001 : l'Odyssée de l'espace*. Dans un coin, une guitare folk Fender des années 70 que mes parents m'avaient offerte pour mes 15 ans et que je n'avais jamais réussi à apprivoiser. Et, partout, des piles invraisemblables de CD qui n'avaient plus été écoutés depuis au moins une décennie. J'en pris quelques-uns au hasard : le *Unplugged* d'Eric Clapton, *Diesel and Dust* de Midnight Oil, *Astral Weeks* de Van Morrison… En somme, mes goûts musicaux n'avaient pas pris une ride, j'avais même racheté la plupart de ces albums en vinyle. Je mis le premier disque dans le lecteur en prenant soin de ne pas pousser le son trop fort. Les encouragements du public, quelques essais de batterie puis les accords magiques de Clapton résonnèrent dans la pièce.

Épuisé, je m'allongeai sur le lit. Mon regard dériva vers le bureau. Personne n'avait osé enlever la photo accrochée au-dessus dans un cadre en bois blanc – la dernière que Lisa, Ethan et moi avions faite sur la plage des Hollandais l'été du drame. Je l'avais prise avec un Leica M3 acheté pour un prix imbattable dans une brocante de Milwaukee.

Trois adolescents se tenant par les épaules, assis dans le sable au milieu d'herbes folles, qui regardent l'objectif avec une insouciance désarmante. Comme si rien d'autre ne comptait vraiment que cet instant. Comme si l'avenir n'était pas une chose qui mérite qu'on s'en soucie. Je me souvenais encore parfaitement du moment où j'avais enclenché le minuteur et couru vers eux pour prendre la pose. « Magne-toi, Nick ! »

Lisa paraît incroyablement jeune sur cette photo : on lui donnerait tout juste 15 ans. Une jeune fille aux cheveux châtain foncé, au nez légèrement busqué, dans une robe écrue qui dévoile de longues jambes un peu trop pâles. C'est cette image et nulle autre qui m'est restée d'elle. Ethan est fidèle à lui-même : les cheveux en bataille, l'air arrogant et maussade, les lèvres boudeuses – cette apparence qui a tant joué en sa défaveur lors du procès. Quant à moi, j'ai du mal à me considérer autrement que comme un étranger : un adolescent encore acnéique et peu sûr de lui qui n'existe plus que sur ce cliché, une strate enfouie de moi-même à laquelle je n'ai plus accès depuis longtemps.

Tandis que Clapton entonnait les premiers couplets d'un blues, je demeurai de longues minutes à regarder ce que nous avions été, ignorant encore que ma vie était sur le point de basculer pour la deuxième fois.

5

Nous étions les Inséparables – tel est le surnom emphatique que nous nous étions attribué. Qui en avait eu l'idée ? Lisa, probablement, tant elle était encline à donner à notre amitié une dimension mélodramatique. Je me demande encore aujourd'hui comment les circonstances de la vie ont pu tisser entre trois êtres aussi différents que nous, et en si peu de temps, des liens infrangibles – car ainsi les imaginions-nous à l'époque.

Nous connaissions les Nielsen depuis toujours. Ils faisaient partie des plus anciennes familles de Black Oak et avaient longtemps habité une immense ferme entourée de plusieurs ares de champs. Je me souviens que, lorsque nous arrivions en voiture à hauteur du panneau qui indiquait l'entrée de la ville, mon père interrompait la conversation et, tout en désignant un chemin de terre battue qui se perdait parmi les arbres, annonçait d'un ton solennel : « La ferme des Nielsen », comme si la propriété leur eût appartenu de tout temps et devait leur appartenir jusqu'à la fin des âges. Peu de temps après la naissance de Richard, le frère de Lisa, Anthony Nielsen l'avait pourtant vendue pour acheter une maison plus moderne et plus fonctionnelle, nichée dans un bois de hêtres à deux pas du lac, non loin de ce qui deviendrait plus tard une scène de crime. Le père de Lisa possédait plusieurs boutiques en ville et, d'après ce qu'on disait, quelques autres à Cedar Grove et Oostburg. La plus importante d'entre elles était une quincaillerie dans la rue principale qui arborait fièrement deux drapeaux américains et devant laquelle étaient alignés avec un soin quasi maniaque tondeuses, brouettes et autres outils de jardinage. J'aimais bien ce magasin, qui faisait à mes yeux figure de caverne d'Ali Baba.

Longtemps, Lisa et moi n'avions été que des camarades de jeu un peu distants, sans accointance particulière. Nous ne passions du temps ensemble que parce que nos mères fréquentaient les mêmes associations, le même Reading Club, le même petit cercle d'amis. Chaque année, le premier week-end de juin avait lieu à Black Oak la Fête des Hollandais : trois jours de festivités où les habitants défilaient dans les rues en costume traditionnel et où fleurissaient d'innombrables baraques d'objets issus de l'artisanat local. Dès le début du mois de mai, Marion et Susannah, les bénévoles les plus dynamiques de ces réjouissances populaires, ne se quittaient plus d'une semelle : fabrication d'affiches, confection de costumes, préparation de billets de tombola, elles s'activaient avec un zèle jamais pris en défaut, allant jusqu'à transformer notre cuisine en quartier général. Casseroles et vaisselle ayant été remisées pour un temps dans les placards, cette période était, au grand dam de la maisonnée, synonyme de diète : nous nous contentions alors de sandwichs et de plats froids confectionnés à la va-vite sur un coin de table resté libre. Après l'école, Lisa et moi étions forcés de battre en retraite au premier étage pour ne pas les déranger. « Ne restez pas dans nos pattes, les enfants ! » Nous nous terrions chacun dans notre coin, elle plongée dans un roman ou un magazine, moi pendu à ma PlayStation à affronter les créatures monstrueuses de *Dragon Quest* ou de *Final Fantasy*. Nous faisions tout, en fait, pour limiter nos relations au strict minimum.

Il avait fallu attendre le temps du lycée pour que nous devenions vraiment proches. Alors que je n'avais jamais été qu'un élève médiocre, Lisa était brillante – le genre de fille qu'on imaginait capable de décrocher un jour le prix Pulitzer ou de devenir une as du barreau. Elle avait pris l'habitude de m'aider à réviser des cours ou à écrire des dissertations. Comme elle perdait patience devant mon manque de volonté, elle finissait en général par me laisser recopier ses devoirs. « Tu vois, Nick, prends modèle sur Lisa », me répétait mon père lorsque nous allions le saluer dans son bureau après son travail – mais je ne prenais pas vraiment ce type de phrase pour un conseil ou un avertissement. À vrai dire, mes résultats scolaires ne semblaient pas susciter chez mes parents d'inquiétude particulière : tout le monde s'imaginait que je finirais par m'en sortir dans la vie, par « retomber sur mes pattes », comme le serinait ma mère. Ce que j'ai fait, en somme.

Puis survint Ethan. En faisant irruption dans notre duo, il le métamorphosa et lui conféra une dimension nouvelle, comme un déclencheur chimique vient perturber l'équilibre d'une solution. J'avais entendu parler de lui bien avant de faire sa connaissance. Les Walker possédaient un garage à la sortie de la ville, sur la route menant à Sheboygan. L'affaire avait longtemps été florissante avant que les problèmes d'alcool du père d'Ethan ne la fassent péricliter. Les Walker avaient toujours traîné une réputation déplorable en ville. Des querelles de voisinage répétées, quelques dettes impayées ou des bagarres pourtant sans conséquence les avaient marqués d'une lettre écarlate. À l'exception de quelques autres marginaux de Black Oak, personne n'aimait être vu en leur compagnie, comme si leur mauvaise réputation avait pu être contagieuse. Quand je l'ai connu, Ethan passait pour un adolescent insolent et bagarreur, qui n'acceptait aucune forme d'autorité. Il avait été arrêté à l'âge de 16 ans alors qu'il conduisait la voiture de son père sans permis, puis quelques mois plus tard pour une altercation lors d'une soirée trop arrosée. Par miracle, il s'en était tiré avec quelques travaux d'intérêt général, mais ces antécédents devaient plus tard jouer un rôle dévastateur dans le procès qui le condamna à la prison à vie.

Nos routes se croisèrent au lycée, en dernière année, alors que nous fréquentions le cours d'anglais de Mlle Tyrrell – une femme terne et usée jusqu'à la corde. Ethan y débarqua à la fin du mois de septembre, après plusieurs semaines d'absence dont je n'ai jamais connu la cause – peut-être trouvait-il plus utile d'aider son père au garage que de perdre son temps en « branlette cérébrale », comme il devait me dire un jour. Au début, je ne fis guère attention à lui. Il restait affalé sur sa table, dans le coin le plus reculé de la classe : un garçon débraillé, dont la beauté brute était gâchée par un air affreusement buté. Il n'intervenait jamais, ni en bien ni en mal. Tout juste se contentait-il parfois de manifester sa présence par de tonitruants bâillements qui faisaient brièvement rire l'assemblée.

Notre premier contact, au sens propre comme au figuré, eut lieu un matin de décembre. Au moment où retentissait la sonnerie, nous nous bousculâmes par inadvertance dans la cohue du hall du lycée – un incident anodin qui le fit pourtant réagir au quart de tour. Comme je me retournais, il leva une main en l'air d'une façon menaçante et m'invectiva : « Fais pas chier, mec ! » Sa réaction disproportionnée me fit reculer d'un pas, mais ses yeux avaient retrouvé leur aspect éteint et vitreux, et il disparut dans le flot des élèves. Si la scène dut aussitôt lui sortir de l'esprit, de mon côté, je ne parvenais plus à le regarder sans songer à cette violence que j'avais entraperçue en lui.

Environ un mois plus tard, Ethan m'aborda. Il faisait froid ce jour-là mais le temps était radieux. Dans la cour recouverte d'une fine couche de neige, j'avais trouvé refuge sur un banc pour essayer de venir à bout d'un roman d'Aldous Huxley que nous étudiions en cours. Je ne remarquai sa présence que lorsqu'il se fut planté à un mètre de moi, faisant écran aux rayons du soleil. Le contre-jour m'empêchait de voir l'expression de son visage.

– C'est toi, le fils du médecin ?

Il y eut un moment de flottement. Ignorant ce qu'il me voulait, j'acquiesçai prudemment. Je regardai la buée qui sortait de sa bouche, mais il n'ajouta pas une parole, comme si c'était à moi de faire l'effort de mener la conversation.

– Tu connais mon père ?

– Non.

– Pourquoi est-ce que tu me parles de lui alors ?

Il baissa les yeux sur sa paire de baskets, inadaptée pour la saison.

– Il a soigné mon daron.

– Ah…

Une grimace déforma ses traits.

– Il était malade comme un chien. Si t'avais vu ça… Des plaques rouges sur toute la figure, une fièvre qui ne baissait pas. Le premier toubib chez qui il est allé a vu que dalle. C'est ton père qui a tout de suite compris que c'était la rougeole… Tu sais, d'habitude, c'est une maladie… enfin, qui touche que les gosses.

– Une maladie infantile.

– C'est ça. Heureusement qu'il était là… C'est vraiment un pro.

Mon père ne parlait pas de ses patients à la maison. Et comme il détestait juger les gens sur leur réputation, il n'avait jamais fait la moindre remarque négative le peu de fois où le nom des Walker était tombé dans la conversation.

Ethan sautilla sur place pour se réchauffer puis gratta la neige avec ses chaussures trempées. Il désigna ensuite d'un geste un peu méprisant le roman que je tenais en main.

– C'est chiant, non ?

Je regardai la couverture, comme si j'espérais y trouver une réponse objective à sa question saugrenue.

– Pas tant que ça, en fin de compte.

– Ça raconte quoi ?

– Plutôt dur à résumer… C'est un livre de SF.

– Je ne lis jamais, je n'ai pas la patience. Je préfère les films… en deux heures c'est dans la boîte. Et pourtant je savais lire avant d'entrer à l'école primaire, sans que personne m'ait rien appris.

Cette dernière remarque devait avoir pour but de me donner de lui une autre image que celle du cancre ectoplasmique que je côtoyais chaque jour. Il y avait quelque chose d'artificiel dans notre échange. Ethan était mal à l'aise, alors que c'était moi qui d'ordinaire ne savais pas comment me comporter avec les autres. Je devais vite apprendre qu'il n'avait pas d'amis et qu'il considérait avec indifférence les quelques types louches du bahut avec lesquels il traînait. Il était seul, et cette solitude avait créé chez lui une crainte maladive de tout ce qui venait de l'extérieur – les autres élèves, les adultes, les enseignants, qu'il ne voyait que comme une menace.

– Dis, reprit-il, tu as l'air de bien la connaître, cette fille.

Le moment était venu pour lui de dévoiler ses intentions. Avais-je pu une seule seconde penser qu'il m'avait abordé parce qu'il avait envie de causer avec moi ?

– Lisa ?

– C'est ça, Lisa. (Il avait prononcé son nom avec une douceur qui détonnait par rapport à son apparence fruste et fermée.) Écoute, je sais que ça peut paraître bizarre mais… tu ne voudrais pas me la présenter ?

J'éprouvai un mélange d'agacement et de contentement : si Ethan se moquait bien de ma petite personne, il était sur le point de devenir mon débiteur et je pouvais, d'un simple mot, gagner en importance à ses yeux.

– Si tu veux, me contentai-je de dire.

En une seconde son regard se mit à briller. Ensuite, tout alla vite, trop vite.

Dès que j'eus accepté sa demande, Ethan devint comme mon ombre. Le lendemain, il vint à ma rencontre tandis que je franchissais le portail du lycée et s'adressa à moi comme si nous étions de vieux amis – je suppose qu'il devait me guetter depuis un bon moment, car il était d'habitude en retard à la première heure de cours. Il était plus détendu que la veille, moins méfiant surtout, comme s'il avait parfaitement compris qu'il n'avait absolument rien à craindre de moi.

– Tu sais, j'ai commencé le bouquin hier soir…

– *Le Meilleur des mondes* ?

– Ouais.

– Tu en penses quoi ?

– Il est bizarre. Cette histoire de fécondateurs, de fœtus élevés en laboratoire… je crois que ça m'a foutu les jetons.

– Mais ça te plaît ?

Il fit une grimace – avouer qu'il appréciait un livre paraissait être pour lui dégradant.

– Il y a juste un truc que je ne comprends pas bien : pourquoi est-ce que ces types arrêtent la croissance de certains œufs ? Pourquoi est-ce qu'ils ne créent pas que des Alphas ?

– Parce qu'ils veulent hiérarchiser le monde, pardi ! Les êtres génétiquement modifiés sont destinés à faire partie de l'élite dirigeante. Les autres, les Gammas, les Deltas, les Epsilons, sont conditionnés pour se satisfaire de leur sort et obéir à la race supérieure.

– Mais… c'est dégueulasse !

– Oui, c'est dégueulasse. Mais je ne suis pas sûr que notre monde soit très éloigné de celui-là.

– Qu'est-ce que tu veux dire ?

– Eh bien, certaines personnes naissent du bon côté de la barrière et savent d'avance qu'elles auront une vie dorée, tandis que d'autres n'ont pas la chance qu'une fée se penche sur leur berceau.

Son regard se rembrunit. Je regrettai aussitôt mes paroles, conscient qu'il venait de se ranger mentalement dans la seconde catégorie.

– Enfin, ça reste un roman d'anticipation.

Alors que nous entrions dans le bâtiment principal, je remarquai que les regards se tournaient dans notre direction. Notre duo intriguait, et j'en éprouvai une certaine fierté, moi qui avais coutume de me fondre dans le décor. Ethan, lui, ne se rendit compte de rien et semblait perdu dans ses pensées.

– Tu crois vraiment qu'on est conditionnés ? Enfin, qu'on ne peut pas échapper à son milieu ?

– Non, je crois qu'on peut toujours changer… et réussir dans la vie, si on en a vraiment la volonté. Je ne crois pas que les choses soient écrites à l'avance.

– Comme dans un horoscope ?

– C'est ça. Notre vie nous appartient, après tout. Pourquoi est-ce qu'on laisserait les autres décider de notre avenir à notre place ?

Il m'avait suivi jusqu'à mon casier, dans lequel je devais récupérer quelques manuels.

– Qu'est-ce que tu voudrais faire plus tard ?

– Tu vas te foutre de moi, répondis-je avec une certaine gêne.

– Non, pourquoi ?

– Tu veux vraiment savoir ?… Photographe.

Il regarda le cliché de Robert Doisneau que j'avais accroché sur la porte, à l'intérieur du casier.

– C'est bien, ça…

– En fait, j'aimerais me casser d'ici et voir d'autres horizons. J'aime bien Black Oak et ma petite vie peinarde, ce n'est pas le problème, mais j'ai toujours pensé qu'il fallait que je force mon caractère, que j'aille contre mon naturel. Tu comprends ?

Il acquiesça. J'avais pourtant l'impression qu'il ne m'écoutait pas vraiment.

– Et toi ? Tu t'imagines comment plus tard ?

Il détourna les yeux et les laissa dériver à travers le hall bondé d'élèves, puis il passa une main dans ses cheveux ébouriffés.

– Je n'en ai pas la moindre foutue idée. Je bosserai sans doute dans le garage de mon père. C'est comme ça dans la famille : on ne sait rien faire d'autre que réparer des bagnoles. Remarque, c'est déjà pas mal, il y en a tellement qui ne savent rien faire de leurs dix doigts.

– Rien ne t'oblige à faire comme ton père. Je n'ai pas envie de devenir médecin, moi.

– Qu'est-ce qui te dit que ton paternel ne va pas te bassiner pour que tu suives ses traces ?

– Non, il n'est pas comme ça… Tu sais, toute ma famille bossait dans les chemins de fer autrefois. Personne n'a fait d'études à part lui. Et puis, je crois qu'il s'en fout un peu, de ce que je peux faire de ma vie.

Il me considéra avec étonnement. Je ne devais pas coller à l'image de petit-bourgeois qu'il s'était faite de moi, et cela le déstabilisait.

– Je vais y réfléchir, marmonna-t-il comme si je venais de lui faire une proposition.

Je pris mon temps pour refermer mon casier, hésitant sur ce que j'allais dire. Nous n'avions pas encore parlé de Lisa. Ethan trouvait-il préférable de ne pas me brusquer – le tact ne semblait pourtant pas la plus grande de ses qualités –, ou prenait-il simplement plaisir à ma compagnie ? En tout cas, si je voulais garder un quelconque intérêt à ses yeux, mieux valait lui montrer que je n'avais pas oublié notre échange de la veille.

– Tu veux venir chez moi après les cours ? (Il haussa les sourcils mais garda le silence.) Lisa doit passer. Mais ne t'emballe pas, on sera là pour bosser. Je ne vais pas vous tenir la chandelle…

L'expression le fit sourire – je n'avais pas souvenir d'avoir jamais vu sur ses lèvres autre chose qu'une moue renfrognée.

– D'accord.

– On partira du lycée ensemble, alors ?

– OK. Je suis venu en bécane. Tu n'auras qu'à monter à l'arrière.

– Quoi ! Avec ce froid polaire tu viens en moto ?

– J'avais pas le choix, le radiateur de ma bagnole m'a lâché. Il faut que je le répare.

Je n'avais invité Ethan que parce que je savais que mes parents ne seraient pas à la maison. Je n'avais pas envie de me justifier ni d'affronter les remontrances que ma mère ne manquerait pas de me faire. Contrairement à mon père, elle craignait le qu'en-dira-t-on et les commérages, du moins lorsqu'elle en était la cible – j'y voyais les restes d'une éducation conformiste et traditionnelle qui veut que l'on ne soit dans la vie que ce que les autres pensent de vous.

En fin d'après-midi, je délaissai le bus et fis le trajet à l'arrière de la Yamaha d'Ethan. C'était la première fois que je montais sur une moto, et la vitesse tout comme le froid glacial me procurèrent une sensation très agréable, un peu gâchée cependant par la crainte que nous nous fassions arrêter, puisque je ne portais pas de casque et qu'Ethan gardait constamment le sien relevé sur son front, à la manière d'une coiffe amérindienne.

Quand nous fûmes arrivés à bon port, entiers mais transis, Ethan demeura quelques instants assis sur sa moto à contempler la maison. La façade plutôt pompeuse paraissait l'impressionner. Je fis pourtant comme si je n'avais rien remarqué.

Dans ma chambre surchauffée, il farfouilla parmi mes affaires comme un enfant excité par de nouveaux jouets, puis fureta longuement dans ma collection de disques.

– J'adore celui-là, fit-il en exhibant *Funeral* d'Arcade Fire.

– Quoi ! Tu le connais ?

– Si je le connais… « Neighborhood », c'est une vraie tuerie !

– On doit être les deux seuls mecs de cette ville, peut-être même de l'État, à avoir entendu parler de ce groupe…

– On peut le mettre ?

Affalés sur mon lit, nous écoutâmes la moitié de l'album du groupe de rock canadien sans pratiquement échanger la moindre parole. Ethan avait poussé si fort le son de la sono que j'avais l'impression que les accords de guitare faisaient vibrer les murs de la pièce.

Ni lui ni moi n'entendîmes Lisa arriver. Elle ne sonnait jamais et me rejoignait directement dans ma chambre. Lorsqu'elle apparut dans l'embrasure de la porte – le chignon défait, emmitouflée dans sa parka et chaussée de grosses bottes –, Ethan se redressa, l'air confus, et éteignit le lecteur en quatrième vitesse.

Le visage de Lisa était impénétrable. Je n'arrivai pas à voir si elle était contrariée ou agréablement surprise. Ethan, lui, était figé dans une position risible, une main sur le lecteur de CD, les fesses relevées comme s'il s'apprêtait à courir un cent mètres. Je me rendis compte que je n'avais pas pensé à la manière dont je justifierais sa présence chez moi.

Je n'en eus guère besoin. Lisa s'avança et nous regarda d'un air amusé.

– Tu connais Ethan, non ?

Elle ne fit même pas attention à moi. Mon nouvel ami se leva, l'air penaud, et agita la tête dans ce qui ressemblait plus à un tic qu'à un salut.

– Hello ! bredouilla-t-il.

– Qu'est-ce que vous écoutiez, les garçons ?

C'est ainsi que nous fûmes pour la première fois tous les trois réunis et que je fus à l'origine de leur rencontre. Et c'est ainsi que je commis ce qui demeurera sans doute la plus grande erreur de mon existence.

6

Après avoir bu ma tasse de thé complètement froide, je voulus aller prendre l'air. Ma mère était remontée dans sa chambre et je trouvai plus sage d'aller taper à la porte de Vera pour qu'elle revienne lui tenir compagnie. Pour ne pas donner l'impression de fuir la maison comme un voleur, je lui fis un peu la conversation et nous en vînmes à parler des formalités qu'il fallait accomplir. Les choses étaient heureusement facilitées puisque mon père, en homme prévoyant, avait une assurance-décès et que la famille possédait une concession au cimetière de Black Oak. On avait conseillé à ma mère et à Vera plusieurs entreprises de Sheboygan pour la préparation du corps et les funérailles. Vera avait choisi une maison « respectable », dirigée par la même famille depuis trois générations.

– Tu sais que ton père voulait un enterrement naturel ?

– « Naturel » ? Qu'est-ce que ça veut dire ?

– Tu sais bien… Ils utilisent des produits en papier recyclé et des cercueils biodégradables.

Cette conversation me paraissait absurde.

– Je n'ai jamais entendu mon père parler d'écologie. Comment est-ce que vous savez ce qu'il voulait ?

– Il avait laissé des instructions.

– Et ma mère est d'accord avec ça ?

– Bien sûr qu'elle est d'accord. Tu ne crois pas qu'elle irait contre ses volontés !

Dans le salon, Vera me confia une chemise remplie de documents que je n'avais aucune envie de lire – la mort se résumait d'abord à une montagne de démarches administratives. Je me contentai d'appeler le numéro inscrit sur la brochure de l'entreprise pour savoir ce que nous devrions apporter le lendemain et l'heure à laquelle nous pourrions venir. Ensuite, je pris ma voiture de location pour faire un tour en ville.

J'imagine que personne ou presque n'aurait jamais entendu parler de Black Oak sans l'affaire Lisa Nielsen. Au mieux, le nom évoque chez quelques férus de musique un groupe de rock des années 70 – qui doit en réalité son nom à un bled homonyme de l'Arkansas. La Black Oak du Wisconsin, fondée par des immigrants hollandais au début du XIXe siècle, ne peut se targuer d'être passée à la postérité que pour le meurtre sauvage d'une jeune fille de 17 ans qui a fait durant des semaines la une des journaux du pays.

Ma ville natale est le genre de coin en tout point semblable à l'image qu'on peut s'en faire même lorsqu'on n'y a jamais mis les pieds. Tout y est banal et immuable. Une rue principale peu esthétique bordée de magasins en tout genre, un supermarché IGA, un cinéma vieux comme Hérode où j'ai vu mes premiers films sur grand écran, un service d'incendie, un poste de police, un musée insignifiant consacré aux arts locaux et à l'histoire de la ville que j'ai dû visiter une bonne dizaine de fois lors de sorties scolaires. Je ne sais pas si les gens y sont vraiment heureux. Je crois qu'ils ont simplement pris l'habitude de vivre là et qu'ils ne partiraient pour rien au monde, que cet univers stable et routinier les rassure.

Lorsque je sortis de voiture, la faim commença à me tenailler. Je me rendis compte que je n'avais rien avalé depuis les petits-fours et les mousses à la crevette de la soirée de Fallon. Mon choix fut vite fait, même si je n'avais plus mis les pieds chez Barney depuis au moins cinq ans. Ça avait été dans ma prime jeunesse un bar crasseux essentiellement fréquenté par des ivrognes et des paumés, avant que son propriétaire ne fasse une chute en rentrant chez lui, par une nuit d'hiver qui affichait moins quinze degrés. Son corps avait été retrouvé au petit matin, congelé. Un type originaire de Chicago avait repris le local peu de temps après et l'avait rénové de fond en comble pour en faire le seul resto à peu près potable de la ville. Tout y était propret et coloré : un comptoir en inox devant lequel s'alignait une rangée de tabourets orange, des tables recouvertes de jolies nappes à carreaux, et partout des bocaux remplis de sachets de sucre colorés, de pailles bariolées et de bonbons. Le restaurant avait été rebaptisé Lake's Diner, mais les gens du coin, par nostalgie, attachement ou dérision, continuaient de dire qu'ils allaient « chez Barney ».

Je m'installai à une table isolée au fond du restaurant. Le patron ne me reconnut pas. Une minute plus tard, sortit de l'arrière-salle une serveuse qui fronça les sourcils en s'approchant de moi.

– Ça alors ! Un revenant…

– Salut, Connie, fis-je, stupéfait. Je ne pensais pas te trouver là.

Tenant en main une cafetière qui sentait le café brûlé, elle parut soudain gênée. Connie et moi étions brièvement sortis ensemble à l'époque du lycée – rien de bien sérieux, juste quelques baisers innocents échangés derrière le terrain de football. Elle tira sur les pans de sa tenue un peu trop étroite pour elle. Son visage s'était épaissi. Malgré son regard éteint et ses cheveux sommairement coiffés, elle était restée attirante.

– Comment tu vas, Nick ?

– Bien. Et toi, qu'est-ce que tu deviens ?

Ma question était idiote dans la mesure où j'avais la réponse sous les yeux.

– Oh, je travaille ici depuis quelques mois. Enfin, un an plutôt… presque deux. J'ai bien tenté ma chance à Hollywood mais…

– Très drôle, fis-je en triturant le menu devant moi.

– Je ne plaisantais pas, Nick. Je me suis tirée de Black Oak il y a cinq ans, direction Los Angeles. J'ai pas mal galéré avant de revenir au bercail. Enfin, je te passe les détails. Qui ça peut bien intéresser ?

– Désolé, Connie, je ne voulais pas…

– Oh, pas de problème. Je ne sais pas trop ce que je m'étais imaginé. Des rêves stupides de gamine… La Cité des Anges, tu parles ! Ma mère m'a toujours dit que je n'avais pas les pieds sur terre. (Elle eut un sourire forcé, comme lorsque l'on veut faire croire aux autres qu'avoir loupé sa vie n'est pas si grave que ça.) Tu sais, je t'ai aperçu l'an dernier quelques jours avant Noël. Tu sortais de la librairie d'en face, mais tu as fait semblant de ne pas me voir.

– Quoi ! Je te jure que je ne t'ai pas vue ! Je serais venu te parler.

– Cette fois-ci, je plaisantais, Nick.

– Ah.

– Ça fait longtemps que tu es revenu ?

– Quelques heures, en fait…

Elle leva les sourcils, dans l'attente de plus amples explications, mais je ne voulais pas parler de la mort de mon père, même si je savais pertinemment que la nouvelle ne tarderait pas à faire le tour de la ville.

– Bon, qu'est-ce qui te ferait plaisir ?

J'avais envie de quelque chose de gras qui me changerait des mets raffinés des bonnes adresses de Jay.

– Vous faites toujours vos *jumbo fried shrimp* ?

– La spécialité de la maison, dit-elle d'un ton ironique. Le chef a même augmenté les portions. Tu veux boire quoi ? Un Coca ? Tu ne buvais que ça à l'époque.

– Vendu.

– C'est parti ! dit-elle en tournant les talons.

Discrètement, je la regardai transmettre ma commande en cuisine derrière le comptoir puis débarrasser des tables. La revoir m'avait fait un choc. J'avais du mal à croire que j'avais tenu autrefois cette fille dans mes bras et que nous nous étions échangé des mots doux.

Elle ne fut pas longue à m'apporter mon plat. Elle n'avait pas menti : la portion aurait pu nourrir un régiment.

– Tiens, régale-toi. Tu sais, Nick, j'ai lu tous tes livres.

– C'est vrai ?

Elle hocha la tête avec sérieux.

– J'y ai même appris plein de mots. Je n'étais pas une lumière à l'école mais je me suis plutôt améliorée de ce côté-là. Je note tous les mots que je ne connais pas dans un carnet, et ça en fait un paquet. Tu vois, des trucs comme « condescendant » ou « sardonique ».

– Celui-là, tu ne l'as pas pêché dans mes romans. Jamais je n'emploierais un mot aussi moche que « sardonique ».

– En fait, j'ai déjà oublié ce que ça voulait dire. J'ai vraiment aimé *Les Leçons du passé*. Tu y parles bien de nous.

– « De nous » ?

J'étais incapable de me souvenir si Connie m'avait inspiré un personnage du livre.

– Enfin, je veux dire… des gens d'ici. Pour une fois qu'on ne passe pas pour des péquenots.

– Rassure-toi, il n'y a qu'à New York qu'on pense que les habitants du Wisconsin sont des péquenots.

– Tu parles ! De toute façon, ça ne te concerne plus. Tu es new-yorkais maintenant.

– Je *vis* à New York, nuance. Je crois bien que je resterai à jamais au fond de moi un pauvre cul-terreux.

Elle sourit, de façon naturelle cette fois, et dévoila de belles dents dont la symétrie était à peine troublée par deux incisives qui se chevauchaient légèrement.

– Tu sais, certaines personnes auraient préféré que tu n'écrives pas ce bouquin… Tu vois… que tu évites de remuer le passé.

– On me l'a fait sentir plus d'une fois. Personne ne m'en parle ici, mais il y a des regards qui ne trompent pas.

– Moi, je trouve que tu as bien fait de publier ce livre. Bon, je vais te laisser manger.

Connie commença à tourner les talons, hésita un instant, puis me fit à nouveau face.

– Dis, Nick… c'est à cause d'Ethan que tu es de retour, n'est-ce pas ?

– Ethan ? Non.

Il était peut-être grand temps de parler de mon père pour dissiper tout malentendu. Mais je trouvai difficile de faire machine arrière, n'ayant pas du tout l'air d'un fils éploré, attablé devant cette montagne de crevettes frites.

– Ne me dis pas que tu ne sais pas qu'il a été libéré !

– Si, bien sûr… Mais il vit à Milwaukee maintenant.

– Tu croyais vraiment qu'il resterait là-bas, dans cet appart que lui a dégoté son avocat ? Ethan est revenu en ville il y a plus de trois semaines.

J'étais abasourdi. Il me fallut quelques secondes pour encaisser la nouvelle.

– Tu veux dire… au garage ?

– Ou plutôt ce qu'il en reste. Si tu le voyais… C'est devenu un vrai taudis. Je ne sais pas ce qu'il y fabrique toute la journée : ils n'ont quasiment plus aucun client. Tu sais que son père a pensé vendre plusieurs fois, à cause des frais d'avocat…

– Non, je n'étais au courant de rien.

Elle s'approcha un peu plus de moi et se mit à parler à voix basse.

– Son retour a créé un sacré raffut. On a été envahis par les journalistes. Il y a même eu des équipes de télé qui ont fait le pied de grue devant chez lui. Heureusement, ils se sont lassés et ont déguerpi quand ils ont compris qu'ils n'obtiendraient rien. On était persuadés qu'Ethan finirait par leur tirer un coup de fusil et qu'il retournerait en prison. Ce qui aurait peut-être mieux valu… Je ne sais pas ce qui lui a pris de revenir. Les gens sont sur les nerfs depuis, tu ne peux pas savoir.

– Sur les nerfs parce qu'ils le croient tous coupable ?

– Honnêtement, je crois qu'ils se moquent bien de la vérité. La seule chose dont je sois sûre, c'est qu'ils n'ont aucune envie qu'on vienne trifouiller dans cette affaire. Ils veulent que Black Oak redevienne une petite ville tranquille. On était bien avant ici, tu ne crois pas ?

Son regard s'était fait mélancolique. Ne sachant quoi répondre, je bus une longue gorgée de Coca.

– J'aurais mieux fait de tenir ma langue, reprit-elle en baissant les yeux. Après tout, si tu n'es pas revenu pour lui… Dis, tu n'as pas l'intention d'aller le voir ?

– Pourquoi est-ce que j'irais le voir ? Je ne reste que quelques jours, de toute façon, je ne suis que de passage.

Elle tourna la tête avec inquiétude pour s'assurer que son patron n'avait pas prêté l'oreille à notre échange.

– Crois-moi, Nick : pour la tranquillité de cette ville comme pour sa propre sécurité, il vaudrait mieux qu'Ethan ne s'attarde pas trop dans les parages…

*

Le soir commençait à tomber lorsque je rentrai à la maison. J'avais traîné un long moment en ville, puis j'avais roulé jusqu'au lac et je m'étais garé sur un petit parking en terre battue. J'étais demeuré assis derrière mon volant. Je n'avais pas envie de penser à Ethan, mais je n'arrivais pas à me sortir de la tête ma conversation avec Connie. Je regrettais même d'être retourné chez Barney. En fait, mieux valait que durant mon séjour je limite mes relations avec les gens du coin au strict minimum.

Vera était déjà repartie et je trouvai ma mère assise dans le bureau. Tous les tiroirs avaient été ouverts. Je remarquai qu'elle s'était recoiffée et qu'elle avait même changé de vêtements.

– Bonsoir, maman, qu'est-ce que tu fais ?

Elle me regarda à peine.

– Rien… Je rangeais quelques papiers.

– Tu ne vas pas faire ça maintenant ! Je m'occuperai de tout avec Adam. Repose-toi.

Elle soupira et laissa retomber sur le bureau une pile de feuilles dont elle ne savait visiblement que faire.

– Je n'ai pas envie de me reposer. Je voulais simplement rester un peu ici, au milieu de ses affaires… Ça me donne l'impression qu'il est encore là.

– Tu vas t'abîmer les yeux, on ne voit rien ici.

La pièce était dans une semi-pénombre. J'allumai une seconde lampe près de l'entrée.

– À mon âge, quelle importance ?

– Ton âge ! Tu as tout juste 60 ans.

– Qu'est-ce que tu as fait cet après-midi ?

– Pas grand-chose. J'avais juste besoin de me changer les idées.

Ce en quoi j'avais réussi, mais pas comme je l'avais imaginé. Je m'étais promis avant d'arriver de ne pas parler de ce que j'avais appris, mais cela m'apparaissait à présent au-dessus de mes forces.

– Maman, pourquoi ne m'as-tu pas dit qu'Ethan était revenu ?

Il y eut un silence, puis elle haussa les épaules, comme si le sujet ne valait pas la peine qu'on s'y attarde.

– Je croyais que tu le savais. Il y a eu plein d'articles dans la presse… Pourquoi est-ce que tu me parles de lui ? Tu aurais peut-être voulu que je t'appelle pour te dire que l'assassin de Lisa était de retour sur les lieux du crime ?

Je n'aimais pas le vocabulaire qu'elle avait employé : j'avais l'impression que nous discutions d'un mauvais film policier qui venait de passer à la télé. Durant toutes ces années, nous n'avions pratiquement pas prononcé le nom de Lisa dans cette maison, faisant comme si cette période de nos vies n'avait été qu'une parenthèse oubliée. Mon regard se posa sur une photo placée contre une rangée de livres dans la bibliothèque : Adam, Lisa et moi lors d'un repas de Thanksgiving quand nous n'étions encore que des enfants.

– Ils l'ont libéré, maman. Tu crois qu'un juge prendrait une telle responsabilité s'il n'était pas certain de son innocence ?

Ma mère se leva et contourna le bureau.

– Tu ne vis pas ici, Nick. Les gens parlent rarement de l'affaire en public, mais je peux te dire qu'ils ne pensent plus qu'à ça depuis des semaines.

– Je comprends que la libération d'Ethan vienne perturber le petit quotidien des honnêtes citoyens de cette ville…

– Ne sois pas condescendant avec nous.

Plus que de la colère ou de l'irritation, ce fut de la lassitude que je lus dans son regard. Je savais combien cet échange lui coûtait, et pourtant je n'arrivais pas à y mettre un terme.

– Pardon, mais ça n'est pas une raison pour le traiter de cette manière.

– Marion était ma meilleure amie…

– Pourquoi est-ce que tu dis « était » ?

– Parce que nous ne nous voyons pratiquement plus.

– À cause de mon livre ?… Est-ce que c'est de ma faute ?

– Bien sûr que non ! Ton livre est sorti il y a six ans et Marion ne l'a même pas lu.

– Comment peux-tu en être si sûre ?

– Parce qu'elle me l'a dit un jour. Elle m'a aussi dit qu'elle trouvait toute cette polémique autour de ton roman ridicule, qu'elle savait très bien que tu n'avais rien écrit qui puisse porter atteinte à la mémoire de Lisa… Non, Marion ne sort pour ainsi dire plus de chez elle depuis plus de deux ans.

– Deux ans ?

– Elle a attrapé une vilaine grippe durant l'hiver 2014. Elle est restée plusieurs semaines alitée et s'est beaucoup affaiblie. Après ça, les choses ont changé. Elle ne voulait plus voir personne… et j'ai préféré ne pas insister.

– Tu veux dire que tu ne la vois plus du tout ?

– Je suis allée la voir quand j'ai appris qu'Ethan risquait d'être libéré – je pensais qu'elle devait être bouleversée. Mais nous n'avons pas parlé de lui et elle n'a rien fait pour aborder le sujet. Je l'ai appelée deux ou trois fois depuis, mais elle n'a jamais décroché.

– Qui s'occupe du magasin ?

– Tu n'y es donc pas retourné ?

– Qu'est-ce que je serais allé y faire ?

– C'est Richard, bien sûr. Ça fait des années qu'il a repris l'affaire. Marion ne s'occupait plus de rien depuis longtemps.

Je n'avais jamais entretenu avec le frère de Lisa que des relations superficielles. Richard n'était pas un garçon commode. D'un tempérament rude, capable de colères monstres, il semblait en permanence sur le qui-vive et se méfiait d'à peu près tout le monde.

– Je ne savais pas qu'elle allait aussi mal…

– Tu comprends à présent ? Marion a dû supporter trop de malheurs dans sa vie.

Le sort s'était acharné contre les Nielsen. Un automne, trois ans après la mort de Lisa, son père était allé s'enfermer à clé dans le cabanon du jardin. Il s'était tiré une balle de carabine dans la bouche, après avoir laissé un mot sur la porte : *N'entrez pas, appelez la police.* C'est comme ça qu'on se suicide dans le Wisconsin : arme à feu ou pendaison. Parce que la plupart des habitants ont chez eux une arme ou une corde. À New York, on se tue en se jetant du pont George-Washington ou en avalant des somnifères. Les gens croient être libres, mais même dans la mort ils ne sont que le produit de leur environnement. C'était Richard qui avait découvert le corps – car, évidemment, il était entré, et avait même dû pour cela défoncer la porte à coups de hache. On avait trouvé à ses pieds une vieille peluche de Lisa qui valait toutes les lettres d'adieu du monde. Anthony Nielsen n'était pas mort tout de suite. Il avait passé deux semaines dans le coma à l'hôpital, sans aucun espoir de s'en sortir. Personne ne savait d'ailleurs pourquoi les médecins s'étaient ingéniés à le maintenir en vie.

– Elle a longtemps réussi à faire face, reprit ma mère, mais elle n'est plus la même. Et je crois que le retour d'Ethan pourrait… Ce garçon n'aura apporté que des malheurs, Nick. Nous n'aimions pas que tu traînes avec lui.

– Je ne « traînais » pas avec lui, maman. Ethan était mon meilleur ami, et Lisa l'aimait… elle l'aimait vraiment. Et ce n'est pas parce qu'un jury l'a condamné qu'il est forcément coupable. Les erreurs judiciaires, ça existe, figure-toi !

Elle secoua la tête, sans rien trouver à me répondre. Je me sentais misérable de la torturer avec mes états d'âme.

– J'aurais mieux fait de me taire. Est-ce que tu as faim, maman ? Tu veux que je prépare quelque chose ?

– Non. Vera m'a dit qu'elle allait apporter des restes – elle sera là dans un moment, d'ailleurs. Adam a appelé : son avion atterrira tard… j'ai noté l'heure sur un papier près du téléphone.

– Très bien.

Comme je m'apprêtais à quitter la pièce, elle ajouta :

– Nick… Je suis heureuse d'avoir mes deux garçons à la maison. Ce n'est pas une chose si courante. Nous aurions dû nous retrouver plus souvent tous ensemble… quand ton père était encore là.

*

L'avion d'Adam était censé se poser peu après 23 heures mais il avait du retard. Je dus patienter dans le Valentine Coffee du hall où arrivaient les vols en provenance de la côte Est, le regard vissé au panneau d'affichage. J'en profitai pour rappeler Chloé, qui m'avait laissé un message dans l'après-midi.

– Je ne te dérange pas ?

– Tu sais bien que je ne suis pas une couche-tôt.

– Qu'est-ce que tu faisais ?

– Oh, comme d'habitude. J'étais plongée dans un manuscrit.

– Un bon ?

– Honnêtement, ça craint, mais l'agent qui me l'a passé m'a assuré que ce serait un best-seller.

– Hum… Le genre de sentence dont tu te méfies, en général.

Je l'entendis tourner des pages.

– Écoute un peu ça : « Le soleil dardait ses rayons matinaux sur les arbres revêtus de leur altière parure automnale… »

– Tu me fais marcher !

– Mais non, c'est écrit noir sur blanc ! Et il y en a comme ça des pelletées. C'est d'un prétentieux !

Retrouver un peu de complicité avec Chloé me faisait du bien. J'aurais aimé être à ses côtés. Je l'imaginais allongée dans son lit, stylo à la main, une tasse d'infusion détox posée sur sa table de chevet : c'était dans ces moments banals de relâchement que je la préférais, ces moments d'intimité que je ne connaîtrais peut-être plus jamais, par mon entière faute.

– Tu es chez ta mère ?

– Non, je poireaute à l'aéroport… Adam devait atterrir il y a plus d'une demi-heure. Tu ne peux pas savoir comme j'ai hâte qu'il arrive.

– Comment ça s'est passé ?

– C'était plutôt bizarre avec ma mère. Mon père est mort et c'est à peine si on a parlé de lui. On ne peut pas dire que j'aie fait preuve de beaucoup de tact avec elle. Il y a des sujets qu'on aurait mieux fait de ne pas aborder.

– Vous ne vous êtes pas disputés, quand même ?

– Pas disputés mais…

– Tu veux en parler ?

– Pas la peine, le mal est fait. Je me suis vraiment comporté de façon stupide.

– Vous êtes encore sous le choc, Nick. Dans ces moments-là, on dit parfois des choses qu'on ne pense pas.

– Le problème, c'est que je pensais tout ce que je lui ai dit. J'ai envie de rentrer le plus rapidement possible à New York… Mon Dieu, je me demande comment je peux sortir un truc pareil ! Mon père est mort hier et je ne pense qu'à me tirer de Black Oak. Tu vois, tu avais raison : je prends un malin plaisir à cultiver mon « côté provincial », mais je ne me sens plus à ma place ici.

– Je suis désolée pour ce que je t'ai dit hier.

– Si mon père n'était pas mort, tu ne le serais pas tant que ça. Tu m'as juste dit mes quatre vérités, et je crois que j'avais besoin de les entendre.

– Est-ce que tu sais quand aura lieu l'enterrement ?

– Mardi ou mercredi… Bon, je voulais juste te donner des nouvelles. Je pourrai te rappeler, demain ou après-demain ?

– Bien sûr que tu peux m'appeler.

– Chloé, fis-je après un moment d'hésitation. Je ne vais pas te dire que la mort de mon père m'a ouvert les yeux et m'a fait prendre conscience de tout un tas de vérités sur l'existence, parce que ça serait te mentir… Mais je ne peux pas croire que les choses soient finies entre nous. On ne peut pas en rester là.

Elle souffla dans le téléphone.

– Je t'ai déjà dit que j'avais besoin de temps, Nick. Et je ne crois pas que ce soit le meilleur moment pour parler de tout ça.

– Tu as raison. Je ne sais pas ce qui m'a pris.

– Embrasse ton frère de ma part, d'accord ?

Ce que je fis dès qu'Adam eut franchi la porte des arrivées. Il avait une mine affreuse, mais il me sourit en me voyant. Nous tombâmes dans les bras l'un de l'autre, et notre étreinte dura.

– Désolé, tu as dû attendre des plombes… J'avais dit à maman que je me débrouillerais.

– Tu rigoles ! Tu as des bagages ?

Quand nous eûmes quitté le parking de l'aéroport, Adam alluma la radio. Il ne me fallut que quelques secondes pour reconnaître la voix de Justin Fallon. Des images désagréables de la fête me revinrent en mémoire.

– Pas ça, s'il te plaît.

– Pourquoi ? Je l'aime bien, cette chanson.

– Et moi je n'aime pas ce type.

– Comment ça, « ce type » ? Tu le connais ?

– Pas vraiment, je l'ai juste croisé dans une soirée. C'est un gros con.

– Ça faisait longtemps…

– De quoi tu parles ?

– Ta catégorie « gros cons ». Dès que tu n'aimes pas quelqu'un, on y a droit.

– Tu veux vraiment écouter de la musique ?

– J'aimerais bien.

Je changeai de station au hasard. Se croyant abandonnée, Sia se désespérait de ne voir que deux empreintes de pas dans le sable. J'en profitai pour baisser un peu le son.

– Est-ce que Chloé est venue avec toi ?

– Non. Elle a un boulot fou, elle nous rejoindra plus tard.

J'aurais sans doute mieux fait de rester évasif plutôt que de m'enferrer dans un mensonge.

– Tout va bien entre vous ?

– J'ai l'impression d'entendre maman. Pourquoi ça n'irait pas ?

– Je ne sais pas, dit Adam en tournant la tête vers la vitre. Tu ne parles jamais d'elle…

– Quand est-ce que je pourrais te parler d'elle ? On ne s'appelle quasiment jamais.

– C'est un reproche ?

– Si c'est un reproche, il m'est aussi adressé. Tu te rends compte qu'on vit à moins de deux heures de route l'un de l'autre ?

– Quelle découverte ! C'était quand la dernière fois que tu es venu à New Haven ?

– Deux ans ? Peut-être même un peu plus.

Adam et moi nous étions lentement éloignés, dans une indifférence équitablement partagée. Nous nous passions de rares coups de fil, et ce n'était jamais que pour des échanges anodins : je l'interrogeais sur ses études, il me posait quelques questions polies sur mon travail, même si je savais pertinemment qu'il se contentait de survoler mes livres – tout juste pour avoir matière à m'en dire deux mots afin de ne pas me vexer. Ces coups de téléphone ne duraient jamais très longtemps, et nous nous retrouvions assez vite à court de sujets de conversation. Que savais-je de sa vie ? Qu'il avait beaucoup d'amis à Yale, qu'il était apprécié de tous ses condisciples et qu'il plaisait beaucoup aux filles. En somme, il s'était construit une nouvelle existence loin de Black Oak, ce que je n'étais quant à moi pas certain d'avoir réussi à faire malgré les apparences. Je n'attendis même pas la fin de la chanson pour éteindre la radio.

– Le temps bousille tout. Papa qui est mort, maman qui va se retrouver seule… Je ne pensais pas que ça arriverait aussi vite. Pour être honnête, je n'avais même pas songé que ça puisse arriver un jour. Merde ! J'ai 30 ans, tu n'en as que 26, et c'est une partie de notre vie qui s'en va…

– On vient ici tous les trente-six du mois. Ne me dis pas que tu regrettes ta vie à Black Oak depuis que…

– Je parlais de notre enfance, Adam. On n'a pas été malheureux. C'est ce temps-là que je regrette.

– Tu vois, c'est bizarre, mais moi je ne pense presque jamais à cette époque.

Je me contentai de regarder fixement la route devant moi en essayant de penser à autre chose. Puis je pris la direction nord-est vers le centre-ville de Milwaukee. Ce n'est que lorsque j'eus gagné l'Interstate 43, après l'horrible enchevêtrement de niveaux de l'échangeur autoroutier, que je repris la parole :

– Tu as quelqu'un en ce moment ?

– Tu sais bien que je n'aime pas parler de ce genre de choses.

– Tu m'interroges bien sur Chloé…

– Et je constate que tu n'as pas envie de parler d'elle, toi non plus. Je suis crevé, Nick !

– Je te signale qu'on en a encore pour une demi-heure, au minimum. De quoi est-ce que tu veux qu'on parle ?

– Je ne sais pas, moi. De l'actualité.

– Pfff ! De l'actualité !

Il prit l'exemplaire du *New York Times* qu'il avait posé sur son sac à ses pieds. La vue du journal fit surgir en moi l'image de Penny MacLane et de son air sournois. Il me mit la une sous le nez.

– Tu as vu ce qui se passe avec Trump ? C'est dingue, non ?

– Ce mec est un guignol.

– C'est ce qu'on disait de Reagan au début.

– Il s'est fait rétamer dans le Wisconsin, il n'aura pas l'investiture.

– Qu'est-ce qu'on en a à foutre du Wisconsin ? On n'est pas le centre du monde. Il a deux cents délégués d'avance sur Cruz, et il va rafler la mise à New York. Je te le dis, ce type pourrait bien être notre prochain président…

Je me souvenais de la campagne de 2008, de cette époque où j'avais suivi avec passion la fulgurante ascension d'Obama. Mais voilà longtemps que la politique ne m'intéressait plus. Et qu'un magnat de l'immobilier vulgaire et misogyne fût peut-être à deux doigts d'accéder au pouvoir n'y changeait rien.

– Bon, alors, tu le lâches, le morceau ! Tu as une copine ?

Adam fit une moue embarrassée et se gratta la joue.

– OK, mais ne compte pas sur moi pour entrer dans les détails. Elle s'appelle Claire et elle est en troisième année à Yale…

*

Comme je m'y attendais, ma mère n'était pas encore couchée. Elle nous attendait dans la cuisine, attablée devant une énième tasse de thé. Il y eut force embrassades, plus intenses que celles qui avaient eu lieu en début d'après-midi. Je ne sais pas si en être réduit au rôle de simple spectateur de la scène m'agaçait ou me soulageait. Ma mère et Adam auraient sans doute parlé toute la nuit si je n'avais pas insisté pour que nous allions nous coucher.

Malgré la fatigue accumulée, je ne parvins pas à trouver le sommeil et passai mon temps à me retourner dans mon lit. En revenant des toilettes, vers 2 heures du matin, je vis un rai de lumière sous la porte de la chambre de mon frère. Je tapotai avant d'entrer. Il était étendu de travers sur son lit, en pleine lecture d'un épais bouquin.

– Tu ne dors pas ? demandai-je en bâillant.

– Je n'arrive pas à fermer l'œil. J'en profite pour bosser. Droit constitutionnel… Et toi ?

– Envie de pisser.

– Quand faut y aller, faut y aller.

– Adam… Il y a un truc que je ne t'ai pas dit tout à l'heure…

Il remonta ses lunettes à monture écailles de tortue sur son crâne et soupira.

– Tu veux parler d'Ethan, je suppose.

– Tu sais quoi, au juste ?

Il referma sèchement son livre.

– Qu'il est revenu en ville et que ça ne plaît à personne.

– Je vois. Eh bien moi, je ne l'ai appris que cet après-midi. Inutile de te dire que je suis tombé des nues. S'il n'y avait pas eu cette serveuse chez Barney…

– « Cette serveuse » ? Tu veux dire Connie ?

– Quoi ! Tu es aussi au courant pour Connie ?

– Je suis allé faire un tour au resto à Noël, j'avais rendez-vous avec un vieux copain. J'ai un peu discuté avec elle. Qu'est-ce qu'elle a changé ! Elle était plutôt mignonne avant, non ?

– Pourquoi tu ne m'as pas dit qu'elle bossait là-bas ?

– Je la connais à peine, cette fille ! Je n'aurais pas pensé que ça avait un quelconque intérêt. Vous deviez avoir 12 ans quand vous vous bécotiez.

– On n'avait pas 12 ans ! J'étais déjà au lycée quand on est sortis ensemble.

– Où est-ce que tu veux en venir, exactement ?

– Nulle part. Je voulais juste que tu saches pour Ethan. Comment tu l'as appris, au fait ?

– Peu importe.

– C'est maman qui te l'a dit ?

– Merde à la fin ! Oui, c'est maman ! Je l'ai appelée l'autre jour et… je ne sais plus comment on en est arrivés à parler de ça.

Je commençai à regretter d'avoir poussé cette porte.

– Bon, je crois que je vais essayer d'aller dormir. On a une sale journée demain.

Je lui fis un signe de la main.

– Tu sais, Nick, tu ferais mieux de faire gaffe.

– Faire gaffe à quoi ?

– Il paraît que le coin grouillait de journalistes il y a encore quelques semaines. Tu n'es pas n'importe qui… enfin, tu comprends ce que je veux dire… à cause de ton livre… Il vaudrait mieux qu'on n'ouvre pas trop notre gueule et qu'on reste discrets. On n'a pas besoin de s'attirer des problèmes en ce moment.

– Évidemment. Qu'est-ce que tu crois ? Que j'ai l'intention d'aller bavasser sur Ethan ?

– Il n'y a pas que les journalistes. Il y a aussi les voisins, les gens en ville. Bientôt, maman va se retrouver seule et je ne voudrais pas qu'on lui mène la vie dure à cause de nous.

– « À cause de nous » ? À cause de moi, tu veux dire. Tu n'as rien à voir avec cette affaire.

Adam se redressa brusquement.

– Comment est-ce que tu peux dire un truc pareil ? Je n'avais que 14 ans à l'époque, mais j'ai subi toute cette merde autant que toi. J'étais à la fête cette nuit-là, ne l'oublie pas.

– Pas la peine de t'énerver.

– Tu crois que j'ai oublié l'enfer qu'est devenue cette foutue ville après la mort de Lisa ? On ne pouvait même plus mettre un pied dehors tellement il y avait de télés et de fouineurs. Tu as pu te tirer pour la fac juste après, mais moi j'ai dû rester encore trois ans. Quand maman m'a appris pour Ethan, ça a fait ressortir beaucoup de mauvais souvenirs… Et je n'ai vraiment pas envie de revivre tout ça.

Le visage d'Adam était devenu plus pâle et je remarquai que ses mains tremblaient légèrement.

– D'accord. On se fait une promesse, frérot ? On ne parle plus d'Ethan ni de Lisa tant qu'on est ici…

– Ça me va, répondit-il d'un ton sec.

– De toute façon, ça n'est l'affaire que de quelques jours, pas vrai ?

7

Le lendemain, le téléphone n'arrêta pas de sonner – des amis de la famille qui, selon la formule convenue, nous présentaient « leurs plus sincères condoléances ». Je répondis aux deux premiers appels avant qu'Adam prenne le relais, à mon grand soulagement. L'écoutant depuis le salon, je constatai combien il savait se montrer avenant et trouver les mots, beaucoup mieux que je n'en étais capable. Qu'est-ce qui fait que deux frères ayant reçu une éducation presque identique peuvent devenir si différents l'un de l'autre ? Et s'éloigner à ce point ? Peut-être Adam m'avait-il apporté la réponse la veille. Pour paraphraser Tolstoï : tous les frères heureux se ressemblent, mais les frères malheureux le sont chacun à leur façon.

Nous partîmes de la maison en fin de matinée. Vera, qui avait débarqué chez nous à l'aube, voulut à tout prix nous accompagner – au regard définitif qu'elle nous lança, je compris que sa proposition n'était pas négociable. Elle monopolisa la parole durant tout le trajet, alternant des anecdotes sur sa vie avec des commérages sur Black Oak que je n'écoutai que d'une oreille distraite.

Mon père reposait dans une maison funéraire sur Superior Avenue à Sheboygan. Le bâtiment était en réalité une grande maison familiale entourée d'arbres et de carrés de pelouse parfaitement entretenus. Sans le panneau « Crain Funeral Home, depuis 1936 », il aurait été impossible d'imaginer que ce lieu abritait des morts.

Le propriétaire nous accueillit avec une certaine obséquiosité. Il nous expliqua que nous pouvions prendre tout notre temps et que nous ne serions pas dérangés. Puis on nous conduisit dans une salle au sol recouvert d'une affreuse moquette grenat. Au fond, devant un grand rideau était installé un cercueil en bois clair encadré par deux énormes bouquets de fleurs. Il pesait autour de nous un silence confiné.

Ma mère s'avança au côté d'Adam – je m'étais débrouillé pour rester un peu en retrait. J'ai toujours trouvé dérangeant le fait de vouloir exposer les défunts aux yeux de leurs proches, pour leur donner l'illusion que leur intégrité physique ne peut pas être atteinte, même par la mort. Arrivé devant le cercueil, je dus me faire violence pour regarder mon père. On lui avait mis un costume bleu à fines rayures et une cravate, alors qu'il n'en portait presque jamais. Ses yeux et sa bouche étaient clos, son visage plus coloré que de son vivant à cause du maquillage. Je sentais que mes lèvres s'étaient mises à trembler, mais je n'éprouvais pas de sentiment clairement définissable. Je m'étonne toujours de constater combien, dans les pires moments de ma vie, je suis incapable de ressentir des émotions simples et franches. J'étais là, devant le cercueil de mon père, et au lieu de le pleurer ou de me recueillir je songeais à l'employé de l'entreprise, un étranger que nous ne rencontrerions jamais, qui avait dû manipuler et laver ce corps, le vider de ses fluides, le remplir de tout un tas de produits écolos, puis le farder pour le rendre présentable. Je détournai le regard et le fixai sur le rideau et ses plissures impeccables, en essayant de penser à autre chose.

Au bout d'un moment, j'entendis ma mère sangloter, mais de manière discrète, presque effacée. Même lorsque nous étions totalement seuls, elle n'aimait pas « se donner en spectacle » – j'avais tant entendu cette expression au cours de mon enfance que j'imaginais qu'un public épiait sans cesse nos conversations et nos moindres faits et gestes. Adam restait immobile, la tête un peu penchée en avant, et je vis qu'il essayait de retenir ses larmes. Je fus presque gêné de ne pas avoir l'air plus triste. Vera me prit une main et la serra brièvement, avant de pousser un long soupir qui me parut théâtral.

Nous restâmes ainsi environ cinq minutes puis, comme si nous nous étions concertés, Adam, Vera et moi gagnâmes la première rangée de chaises pour laisser ma mère seule devant le cercueil. Je la vis poser ses mains sur mon père, le tapoter d'un geste tendre, avant de se pencher pour lui donner un baiser. J'ignorais combien de temps nous étions censés rester là. Dès qu'un délai raisonnable et décent se fut écoulé, je fis un signe discret à Adam pour lui indiquer que je voulais sortir, et il me suivit.

À l'accueil, Thomas Crain fils se montra beaucoup plus volubile qu'à notre arrivée. Il nous parla de l'importance d'organiser de vraies « funérailles personnalisées » pour honorer la vie du défunt et entamer le travail de deuil. Comme je n'avais pas envie de subir son baratin, je lui expliquai que nous voulions le meilleur – sous-entendu le plus onéreux – pour notre père et que nous lui faisions totalement confiance pour tout organiser au mieux. Il nous donna une brochure qui prodiguait les précieux conseils d'un expert mondialement reconnu du chagrin et du deuil et nous fit ensuite remplir un épais formulaire. Informations personnelles. Préférences funéraires. Lieu du service... Sans même demander l'avis de notre mère, nous cochâmes la case « privé » pour les visites, n'ayant guère envie que la moitié de la ville défile devant le corps.

Quand nous quittâmes la maison funéraire, au lieu de prendre la route de Black Oak je roulai jusqu'au centre-ville de Sheboygan. Je pensais que ma mère avait besoin de prendre l'air. En réalité, je crois que nous en avions tous besoin. Après avoir marché un quart d'heure au milieu d'un parc en bordure de la rivière, nous nous installâmes à la terrasse d'un restaurant qui offrait une vue reposante sur l'embouchure et la jetée.

Nous fûmes de retour à la maison vers 16 heures. Ma mère paraissait extrêmement fatiguée et Vera n'avait fort heureusement pas l'intention de la quitter. Adam et moi les laissâmes rentrer et nous traînâmes un peu dans le jardin. Je sortis de ma poche deux petits cigares sans filtre.

– Tu en veux un ? Je les ai piqués dans le bureau de papa hier soir.

– C'était bizarre quand même cette habitude qu'il avait : un cigare toutes les semaines, le dimanche à midi.

– Maman dit que son propre père faisait pareil. Ça devait être comme un rituel qu'on se transmet de génération en génération. J'avais l'impression qu'il ne prenait même pas plaisir à fumer.

Je lui tendis le briquet en argent que j'avais également pris dans le bureau.

– Tiens. Tu pourras le garder si tu veux.

– Non, je te le laisse. Je prendrai un autre souvenir. Il y a tellement de vieux trucs dans ce bureau… C'est un vrai bazar.

Il tira plusieurs fois sur le cigare pour l'allumer et toussa bruyamment.

– Ça arrache !

– Je doute qu'on perpétue la tradition bien longtemps. On aurait peut-être mieux fait de n'en allumer qu'un.

– Au fait, j'ai appelé Claire ce matin, elle viendra à l'enterrement.

– C'est du sérieux alors entre vous ? Beaucoup plus sérieux que ce que tu m'as laissé croire hier soir.

– Peut-être bien. Qui sait ?

Même si je n'en montrais rien, j'étais contrarié. Il me faudrait maintenant inventer une solide excuse pour justifier l'absence de Chloé.

Adam écrasa dans l'herbe son cigare à peine entamé et le déposa dans une jardinière.

– Je le finirai plus tard, ça me donne la gerbe. Je crois que je vais aller roupiller un peu, j'ai trop mal dormi la nuit dernière.

– Tu as bien raison. Je me demande si je ne vais pas en faire autant.

Mais je ne bougeai pas et j'attendis qu'Adam ait pénétré à l'intérieur pour me tourner en direction de la rue. Pendant notre échange, j'avais senti une drôle de présence : comme si quelqu'un nous observait sans que je puisse le voir. Je finis par rentrer en évitant la cuisine, où Vera et ma mère discutaient.

Une fois dans ma chambre, je me postai à la fenêtre en me dissimulant derrière le rideau. Un peu en retrait de la maison voisine, je remarquai une vieille Ford Mustang couleur pistache, un modèle de collection que j'avais distraitement aperçue quand nous étions arrivés sur Clifton Street. Appuyé contre la portière, à contre-jour, se tenait un homme, dont je distinguais seulement la silhouette. Il était tourné vers notre maison, cela ne faisait aucun doute. Je n'avais pas l'impression qu'il s'agissait de quelqu'un du coin.

– Putain, c'est qui ce type ? murmurai-je en fermant le rideau.

Je tournai un moment dans ma chambre, hésitant à aller prévenir Adam, avant de me souvenir de la promesse que je lui avais faite la veille. Or pour quelle raison pouvait-on venir traîner devant chez nous si ce n'était à cause de la récente libération d'Ethan ?

– Tu sors ? me demanda ma mère quand elle me vit passer en trombe dans le couloir.

– J'en ai pour cinq minutes. J'ai oublié quelque chose dans la voiture.

C'est le cœur battant que je descendis la courte allée qui menait jusqu'à la rue. L'homme n'avait pas bougé. Je marchai droit vers lui. Il devait avoir la cinquantaine bien tassée et portait un costume de velours vert complètement démodé ainsi qu'une cravate beigeasse qui lui auraient permis de remporter haut la main le titre de « mec le plus mal fringué d'Amérique ».

J'étais persuadé qu'il remonterait illico dans sa Ford et déguerpirait, mais il demeura immobile. Son visage avenant et ses petits yeux rieurs sous des cheveux gris en bataille étaient en complet décalage avec sa tenue terne.

– Monsieur Altman ? demanda-t-il d'un ton qui se voulait amène.

– Qui êtes-vous ?

Il me tendit la main. Évidemment, je refusai de la lui serrer, mais cela ne parut pas entamer sa bonne humeur. Je constatai que sa cravate était éraillée et son costume usé jusqu'à la corde.

– Permettez-moi de me présenter : je m'appelle Alister Brandeau.

– Brando ? Comme Marlon ?

– Euh, oui, mais non… ça ne s'écrit pas pareil. Brandeau « e-a-u », épela-t-il lentement comme si j'étais un gosse auquel il apprenait à lire. Je n'ai donc évidemment aucun lien de parenté avec lui.

– Pourquoi traînez-vous devant chez moi ?

– Oh, je vous prie de m'excuser. Si j'avais pu trouver un autre moyen pour…

– Vous êtes journaliste, c'est ça ?

– Eh bien, si l'on veut, mais je me qualifierais plutôt de…

– Désolé, mais je n'ai rien à vous dire. Comment est-ce que vous m'avez trouvé ? Comment avez-vous eu cette adresse ?

Il se mit presque à rire – à croire que je venais de lui raconter une histoire drôle.

– Figurez-vous que je déjeunais en ville au Lake's Diner – un endroit fort agréable, entre parenthèses – et que j'ai entendu, bien malgré moi je vous l'assure, une conversation…

– Merde ! Connie n'a pas pu tenir sa langue !

Il agita les mains dans un geste affolé un peu ridicule.

– Oh non, je ne voudrais pas créer de problèmes à cette jeune serveuse ! Elle est tout à fait charmante et elle ne m'a absolument rien dit qui puisse…

– Qu'est-ce que vous me voulez exactement ?

– Laissez-moi dissiper tout malentendu : je n'ai rien à voir avec ces journalistes en mal de scoops qui ne s'intéressent à une affaire que pour faire grimper les ventes de leur canard.

– C'est ce qu'ils disent tous ! Pour quel journal travaillez-vous ?

– J'apporte ma contribution à un petit magazine du nom d'*Authentic Detective*… Oh, la diffusion est vraiment… confidentielle.

On aurait dit le titre d'un *true crime magazine* des années 50. Ce type, avec son élocution affectée et son vocabulaire vieillot (qui employait encore le mot « canard » ?), semblait vraiment s'être trompé d'époque.

– Jamais entendu parler.

– Mais ce n'est pas là l'essentiel de mes activités. Je suis aussi auteur, comme vous. Je mène des enquêtes… des enquêtes fouillées qui peuvent parfois m'occuper durant des années.

– Et vous enquêtez sur Ethan Walker, bien sûr.

– Les erreurs judiciaires sont mon domaine de prédilection. J'ai d'ailleurs ici avec moi l'un de mes ouvrages. Si vous permettez…

Il rebroussa chemin et passa la main par la vitre entrouverte de son cabriolet. Je jetai un rapide coup d'œil vers la maison, pour m'assurer que personne ne nous observait. Je me demandai pourquoi je n'avais pas déjà tourné les talons.

– Connaissez-vous l'affaire Ty Freeman ?

– Non, répondis-je d'un ton tranchant.

Il me tendit un livre intitulé *Le Parfait Coupable*. La couverture représentait les photos d'identité judiciaire d'un jeune Noir d'une vingtaine d'années.

– Voilà sans doute la chose dont je suis le plus fier dans ma vie : avoir évité à un homme le couloir de la mort. Permettez-moi de vous offrir cet exemplaire pour que vous puissiez juger du sérieux de mon travail.

– Écoutez, monsieur Brandeau « e-a-u », vous avez l'air de quelqu'un de sympathique, et je n'ai rien contre vous. Mais j'aimerais que vous partiez maintenant. Nous traversons un deuil dans ma famille…

Il recula d'un pas comme si je venais de lui expédier un uppercut dans la mâchoire.

– Oh, je suis vraiment confus. Toutes mes condoléances. Je suis désolé d'être venu vous déranger dans un moment pareil.

– Il n'y a pas de mal, vous ne pouviez pas savoir. Je vous souhaite bon courage dans vos recherches.

J'avais déjà commencé à rebrousser chemin lorsque Alister Brandeau me lança :

– Je crois dur comme fer en l'innocence de M. Walker.

– Vous devez être le seul dans cette ville.

– J'ai envie de l'aider, comme j'ai pu aider naguère M. Freeman. Malheureusement, on refuse de me parler : les portes se ferment les unes après les autres dès que j'évoque l'affaire. Et je crains que le temps ne presse…

Je m'arrêtai net, puis refis un pas dans sa direction.

– Comment ça, « le temps presse » ? Ethan est libre maintenant.

– Disons que sa condamnation a été levée, ce qui ne le met pas à l'abri de nouvelles poursuites… et d'un nouveau procès.

Je secouai la tête avec véhémence.

– Qu'est-ce que vous racontez ? Personne ne peut être jugé deux fois pour le même crime, tout le monde sait cela. Je connais le Cinquième Amendement !

Brandeau prit appui sur le capot de sa voiture et passa une main dans ses cheveux gris.

– Vous avez raison sur un point : si vous êtes déclaré « non coupable » devant un jury, personne ne pourra vous juger une seconde fois – clause de double incrimination. Mais dans le cas d'Ethan Walker la condamnation a simplement été annulée, il n'a pas été déclaré « non coupable ». Une annulation de condamnation ne signifie pas que vous ne pouvez plus être poursuivi.

– Comment est-ce possible ?

– Cette affaire a porté un rude coup aux forces de l'ordre de l'État et au bureau du procureur. Et croyez-moi, ces gens-là n'aiment pas la mauvaise publicité, d'autant plus qu'une partie de la presse a déjà pris fait et cause pour votre ami. Je ne les imagine pas rester inactifs après ce qui s'est passé. Le procureur n'a pas utilisé toutes ses cartouches. S'il veut à nouveau inculper Ethan, il peut reprendre l'affaire depuis le début et initier un nouveau procès, sans avoir à apporter la moindre nouvelle preuve.

J'étais abasourdi, et Brandeau s'en rendit compte. Libéré ou innocenté : je n'avais envisagé cette nuance que d'un point de vue moral, sans jamais penser aux implications juridiques qu'elle pouvait entraîner. Je savais qu'il me faudrait du temps pour encaisser cette nouvelle et je ne voulais pas donner à Brandeau l'impression que j'allais lui être d'un quelconque secours.

– J'ignorais tout ce que vous venez de m'apprendre, mais cette affaire ne me concerne plus. J'ai d'autres problèmes en ce moment… Je suis désolé.

Il me fit un salut de la tête – une façon de m'indiquer qu'il ne comptait pas insister, du moins pour le moment.

– N'hésitez pas à m'appeler, monsieur Altman. Je vous ai laissé un numéro sur la page de garde de mon livre. Je suis en ville pour un bon bout de temps. Je ne me décourage pas facilement…

*

Bien évidemment, je gardai pour moi cette rencontre. Le soir, pendant le dîner, je m'efforçai de participer à la conversation et de paraître naturel, mais je n'arrivais à fixer mon attention sur aucun sujet. Ma rupture avec Chloé, mes échanges avec Connie et Brandeau, l'image du corps de mon père, le souvenir d'Ethan… tous ces éléments disparates formaient un ballet chaotique dans mon cerveau. À quelques regards furtifs qu'il me jeta, je vis qu'Adam avait conscience que je n'étais pas dans mon assiette.

Quand enfin je fus seul dans ma chambre, je me connectai à internet et tapai le nom d'Alister Brandeau dans un moteur de recherche. Les résultats furent plutôt maigres. J'atterris sur une page d'Amazon où son livre, *Le Parfait Coupable*, pointait à la deux millionième place des meilleures ventes et n'était pas disponible avant six à huit mois. Sa biographie anémique ne m'apprit rien de plus sur lui que ce qu'il avait bien voulu m'en dire. La curiosité me fit ensuite taper le nom de Ty Freeman. Je tombai sur un interminable article Wikipédia que je pris le temps de lire *in extenso*, dans la mesure où je n'avais aucunement l'intention de me farcir le livre de Brandeau.

Un soir de l'été 2010, Kate et Christopher Miller faisaient des courses dans une petite épicerie de Hyde Park, à Chicago. Ils allaient passer en caisse quand un jeune Noir portant écharpe et bonnet avait surgi pour braquer le gérant et menacer Kate Miller de son arme afin de lui voler son sac à main et ses bijoux. Elle avait résisté, son mari avait tenté de s'interposer et un coup de feu était parti. Elle était morte avant l'arrivée des secours. Deux heures après le braquage, une bagarre avait opposé trois étudiants de l'université à deux jeunes du sud de la 61ᵉ Rue, qui marque la limite entre les quartiers chics et la zone où les guides touristiques déconseillent de s'aventurer. La police était intervenue et avait embarqué tout le groupe. Les jeunes étaient arrivés au commissariat au moment où Christopher Miller quittait les lieux après avoir fait sa déposition. Anéanti, il n'avait pu fournir aux policiers qu'une vague description du braqueur mais, croisant par hasard Ty Freeman dans un couloir du poste, il avait prétendu reconnaître en lui l'agresseur de l'épicerie. Les flics, qui pensaient avoir ramassé un jeune pour une simple bagarre, se retrouvaient avec un assassin potentiel sur les bras. La suite n'avait rien de très original : interrogatoire sous pression, absence d'avocat, aveux sans doute extorqués… Le procès de Ty Freeman avait eu lieu un an plus tard. Il n'avait dû son salut qu'à un ponte du barreau qui avait accepté de prendre sa défense gratuitement et mis en évidence les grossières incohérences du dossier. Au terme d'un long procès largement couvert par la presse, le garçon originaire de North Kenwood avait été acquitté, devenant ainsi un symbole dans le milieu judiciaire.

L'article ne mentionnait jamais le nom de Brandeau – pas même en références ni en bibliographie – et je me demandai s'il n'avait pas exagéré son rôle dans l'affaire, puisque son bouquin était sorti plus de deux ans après les faits. Avait-il vraiment apporté des preuves décisives ou m'avait-il mené en bateau pour me soutirer des informations sur Ethan ?

Je n'arrivais pas en tout cas à m'ôter de l'esprit les révélations qu'il m'avait faites. Une nouvelle inculpation, un nouveau procès, et au final une possible condamnation. Peut-être tout aussi lourde que la première.

Après un long moment d'hésitation, j'entrai le nom d'Ethan sur YouTube. Je ne gardai que les résultats les plus récents et ouvris une vidéo de cinq minutes issue d'une chaîne locale et datée de la fin du mois de mars. En studio, un journaliste commentait sa libération. Un reportage tourné à Black Oak nous gratifiait ensuite d'un micro-trottoir censé exprimer la bonne vieille sagesse populaire. Mais le plus intéressant était à venir.

Plan de coupe. Les abords du garage. Une caméra tremblante pour faire vivre au spectateur la scène comme s'il y était. L'équipe de journalistes n'avait pas hésité à pénétrer de quelques mètres dans la propriété des Walker. Léger zoom. Ethan apparut à l'écran, dans un bleu de travail trop grand pour lui. Il était un peu trop loin de la caméra pour que je puisse distinguer clairement les traits de son visage, mais je le reconnus sans peine. Il avait l'air exaspéré et faisait signe à l'équipe de déguerpir tandis qu'une journaliste, micro tendu, déversait sur lui un flot de questions : « Qu'est-ce que ça vous fait d'être libre ? Avez-vous reçu des soutiens de la part de la communauté de Black Oak ? Suspectez-vous quelqu'un du meurtre de Lisa Nielsen ? Avez-vous l'intention d'engager des poursuites contre le bureau du shérif ? » Ethan finissait par leur tourner le dos et par se réfugier à l'intérieur du garage. Même s'il ne pouvait plus l'entendre, la journaliste ne semblait pas prête à capituler et continuait d'attiser l'excitation des spectateurs : « Pourquoi refusez-vous de vous exprimer ? Avez-vous quelque chose à cacher ? Êtes-vous réellement innocent de ce dont on vous a accusé ? Le public veut des réponses… »

Je fus incapable de regarder la vidéo jusqu'au bout et rabattis l'écran de mon ordinateur portable, me retrouvant seul face à la dernière image des Inséparables. Quelque chose, pourtant, avait changé depuis la veille : ce n'était plus moi qui regardais la photographie, mais trois paires d'yeux qui me fixaient d'un air accusateur. « Qu'as-tu fait pour nous ? » semblaient dire ces regards.

Dix minutes plus tard, je descendis au rez-de-chaussée. Adam était affalé sur le canapé du salon, encore en train de potasser son bouquin de droit.

– Tu sors ?

– J'ai besoin de prendre l'air.

– Tu veux que je vienne avec toi ?

– Je crois que j'aimerais être un peu seul, si ça ne t'embête pas. J'en profiterai pour appeler Chloé.

– Pas de problème, je comprends.

Oui, j'avais besoin d'être seul, pour faire ce qu'en dix longues années de ma vie je n'avais pas osé faire

– un regret qui, même si je feignais encore de l'ignorer, ne cesserait jamais de me poursuivre.

Quoi que cela pût impliquer pour moi et pour les miens, je devais revoir Ethan.

DEUXIÈME PARTIE

L'affaire Lisa Nielsen

> Elle n'était plus là, et il lui semblait inconcevable que tout cela puisse continuer à exister comme avant.
>
> Kristopher Jansma, *New York Odyssée*

1

Le panneau qui signalait autrefois le garage des Walker à la sortie de la ville était devenu illisible. Piteux palimpseste, il avait été recouvert d'une couche sommaire de peinture blanche, sans doute dans le but d'effacer des insultes ou des accusations. « Assassin » ? « Meurtrier » ? « Salopard » ? À ce que j'imaginais, rien d'original ni de sophistiqué – un maigre exutoire à la colère qui couvait depuis trop longtemps dans cette ville.

Tandis que je roulais au pas sur le chemin cahoteux que j'avais si souvent emprunté, des images se télescopèrent en moi, mais je les chassai aussitôt pour ne pas laisser les sentiments prendre le dessus. Privée de son ancien portail métallique, l'entrée de la propriété des Walker formait une grande bouche édentée dans le soir tombant. Je garai ma voiture de location sur le bas-côté, criblé d'ornières et envahi de mauvaises herbes. L'endroit était devenu sinistre. La propriété avait des allures de terrain vague. Parmi des bidons éventrés et des pièces métalliques disparates, des carcasses de voitures en file indienne, qui auraient pu passer pour une œuvre de Ant Farm, accentuaient la désolation du lieu. Le garage était un long bâtiment gris qui n'avait cessé d'être agrandi au fil du temps.

Ses lumières étaient allumées, contrairement à celles de la maison, plus en retrait de la route et en partie dissimulée par une rangée d'arbres touffus. Un morceau de Radiohead, « Paranoid Android », parvenait jusqu'à moi. « *Rain down, rain down, come on, rain down on me…* »

Je m'immobilisai sous la porte coulissante, aux trois quarts relevée. L'intérieur du garage, écrasé par la lumière vive des néons, était étonnamment propre et ordonné. Le temps n'avait eu aucune prise sur ce lieu : je retrouvai les mêmes piles de pneus soigneusement entreposés au fond de l'atelier, les innombrables outils qui recouvraient tout un pan de mur, les dessertes et les chariots, le pont élévateur…

Ethan était de dos, accroupi devant une imposante moto de collection noir et blanc – une Harley-Davidson, à ce qu'il me sembla. Une tache d'huile au sol, des outils dispersés autour de lui… Il ne fut pas long à sentir ma présence et se figea. J'avais la certitude qu'il savait parfaitement qui se tenait derrière lui.

– Salut, Ethan ! lançai-je suffisamment fort pour couvrir le son de la musique.

Il posa la clé qu'il avait à la main et s'essuya lentement les paumes sur son jean maculé de traces noirâtres. L'instant dura une éternité. Puis il se releva, me fit face. Quoiqu'il fût exactement le même que sur la vidéo – encore que plus reposé et dispos –, le choc que j'éprouvai à ressentir physiquement sa présence était difficile à supporter. J'étais incapable de prévoir sa réaction. Un sourire quasi narquois apparut sur ses lèvres.

– Je ne sais pas pourquoi, mais j'étais sûr que tu finirais par repointer le bout de ton nez un jour ou l'autre. Il faut croire que c'était écrit…

Il se dirigea vers l'établi et éteignit le poste d'un geste sec. Il en fit sortir une cassette audio qu'il secoua devant lui tel un éventail miniature.

– Tu le crois ? Elle fonctionne parfaitement... Mieux que mes CD, qui sont rayés. C'est drôle, non ? C'est le premier album que je me suis payé, dans une boutique d'occases. « *Why don't you remember my name ?* » fredonna-t-il en me fixant du regard, comme s'il s'agissait d'une question qui m'était adressée.

– C'est fou, rien n'a changé ici.

– Non. Mon père a tous les défauts du monde, mais quand il s'agit du garage il est complètement maniaque.

J'étais frappé par sa voix, moins rocailleuse que dans mes souvenirs, autant que par l'effort qu'il déployait pour articuler chaque syllabe, lui qui autrefois avalait la moitié des mots.

– Comment est-ce qu'il va ?

– Pas si mal, en fin de compte. Il boit moins qu'avant... Mais bon, vu ce qu'il s'envoyait, ça n'est pas bien difficile. Il est même resté sobre un bon bout de temps, pour pouvoir m'aider à me défendre – c'est ce qu'il disait. Tu imagines ? Mon père, « m'aider à me défendre »...

La lumière des néons dessinait une ombre démesurée sous son nez. Il me regardait sans laisser paraître d'émotions, comme si ma présence était pour lui insignifiante.

– Qu'est-ce que tu fais en ville ? reprit-il après un silence.

– Mon père est mort avant-hier.

– C'est vrai ? Vraiment désolé pour toi, mon vieux. C'était quelqu'un de bien.

– Je ne resterai pas longtemps dans le coin. L'enterrement a lieu mercredi. C'est Connie Delfino qui m'a dit que tu étais revenu.

Petit ricanement qui altéra à peine les traits de son visage.

– Connie… Tu en pinçais pour elle, pas vrai ? Et dire que tu n'as même pas été foutu de la baiser.

– De toute façon, je ne baisais personne à l'époque.

– Tu t'es rattrapé depuis, j'espère.

– Peut-être un peu trop.

– Tu parles ! On ne baise jamais assez. J'en sais quelque chose… Il faut profiter tant qu'on peut. « *Carpe fucking diem.* » (Il ricana à nouveau.) Un type avait écrit ça dans sa cellule. C'est du latin – enfin, pas le « *fucking* ».

– Je sais.

– Bien sûr que tu sais… Tu écris des bouquins, après tout.

Il saisit un chiffon sale qui traînait sur l'établi et se mit à le triturer. Je tournai mon regard vers la moto.

– Tu la répares ?

– Hum… C'est un modèle des années 60. Mon père l'a achetée pour une bouchée de pain. Une fois remise en état, on pourrait bien en tirer 20 000 dollars.

Je ne voyais pas combien de temps nous tiendrions à parler de tout sauf des raisons de ma présence dans ce garage. Ethan jeta le chiffon dans un seau à ses pieds, puis soupira.

– Le temps… c'est vraiment un truc bizarre. J'ai passé douze ans derrière les barreaux, plus d'un tiers de ma vie. Mais certains matins, quand je me réveille, j'ai l'impression que rien de tout ça n'a vraiment existé. Tu vois, c'est un peu comme quand tu as la gueule de bois et que tu n'arrives même plus à te souvenir de ton nom. Mais ça ne dure jamais très longtemps… La réalité se rappelle à toi très vite. Qu'est-ce que tu viens faire ici, au juste ?

Je repensai aux conseils de Connie et d'Adam. Leurs mises en garde n'avaient servi à rien.

– Je voulais te voir, c'est tout.

– Tiens donc ! Ton paternel est mort et tu te dis soudain que la famille, les amis, ça compte peut-être dans une vie… Tu as mauvaise conscience, hein ? En douze putains d'années, tu n'as jamais pris le temps de venir me voir ni de m'appeler, et tu te pointes maintenant comme une fleur. Tu espères quoi, Nick ? Qu'on va refaire copain-copain ? Que je vais te raconter ma vie en taule et t'expliquer qu'en fin de compte ça n'était pas si dur qu'on l'imagine. Qu'on va tirer un trait sur le passé en s'envoyant quelques bières ?

– Je sais que j'ai foiré.

– C'est tout ?… fit-il en haussant la voix. Dis-moi plutôt que tu me croyais coupable, et que c'est pour ça que tu n'as jamais donné signe de vie !

– Les choses ne sont pas si simples, Ethan.

– Si, elles le sont. Soit on me croit coupable, soit on me croit innocent : il n'y a pas de demi-mesure, pas de zone grise. Il faut choisir son camp.

– J'ai choisi mon camp : je sais que tu n'as pas tué Lisa !

– Tu vois que les choses sont simples, finalement. Le problème, c'est que tu as mis trop de temps à t'en rendre compte.

Les aboiements d'un chien retentirent au-dehors, rompant le silence de la nuit naissante. Nous demeurâmes les bras ballants, l'un en face de l'autre. Je ne pouvais pas en rester là – quelques excuses ou regrets dont Ethan ne croyait sans doute pas un mot. Je devais lui prouver que je voulais me racheter.

– J'ai rencontré quelqu'un aujourd'hui : un homme qui s'appelle Alister Brandeau. Il a déjà bossé sur des cas d'erreurs judiciaires.

– Merci, mais j'ai des avocats. Ils me coûtent d'ailleurs assez cher.

– Il ne veut pas d'argent, et ce n'est pas un avocat, plutôt une sorte d'enquêteur. Il a l'air honnête. Je crois qu'il pourrait vraiment nous aider.

Il fronça les sourcils, et pour la première fois depuis mon arrivée je lus dans ses yeux une franche hostilité.

– « Nous » aider ? Mais sur quelle planète est-ce que tu vis ? Je suis seul dans ma merde, Nick. Toute cette ville est contre moi, et je sais très bien que je ne pourrai pas rester à Black Oak.

– Tu es chez toi ici. Personne n'a le droit de te faire partir.

– Facile à dire, mec. Tu voudrais qu'on échange nos places, rien qu'une journée ? Quand ils ont su que j'allais être libéré, ils ont défoncé le portail et balancé tout un tas de saloperies sur la maison.

– Qui ça, « ils » ?

– Si je le savais… Un soir, ils ont même tiré sur les vitres avec une carabine à plomb. Mon père est sorti, il les a poursuivis et s'est rétamé sur la route. Cinq points de suture… Je sais que ça recommencera.

– Vous avez porté plainte ?

– Tu crois que les flics en ont quelque chose à foutre ? Après la manière dont ils m'ont traité à l'époque… Ils laissent couler. De toute façon, j'ai de quoi me défendre.

– Qu'est-ce que ça veut dire exactement ?

Il se retourna et attrapa sous l'établi une caisse à outils en métal qu'il fit glisser sur le sol en pleine lumière. Il l'ouvrit et en sortit un pistolet à la crosse en bois. Je compris qu'il voulait me provoquer.

– Voilà ce que ça veut dire.

– Tu es dingue ?

– Il est à mon père… Non déclaré, bien sûr.

– Ne me dis pas qu'il est chargé…

– Non. Les balles sont dans la caisse.

– Tu ne peux pas garder ça ici. Imagine que les flics le découvrent !

– Et comment ils le découvriraient ? Tu as l'intention d'aller les voir ?

– Qu'est-ce que tu racontes ? Tu crois que je serais capable de te dénoncer ?

– Ne t'en fais pas pour ça, de toute manière. C'est juste pour faire peur à ces types s'ils reviennent fouiner par ici. Je n'ai pas l'intention de faire une connerie et de fournir aux flics une raison de me coffrer.

Il rangea l'arme. J'étais atterré qu'il prenne un aussi gros risque dans sa situation, mais je n'avais pas l'intention de lui faire davantage la morale.

– J'ai donné une interview au *Times* l'autre jour.

– Ravi de l'apprendre…

– Attends. La journaliste m'a interrogé sur toi, elle a essayé de me tirer les vers du nez. Je lui ai dit que je te savais innocent. L'article doit sortir bientôt et je pense qu'il pourrait avoir un impact positif. Je pourrais mobiliser l'opinion, Ethan !

Il me jeta un regard désarmant. Je me sentais comme un gosse qui vient de casser un verre et jure en chouinant qu'il va recoller les morceaux. Je pensai à ce moment précis à une phrase de Bukowski : « C'est ça qui déglingue les gens, de ne pas changer de vie assez souvent. » De vie, Ethan était condamné à n'en avoir qu'une, et rien de ce que je ferais ou dirais n'y changerait quoi que ce soit.

– Ça n'a plus aucune importance maintenant. Tu devrais t'en aller, Nick. Nos routes se sont séparées, et je ne crois pas que j'aie envie qu'elles se croisent à nouveau. Rentre chez toi, reprends ta vie et oublie cette affaire.

Ces phrases sonnaient faux dans sa bouche. Je le soupçonnai de les avoir longuement mûries, au cas où il me reverrait un jour.

– J'ai commis une erreur, mais je t'aiderai, que tu le veuilles ou non.

Ses poings se serrèrent et son visage se rembrunit. Ce n'est qu'à cet instant que je retrouvai l'Ethan Walker d'autrefois, celui qui, colère rentrée, semblait toujours en vouloir à la terre entière.

– Allez, casse-toi ! dit-il en s'avançant vers moi. J'ai été assez patient, j'ai envie d'être seul.

– Est-ce que je peux te laisser mon numéro ?

– Putain, Nick ! Mais comment est-ce que tu oses te repointer après tout ce temps ? Tu n'as rien fait pour moi ! Ton témoignage m'a enfoncé alors que tu aurais pu me sauver la mise !

– J'ai juste dit la vérité. On ne s'est quasiment pas vus ce soir-là ! Qu'est-ce que tu aurais voulu que je raconte aux flics ? Qu'on ne s'était pas quittés une seule seconde ? Il y avait des dizaines de témoins, Ethan : si je leur avais menti, ils s'en seraient immédiatement rendu compte.

Il était à présent si près de moi que je sentais son haleine chargée d'alcool et des relents de transpiration. Ses muscles saillaient sous son T-shirt trop étroit, marqué de deux auréoles sous les aisselles.

– Barre-toi ! hurla-t-il en me donnant brusquement un coup dans l'épaule.

Il n'avait pas voulu me faire mal, j'en suis certain, mais il n'avait pas mesuré sa force et je perdis l'équilibre. Rien autour de moi pour me rattraper. Quelques moulinets inutiles des bras et je tombai sur le sol en béton. Des points noirs constellèrent mes yeux. Après quelques secondes, je portai la main à mon front et à mes cheveux. Elle réapparut rouge de sang. Il me fallut un moment pour comprendre que j'avais heurté l'arête coupante d'un chariot métallique près de l'entrée. Je dus prendre appui dessus pour me relever. Le sang coulait sur ma tempe tel un filet de sueur. Je cherchai Ethan du regard mais il avait disparu.

Je sortis du garage, une main toujours posée sur mon front. Le silence de la nuit tranchait avec la scène qui venait de se dérouler. La maison des Walker s'éclaira. Les deux fenêtres du salon brillaient comme des yeux maléfiques à travers les arbres. Une douleur lancinante dans la tête, je regagnai ma voiture sans plus me retourner.

Là, je tentai d'essuyer le sang avec un paquet de mouchoirs que j'avais déniché dans la boîte à gants. Dans le rétroviseur, je découvris une vilaine entaille à la naissance de mes cheveux et m'aperçus que ma chemise était pleine de sang. Quand la plaie eut à peu près cessé de couler, je démarrai le moteur. L'habitacle de la voiture me paraissait si étouffant que je dus conduire vitre ouverte.

J'avais espéré pouvoir regagner la salle de bains contiguë à ma chambre en toute discrétion, mais Adam avait dû m'entendre. Peut-être même était-il aux aguets, dans l'attente de mon retour.

– Merde ! Qu'est-ce qui t'est arrivé ? s'écria-t-il en surgissant dans le couloir de l'étage.

Je souris bêtement, un kleenex appuyé sur mon front.

– Je suis tombé en sortant de la voiture. On n'y voyait rien, j'ai trébuché sur le trottoir.

Mon frère me dévisagea en silence. Et, malgré la pénombre qui baignait le couloir, je vis dans ses yeux, à la manière d'un jeu de miroirs, qu'il m'avait démasqué. Il cherchait sans doute à présent une formule toute faite pour clore l'épisode.

– Ben fais gaffe, la prochaine fois.

Il me tourna le dos et regagna sa chambre. Je passai le reste de la soirée seul dans la mienne.

Vers 22 heures, malgré le fiasco par lequel s'étaient soldées mes retrouvailles avec Ethan, je composai le numéro de téléphone que m'avait laissé Alister Brandeau.

2

– Et voilà, ces messieurs sont servis, minauda la serveuse, une fille trop maquillée à la voix nasillarde qui me faisait les yeux doux depuis mon arrivée.

Je détournai le regard en me donnant l'air pensif.

Brandeau et moi étions installés à une table du Kups Coffee, un restaurant routier sur l'Interstate 43, à quelques kilomètres de Black Oak. C'était la première fois que je mettais les pieds dans cet endroit. Je l'avais choisi comme lieu de rendez-vous pour rester discret et être certain de ne croiser personne : si Brandeau avait réellement cherché à interroger les gens du coin, je n'avais aucune envie qu'on me voie traîner en sa compagnie. Je feuilletais depuis quelques minutes la dernière livraison d'*Authentic Detective* qu'il avait fièrement exhibée sous mes yeux.

– J'étais persuadé que les *fact detective magazines* avaient disparu depuis belle lurette.

– Oh, il n'existe plus que deux publications régulières dans tout le pays. Nous ne vendons que par abonnement. Voudriez-vous un bulletin d'inscription ?

– Heu, plus tard peut-être…

Je posai le magazine à côté de sa tasse de café, mais il le fit aussitôt glisser vers moi.

– Vous pouvez le garder. Je vous l'offre de bon cœur.

– Merci. Et sinon, vous arrivez à en vivre ?

– À dire vrai, c'est à peine si mes émoluments et mes droits d'auteur couvrent mes frais professionnels.

– Pourquoi est-ce que vous faites ce boulot, alors ? Vous vivez de vos rentes ?

Il prit le sucrier en verre, le retourna et le secoua longuement au-dessus de sa tasse.

– J'ai reçu un héritage plutôt important de mes parents. Je peux me permettre le luxe de ne travailler que par passion.

Mon regard se posa sur le costume miteux qu'il portait déjà la veille. Son héritage, il ne l'avait pas en tout cas dilapidé en fringues dispendieuses.

– Vous en avez, de la chance ! Alors comme ça vous vous sentez investi d'une mission !

– Je n'ai rien d'un illuminé, monsieur Altman. Oh, je ne vais pas vous mentir : j'aurais aimé accomplir une brillante carrière de journaliste. Mais je ne regrette rien. Je sais que j'ai pu aider les autres à mon modeste niveau. Et je crois que je peux être encore utile, en particulier dans cette affaire. Avez-vous eu le temps de feuilleter *Le Parfait Coupable* ?

– J'en ai lu quelques pages, marmonnai-je en attaquant ma gaufre et mes œufs brouillés.

– Bon, vous ne l'avez pas ouvert, je m'en doutais… Eh bien moi je vous ai lu. J'ai même acheté votre premier livre à sa sortie. Difficile de faire autrement : on ne voyait plus que vous en vitrine des librairies. Vous écrivez plutôt bien. Dommage que vous utilisiez trop d'adverbes et d'adjectifs.

– C'est aussi ce que me dit mon éditeur.

– Vous êtes allé voir Walker hier soir…

– Comment est-ce que vous êtes au courant ? Ne me dites pas que vous m'avez suivi !

– « Suivi » ! Je ne suis pas détective privé. Encore que le chapeau et l'imperméable de Philip Marlowe m'iraient sans doute comme un gant.

– Soyez sérieux !

– Je n'en étais pas sûr, j'ai bluffé. Ce pansement, à votre front, vous ne l'aviez pas quand on s'est rencontrés hier. Il n'a pas été ravi de vous revoir, alors ?

– Ça n'est pas ce que vous croyez. C'était un accident. Il m'a juste poussé et…

Il leva une main en l'air.

– Inutile d'entrer dans les détails, je vous crois. Mais imaginez un peu si cet « accident » avait eu lieu avec quelqu'un d'autre… Homme impulsif, violent, pas de fumée sans feu… vous connaissez le refrain. Plus un homme est sous pression, plus il donne aux autres l'image qu'on s'est faite de lui.

– Ethan est au bout du rouleau. Il a déjà reçu des menaces, on s'en est pris à sa maison… et à son père.

– Ça ne m'étonne pas. Même totalement innocenté, Ty Freeman a continué à recevoir des menaces durant des années et bon nombre de personnes pensent toujours qu'il était coupable. C'est pour cela qu'il nous faut agir vite. La bataille ne fait que commencer.

Je fis jouer ma tasse de café entre mes doigts.

– Je vais être honnête avec vous : comme je vous l'ai dit au téléphone, je ne suis revenu à Black Oak qu'à cause de la mort de mon père. J'aimerais aider Ethan plus que tout mais… je ne suis pas enquêteur, et, si fou que ça puisse sembler, je n'ai suivi cette affaire que de loin. Quand j'ai quitté la ville il y a plus de dix ans, j'ai tourné la page, j'ai tout fait pour oublier cette histoire.

– Vous êtes mieux qu'un enquêteur : vous êtes un témoin, un protagoniste de l'affaire. Je ne pourrai arriver à rien de concret sans vous.

Brandeau disparut à moitié sous la table, farfouilla dans sa sacoche en cuir aussi usée que ses vêtements, et en sortit une épaisse chemise à sangle de laquelle dépassaient tout un tas de marque-pages colorés.

– Qu'est-ce que c'est ?

– Tout ce que j'ai pu réunir sur l'affaire. Articles de journaux, transcriptions d'interrogatoires, documents de police, minutes du procès… tout est là.

– Vous voyez ! Vous en savez plus que moi.

Il tapota la chemise avec un brin d'agacement.

– Ce que je recherche ne se trouve pas dans ces papiers. J'ai besoin de comprendre qui étaient vraiment Lisa et Ethan à l'époque. Je vous parle d'humain, monsieur, de psychologie, de ressenti. On peut tuer pour tout un tas de raisons : l'argent, l'amour, la haine, la jalousie… Dans la mesure où il n'y a pas de motivations vénales dans cette affaire, nous allons devoir puiser dans toute la palette des émotions qui peuvent conduire un être à commettre l'irréparable.

– Que voulez-vous savoir exactement ?

Brandeau se détendit enfin contre le dossier de sa chaise.

– Commençons par Lisa. Dites-moi quand vous l'avez rencontrée.

Il me fallut quelques secondes avant de pouvoir lui répondre, conscient que j'allais livrer à un quasi-inconnu des souvenirs que je n'avais confiés à personne.

– On ne peut pas vraiment dire que je l'ai « rencontrée ». Nos familles se connaissent depuis des lustres. On a pour ainsi dire grandi ensemble, nos mères étaient très proches. Les Nielsen venaient souvent manger à la maison et réciproquement. Il y a eu des périodes où nos familles se voyaient moins, parce que mon père avait beaucoup de travail et que celui de Lisa était occupé à gérer plusieurs magasins dans la région…

J'essayai de lui résumer le plus fidèlement possible ce qu'avait été notre enfance. Malgré l'intérêt qu'il semblait me porter, j'avais l'impression que nous perdions notre temps.

– Lisa était le genre de fille tout le temps plongée dans ses bouquins, j'avais peu d'affinités avec elle. Puis quand on est entrés au lycée on s'est mis à passer presque tout notre temps ensemble, après les cours ou pendant les vacances.

– Est-ce qu'elle fréquentait des garçons à l'époque ?

– Beaucoup de gars lui tournaient autour au bahut, je ne vais pas vous dire le contraire, mais Lisa les tenait en général à distance. Non, je suis presque sûr qu'elle ne voyait personne, même si ça n'était pas un sujet qu'elle abordait souvent avec moi. Lisa n'était pas une fille facile, si c'est ce à quoi vous pensez.

– Et Ethan ?

– Nous n'aurions jamais dû devenir amis si les choses s'étaient déroulées « normalement »… mais je me demande bien ce qui a pu se dérouler normalement dans nos vies. Sa famille était mal vue en ville, nous n'appartenions pas vraiment au même monde. Mais je ne vous apprends rien. Vous savez qu'il s'était déjà fait arrêter deux fois par les flics…

– Oui, j'ai lu ça. Le procureur ne s'est pas privé de le marteler durant le procès.

– La dernière année de lycée, nous avons atterri tous les trois dans la même classe. Ethan manquait souvent les cours, c'était un vrai cancre et il ne parlait pas à grand monde. Un jour, il m'a abordé.

– Pour quelle raison ?

J'eus un moment d'hésitation.

– Il voulait que je lui présente Lisa. Il ne m'a d'ailleurs pas caché ses intentions – Ethan ne savait pas dissimuler. Lisa lui avait tapé dans l'œil, voilà tout.

Brandeau ouvrit sa pochette sur un article du *Milwaukee Journal Sentinel* paru peu de temps après la mort de Lisa. La photo qui l'illustrait avait été reprise par la plupart des journaux – un portrait de famille en noir et blanc qui, autant que je me souvienne, avait trôné un temps dans le salon des Nielsen.

– C'était une très jolie fille, murmura Brandeau.

– Elle était encore plus belle en vrai. Elle avait un très léger strabisme… vous savez, le genre de petits défauts qui font le charme de certaines personnes.

Il acquiesça en fixant du regard la photo.

– Et vous l'avez présentée à Ethan sans vous méfier ?

– Ethan m'impressionnait, ou disons plutôt qu'il me déstabilisait, qu'il me sortait de mon petit confort quotidien. Je n'ai pas réfléchi à ce moment-là. Ensuite, nous avons commencé à traîner ensemble au lycée. J'ai rapidement compris qu'il se passait quelque chose entre eux. Ethan était tellement différent de tous ces élèves propres sur eux…

– Son côté « mauvais garçon » avait fait mouche ?

– Pas vraiment. Ethan était un garçon à fleur de peau : elle a sans doute été touchée par cet aspect de sa personnalité. Et en même temps il arrivait à la faire rire aux éclats. Je ne l'ai jamais vue autant rire que quand elle était avec lui… au début du moins. Bref, moins de deux ou trois semaines après leur rencontre ils sortaient ensemble.

Nous fûmes interrompus par la serveuse venue nous resservir du café. Elle se pencha vers moi dans une pose affectée en approchant dangereusement sa poitrine de mon visage.

– Tout se passe bien, messieurs ? susurra-t-elle presque à mon oreille.

– Heu… c'est parfait, merci.

– Bon, je vous laisse, alors. N'hésitez pas à faire appel à mes services…

Brandeau eut du mal à réprimer un sourire devant son petit manège.

– Vous avez l'air d'avoir un succès fou avec les femmes.

– Vous voulez dire avec les nymphomanes… Merde !

– Qu'est-ce qui vous arrive ?

Je venais de me figer sur ma chaise en apercevant au comptoir du restaurant une tête familière.

– Ne vous retournez pas, s'il vous plaît. J'ai vu quelqu'un que je connais.

– Qui est-ce ? demanda-t-il sans pouvoir s'empêcher de faire un léger mouvement de la tête.

– Un type du lycée. Je ne me souviens plus de son nom, il était plus âgé que moi.

– Quelle importance ?

– Vous êtes à Black Oak, Brandeau ! Tout le monde se connaît ici, les gens ne font que parler. Sans compter qu'il fréquentait Richard, le frère de Lisa.

– Il vous a vu ?

– J'en suis presque sûr.

Je levai discrètement les yeux vers le comptoir. L'homme – dont le nom ne me revenait décidément pas – avait quitté son tabouret et était en train de payer à la caisse.

– Ça y est, il s'en va.

Brandeau fit une mine contrite.

– Je n'ai pas envie de vous créer de problèmes, monsieur.

– Je crois qu'il est un peu tard pour dire ça. Et arrêtez de me donner du « monsieur » à tout bout de champ, appelez-moi « Nick » tout simplement.

– Si vous décidez de m'aider – et vous avez déjà commencé à le faire –, vous devez vous attendre à subir l'hostilité de tous ceux qui croient Ethan Walker coupable. L'aide que vous m'apporterez ne pourra pas passer inaperçue.

– Vous savez trouver les mots qui réconfortent. Bon, où en étions-nous ?

– Au moment où Lisa et Ethan ont commencé à se fréquenter. Comment avez-vous réagi à cette relation ?

– Je ne comprends pas votre question.

– Elle est simple pourtant. Vous connaissiez Lisa depuis des années, vous avez peut-être ressenti une certaine jalousie à les voir si proches…

– Putain, mais c'est un interrogatoire ! Je suis sur la sellette ! Vous croyez que c'est moi qui ai tué Lisa ? Que je n'ai pas supporté qu'elle soit avec Ethan ?

– Ne soyez pas si susceptible, et parlez moins fort puisque vous ne voulez pas attirer l'attention. Si je dois prendre des pincettes avec vous dès que je vous pose une question, nous n'y arriverons pas.

– Désolé, je suis sur les nerfs. Que les choses soient claires : je n'ai jamais été amoureux de Lisa. Non, je n'ai jamais éprouvé ce genre de sentiment pour elle. C'était comme si elle faisait partie de ma famille.

– Très bien, très bien… Continuez.

– Au début, ils se sont montrés discrets. Lisa savait que ses parents seraient furieux de la voir sortir avec le fils Walker. Malheureusement, des bruits ont commencé à courir au lycée et certains profs étaient au courant de leur relation. Je pense que c'est comme ça que ses parents ont fini par découvrir la vérité.

– Comment l'ont-ils pris ?

– Très mal. Un soir, après les cours, elle a eu une dispute terrible avec eux.

– C'est elle qui vous l'a dit ?

– Le lendemain matin, elle est arrivée au lycée complètement abattue – elle n'avait pas dû fermer l'œil de la nuit. Je ne l'avais jamais vue dans un tel état. Par chance, Ethan n'était pas là ce jour-là. D'après ce qu'elle m'a raconté, il y avait eu des cris et des pleurs : ses parents lui avaient interdit de le revoir et l'avaient même menacée…

– « Menacée » de quoi ?

– Ils voulaient lui interdire de sortir le week-end, l'empêcher d'utiliser le téléphone… toutes ces mesures de rétorsion stupides auxquelles ont recours les parents dépassés. Inutile de vous dire que ça ne l'a pas découragée, bien au contraire. Pendant un moment, elle s'est tenue à carreau et a fait semblant de leur obéir, mais je crois qu'ils savaient qu'ils continuaient à se fréquenter.

– Comment Ethan se comportait-il avec Lisa ?

– Vous voulez dire : est-ce qu'il était violent, c'est ça ?

– Il faut bien que je me fasse l'avocat du diable. N'oubliez pas que durant le procès plusieurs témoins ont souligné son caractère agressif.

– Des gens qui ne pouvaient pas blairer Ethan et qui auraient raconté n'importe quoi pour l'enfoncer ! Il n'a jamais été violent avec Lisa, je peux vous l'assurer. Il lui arrivait bien de s'emporter ou de se montrer jaloux, mais…

– Avait-il des raisons d'être « jaloux » de quelqu'un en particulier ?

– Je vous l'ai dit, Lisa attirait les garçons, et Ethan était parfois un peu parano. Il ne supportait pas qu'un autre que lui l'approche.

– Bon, arrivons-en à l'été du drame, si vous le voulez bien.

Je repensai à cet instant à la dernière photo que nous avions faite ensemble sur la plage.

– Ce fut un été étrange, qui est passé à la vitesse de l'éclair. Nous savions que nous étions en train de tourner une page de notre vie : l'université nous attendait à la rentrée, à part Ethan, bien sûr, qui allait travailler au garage avec son père. À la fin du mois de juillet, nous sommes tous les trois partis quelques jours pour un périple le long du lac, jusque dans le Michigan.

– Les parents de Lisa l'ont laissée partir sans faire d'histoires ?

– Ils ne savaient pas qu'Ethan nous accompagnerait – à moins qu'ils n'aient fait mine de ne se douter de rien. Lisa allait quitter la maison quelques semaines plus tard pour Chicago, alors à quoi bon continuer de la couver comme une petite fille ? Mes parents non plus n'étaient pas ravis de ce voyage. Ma mère imaginait toujours le pire… comme si on allait tomber sur un tueur en série dès qu'on aurait dépassé Manitowoc !

– Comment ce « périple » s'est-il passé ?

– Plutôt mal. Ethan se montrait de plus en plus inquiet à mesure que les jours défilaient. Il cogitait, il n'arrêtait pas de penser au moment où Lisa s'en irait. Elle avait beau le rassurer, lui dire qu'elle reviendrait souvent, c'était pire que tout pour lui. Et puis Ethan se sentait parfois exclu.

– C'est-à-dire ?

– Mis à l'écart… Lisa faisait référence à un livre ou parlait de l'actualité, et je voyais qu'il décrochait et ne se sentait plus capable de participer à la conversation. Ça le mettait en rogne, surtout quand elle lui sortait des phrases comme : « Tu n'avais qu'à écouter en classe ! »

– Elle lui disait vraiment ça ?

– C'était juste pour plaisanter, mais lui se refermait aussitôt comme une huître. Lisa était brillante et c'est vrai qu'elle pouvait parfois se montrer condescendante avec les autres, sans même le vouloir. Du coup, nous avons tous été soulagés de revenir à Black Oak. Environ trois semaines après a eu lieu la soirée.

– C'est Lisa qui en a eu l'idée ?

– Non, pas du tout. Ça faisait déjà un moment que les élèves du lycée parlaient d'organiser une soirée d'adieux. Mais les choses se sont faites à la dernière minute. Lisa avait la plus grande maison, et surtout ses parents étaient absents.

– Oui. Partis avec leur fils Richard à Minneapolis, où vivait une partie de leur famille.

– La sœur de Marion Nielsen habitait là-bas.

– Ils ignoraient donc complètement que cette fête aurait lieu chez eux ?

– Évidemment ! Ils n'auraient jamais donné leur accord. Leurs relations étaient tellement tendues à ce moment-là… Comme tous les autres, j'ai menti à mes parents en prétendant que je passais la soirée avec quelques copains.

Brandeau prit un air plus grave.

– Nous sommes donc le 21 août 2004. J'aimerais que vous mobilisiez tous vos souvenirs, Nick, et que vous me racontiez cette soirée. Parlez-moi de l'ambiance, du comportement des gens présents. J'ai besoin de vivre cette nuit-là…

*

21 août 2004

– Bon, tu as compris ? Tu ne bois pas, tu ne fumes pas, et tu évites de te faire draguer.

– Merde, Nick ! J'ai 14 ans, je ne suis plus un gosse !

– Je suis sérieux, Adam. J'ai promis à maman que je te surveillerais toute la soirée, mais je n'ai aucune envie de jouer les chaperons. Je ne veux pas que tu reviennes à la maison à moitié bourré parce que tu auras bu deux tequilas. Tu fais ta vie mais tu restes tranquille.

Nous avions posé nos vélos contre le tronc d'un sapin à l'entrée de la propriété. La nuit était déjà tombée. L'air était doux.

– On ne les attache pas ?

– Les attacher ! Qui est-ce qui viendrait piquer deux vélos aussi pourris dans un coin pareil ?

– Kevin, mon copain, s'est fait voler sa selle l'autre jour. Tu nous imagines ? Rentrer à la maison sans selle, uniquement en danseuse ?

– Ouais, eh bien évite de claironner qu'on est venus en bécane, je n'ai pas envie de passer pour un con.

Ceux qui n'avaient jamais mis les pieds chez Lisa n'avaient sans doute guère besoin d'adresse précise, car on entendait la musique de la fête – un hideux morceau de heavy metal – jusque sur Dewitt Road. Par chance, les Nielsen n'avaient pas de proches voisins, et il y avait peu de risque qu'on voie débarquer la police pour tapage nocturne.

Le jardin était encombré de voitures mal garées qui empiétaient sur les plates-bandes. La maison, une imposante bâtisse grise à un étage, était entièrement éclairée. Des silhouettes mouvantes offraient aux fenêtres un spectacle d'ombres chinoises. Une dizaine d'élèves du lycée traînaient sur la terrasse. Les cigarettes passaient de main en main, des volutes de fumée s'élevaient au-dessus des têtes. On riait et parlait fort, pas suffisamment pourtant pour couvrir le son de la musique.

Benny Horniker, un garçon que je connaissais depuis l'école primaire, était assis dans un rocking-chair. Bègue et en surpoids, il avait longtemps été le souffre-douleur des élèves plus âgés que lui avant de devenir le type sympa, inodore et incolore que tout le monde apprécie sans trop savoir pourquoi. Il tenait dans les mains un sac en papier qu'il pressait précieusement contre sa poitrine.

– Salut, Benny, comment va ?

– Co… comment vous êtes venus ? Je ne vois pas… pas la bagnole de ton père, Nick.

Adam ne me laissa pas le temps de répondre :

– On a pris nos vélos. Maman avait trop peur qu'on ait un accident de voiture la nuit. J'ai eu beau lui dire que c'était bien plus dangereux de…

– Merde, Adam ! Qu'est-ce que je t'avais dit ? (Benny s'esclaffa.) C'est quoi ce sac que tu tripotes ?

– Bourbon… du Kentucky, je l'ai pi… piqué dans la réserve de mon paternel. Il va me tuer quand il s'en apercevra, mais je… je m'en fous. Il faut bien qu'on fasse la fête, non ? Je déprime les mecs… Je crois bien que je n'ai aucune envie d'a… d'aller à l'université.

Quelqu'un avait eu la sagesse de baisser le son et de mettre un album de James Blunt.

– Tu sais où est Lisa ?

– À l'intérieur. Elle n'arrête pas de… courir dans tous les sens… pour éviter qu'ils mettent trop le bor… bordel.

Malgré l'heure peu tardive, l'intérieur de la maison était déjà sens dessus dessous. Des bouteilles de bière traînaient un peu partout. Le sol était jonché de chips écrasées. La plupart des meubles avaient été relégués dans les coins pour faire de la place et les tapis roulés contre les murs. Dans le salon transformé en piste de danse, des couples se croisaient langoureusement au son de « Goodbye My Lover ».

Ethan n'était pas dans le salon, pas plus que Lisa. Je me frayai un chemin parmi les invités. Quelqu'un m'indiqua que Lisa était dans la cuisine.

Cheveux tirés en chignon, visage couvert d'un maquillage sommaire, elle vidait les restes d'un saladier dans une grande poubelle déjà presque pleine. Elle portait la même robe noire qu'à la fête de fin d'année du lycée. À côté d'elle, Sherry Sheldon, une fille longiligne qui dépassait même les garçons de notre classe d'une tête, disposait des sandwichs coupés en triangle sur un plateau. Kelly Vogler, ma voisine sur Clifton Street, remplissait des assiettes de bouts de fromage peu ragoûtants. Lisa leva vers moi des yeux fatigués.

– Tiens ! Te voilà, toi ?

– Salut, les filles ! Qu'est-ce qui se passe ? Tu tires une de ces têtes !

– Tu as vu l'état de la maison ? Et il est quoi ?… À peine 21 heures.

– Oh, j'ai déjà vu pire. Ne t'inquiète pas pour ça, on t'aidera à tout ranger…

– Ça, intervint Sherry, c'est ce que disent les mecs quand ils ne sont pas encore bourrés.

– Absolument. Et dès qu'ils voient le champ de bataille, plus personne. Tu te souviens de la fête chez Steve ? Vaisselle cassée, brûlures de cigarettes sur le canapé en cuir et deux tapis bousillés…

– C'est pour ça que tu les as roulés dans un coin ? On dirait qu'il y a des cadavres à l'intérieur.

– Rigole… C'est moi qui vais me faire tuer si la maison n'est pas impeccable quand mes parents rentreront.

Je m'approchai de la table et tendis une main vers le plateau.

– Je peux en prendre un ? Je crève la dalle.

Sherry me tapota le bout des doigts en grimaçant.

– Pas touche ! Tu n'as qu'à te servir dans le salon, comme les autres.

– Ethan est là ?

Lisa ne cacha pas son agacement.

– Je n'en sais rien. Non. Tiens, rends-toi utile, emporte le plateau. Dis bien aux autres qu'on ne fume pas à l'intérieur. Et personne ne met les pieds dans la chambre de mes parents. Je l'ai fermée à clé, mais on ne sait jamais… avec tous ces ados en rut !

– Lisa ?

– Quoi ?

– Tu es sûre que ça va ?

– Je n'ai pas envie de discuter. Allez, emporte ça, s'il te plaît, ne reste pas dans nos pattes…

La fille – une brune mignonne aux joues parsemées de taches de rousseur, dont l'énorme paire de lunettes lui mangeait la moitié du visage – était avachie sur moi dans un angle du canapé. Je ne sais pas comment nous nous étions retrouvés dans une telle position, car rien dans notre conversation ne laissait supposer que nous cherchions à nous draguer.

– Tu vois, disait-elle, ce que j'aimerais faire plus tard, c'est de la psychologie ou de la psychanalyse. Sonder l'âme humaine, décrypter les arcanes de l'inconscient. Tu as lu Freud ?

– Non.

– Tu vas sans doute me trouver prétentieuse, mais je trouve Freud terriblement surfait. Contrairement à ce qu'on raconte, il n'a jamais guéri aucun de ses patients.

– Ah bon…

– Et son complexe d'Œdipe ! Un principe moral étriqué de la bonne société viennoise. Freud n'a rien compris au mythe grec. Il faut toujours en revenir aux sources : Œdipe n'avait aucune rivalité avec son père, il a juste tué un type qui l'empêchait de passer à un carrefour…

Je hochai la tête en signe d'approbation, en avalant de temps à autre une gorgée de vodka-tonic. Un de mes pieds, qui dépassait du canapé, semblait collé au sol, aussi gluant qu'un piège à mouches. J'étais en train de décrocher mais la fille ne s'en rendait pas compte. Elle continuait de me parler d'un ton posé, indifférente au morceau de disco qui vrillait nos oreilles. Je captais quelques mots esseulés : « psychisme », « symbole », « réminiscence »…

À un moment, comme par magie, Adam passa dans mon champ de vision. Des paillettes brillaient dans ses cheveux. Il rit en nous voyant scotchés l'un à l'autre et disparut dans la cohue du salon.

– Tu veux que j'aille chercher un autre verre ? demanda la fille en m'écrasant la cuisse pour se relever.

– Tiens, bonne idée !

La pièce baignait désormais dans une étrange lumière bleutée. Quelqu'un avait posé des voiles colorés sur les abat-jour. Des têtes familières défilaient devant moi. Benny n'avait pas quitté sa bouteille de bourbon, qui lui servait de cavalière. Il dodelinait de la tête au son de la musique, sans pour autant oser s'aventurer sur la piste de danse, où je crus apercevoir brièvement Lisa. À côté de lui, Bill Wiggins, le matheux de notre classe, faisait une grimace concentrée, comme s'il était plongé dans une équation complexe qu'il était le seul à voir.

L'horloge n'indiquait pas tout à fait 23 heures. À travers une fenêtre, j'aperçus Ethan sur la terrasse. Il était de dos mais je le reconnus à la casquette verte des Bucks qu'il portait souvent. Je me levai et essayai de retrouver un semblant d'équilibre.

– Tu l'as résolu ? demandai-je à Bill en passant près de lui.

– Résolu quoi ?

– Ton problème de maths, répondis-je en rigolant.

Dès que je fus dehors, un nuage de fumée de cigarettes s'abattit sur mon visage. Au sol, les bouteilles avaient fait des petits. Un groupe bavardait en s'empiffrant de gâteaux au chocolat.

Ethan, lui, était seul. Appuyé contre le rebord de la fenêtre, il sirotait une bière. C'est à peine s'il tourna les yeux vers moi.

– Alors, tu t'amuses bien ?

Le ton de sa question était à mi-chemin entre l'ironie et l'agressivité. Il n'était pas éméché, ou du moins l'était-il moins que moi.

– Je m'ennuie un peu, je n'aime pas trop les fêtes. Où étais-tu passé ? Je ne t'ai pas vu de la soirée.

– Elle te plaît ? demanda-t-il en enfonçant sa casquette sur son crâne.

– De qui tu parles ?

– La fille à lunettes. Je vous ai vus vous peloter sur le canapé.

– N'importe quoi ! On était en train de parler de littérature grecque.

Ma réponse loufoque me fit ricaner.

– C'est ça ! Dommage pour toi, il n'y a plus une chambre de libre à l'étage. Tu n'as vraiment pas l'air frais.

– J'ai trop bu. Et toi, tu ne t'amuses pas ? Tu n'es pas avec Lisa ?

– Lisa… répéta-t-il avec une grimace.

Je voyais bien qu'il n'y aurait pas moyen d'avoir une vraie conversation avec lui.

– Tout le monde fait la tronche ce soir, fis-je, dépité.

– Pourquoi tu dis ça ?

– Lisa m'a presque engueulé tout à l'heure en me chassant de la cuisine, j'ai eu l'impression qu'elle ne voulait pas me voir. Et elle ne m'a plus adressé la parole depuis.

Ethan farfouilla dans sa poche et en extirpa un paquet de cigarettes. Il en porta une à ses lèvres mais ne l'alluma pas.

– Alors voilà… Une soirée et… pftt !

Il agita les mains en l'air, comme un magicien qui vient de faire disparaître un foulard.

– Qu'est-ce que tu veux dire ?

– Il faut que je te fasse un dessin ? L'été est fini, vous partez tous la semaine prochaine, et je vais me retrouver seul comme un con au garage avec mon père…

– Tu ne vas pas recommencer ! Lisa sera à moins de trois heures de route. Et Davenport n'est pas si loin, après tout. On reviendra le plus souvent possible. Et rien ne t'empêche de venir nous voir toi aussi.

– Tu sais bien comment les choses se passent.

– Non, je ne sais pas.

– Vous allez rencontrer plein de monde, vous allez vous faire de nouveaux amis…

– Tu t'imagines vraiment qu'on va te laisser tomber ?

Il posa sa bouteille sur le rebord de la fenêtre, sortit son briquet et alluma sa cigarette. Son visage avait pris une expression douloureuse.

– Nick, pourquoi tu fais semblant ? Pourquoi tu me fais ça à moi ?

Je me sentais fatigué. Mes yeux étaient irrités à cause de la fumée des cigarettes.

– Pourquoi tu n'essaies pas de profiter de la soirée ? Va rejoindre Lisa.

– Tu n'as qu'à y aller, toi. Je ne veux pas rester, de toute manière… Je vais juste récupérer ma veste.

– Ethan, à quoi tu joues ?

Il passa devant moi en jetant sa clope dans le gravier et entra dans la maison. Énervé, je ne me décidai à le rejoindre que deux ou trois minutes plus tard. La fille à lunettes avait trouvé un nouveau compagnon. Je cherchai en vain Ethan du regard. Près de la table sur laquelle gisaient les maigres restes du buffet, Lisa était en train de se servir un verre d'eau. Je m'approchai d'elle. Je remarquai qu'elle s'était remaquillée : l'excès de mascara dénaturait son visage.

– Je viens de parler à Ethan, il n'a pas l'air bien. Tu l'as vu ?

– Cette soirée est déprimante.

– Tu ne voudrais pas qu'on aille parler, dans un endroit moins bruyant ?

– Je suis occupée, là.

– Occupée à quoi ? Tu ne crois pas que tu en as assez fait ?

Elle serra si fort son verre en plastique que l'eau faillit déborder.

– Il y a une chose que…

Elle s'arrêta net.

– Quoi ?

– Rien, dit-elle avant que son regard ne se perde par-dessus mon épaule. Tu devrais surveiller ton frère… Adam n'a pas arrêté de boire des coups en douce. Je ne veux pas avoir de problèmes avec tes parents.

Ce furent les derniers mots qu'elle m'adressa. Elle tourna les talons et se laissa entraîner par une fille sur la piste de danse.

– Nick, réveille-toi !

Je sentis qu'on me secouait par les épaules. Dès que j'ouvris les yeux, la nausée monta en moi. J'étais recroquevillé dans un grand fauteuil en velours près d'une porte-fenêtre qui donnait sur l'arrière de la maison. Le visage de Sherry était à quelques centimètres au-dessus du mien.

– Je ne dors pas, dis-je d'une voix pâteuse.

– Bien sûr que si, tu dormais.

– Quelle heure il est ?

– Presque 1 heure du matin.

– C'est la merde : on devait rentrer pour minuit pile ! Mes parents n'ont pas appelé ?

– Ils ne savent pas que tu es là ! Ton frère s'est ramassé sur la terrasse tout à l'heure, il était bourré.

– Ah non ! Si j'attrape ce petit con !…

– Ce n'est pas pour ça que je t'ai réveillé.

Je me redressai, tout courbaturé.

– Qu'est-ce qui se passe ?

– Ça fait plus d'une heure que je cherche Lisa. Je ne sais pas où elle est passée, et j'ai regardé partout.

– La chambre de ses parents, suggérai-je. Elle l'avait fermée à clé, elle s'y repose peut-être.

– J'y ai pensé, mais il n'y a personne : ton copain Benny est monté sur le balcon pour regarder par la fenêtre.

– Benny a réussi à monter sur le balcon ! Tu voulais le tuer ou quoi ? (Mon esprit était embrumé et je dus faire un effort pour réfléchir.) Ethan… il est parti tout à l'heure. Lisa a dû le rejoindre chez lui.

– Tu crois ?

– Que veux-tu qu'il lui soit arrivé ? Elle va bien finir par réapparaître. Il faut vraiment qu'on rentre : je suis sûr que ma mère n'est pas couchée et qu'elle nous attend. Je peux te dire que ça va barder. Qu'est-ce qui m'a pris d'emmener Adam ? Où est-ce qu'il est, au fait ?

– Dans la cuisine. Et je lui ai fait la totale : bicarbonate, café… Il a vomi deux fois.

Sherry avait toujours l'air aussi inquiète quand je me levai du fauteuil.

– Allez, ne te fais pas de bile pour Lisa. Je suis sûr qu'elle est avec Ethan…

*

– Vous êtes déçu ?

Brandeau pianotait sur la table, apparemment plongé dans une intense concentration.

– Rassurez-vous, je ne m'attendais pas à ce que vous me fassiez des révélations fracassantes. J'ai lu le témoignage que vous avez fait à l'époque aux policiers. D'un point de vue factuel, vous ne leur avez pas menti, mais avouez que vous leur avez caché pas mal de détails compromettants pour Ethan.

– Qu'aurais-je pu leur dire ? Qu'il était en colère ce soir-là et qu'il s'était probablement disputé avec Lisa ? Ça aurait été leur offrir un mobile sur un plateau. J'avais déjà suffisamment compromis Ethan en suggérant à Sherry que Lisa était avec lui.

– C'était une simple supposition, vous n'en saviez rien !

– Peut-être, mais elle n'a pas hésité à rapporter mes paroles aux flics.

– Il est facile de comprendre pourquoi Ethan était en colère ce soir-là. Mais Lisa aussi semblait contrariée.

– Elle était inquiète à cause de la fête.

– Non, il n'y a pas eu de débordements, d'après ce que vous m'avez raconté. Elle devait être perturbée pour une autre raison : votre récit laisse entendre que la dernière fois où vous lui avez parlé elle s'apprêtait à vous confier quelque chose.

– C'était juste une impression. Je n'ai aucune idée de ce qu'elle avait en tête à ce moment précis.

Brandeau referma son dossier et soupira.

– Vous savez, les erreurs judiciaires se ressemblent souvent. Dans les heures ou les jours qui suivent le crime, un homme est arrêté, soit à cause de ses antécédents ou de sa réputation, soit parce que le hasard l'a mis sur la route de la police, comme dans l'affaire Freeman. Ensuite, la machine se met en branle. L'enquête est menée uniquement à charge, on ne cherche pas d'autres suspects et tous les détails qu'on peut glaner, même les plus insignifiants, sont autant de preuves apparemment accablantes de sa culpabilité. C'est toujours à l'accusé de prouver son innocence. Mais, à moins de posséder un alibi irréfutable, comment prouver qu'on *n'a pas* commis quelque chose ?

– J'imagine que c'est impossible.

– C'est pourtant bien ce qu'on a demandé à Ethan Walker.

Brandeau fit un signe à la serveuse, qui passait dans les parages, pour réclamer l'addition. Elle parut déçue de nous voir partir aussi vite.

– Vous avez fini ? demanda Brandeau. Venez avec moi, alors.

– Où voulez-vous qu'on aille ?

– Là où tout s'est terminé pour cette pauvre Lisa… et là où toute notre affaire a commencé.

3

En cet endroit de la plage, la bande de sable était large de quelques mètres à peine ; le reste était envahi d'herbes sauvages desséchées par le soleil et les bourrasques venues du nord, qui ne cessaient en général qu'en fin de printemps. Ce jour-là, seule une faible brise soufflait sur le rivage totalement désert, un ciel bleu pâle surplombait la ligne d'horizon. Plutôt sauvage, le lieu n'attirait guère les foules, même au cœur de l'été. La plus belle plage de Black Oak, où fleuriraient bientôt parasols et serviettes de bain, se situait plus au sud, mais une succession de dunes parallèles au lac la dissimulaient à notre regard.

Brandeau et moi nous étions garés en bordure de Frontage Road, puis nous avions continué à pied, en traversant un petit bois de pins et de peupliers. Au bout de deux ou trois minutes, nous avions atteint la plage où le corps de Lisa avait été retrouvé, tout près d'une cabane dont les lattes étaient désormais décolorées et décaties. Brandeau dut percevoir mon émotion, car il me laissa seul un moment faire quelques pas au milieu des herbes. Je n'arrivais toujours pas à croire que Lisa avait été tuée si près de sa maison, alors que ses amis étaient en train de faire la fête. Je ne tardai cependant pas à rejoindre mon nouvel acolyte, pour éviter que ma présence en ce lieu ne se transforme en pèlerinage.

– Vous êtes déjà venu plusieurs fois ici, j'imagine.

Il m'adressa un petit sourire triste.

– Je viens sur cette plage tous les jours depuis mon arrivée à Black Oak. Certains endroits sont propices à la réflexion. Je ne crois pas que les lieux soient en eux-mêmes porteurs de mémoire, mais ils sont pour nous des repères, des ancrages à nos souvenirs. C'est pour cette raison que je vous ai conduit ici. Il n'y a rien de pire que l'oubli…

J'eus la nette impression qu'il ne parlait plus de l'affaire qui nous occupait, mais que sa remarque avait une portée plus personnelle.

Il s'approcha de la cabane et prit appui contre un poteau planté de guingois.

– Avez-vous déjà regardé les photos de la scène de crime et les vues aériennes qui ont été faites de la plage ? me demanda-t-il.

– Non, je n'en ai jamais eu le courage.

– Il est assez facile de se repérer grâce à cette cabane en bois. Le corps de Lisa reposait à cet endroit précis. (Il pointa du doigt un espace herbeux entre la petite construction et le chemin de terre par lequel nous étions arrivés.) D'après la police scientifique, il n'a pas été déplacé, ce qui signifie que le meurtre a pu se dérouler très vite, peut-être en quelques minutes.

Me revinrent en mémoire les reportages télévisés auxquels aucun habitant de l'État n'avait pu échapper à la fin de l'été 2004. Les images de la plage, les interviews des gens du voisinage, les conférences de presse des membres de la police et du District Attorney expliquant que la victime avait été violemment frappée à la tête, à cinq reprises, avec un objet contondant qu'on ne devait jamais retrouver. Les vêtements de Lisa étaient intacts, aucune trace d'agression sexuelle n'avait été relevée. En dehors même de ses aveux – sur lesquels il était plus tard revenu –, le sort d'Ethan avait été scellé quand la police avait fait deux découvertes : chez lui tout d'abord, une bague de grande valeur qui appartenait à Lisa et aurait pu lui être volée le soir du meurtre ; lors des fouilles menées sur la scène de crime ensuite, la gourmette en or d'Ethan à moitié enfouie dans le sable – une preuve matérielle de son implication qui avait suffi à faire basculer l'opinion publique et à semer le doute même chez ses plus ardents défenseurs.

– Parlez-moi de ce lieu, Nick. Dites-moi ce qui vous y rattachait tous les trois.

– On l'appelle la plage des Hollandais, mais je ne suis pas sûr qu'on trouve ce nom sur aucune carte ni sur aucun plan de la ville. C'est comme ça qu'on a toujours dit. On venait souvent ici parce que c'était à deux pas de chez Lisa et que le coin n'a jamais été très fréquenté par les touristes : ce n'est pas le meilleur endroit pour se baigner dans les environs et l'accès depuis la route n'est vraiment pas évident.

– Depuis *les* routes, vous voulez dire ? Quand je suis arrivé à Black Oak, j'ai été frappé de constater qu'on pouvait accéder à cette plage par deux chemins différents.

– Effectivement. Dewitt Road et Frontage Road forment deux routes parallèles qui finissent en cul-de-sac. Elles sont reliées entre elles par ce chemin de terre que nous avons pris tout à l'heure. Vous avez déjà poussé à pied jusqu'à la maison des Nielsen, j'imagine.

Il hocha la tête et s'énerva :

– Je ne comprends pas qu'on ait fait si peu de cas de cette information pendant le procès. Vous vous rendez compte qu'elle élargit considérablement la liste des suspects ! N'importe qui aurait pu rejoindre la plage sans passer devant la maison de Lisa ni attirer l'attention.

– Y compris Ethan, ne l'oubliez pas. Il aurait tout à fait pu quitter la fête, donner rendez-vous à Lisa et la retrouver plus tard ici dans la soirée… Vous voyez, je sais moi aussi me faire l'avocat du diable.

– Qui savait à l'époque que vous vous retrouviez souvent sur cette plage ?

– Tout le monde connaissait cet endroit ! La plupart de nos copains venaient traîner par ici, souvent pour flirter, en particulier l'été, quand on voulait échapper à la cohue de la grande plage. On se disait simplement : « Rendez-vous à la cabane bleue. »

– Savez-vous à qui elle appartient ?

– Il y a une grande propriété derrière ces arbres. Ce sont les plus proches voisins des Nielsen, un couple de retraités qui partage son temps entre le Wisconsin et la Californie. Je ne crois pas qu'elle ait été vendue. Cette cabane est à eux. Je me souviens qu'à l'époque il y avait aussi un petit bateau à moteur enveloppé dans une housse juste à côté.

– Je vois.

– Pourquoi cette cabane vous intéresse-t-elle ?

– Ce n'est pas la cabane en soi qui m'intéresse, plutôt le fait qu'elle constituait un point de rendez-vous facilement identifiable pour nombre de personnes. N'importe qui aurait pu dire à Lisa ce soir-là : « Rejoins-moi à la cabane dans un quart d'heure. » Vous comprenez, le procureur a tout fait pour imposer dans l'esprit des jurés que le lieu du crime avait une importance capitale. Ethan et Lisa avaient l'habitude de s'y retrouver, votre ami avait donc maintes fois eu l'occasion de repérer les lieux : ça n'a guère joué en sa faveur. Ce que vous me dites là montre que le lieu du crime est moins crucial qu'il n'y paraît. Sans compter cette gourmette que les policiers ont retrouvée près du corps… Si Ethan venait souvent ici, il a pu la perdre à un autre moment. Imaginez que la police scientifique se mette à ratisser chaque centimètre carré d'un endroit où vous avez vos habitudes : Dieu sait ce qu'elle serait capable de trouver vous appartenant ! J'aimerais en revenir au déroulement de la soirée… Vous avez parlé à Ethan pour la dernière fois aux alentours de 23 heures, n'est-ce pas ?

– Je suis certain de l'heure, je l'avais regardée à l'horloge du salon.

– Mais vous êtes bien sûr de ne pas l'avoir vu quitter la maison ?

– Quand je suis revenu à l'intérieur, il avait disparu. Comme je vous l'ai dit, j'ai ensuite échangé quelques mots avec Lisa. Je ne l'ai d'ailleurs recroisée qu'une fois au cours de la soirée, vers minuit moins le quart. J'ai dû m'endormir sur le fauteuil juste après.

– Quand précisément êtes-vous parti de la fête ?

– Le temps de récupérer mon frère dans la cuisine, il était 1 heure du matin. On a repris nos vélos et on s'est dépêchés de rentrer.

– Et Sherry, qui vous a réveillé… savez-vous si elle a continué à chercher Lisa après votre départ ?

– Je ne le crois pas. Elle a dû finir par admettre qu'elle était allée retrouver Ethan. Elle s'est occupée de mettre les derniers invités à la porte et elle a dormi chez les Nielsen pour garder la maison.

– Lisa avait-elle l'habitude de passer la nuit chez lui ?

– Bien sûr que non ! Mais ses parents étaient absents, et ça n'aurait rien eu d'extraordinaire qu'elle en profite.

– Quand avez-vous appris qu'on avait découvert le corps ?

– Le lendemain, en fin de matinée, quelqu'un a appelé à la maison. Comme vous avez pu le constater, les nouvelles vont très vite à Black Oak… J'étais encore en train de dormir, c'est ma mère qui a pris l'appel. Quand j'ai su qu'un corps avait été trouvé sur la plage des Hollandais, j'ai tout de suite compris qu'il s'agissait de Lisa. J'ai repensé à la fête, à l'inquiétude de Sherry… Oui, je savais que c'était elle.

– Je suis désolé de remuer d'aussi mauvais souvenirs, Nick. Sachez que s'il y avait un autre moyen…

– Ne vous inquiétez pas pour moi, j'arrive à gérer.

– Le corps a été découvert le 22 août, aux alentours de 7 heures, par un homme qui avait l'habitude de promener son chien sur la plage presque tous les matins. Un certain Lawrence Burke… Vous le connaissez ?

– De vue. Il avait une maison sur Frontage Road. On le croisait parfois dans le coin. Je me souviens surtout de son vieux labrador à moitié aveugle qui courait dans tous les sens.

– D'après son témoignage, son chien s'est approché du corps et s'est mis à aboyer. Burke s'est ensuite agenouillé près de Lisa, l'a touchée pour voir si elle respirait encore et lui a même administré un massage cardiaque.

– Oui, j'ai lu ça à l'époque.

– En voulant bien faire, cet homme a pollué la scène de crime et peut-être détruit des indices.

– Pas suffisamment pour empêcher les flics d'y retrouver l'ADN d'Ethan…

– Des empreintes ou quelques cheveux sur le corps d'une victime ne prouvent rien, surtout si le suspect était son petit ami. Le juge qui a fait libérer Ethan l'a d'ailleurs pris en compte. Un seul invité, dont l'identité a toujours été gardée secrète, a déclaré avoir vu Lisa et Ethan quitter ensemble la fête aux alentours de minuit. C'est d'ailleurs sur la base de cet unique témoignage que Walker a été arrêté. S'il n'avait pas avoué, le procureur n'aurait pas pu l'inculper. Inutile de vous dire que je n'accorde aucun crédit à ce témoin mystérieux.

– Vous pensez qu'il n'existe pas ? Que la police a inventé ce témoignage ?

– Oh, il doit exister, mais vous connaissez l'adage romain : « *Testis unus, testis nullus.* » « Un témoin, pas de témoin. » Je crois que les policiers ont très vite soupçonné Ethan en raison de son passé et de ses liens avec Lisa. Ils ont dû servir son nom à tous ceux qu'ils ont interrogés. Certains témoins sont très influençables et peuvent en toute bonne foi récrire le déroulement des événements pour coller à la version de la police.

Je me souvins que, lorsque j'avais été à mon tour questionné, l'essentiel de l'interrogatoire avait tourné autour d'Ethan.

– Le médecin légiste a estimé l'heure de la mort entre minuit et 4 heures du matin, reprit Brandeau. On peut supposer que Lisa a quitté son domicile vers minuit. Je dirais que le meurtre a été commis dans l'heure qui a suivi.

– Pourquoi en êtes-vous si sûr ?

– Vous imaginez Lisa traîner pendant deux ou trois heures sur cette plage avant d'être assassinée ? Ça défie l'entendement. Qu'aurait-elle fait pendant tout ce temps ? À moins évidemment qu'elle ne se soit rendue ailleurs entre-temps et ne soit arrivée que plus tard sur la plage.

– Si c'est le cas, elle n'a pas pu aller bien loin : Lisa utilisait parfois la Ford de sa mère, mais la voiture n'a pas bougé du garage cette nuit-là.

– C'est vrai. Autre chose : durant l'autopsie, on n'a pas retrouvé la moindre goutte d'alcool dans son sang. C'est un peu étrange après la fête que vous m'avez décrite.

– Lisa ne buvait jamais, elle n'aimait pas perdre le contrôle. C'est important, vous croyez ?

– Plutôt, oui. Ça montre qu'elle n'était pas en situation de faiblesse, qu'elle avait gardé tous ses esprits. Si elle ne s'est pas défendue, c'est sans doute parce qu'elle connaissait son agresseur.

Brandeau contempla la plage un moment, puis tourna le regard de chaque côté du chemin de terre. Son visage avait pris une expression soucieuse.

– À quoi pensez-vous ?

– Connaissez-vous ce qu'on appelle dans le jargon judiciaire l'« examen de tendance légitime » ?

– Non.

– Dans un procès au pénal, les avocats peuvent soumettre à la cour des éléments montrant qu'une ou plusieurs autres personnes pourraient être impliquées dans le crime. C'est une vieille technique à laquelle on a recours même lorsque la requête n'a aucune chance d'aboutir.

– Une manière de faire diversion ? « Les amis et les voisins de M. X avaient l'occasion de commettre ce crime tout autant que mon client… »

– C'est un peu ça. Dans cette affaire, l'avocat d'Ethan aurait aisément pu identifier comme assassins potentiels tous les invités de la fête. L'avantage, dans ce cas, c'est que la défense n'est pas tenue de prouver qu'un autre suspect pourrait être le meurtrier : c'est à la partie civile que revient la charge de la preuve. Or, durant le procès, l'avocat n'a fait qu'émettre l'hypothèse que Lisa aurait pu croiser un rôdeur qui l'aurait agressée. Selon moi, cette supposition était grotesque, mais elle laissait en plus penser que la défense était totalement acculée.

– Ça ne m'étonne pas. Le premier avocat d'Ethan était un tocard. Quand il a pris l'affaire, il était persuadé qu'Ethan avait tué Lisa. Vous savez qu'il l'a incité à plaider coupable et à trouver un arrangement avec l'accusation ?

– Oui. J'ai vu la première interview qu'il a donnée à la télé. Une catastrophe, un vrai cas d'école pour étudiants en droit. Même le procureur n'aurait pas pu l'accabler davantage.

– Je vois où vous voulez en venir : à moins d'avoir un alibi irréfutable, comment prouver qu'on *n'a pas* commis quelque chose ? Le seul moyen de prouver l'innocence d'Ethan, c'est donc de retrouver le véritable assassin.

– Exact. Retournons à la voiture, je dois vous montrer quelque chose.

Je fis quelques pas vers le lac au milieu des herbes folles.

– J'arrive, Brandeau. Donnez-moi une minute, s'il vous plaît, juste une minute…

*

Juillet 2004

Le soleil de midi tombait d'aplomb sur nos têtes. Nous étions seuls sur la plage. Pas d'autre bruit que celui des vagues qui venaient mourir sur le sable et les cris de quelques mouettes qui tournoyaient autour de nous. Ethan était parti se promener le long de la grève, les pieds dans l'eau. Lisa et moi nous étions déshabillés et installés sur des serviettes de bain. À peine allongée, elle avait ôté le haut de son maillot, qu'elle m'avait jeté à la figure en rigolant, puis elle s'était plongée dans le dernier roman de John Grisham.

– Qu'est-ce que ça tape aujourd'hui ! fis-je en attrapant mes lunettes de soleil. Tu ne trouves pas ?

Elle se retourna sur le ventre et eut un geste d'agacement de la main.

– Tais-toi, tu me déconcentres.

– Tu lis du Grisham, pas un livre de Kant !

– L'histoire est super compliquée. Il y a plein de personnages, je ne comprends plus rien.

Son agacement se traduisait par un battement incessant des jambes dans le vide.

– Tu sais, Lisa, je crois que c'est mal barré pour notre petite virée…

Elle posa brusquement son livre et descendit ses lunettes aviateur trop grandes pour elle sur le bout de son nez.

– Qu'est-ce que tu racontes ?

– Mes parents ne sont pas très chauds à l'idée qu'on parte une semaine entière. Ma mère s'inquiète. Je croyais que mon père ne ferait pas d'histoires, mais il s'y est mis lui aussi.

– Et c'est maintenant que tu m'en parles ! Est-ce que c'est à cause d'Ethan ?

– Non. Je ne sais pas ce qui leur prend. Je pensais que me voir partir pour la fac ne leur ferait ni chaud ni froid mais… Ils doivent se dire que je ne suis plus là pour très longtemps, et ils préféreraient que je passe tout l'été à la maison.

– Ça n'est rien qu'une petite semaine ! J'ai déjà eu assez de mal à convaincre ma mère… Je n'arrive pas à croire que tu me sortes un truc pareil !

– Je suis désolé.

– Non, non, je ne veux pas de « désolé ». On a déjà tout préparé, débrouille-toi pour les convaincre. Et même si tu n'y arrives pas, on n'aura qu'à partir quand même. Après tout, on est presque majeurs.

Malgré son ton déterminé, Lisa soupira bruyamment en poussant son bouquin tout corné dans le sable.

Nous n'avions pas entendu Ethan revenir. Torse nu, en bermuda long, il se tenait derrière Lisa.

– Qu'est-ce que tu fous ?

Lisa se retourna.

– Pourquoi tu me parles sur ce ton ? Je suis juste en train de bouquiner.

Il fit un signe agacé du menton.

– Ton haut. Qu'est-ce qui t'a pris de l'enlever ?

– J'ai envie de bronzer, je n'aime pas les marques de bretelles. De toute façon, il n'y a personne.

Il tourna la tête dans ma direction.

– Mais… il y a Nick ! Je n'ai pas envie que tu te promènes les seins à l'air devant lui !

Lisa se retint de rigoler.

– Ça n'est pas la première fois qu'il les voit. Pas vrai, Nick ? De toute façon, je n'ai pas de poitrine, alors…

– Une vraie planche à pain ! insistai-je pour tenter de détendre l'atmosphère.

Mais nos moqueries l'énervèrent plus qu'autre chose.

– Et en plus il a son putain d'appareil ! Ne me dis pas que tu l'as prise en photo…

– N'importe quoi ! Pour qui tu me prends ?

– Qu'est-ce que tu nous fais, là ? ajouta Lisa. Un Walker qui se la joue puritain, ça c'est la meilleure !

Il mit ses mains sur ses hanches et bredouilla :

– Qu'est-ce que… qu'est-ce que ça veut dire ?

Lisa ramassa son livre et se leva.

– Rien du tout. Passe-moi mon maillot, toi, m'ordonna-t-elle en dissimulant sa poitrine d'une main.

Je ne me le fis pas dire deux fois. En un mouvement rapide, elle en rattacha les ficelles tandis qu'Ethan s'approchait d'elle, l'air désormais penaud.

– Lisa, excuse-moi…

– Ah non, laisse-moi tranquille ! J'ai besoin d'air.

Elle s'éloigna de nous en se dirigeant vers le lac, non sans avoir ajouté à mi-voix :

– Il y a des moments, je me demande vraiment ce que je fous avec toi…

*

Quoique dégageant une forte odeur de nettoyant pour cuir, l'intérieur de la Ford Mustang était dans un état lamentable. Le tableau de bord était couvert de poussière et de taches de gras, et Brandeau dut enlever tout un tas de paperasse et de restes de nourriture du siège passager pour que je puisse prendre place.

– Ne faites pas attention au désordre, cette voiture est ma seconde maison.

Il farfouilla quelques secondes dans la sacoche posée sur ses genoux, puis me tendit l'annuaire de l'année 2005 du lycée de Black Oak.

– Tenez ! Je suppose que vous en avez un exemplaire.

Je fis rapidement défiler les centaines de visages de l'album, dont beaucoup ne m'avaient laissé aucun souvenir.

– Oui, mais je ne suis pas certain de pouvoir remettre la main dessus. Qu'est-ce que vous voulez qu'on fasse de ça ?

– Ce que le premier avocat d'Ethan aurait dû en faire s'il avait agi avec un minimum de conscience professionnelle. Vous avez entre les mains une précieuse liste de suspects potentiels.

– Il suffit donc d'aller faire du porte-à-porte chez tous ceux qui ont croisé Lisa pendant ses trois années de lycée. Ouf, vous me rassurez ! J'ai cru que vous alliez me demander de prendre le bottin et d'appeler un à un tous les habitants de cette ville…

– Ne soyez pas si négatif ! Je n'affirmerais pas que l'assassin se trouve dans cet annuaire, mais il nous faut bien poser une première pierre à l'édifice. Vous devrez évidemment me faire une liste complète de tous les invités de la fête. Je pense avoir déjà la plupart des noms, mais je ne veux négliger aucune piste. Passez-le-moi, je vous prie.

En quelques secondes, Brandeau retrouva la page qui l'intéressait et posa un doigt accusateur sur une photo : un garçon aux traits fins, mèche blonde tombant sur le front, qui dévoilait une parfaite rangée de dents blanches.

– Vous vous souvenez de lui ?

– Bien sûr que je me souviens de lui. Teddy Chambers… basketteur prodige et chéri de ces dames. Je n'ai jamais pu le saquer – il me le rendait bien, d'ailleurs. Pourquoi lui ?

– Répondez d'abord à une question : est-ce qu'il faisait partie des garçons qui tournaient autour de Lisa ?

– Chambers avait une vraie gueule d'ange, mais c'était avant tout un queutard. Il avait deux obsessions dans la vie : le sport et les filles. Et, oui, Lisa l'intéressait. Je l'ai vu plus d'une fois essayer de la draguer, si lourdement que c'en était risible. Mais c'est un peu maigre pour considérer qu'il a pu…

Brandeau sortit de sa sacoche l'épais dossier qu'il m'avait déjà montré au restaurant. Les marque-pages lui permirent de retrouver rapidement ce qu'il cherchait.

– Jetez un coup d'œil à ces documents.

L'un était un article sur une veillée funèbre qui avait eu lieu en l'honneur de Lisa une semaine après sa mort. La photo, prise devant le lycée, représentait des dizaines d'élèves au visage grave qui se recueillaient devant un portrait de Lisa entouré de fleurs et de bougies. Teddy Chambers, qu'on ne pouvait pas louper au premier plan, était en train de déposer un bouquet au sol.

L'autre était constitué de captures d'écran tirées de deux journaux télévisés. Chambers répondait aux questions des journalistes. Sur la première image, il tenait en main un micro à l'effigie d'une télé locale. En bas de l'écran, une bande passante indiquait : « Alerte. Meurtre d'une jeune fille dans le Wisconsin : un suspect arrêté. » Sur la seconde, il posait dans la rue principale de la ville devant le magasin des Nielsen. Il portait une tenue différente, ce qui laissait penser que les deux interviews n'avaient pas été réalisées le même jour. Le peu que j'en voyais donnait l'impression qu'il était particulièrement à l'aise devant les caméras.

Je restai silencieux. Brandeau finit par reprendre la parole devant mon absence de réaction :

– On a remarqué que certains meurtriers, en général intelligents et très organisés, avaient tendance à suivre de près l'enquête dans les médias et qu'ils prenaient parfois un malin plaisir à répondre aux journalistes.

– Attendez ! Vous ne croyez pas que vous allez un peu vite en besogne ? Vous pensez résoudre cette affaire à partir de quelques grossières typologies tirées d'un manuel de criminologie ?

– Je vous dis simplement que des meurtriers ayant une très haute estime d'eux-mêmes courent le risque d'attirer l'attention sur eux, pour revivre l'intensité de leur acte et se délecter du malheur qu'ils ont provoqué. Vous ne trouvez pas étrange que ce garçon, qui n'était pas particulièrement proche de votre amie, se retrouve en première ligne dans les médias ?

– Si, j'avoue que c'est troublant. Mais Chambers n'était pas présent à la soirée.

– Vous n'allez pas revenir là-dessus ! La présence à cette soirée n'est pas un critère déterminant.

– Il n'avait surtout aucun mobile solide ! D'accord, il draguait Lisa et elle avait l'habitude de le rembarrer, mais…

– Vu son physique, il ne devait pas laisser les filles indifférentes – à l'exception de Lisa, bien entendu. Qui sait si elle n'est pas devenue une obsession pour lui ? Qui sait ce qu'un garçon à qui tout réussit est capable de faire quand il sent que quelqu'un ou quelque chose lui résiste ?

– Je veux bien entrer dans votre jeu. Il aurait donc pété les plombs ce soir-là et tué Lisa sur la plage parce qu'elle lui résistait. Mais vous savez bien qu'elle n'a pas été agressée sexuellement.

– Il n'est pas question de sexe, Nick. Je vous parle d'ego, de désir refoulé, de frustration, de perte d'estime de soi : des moteurs bien plus puissants que le sexe.

– Lisa n'aurait jamais accepté de le retrouver sur la plage : elle connaissait trop sa réputation. Quant à une rencontre fortuite, je n'y crois pas un instant.

– Je n'ai jamais pensé à une rencontre fortuite. Je crois au contraire à un meurtre parfaitement planifié.

– Je ne suis pas sûr de vous suivre.

– Si Lisa connaissait la réputation de Chambers, lui connaissait celle d'Ethan. Il savait que votre ami serait présent à la fête et que tous les soupçons se porteraient sur lui.

– Il aurait donc fait d'une pierre deux coups : se venger de Lisa et ruiner la vie d'Ethan, qu'il n'aimait pas ? Je ne sais pas… Je crains que vous ne surestimiez l'intelligence de Chambers.

– Certaines personnes ont l'intelligence du crime et peuvent faire preuve d'une incroyable capacité de dissimulation. Savez-vous ce qu'il est devenu ?

– Non. Je sais simplement qu'une blessure à l'université l'a empêché de poursuivre sa carrière de basketteur, c'est tout.

– Bon, vous avez sans doute raison, inutile de s'emballer. Pour l'heure, je vous confie l'annuaire – ne le perdez pas.

Brandeau introduisit sa clé dans le démarreur.

– Et que suis-je censé faire maintenant ?

– Ça me paraît évident ! Il faut que vous alliez voir Sherry Sheldon, l'amie de Lisa, pour qu'elle vous donne sa version de la soirée.

– Je ne sais pas ce qu'elle est devenue.

– Mais je le sais, moi. Je l'ai appelée la semaine dernière, elle a refusé de me parler.

– Quoi !

– Je vous ai noté son adresse sous son nom dans l'annuaire.

– Je ne sais pas si je serai capable d'aller l'interroger.

– Bien sûr que vous le serez ! me coupa-t-il d'un ton agacé. « En avant ! » N'est-ce pas la devise du Wisconsin ? Si vous avez décidé d'aider Ethan, il va bien falloir mettre les mains dans le cambouis.

– Vous pourriez me donner votre numéro de portable ? Ce n'est vraiment pas pratique de vous appeler à l'hôtel.

– Désolé, je n'en ai pas.

– Vous rigolez ?

– Est-ce que j'ai l'air de rigoler ? Je n'aime pas les nouvelles technologies. Je travaille à l'ancienne.

– Les « nouvelles technologies » ? Les portables existent depuis au moins trente ans ! Vous ne roulez pas en voiture à vapeur, que je sache. Et j'imagine que vous n'écoutez pas de la musique sur un gramophone.

– C'est moi qui vous appellerai, fit-il d'un ton définitif.

Je sortis de la voiture, non sans me tourner une dernière fois vers lui.

– Vous croyez vraiment que nous arriverons à découvrir une partie de la vérité ?

– Non, Nick. Une moitié de vérité ne vaut rien. Il nous faudra la découvrir tout entière.

*

Heureusement, ni ma mère ni Adam ne me posèrent de questions sur mon absence prolongée. Je passai le reste de la journée à m'occuper des papiers pour l'enterrement en compagnie de Vera, ne faisant une pause que pour appeler mon éditeur.

– Comment vas-tu, mon grand ? Je suis vraiment désolé pour ton père. J'ai passé un coup de fil à Chloé, je m'inquiétais pour toi.

– Merci. Qu'est-ce qu'elle t'a dit ?

– Rien de bien particulier. Elle avait l'air heureuse que tu l'aies appelée. Évidemment, j'ai fait annuler tous les rendez-vous prévus la semaine prochaine. Ne t'inquiète pas pour le livre.

– Je ne m'inquiète pas, Jay. Je sais que ça n'est pas ce que tu as envie d'entendre, mais ce bouquin est pour le moment le cadet de mes soucis. Je ne crois pas revenir à New York dans l'immédiat : je dois rester un peu avec ma mère, il y a trop de choses à régler ici.

– Bien sûr, prends tout le temps qu'il te faudra.

Nous restâmes quelques secondes silencieux.

– Je suis allé voir Ethan Walker hier soir. Figure-toi qu'il est revenu s'installer à Black Oak.

– Merde alors !

– Il est innocent, Jay, j'en suis convaincu.

– Tu avais l'air moins sûr de toi l'autre jour.

– Je sais. Il faut croire que mon retour au bercail m'a ouvert les yeux.

– J'imagine qu'il n'était pas ravi de te voir.

– C'est tout juste s'il ne m'a pas mis son poing dans la gueule.

– Non !

– C'est bien fait pour moi, j'ai commis trop d'erreurs dans ma vie.

– Je t'en prie, Nick ! Tu as à peine 30 piges, ne fais pas comme si tu faisais le bilan de ton existence. On commet tous des erreurs !

– Peut-être, mais certaines ont des conséquences bien plus graves que d'autres…

Quand je rejoignis ma chambre après le dîner, je remarquai que la fenêtre à guillotine était entrouverte. Le rideau se balançait mollement sous l'effet du courant d'air. Bien en évidence sur le bureau était posée une feuille à carreaux qui avait dû être arrachée à la hâte d'un cahier :

Pardon, je regrette ce que j'ai fait.
Ethan

4

Juin 2004

– Tu ne danses pas ? me demanda Lisa, ravissante dans une robe en twill de soie qu'elle portait pour la première fois.

– Tu veux dire « remuer des bras et des jambes comme un idiot devant des dizaines de personnes qui se moquent de toi » ? Non merci.

– Qu'est-ce que tu peux être rabat-joie parfois ! On dirait que tu ne prends plaisir à rien.

La danse était conduite par un groupe de musiciens de notre classe, les Destructive Ultimate – un titre de formation débile sans doute trouvé à l'aide d'un générateur de noms sur internet –, qui enchaînait des standards sur une estrade décorée de ballons et de guirlandes, devant une gigantesque banderole indiquant en lettres multicolores : « Lycée de Black Oak – Bal de fin d'année 2004 ».

À l'entrée du gymnase, un photographe immortalisait des couples d'un soir en smoking et robe de soirée qui finiraient dévorés par les mites au fond d'un placard. Certains prenaient une pose trop sérieuse, d'autres faisaient des grimaces comiques, quelques-uns s'aventuraient à s'embrasser sur la bouche sous l'œil réprobateur du proviseur qui lâchait des « Un peu de tenue, jeunes gens ! » en toussotant de manière théâtrale.

À l'autre bout du gymnase, près du buffet, Ethan buvait un verre de punch *sans alcool* – problème auquel remédiaient certains élèves à l'aide de flasques dissimulées dans leur sac à main ou coincées sous une veste dans leur ceinture.

– J'ai l'impression que je ne suis pas le seul à ne pas m'amuser : regarde la tronche d'Ethan.

Lisa tourna brièvement la tête.

– Il ne fait aucun effort, j'ai dû le traîner jusqu'ici. « Les bals de fin d'année, ça craint », m'a-t-il dit. Je me demande ce qui ne « craint » pas avec lui.

– Tu sais que c'est moi qui lui ai fait son nœud papillon ? Il porte plutôt bien le costume, tu ne trouves pas ?

– Ça le change de ses jeans troués. Tu as vu le cinéma qu'il m'a fait tout à l'heure ?

– Non.

– Il est comme toi, il freine des quatre fers pour danser, mais ça ne l'a pas empêché de piquer une crise parce que Ben Wilson m'a invitée pour un slow. Tu te rends compte ? Ben Wilson !

– Quoi, « Ben Wilson » ?

Des rides apparurent sur son front.

– Ben est gay, voyons !

– N'importe quoi !

– Bien sûr que si ! Tu n'as pas vu la manière dont il regarde le cul des mecs pendant les cours de sport ? Je suis sûre qu'il a déjà maté le tien, d'ailleurs.

Je passai ma tête par-dessus mon épaule et plongeai le regard vers mon postérieur.

– Ça ne m'étonne pas, j'ai un cul d'enfer.

Ma remarque ne la fit pas rire. Derrière nous les couples s'arrêtèrent de danser et applaudirent bruyamment en attendant le morceau suivant.

– Et en plus l'ex d'Ethan est là.

– Qui ça ?

– Laura Bush. Madison, espèce d'idiot ! fit-elle en haussant les épaules. Je suis allée aux toilettes tout à l'heure, et quand je suis sortie de la cabine elle était là.

– Incroyable ! Tu n'es donc pas la seule fille qui ait eu une envie pressante ce soir.

– Elle m'attendait ! Les deux mains appuyées contre un lavabo, le miroir dans le dos, plantée devant ma cabine. Quand je pense qu'elle m'a écoutée faire pipi…

– Le cauchemar ! Je ne sais pas si elle s'en remettra.

– Si tu avais vu la façon dont elle m'a regardée au moment où je suis sortie… On aurait dit Sissy Spacek dans *Carrie* quand elle s'apprête à faire un carnage. J'ai cru qu'elle allait se jeter sur moi pour m'arracher les cheveux. Moi, c'est cet horrible anneau qu'elle a dans le nez que je lui aurais bien arraché. Ça doit être un vrai nid à microbes, ce truc…

– Elle t'a parlé ?

– Non, mais son regard valait tous les discours du monde. Je me suis lavé les mains en quatrième vitesse et je me suis échappée. Dix minutes plus tard, elle est venue rôder autour d'Ethan. C'est Sherry qui m'a prévenue. Mais où est-ce que tu étais ? Comment as-tu pu rater ça ? Ils ont même discuté. Je me demande bien de quoi – peut-être de joints de culasse ou de plaquettes de frein. Leurs conversations ne doivent pas voler bien haut.

J'aperçus Zach, un de mes plus anciens copains, qui se frayait un chemin parmi les danseurs. Il s'approcha de nous et leva son verre en l'air comme pour porter un toast en notre honneur. Son regard vaseux contrastait avec le sourire béat qui ne quittait pas ses lèvres. Il passa un bras autour du cou de Lisa et déclara :

– Ma chère Lisa, je peux bien te le dire maintenant qu'on ne se retrouvera plus jamais assis l'un derrière l'autre dans une salle de cours : tu es de loin, mais alors de très très loin, la fille la plus sublime de ce sinistre lycée !

– Merci, Zach, dit-elle en riant de bon cœur.

– L'heure des aveux a sonné, mes amis ! Je ne pensais pas que je l'avouerais un jour mais… cet énorme et indécent bouquet de roses rouges qu'un mystérieux inconnu t'a offert pour la Saint-Valentin quand on était en seconde et qui a fait jaser tout le lycée pendant une semaine… eh bien, c'était moi ! Voilà, c'est dit.

– Quelle nouvelle !

– Quoi ! fit Zach en affichant une mine déconfite. Tu le savais ?

– Quand on écrit une carte anonyme, mieux vaut éviter de la signer de son initiale, surtout quand on s'appelle Zach. J'avais le choix entre toi, Zorro et Zane Petersky, mais il me déteste depuis que je lui ai mis une souris morte dans le cartable quand on était en CM2.

Zach pouffa.

– Et ce n'est pas tout. Je n'en suis pas fier, mais il m'est arrivé certaines nuits dans ma chambre de…

– Merci, Zach, le coupai-je, je crois qu'on va en rester là.

Il changea de cou pour s'agripper au mien. Son haleine empestait l'alcool.

– Alors, Nick, tu pars pour Davenport, en définitive ?

– Ouais, et toi ? Tu es pris à Bloomington, à ce qu'il paraît.

– Liste d'attente, mon vieux, rien n'est joué… Bon, les amis, je vais vous abandonner. Vous voyez la magnifique rousse là-bas en train de se recoiffer devant son miroir de poche ? Je crois que j'ai un ticket avec elle !

Je le regardai s'éloigner en une trajectoire qui tenait plus du zigzag que de la ligne droite.

– Tu as entendu ça ? demandai-je. Deux secondes de plus et il était capable de nous faire le récit de ses séances d'onanisme et de ses pollutions nocturnes.

– Beurk… tu me donnes la nausée.

Ethan n'avait pas bougé d'un pouce près du buffet. Je repensai à ce que m'avait dit Lisa avant que Zach nous interrompe.

– Tu sais, tu es parfois dure avec Ethan… Il fait de son mieux.

Elle me regarda, exaspérée.

– Dans un couple, il faut toujours qu'il y ait un méchant. Et forcément, tu penses que c'est moi. Solidarité masculine…

– Je ne suis dans aucun camp, Lisa. Vous êtes tous les deux mes amis.

– Tu as conscience qu'Ethan se sert de toi ?

– Pourquoi est-ce que tu dis ça ?

– Je sais très bien qu'il n'a cherché à devenir ton ami que pour se rapprocher de moi. On n'en a jamais parlé, mais tu imagines que je n'avais rien vu de votre manège ?

– Et alors ? Ça ne veut pas dire qu'on n'est pas devenus de vrais amis depuis.

– Les Inséparables… dit-elle d'un ton sarcastique qui ne me plut pas. Tu sais que c'est le nom qu'on donne à des oiseaux qui vivent en Afrique ?

– Je sais, j'ai vu le film d'Hitchcock. Tippi Hedren en achète un couple au début.

– On dit que si l'un des deux oiseaux meurt, l'autre se laisse mourir à son tour de tristesse. Mais ça n'est qu'une légende… probablement inventée par un ornithologue trop romantique. Qui peut croire à de telles niaiseries ?

Un ballon, placé trop près d'un projecteur, éclata, faisant sursauter l'assistance et provoquant des cris et des rires débridés.

– Tu te rends compte ? C'est notre dernier bal, et notre dernière journée dans ce lycée, reprit Lisa. Peut-être qu'un jour, dans dix ou vingt ans, on se souviendra de cette soirée et qu'on se dira : « Qu'est-ce qu'on était stupides à l'époque ! » Ou peut-être qu'on y repensera avec nostalgie et qu'on sera prêts à donner un million de dollars pour voyager dans le temps et revenir ici, à ce moment précis.

– C'est un peu tôt, non, pour se sentir nostalgique de quelque chose qu'on est en train de vivre ?

– Le temps passe plus vite qu'on ne croit… Mon Dieu, quelle banalité ! Je retire cette phrase, c'est ridicule !

– Pourquoi est-ce que tu te sens toujours obligée de sortir des choses intelligentes ? Ça fait du bien, les banalités, de temps en temps.

– Comment sera le monde dans dix ans, tu crois ?

– Pas bien différent du nôtre. On disait qu'en l'an 2000 il y aurait des bagnoles volantes et qu'un bug informatique ferait sombrer le monde dans le chaos. Or mon Mac fonctionne parfaitement et tu en vois, toi, des DeLorean dans le ciel quand tu viens au lycée ?

– Qui sait ? Dans dix ans, peut-être que je serai devenue grosse et moche, et que tu seras marié avec Ben Wilson après avoir viré ta cuti.

– Primo, je ne deviendrai jamais gay. Deuxio, tu ne deviendras jamais grosse et moche, Lisa. Dans dix ans, je t'imagine plus jeune sénatrice des États-Unis. Chez les républicains, bien sûr… le genre un peu pète-sec, qui remettra tous ces vieux dinosaures à leur place.

– Tu parles d'un compliment ! Attends… En 2014, j'aurai 27 ans : je battrai Ted Kennedy de trois ans ! (Son regard se fit plus sombre.) Ne pensons pas à l'avenir, c'est déprimant. Vivons pleinement cet instant. Viens, Nick, je veux te voir danser au moins une fois dans ma vie.

Elle me prit par la main et m'embrassa sur la joue, y laissant un peu de son parfum.

– D'accord, mais uniquement s'ils jouent « Chicken Dance ».

– C'est ça ! Quand les poules auront des dents…

Sans que nous l'ayons vu arriver, Teddy Chambers émergea de la foule et s'empara de la main de Lisa restée libre. Il portait un smoking blanc très élégant avec des revers de satin noir – costume qui lui vaudrait peut-être, en plus de sa belle gueule, de décrocher comme l'année précédente le titre de « roi du bal ». Surprise, Lisa se dégagea immédiatement.

– Pas touche, Teddy !

– Allez, Lisa, ne fais pas ta timide. Tu me feras bien l'honneur de m'accorder la prochaine danse…

Je la vis hésiter et tourner la tête en direction d'Ethan. Il n'était guère difficile de deviner ses pensées : après l'épisode avec Madison, elle ne devait avoir en tête que de le rendre jaloux.

– Non, Nick a réservé la prochaine danse, trancha-t-elle finalement.

– Tu rigoles ? Il peut bien attendre, vous êtes toujours fourrés ensemble. Qu'est-ce que vous pouvez encore trouver de si important à vous raconter ?

– Désolée, Teddy. Tu pourras vite te consoler : ce gymnase est rempli de jolies demoiselles en pâmoison qui ne rêvent que de danser avec toi… Tu n'as qu'à inviter Sherry, elle n'a pas de cavalier ce soir.

Teddy demeura coi, le visage virant au cramoisi. Il cherchait un bon mot, une repartie brillante qui malheureusement pour lui ne venait pas.

– Qu'est-ce que j'en ai à faire de ta copine ? (Énervé, il se tourna vers moi.) Vous ne pouvez pas vivre une seconde l'un sans l'autre, hein ? Eh, Nick ! Comment tu vas faire l'an prochain sans maman pour te border et t'essuyer la goutte au nez ?

Je me tapai les cuisses des deux mains.

– Mort de rire ! Si ta carrière de basketteur se casse la gueule, tu pourras toujours te reconvertir dans le one-man-show.

Il nous jeta un regard mauvais et s'éloigna, la tête haute pour feindre l'indifférence.

Après un rock endiablé, qui valut aux musiciens applaudissements nourris et sifflements enthousiastes, l'orchestre entama « With Or Without You » de U2.

– Oh, j'adore ce titre ! Tu n'as plus d'excuses maintenant. Viens, Nick.

– Je n'aime pas U2. Tu sais bien que je préfère R.E.M. ou The Cure.

Elle passa ses bras autour de ma taille.

– Ah non, arrête de ronchonner ! Ce sera notre chanson désormais. Chaque fois que tu l'entendras, tu penseras à moi… à *nous*, plutôt.

– D'accord, mais ne viens pas te plaindre si je te marche sur les pieds et bousille tes chaussures neuves.

– Je m'en fous, de ces chaussures. Elles sont à ma mère !

5

Sherry Sheldon habitait une coquette maison de plain-pied relativement isolée dans la partie sud de la ville. Bien que trop proche de l'autoroute, qu'on apercevait derrière un étroit terrain boisé, l'endroit avait un certain charme. Dans l'allée délimitée par des barrières de bois blanches traînaient un tricycle rouge et une cohorte de camions de chantier miniatures.

Sherry n'avait pas changé. C'était toujours la même fille longiligne qu'autrefois, mais son visage et ses yeux fatigués affichaient une sorte de lassitude qui me frappa. Elle tenait dans les bras un petit garçon d'environ 2 ans qui s'amusait à entortiller les cheveux de sa mère autour de son doigt.

– Eh bien ça… Nick ! Qu'est-ce que tu fais là ?

Je me forçai à sourire.

– Sherry, content de te revoir… Salut, bonhomme !

L'enfant me regarda avec méfiance. Sherry jeta un coup d'œil par-dessus mon épaule, sans doute pour s'assurer que j'étais seul. Elle paraissait embarrassée par ma présence et j'eus brièvement l'impression qu'elle allait sortir une excuse quelconque pour me faire partir. Mais, sans que j'aie répondu à sa question, elle m'invita finalement à entrer.

Un peu anxieux, je la suivis jusqu'au salon encombré de meubles dépareillés et de jouets dispersés sur le sol et les fauteuils. Sur un grand tapis aux motifs géométriques fanés, un garçon de 4 ou 5 ans était occupé à terminer un puzzle. Elle déposa son frère à ses côtés et me fit signe de m'asseoir.

– Tu te doutes que je suis surprise. On m'a appris que ton père était mort, mais je n'aurais jamais pensé que tu viendrais me voir. Tu veux boire quelque chose ?

– Non merci.

– Je vais quand même chercher du café.

Elle disparut dans la cuisine et revint une minute après avec un plateau chargé de deux tasses. Je la soupçonnai de n'être sortie de la pièce que pour remettre de l'ordre dans ses idées et se préparer à notre conversation. Je désignai les enfants du doigt.

– Comment est-ce qu'ils s'appellent ?

– Brian et Thomas. J'en ai un troisième, Connor, mais il est à l'école.

– Je connais le papa ?

– Je crois. Jack Donovan... Ses parents avaient l'épicerie sur Western Avenue.

– Jack... Oui, je me souviens de lui.

En plus de l'homme que j'avais vu au restaurant routier, il formait une petite bande d'amis avec le frère de Lisa.

Après avoir bu un peu de café, Sherry prit un bâton de pluie qui traînait sur le canapé et le fit tinter en le retournant.

– Mon Dieu, je ne t'ai même pas présenté mes condoléances ! Je suis en dessous de tout !

– Ça n'est pas grave, Sherry.

– Je n'ai jamais eu l'occasion de lire tes livres, Nick. J'aurais bien voulu mais… (Elle haussa les sourcils en promenant un regard éteint sur la pièce autour d'elle.) En fait, je n'ai pas le temps de lire.

– Tu travailles ?

– Non. J'aurais bien aimé pourtant. Tu sais, je ne suis même pas restée deux ans à l'université. Jack et moi, on s'est mariés très jeunes. Et voilà. Tu te maries, tu as des enfants, une maison dont il faut t'occuper… Et puis tu te réveilles un beau matin et tu te rends compte que tu as bientôt 30 ans, que tu n'as rien fait de ta vie… (Elle ferma les yeux et secoua la tête.) Excuse-moi, je ne sais pas ce qui me prend de te raconter ça. C'est complètement déplacé. On ne s'est pas vus depuis plus de dix ans et on ne se connaissait pas si bien que ça tous les deux. Tu ne trouves pas ça bizarre, d'ailleurs ? On était souvent ensemble, mais je ne me rappelle pas avoir eu une seule conversation en tête à tête avec toi.

J'étais triste pour Sherry. Elle me faisait la même impression que Connie au restaurant : deux femmes qui s'étaient lentement laissé grignoter par la vie monotone et impassible de Black Oak.

– C'est moi qui suis désolé. Je débarque comme ça chez toi sans prévenir…

– Si Jack avait été là, je ne crois pas qu'il t'aurait laissé entrer.

– Pourquoi est-ce que tu dis ça ?

– Un homme a appelé la semaine dernière, il voulait me voir pour me poser des questions sur Walker. Jack a entendu la conversation et il s'est mis dans une colère folle ! Tu sais, il n'a jamais accepté qu'on parle de Lisa ni de toute cette affaire dans cette maison. Alors, qu'un journaliste cherche à nous interroger, ça l'a vraiment rendu dingue. Je suppose que c'est aussi pour ça que tu es ici. Ça serait une drôle de coïncidence, tout de même…

– Je n'ai pas envie de te raconter des histoires : je connais cet homme, il s'appelle Alister Brandeau. Nous enquêtons ensemble sur la mort de Lisa.

– Tu es sérieux ? Vous « enquêtez » ?

– Je sais que ça peut paraître grotesque…

– Non, ça ne l'est pas. Mais qu'est-ce que tu espères trouver dans cette ville ? Personne ne te parlera.

– Tu acceptes bien de me parler, toi.

Elle baissa les yeux.

– Sais-tu pourquoi je le fais ? Parce qu'il n'y a pas un seul jour où je ne pense pas à Lisa. Et même quand je ne pense pas à elle, il y a toujours quelque chose au fond de moi qui me dit que ma vie ne pourra jamais plus être comme avant. C'est une gêne, une mélancolie qui ne me quitte pas, même dans les moments les plus heureux de mon existence.

– J'imagine ce que tu ressens, Sherry.

Elle se mordit la lèvre inférieure.

– Non. Je sais ce que Lisa représentait pour toi, mais tu as eu la chance de partir loin d'ici. Moi, je suis restée prisonnière de cette ville. Tout me ramène à ce terrible été. Chaque jour… Et le pire, c'est que j'aimerais pouvoir en parler, mais qu'il n'y a personne qui veuille m'écouter. Jack n'a pas conscience de ce que je vis, ou peut-être fait-il tout pour ne pas s'en rendre compte. C'est un homme bien, un bon père et je n'ai rien à lui reprocher, mais…

– Je n'aurais pas dû venir.

Son visage s'alarma.

– Non, reste, Nick. C'est vrai que quand j'ai ouvert la porte tout à l'heure j'ai été un peu effrayée de te revoir, mais je suis heureuse que tu sois là. Tu devrais boire ton café, il va refroidir. (Je portai la tasse à mes lèvres pour lui faire plaisir.) Tu sais, j'ai longtemps, très longtemps, été persuadée qu'Ethan était coupable. Mais aujourd'hui je ne suis plus sûre de moi.

– Qu'est-ce qui t'a fait changer d'avis ?

– Rien en particulier, j'ai juste eu le temps de repenser à tout ce qui s'est passé. Avec le recul, les choses me semblent moins évidentes qu'avant. Et avec sa libération… Je ne crois plus que les preuves étaient suffisantes pour le condamner.

– J'ai besoin de faire appel à tes souvenirs, Sherry. Je voudrais savoir si tu as noté un changement dans l'attitude de Lisa les jours qui ont précédé sa mort.

– Je dirais plutôt le jour de la fête. Lisa n'allait pas bien. Je l'ai senti dès que je suis arrivée chez elle en fin d'après-midi pour l'aider dans les préparatifs.

– Tu crois qu'il s'était passé quelque chose avant ton arrivée ?

– Je ne le crois pas, j'en suis certaine. J'ai d'ailleurs cherché à l'interroger, mais j'ai vite compris qu'elle n'avait pas envie de me parler. Elle n'arrêtait pas d'aller et venir dans la maison : j'avais l'impression qu'elle cherchait à s'occuper pour ne pas avoir à cogiter.

– Est-ce que tu te souviens d'un fait marquant qui aurait eu lieu au cours de la soirée ?

Visiblement anxieuse, elle triturait la tasse entre ses doigts et se ménagea une assez longue pause.

– Oui, dit-elle enfin. C'était aux environs de 23 heures. Lisa se servait un verre dans le salon, j'étais juste à côté d'elle. Je me souviens parfaitement de ce moment parce que j'étais en train de la prendre en photo et que ça l'énervait. Soudain, Ethan est entré dans la maison et a foncé droit vers elle. Il était très tendu. Il y avait beaucoup de bruit autour de nous et j'avais du mal à entendre tout ce qu'ils se disaient. Ethan lui a saisi le bras et il lui a dit quelque chose comme « Il faut qu'on lui parle » ou « Il faut qu'on parle de lui ».

Mon cœur s'accéléra.

– Attends ! Ça n'est pas vraiment la même chose !

– La musique était poussée à fond et… je ne savais pas de qui ils parlaient. Mais je pense qu'il a plutôt dit : « Il faut qu'on parle de lui. »

Brian – ou Thomas – quitta le tapis pour rejoindre sa mère, qui lui tendit le bâton de pluie pour l'occuper.

– Qu'est-ce que Lisa a répondu ?

– Elle était de dos et je n'ai pas entendu. Mais elle a eu un geste d'agacement, un peu comme si elle faisait semblant de ne pas comprendre. Ethan a ensuite ajouté quelques mots en se penchant à son oreille. Elle a acquiescé, puis il a disparu. C'est à ce moment-là que tu es arrivé et que tu as parlé à Lisa.

– J'ai raconté cet épisode à Brandeau. Mais j'ignorais qu'Ethan et elle s'étaient parlé juste avant.

– Quelques minutes plus tard, j'ai rejoint Lisa dans la cuisine…

*

21 août 2004

Lisa emplissait de verres et d'assiettes sales un lave-vaisselle qui menaçait déjà de déborder. En voulant attraper une pile de coupelles sur le plan de travail, elle se prit les pieds dans la porte ouverte de la machine.

– Mince ! s'écria-t-elle en portant une main à son tibia.

Sherry s'approcha d'elle et lui posa une main sur l'épaule.

– Laisse, je vais t'aider.

– Merci.

– Qu'est-ce qui s'est passé avec Ethan ?

– Rien ! Passe-moi le reste, s'il te plaît…

– Lisa, je ne suis pas aveugle. Je vois bien que quelque chose te tracasse. Qu'est-ce que ce salaud t'a encore fait ?

Sherry vit le regard de son amie s'assombrir.

– Je ne veux pas que tu parles de lui comme ça !

– Et moi je n'aime pas la manière dont il te parle. Il se montre tellement… agressif. Il ne sait pas la chance qu'il a de t'avoir.

– Je sais que tu ne portes pas Ethan dans ton cœur, mais il n'a absolument rien fait. Tout est de ma faute.

– Arrête un peu avec ce lave-vaisselle, tu veux bien ? De qui est-ce que vous parliez tout à l'heure ?

– Tu nous as entendus ?

– À peine. Je n'étais pas en train de vous espionner, figure-toi.

– Ça ne te regarde pas, de toute façon.

– Lisa !

– Pardon. C'est juste que je n'ai pas envie d'en parler.

Sherry lui adressa un sourire amical.

– Est-ce que tu vois quelqu'un d'autre ? Ça ne serait pas un drame.

– Il m'est arrivé quelque chose…

– Qu'est-ce que ça veut dire ? Tu es tombée amoureuse d'un autre garçon ? J'avais vu juste ?

Lisa referma violemment la porte du lave-vaisselle sans rien répondre.

– Est-ce que quelqu'un cherche à te faire du mal ?

– C'est plutôt moi qui pourrais faire du mal aux autres.

– « Aux autres » ?

Quoiqu'il n'y eût personne d'autre dans la pièce, Lisa se pencha à l'oreille de Sherry.

– Je voudrais que tu restes après la fête. Est-ce que tu peux passer la nuit ici ?

– Bien sûr, mais…

– Il faut que je te parle. J'ai besoin d'y voir plus clair. Promets-moi que tu resteras.

– Je te le promets, répondit Sherry au moment où deux garçons surgissaient dans la cuisine en se plaignant de ne plus trouver de bières fraîches.

*

– Pourquoi n'as-tu rien dit à la police ? Pourquoi as-tu gardé cette conversation pour toi ?

Son plus jeune fils sur les genoux, Sherry essayait tant bien que mal de se resservir une tasse de café. Son regard était devenu trouble.

– Je sais que ça peut sembler difficile à comprendre, mais Ethan a été très vite arrêté et il ne faisait aucun doute qu'il était coupable. Le peu que j'avais dit aux policiers l'avait déjà desservi. J'étais tellement bouleversée… Je ne voulais pas devenir le principal témoin à charge et me retrouver au centre de toute cette affaire. Je n'en avais pas le courage.

Sherry était au bord des larmes mais elle tentait de se contenir, sans doute par égard pour ses enfants.

– Tu n'as rien à te reprocher, tu n'as rien fait de mal. N'as-tu vraiment aucune idée de qui ils parlaient ?

– Non, aucune.

La tentation d'évoquer le nom de Chambers était grande, mais je ne voulais pas prendre ce risque aussi tôt.

– Quand as-tu vu Lisa pour la dernière fois ?

– Vers 23 h 30. Elle était montée à la salle de bains de l'étage et on s'est croisées dans les escaliers. Une heure et demie plus tard, je t'ai réveillé parce que je n'arrivais pas à la trouver.

– Et je t'ai dit qu'elle était certainement avec Ethan. Donc tu as cessé de la chercher après mon départ ?

– Oui. (Elle me regarda droit dans les yeux.) Mais je ne t'ai pas encore tout dit. J'ai passé la nuit dans la chambre de Lisa. Et – je sais que je n'aurais pas dû faire ça, mais j'étais tellement inquiète…

– Qu'as-tu fait, Sherry ?

– J'ai pris son journal intime : je savais où il était, je l'avais vue un jour le cacher au fond de son armoire. Je ne l'ai pas lu dans le détail, simplement survolé… pour essayer de trouver un indice, quelque chose qui puisse expliquer son comportement.

– Qu'y avait-il dedans ?

– La plupart des pages étaient consacrées à la vie au lycée et à Ethan. Pour ce que j'en ai lu, elle était vraiment amoureuse de lui, même si elle se plaignait les derniers temps qu'il soit tout le temps sur son dos et lui fasse des crises de jalousie. Et puis, à partir de la fin du mois de juillet, elle n'avait presque plus rien écrit…

– « La fin du mois » ? À partir du moment où nous sommes revenus de notre virée autour du lac ?

– Oui, les dates correspondaient.

– Tu as dit qu'elle n'avait « presque » plus rien écrit…

– À la date du 21 août, soit quelques heures avant la fête, elle avait ajouté quelques phrases.

– Que disaient-elles ?

– Quelque chose comme : « Que vais-je faire ? Que vais-je leur dire ? » Il y avait aussi une allusion au bien et au mal… Je n'ai pas compris ce que ça signifiait vraiment.

– C'est tout ?

– Non. En dessous elle avait recopié quelques vers d'un poème d'Emily Dickinson. Je les connais par cœur parce que je les ai cherchés plus tard sur internet : « Nul besoin d'une chambre pour être hanté. Nul besoin d'une maison. Le cerveau regorge de corridors bien pires que les lieux matériels. »

Dickinson faisait partie des poètes préférés de Lisa. Elle avait ses œuvres complètes dans sa bibliothèque et était capable de réciter des dizaines de ses poèmes. De qui parlait-elle dans ce journal ? Quel secret avait-elle à cacher ? Par quoi pouvait-elle bien être « hantée » ?

– Est-ce que tu sais si la police a eu ce journal en main ?

– Je ne crois pas. Richard m'a dit un jour que les policiers avaient fait un tour dans sa chambre mais qu'ils n'avaient presque rien emporté. Je m'en veux de ne pas en avoir parlé à quelqu'un.

– Ça n'aurait rien changé, de toute façon.

Pourtant, je pensais exactement le contraire. Ce journal ouvrait peut-être de nouvelles pistes qui auraient pu être exploitées par la défense.

– Je t'ai dit tout ce que je savais, Nick. Tu devrais peut-être partir maintenant. Jack va bientôt revenir et je ne voudrais pas qu'il te voie ici.

– Merci d'avoir accepté de me parler.

En me levant, une idée me traversa l'esprit, et je m'en voulus de ne pas y avoir pensé plus tôt.

– Une dernière chose, Sherry : tu m'as dit tout à l'heure que tu avais pris des photos durant cette soirée.

– Oui, avec un de ces appareils jetables que j'utilisais à l'époque.

– Est-ce que tu possèdes encore les tirages ?

– Mais je n'ai jamais fait tirer ces photos !

Je n'en revenais pas. À l'époque, Facebook et Instagram n'existaient pas, et on ne passait pas son temps dans ce genre de soirées à faire des selfies ou des portraits de groupe.

– Et l'appareil, tu l'as encore ?

– Il doit être dans un carton au garage… parmi toutes mes affaires du lycée.

Je pris Sherry par les épaules.

– Écoute, c'est très important : j'aurais besoin que tu me confies cet appareil. Je crois qu'il n'y a aucune autre photo de la fête. Tu dois être la seule à en avoir pris.

Elle jeta un coup d'œil rapide à sa montre.

– D'accord, mais dépêchons-nous. Je ne veux vraiment pas que Jack te surprenne ici.

Je la suivis jusqu'au garage, qui était étonnamment ordonné. J'imaginai sans peine les heures solitaires que Sherry avait dû passer à ranger ses affaires, durant les absences de son mari, en ressassant sa vie d'autrefois. Elle n'eut à ouvrir que deux cartons pour trouver l'appareil, un Kodak 27 poses. J'éprouvai une vive émotion quand elle me le donna.

Je la remerciai tandis qu'elle me raccompagnait à la porte et lui laissai ma carte de visite. Lorsque je fus sur le seuil, elle me retint brièvement par le bras.

– Tu sais, Nick, j'ignore vraiment de qui Lisa parlait dans cette conversation et dans ce journal. Mais je crois qu'elle voyait quelqu'un. Et je crois que cet homme lui faisait peur…

*

Après avoir quitté Sherry, je me rendis directement chez un photographe de Sheboygan pour faire développer les photos – j'avais évité celui de Black Oak, car je n'avais guère confiance en sa discrétion. Il m'informa que les tirages seraient disponibles sous soixante-douze heures.

Je me retrouvai ensuite seul à la maison, ma mère et Adam étant partis voir mon père une dernière fois – je leur avais simplement dit que je n'avais pas le courage de retourner à la maison funéraire, et ni l'un ni l'autre n'avait cru nécessaire de me faire de remarque.

J'en profitai pour établir la liste des invités de la fête à partir de l'annuaire du lycée. Plus je regardais ces visages, moins j'arrivais à croire que l'un de ces adolescents ait pu commettre un meurtre – mais après tout Ted Bundy faisait figure d'homme charmant quand il n'assassinait pas des jeunes femmes. Ce qui me gênait le plus était l'absence de réel mobile. Tout le monde aimait Lisa au lycée, elle n'avait aucun ennemi. Même en ce qui concernait Chambers, Brandeau n'avait pas réussi à me convaincre. Son attitude après la mort de Lisa était peut-être suspecte, mais nous n'avions pas l'ombre d'une preuve pour tirer la moindre conclusion. Il me paraissait donc de plus en plus évident que le tueur était extérieur à la fête. Comme l'avait si bien remarqué Brandeau, n'importe qui pouvait accéder à la plage par Frontage Road sans passer devant la maison de Lisa. La question était : comment cette personne avait-elle pu l'attirer en cet endroit à une heure aussi tardive ? En inventant quel motif ?

Vers 15 heures, de retour de la maison funéraire, mon frère emprunta la voiture de mes parents pour aller chercher sa copine à l'aéroport. Claire était à peu de chose près telle que je l'avais imaginée : une fille mignonne, polie et propre sur elle, qui donnait l'impression d'être à l'aise en tout lieu et en toute circonstance.

– Adam n'arrête pas de parler de toi, fit-elle après que mon frère nous eut présentés.

– Claire plaisante. Pourquoi est-ce que je parlerais de toi ?

– Mais non, c'est la vérité. « Nick » par-ci, « Nick » par-là… Vous avez l'air très proches tous les deux.

Je souris, gêné, puis détournai comme je le pus la conversation sur ses études à Yale et son avenir professionnel. Aux regards et aux gestes qu'ils s'échangeaient, ils semblaient vraiment fous l'un de l'autre. Pour tout dire, je n'avais jamais vu mon frère aussi épanoui et radieux qu'en la présence de cette fille. Au bout de quelques minutes, ma mère vint nous interrompre :

– Au fait, il y avait du courrier pour toi ce matin.

– Du courrier ? Qui est-ce qui pourrait bien m'écrire ici ?

– Je ne sais pas. Peut-être un ancien copain d'école… Je l'ai mis dans le bureau de l'entrée.

– Vous m'excusez ?

C'était une enveloppe sans timbre ni adresse : quelqu'un était donc venu la déposer directement dans la boîte aux lettres. Ne figurait dessus que mon nom, calligraphié d'une écriture bâton quasi enfantine. Mon cœur s'emballa quand je découvris ce qu'elle contenait.

Une photographie de Lisa.

Assise à une table dans la pénombre, la tête couverte d'un chapeau en carton coloré, elle s'apprêtait à souffler les bougies d'un gros gâteau. Dix-sept bougies, pour être précis. Une photo de son dernier anniversaire.

Je la retournai. La même main avait griffonné au verso :

Tu parles trop. Tu veux vraiment aider un assassin ?

6

La nuit était tombée. Ethan et moi étions assis au sommet d'une dune à l'extrémité sud de la plage des Hollandais. Les vagues refluaient vers le rivage, beaucoup plus bruyamment qu'en plein jour, peut-être parce que les ténèbres nous rendent plus sensibles aux bruits qui nous entourent.

– Gibbeuse croissante…

– Pardon ?

– Tu ne te souviens pas ? C'est Lisa qui nous avait appris ça : entre le premier quartier et la pleine lune, on dit que la lune est gibbeuse… Bizarre, ce mot. J'étais même allé le chercher dans un dictionnaire.

Je levai les yeux au ciel. Il manquait trois fois rien à la lune pour être parfaitement ronde. En plissant les paupières, j'arrivais à distinguer les cratères à sa surface.

– J'avais oublié.

– Normal. J'ai eu plus que toi l'occasion d'y repenser. Lisa savait tout sur tout.

Ethan décapsula deux bouteilles de bière et m'en tendit une.

– À la tienne !

– Je croyais que tu ne voulais pas qu'on tire un trait sur le passé en s'envoyant quelques bières…

– Eh bien, tu vois, j'ai changé d'avis… pour les bières. Mais je n'ai pas tiré un trait sur le passé. Je t'en veux toujours – à mort, si tu veux savoir.

Si son ton pouvait sembler ironique, je savais qu'il était parfaitement sérieux.

– Tu es sûr que personne ne t'a vu quand tu as déposé ce mot chez moi ?

– Sûr à cent pour cent. Je sais être discret quand il le faut. Et puis je l'ai escaladée tellement de fois, cette façade ! Tu te rappelles quand je passais la nuit dans ta chambre et que je me cassais au petit matin ?

– Mes parents ne se sont jamais doutés de rien.

– J'ai fait pareil chez Lisa… enfin, deux ou trois fois, pas plus. Si tu savais la trouille qu'on avait de se faire choper…

Il but une gorgée de bière avec un bruit de succion.

– Alors c'est demain qu'on enterre ton père ?

– Oui. J'aimerais que ce soit déjà passé.

– J'avais 7 ans quand ma mère est morte.

– Je sais.

– Mon père n'a pas voulu que j'assiste à l'enterrement, et je le regrette encore aujourd'hui. Il y a des choses dans la vie… enfin, tu vois, des choses qu'on doit faire même si on n'en a pas envie.

Je plongeai une main dans le sable, puis l'égrenai lentement entre mes doigts. Il faisait frais – en cette période de l'année, il était rare que le thermomètre dépasse le soir les dix degrés. Je sentais des frissons me traverser le corps. Quand j'avais appelé Ethan, je n'aurais jamais cru qu'il me donnerait rendez-vous dans ce lieu. L'idée était sinistre et déplacée, mais je n'avais pas osé refuser tant j'avais de choses à me faire pardonner.

– Pourquoi as-tu voulu qu'on vienne ici ?

Il fixait le lac, droit devant lui, et mit du temps à me répondre.

– Je ne sais pas… J'avais besoin de revenir ici, d'affronter vraiment la réalité. Quand on y pense… On a passé de si bons moments sur cette plage. Et c'est là qu'elle est morte ! Mais, quoi qu'on fasse, ces moments-là ne pourront pas disparaître, ils seront toujours là, bien enracinés dans nos putains de cerveaux. (Il martelait son crâne de façon inquiétante.) Et toi, tu étais déjà revenu ?

– Seulement hier avec Brandeau. Je ne savais même pas où le corps de Lisa avait été découvert.

Ethan but le reste de sa bière d'une traite, puis en décapsula une autre.

– Alors comme ça, vous avez l'intention de m'aider.

Ce n'était pas une question, plutôt un constat presque désabusé.

– Tu crois que je t'aurais donné de faux espoirs ? Brandeau a l'air d'un chien qui ronge son os avec cette affaire. Pas du genre à être effrayé par l'adversité…

– Tu te souviens de ce film, *Les Évadés* ?

– On l'avait vu ensemble, non ?

– À la fin, il y a ce vieux libraire qui est libéré après avoir passé une quarantaine d'années en taule. Il se retrouve en ville, complètement paumé au milieu de toutes ces bagnoles dont il n'a pas l'habitude. Il se dégote un boulot qu'il déteste, passe son temps à filer à manger aux oiseaux dans un parc. Un matin, il refait soigneusement sa valise puis se pend dans sa chambre.

– Pourquoi est-ce que tu me racontes ça ?

– Parce que je ne sais pas si j'arriverai à me faire à cette nouvelle vie. Même en enfer tu finis par prendre des habitudes. Ouais, on s'habitue à tout.

Un silence suivit. Je sentis un terrible sentiment de culpabilité resurgir en moi.

– Écoute, Ethan, Brandeau et moi sommes en train de recueillir des témoignages. On est sûrs que certaines personnes n'ont pas dit tout ce qu'elles savaient à l'époque. Cette enquête a été salopée, les flics auraient dû pousser beaucoup plus loin leurs investigations.

– Grande nouvelle !

– Mais pour t'aider on a besoin de savoir exactement ce qui s'est passé ce jour-là…

– Tu veux *ma* version des faits, c'est ça ? À quoi bon ? J'ai tout raconté aux flics, et personne ne m'a cru.

– Oui, mais tu leur as aussi avoué le meurtre… Désolé, mais je préfère être direct avec toi.

Il se mit à balancer sa tête d'avant en arrière, de façon lancinante.

– Tu ne sais pas ce que c'est. Te retrouver pendant des heures dans une minuscule salle d'interrogatoire où tu crèves de chaud. Toujours les mêmes questions, répétées à l'infini… Tu as beau crier que tu es innocent, que tu n'as rien à te reprocher, tu as l'impression de causer dans le vide. Et plus les heures passent, plus tu te sens épuisé. Tu n'as plus qu'une envie : dormir et oublier ce qui t'arrive. Alors, quand tu es vraiment au bout du rouleau, le flic qui n'a cessé de te harceler devient soudain beaucoup plus gentil. Il t'explique qu'il te comprend, qu'il est là pour t'aider, que, vu les éléments qu'ils ont contre toi, il faut que tu coopères pour t'éviter la peine maximale. Il t'apprend que le Wisconsin vient de rétablir la peine de mort pour les meurtres prouvés par ADN… C'est en grande partie faux, mais tu l'ignores, bien entendu. Et là, sans que tu saches trop pourquoi, tu commences à hocher la tête à chacune de leurs foutues questions. « Tu l'as tuée, pas vrai ? – Oui. – Sur la plage ? – Oui. – Juste à côté de la cabane ? – Oui… » C'est si facile. Tu n'as même pas besoin d'inventer quoi que ce soit : ils écrivent l'histoire, et tu te contentes de répondre « oui » chaque fois. Tu te dis que si tu avoues, ton cauchemar s'arrêtera et tu pourras enfin rentrer chez toi… Il faut être sacrément con pour croire un truc pareil, pas vrai ?

Les sanglots qu'il essayait de retenir étranglaient sa voix.

– Je suis désolé, Ethan, désolé pour tout. Pour ce qui t'est arrivé, pour m'être comporté comme un salaud avec toi pendant toutes ces années.

Il passa brusquement une main sur ses yeux, comme s'il essayait de chasser un insecte gênant.

– Tu veux vraiment savoir ce qui s'est passé ? Je vais tout te raconter alors. Ce jour-là, le jour de la fête, je ne suis quasiment pas sorti du garage. Mon père et moi, on retapait le pick-up de Jo Campbell, ce vieux fou qui habitait un mile plus loin sur la route de Sheboygan. Vers midi, Lisa m'a appelé…

– Pour quelle raison ?

– Elle voulait être sûre que je viendrais. Elle savait que je n'en avais pas envie, que je ne me sentirais pas à ma place au milieu de tous ces types qui allaient partir pour l'université. C'est idiot, mais je lui en voulais.

– Vous vous êtes disputés ?

– Non, même pas eu le temps. La conversation a été rapide, elle m'a raccroché au nez. Je suis arrivé assez tard à la fête… après toi en tout cas. J'ai bu quelques bières, fumé des cigarettes. Je n'ai pratiquement parlé à personne. Je m'emmerdais comme un rat mort.

Ensuite, tu es venu me rejoindre sur la terrasse et je t'ai envoyé balader.

– Juste après, tu as parlé à Lisa dans le salon, n'est-ce pas ?

– Ouais. Mais là encore, ça n'a pas duré bien longtemps.

– Je ne vais pas te mentir : quelqu'un a entendu une partie de votre conversation. Tu as dit à Lisa : « Il faut qu'on parle de *lui* » ; à qui faisais-tu allusion ?

Il entreprit d'enfouir sa bouteille vide dans le sable, jusqu'à ce que n'en émerge plus que le goulot, qui ressemblait à un bollard auquel auraient pu venir s'amarrer des bateaux miniatures. J'avais la désagréable impression qu'il voulait gagner du temps.

– Oh, ça ! À son père…

– Son père ?

– J'en avais marre que sa famille me traite comme de la merde. Si on devait rester ensemble, il fallait que les Nielsen m'acceptent et me respectent ! Je voulais mettre les choses au clair une bonne fois pour toutes.

– Pourquoi est-ce que tu n'as pas dit alors : « Il faut qu'on parle de tes parents… ou d'eux » ?

– Parce que je crois que la mère de Lisa aurait fini par m'accepter. Au fond, elle ne voulait que le bonheur de sa fille. Alors que lui… Sa Majesté Anthony Nielsen ! Trop fier, avec tout le fric que lui rapportaient ses magasins. Il ne pensait qu'à péter plus haut que son cul. Mon père a toujours dit que c'était un escroc, que les prix qu'il affichait étaient dingues. Mais comme il avait le monopole dans le coin… Il a toujours méprisé ma famille : « des parasites, des bons à rien », qu'il disait. Je sais qu'il aurait été capable de tout pour nous séparer.

– Qu'est-ce que Lisa t'a répondu ?

– Elle m'a dit que ce n'était « ni le lieu ni le moment » de discuter de ça. Qu'on le ferait le lendemain quand j'aurais dessoûlé. Et pourtant, je te jure que je n'avais presque rien bu. Je n'étais pas bourré, juste en colère. Qui t'a parlé de cette conversation ?

Lui mentir, c'eût été prendre le risque de gâcher le semblant de confiance que j'avais rétabli avec lui.

– Sherry Sheldon. Elle était à côté de Lisa.

– Cette salope ! pesta-t-il en frappant le sable du talon. Ça ne m'étonne pas !

– Je comprends que ça te mette en rogne, mais malgré tout ce qu'elle a pu raconter à l'époque elle ne croit plus en ta culpabilité. Je suis allé la voir.

– Tu parles ! Et elle aurait changé d'avis comme ça ! (Il accompagna sa phrase d'un claquement de doigts.) Avec son futur mari, ils n'ont pas arrêté de répandre des saloperies sur mon compte après mon arrestation.

– Comment le sais-tu ?

– C'est mon père qui me l'a dit.

– Je ne veux pas lui chercher d'excuses, mais Lisa était sa meilleure amie…

Il eut un rire que Connie aurait pu qualifier de « sardonique ».

– Avec des amis pareils, pas besoin d'ennemis.

– Qu'est-ce que ça signifie ?

– Tu as toujours été complètement aveugle, mon pauvre Nick. La psychologie féminine, ça n'a jamais été ton fort, hein ? Elle crevait de jalousie ! Lisa était la plus douée de la classe, et c'est elle qui attirait tous les regards. Sherry ne lui servait que de faire-valoir. Va savoir pourquoi, elle n'avait pas vraiment de succès avec les mecs… Je ne crois pas que la mort rende les gens meilleurs, Lisa avait aussi ses défauts. Elle pouvait être dure, et elle l'a souvent été avec Sherry.

Je n'en avais pas gardé le souvenir, mais n'avais-je pas durant toutes ces années récrit le passé à ma convenance ?

– Et ce cher Jack Donovan… reprit-il devant mon absence de réaction. Avant de tomber fou amoureux de Sherry et de lui faire trois marmots, est-ce que tu sais pour qui ce connard en pinçait ?

– Tu délires ! De toute façon, la moitié des mecs du bahut auraient aimé sortir avec Lisa. Et tu le savais très bien, depuis le début.

– C'est vrai. Mais ça n'empêche que Jack n'a eu qu'un morceau de second choix.

– Bon, on peut en revenir à la soirée ?

– Ah, la « soirée » ! répéta-t-il avec dédain. Je suis parti dix minutes après avoir parlé à Lisa et je suis rentré directement chez moi en moto.

– Il n'y a vraiment personne qui aurait pu confirmer ton alibi ?

– Et pourquoi on ne demande pas aux autres quel était leur putain d'alibi ? N'importe qui aurait pu se tirer discrètement de la fête ! (Il s'assit en tailleur, déterra sa bouteille vide puis la fit passer rapidement d'une main à l'autre.) Mon père dormait déjà depuis longtemps – avec ce qu'il éclusait, il ne tenait pas la longueur le soir. Et tu t'imagines bien que je n'ai croisé personne à cette heure-là.

– Que s'est-il passé le lendemain ?

– Rien… jusqu'à ce que les flics débarquent à la maison vers 20 heures le lendemain.

– Combien étaient-ils ?

– Trois : le sergent Briggs, chef de patrouille, l'agent Horne et un troisième larron dont je n'ai jamais su le nom.

J'espérais qu'il continuerait son récit sans se faire prier mais je dus le relancer :

– Comment l'arrestation s'est-elle passée ? Qu'est-ce qu'ils t'ont dit exactement ?

La lumière de la lune était suffisamment puissante pour que je remarque qu'il grimaçait.

– Ils ont tapé plusieurs fois à la porte – c'est du moins ce qu'ils ont prétendu –, puis ils ont fini par entrer. J'étais à l'étage, des écouteurs dans les oreilles. J'étais seul, mon père était sorti voir des copains en ville. Si tu savais la trouille que j'ai eue quand je les ai vus débouler dans ma chambre… J'ai failli faire dans mon froc.

– Ils ont été violents avec toi ?

– Non. Ils m'ont juste gueulé dessus en m'ordonnant de me retourner, puis ils m'ont passé les menottes en disant qu'ils m'arrêtaient pour « suspicion de meurtre ».

– Ils n'avaient pas de mandat : ils n'avaient pas le droit d'entrer chez toi.

– Ça, je ne l'ai appris que bien plus tard. Et mon connard d'avocat n'a même pas été foutu de s'en servir pour faire invalider l'arrestation et les aveux.

– Est-ce que c'est vrai que tu as prononcé le nom de Lisa quand ils t'ont passé les menottes ?

– Non, ça ne s'est pas passé comme ça. Briggs m'a d'abord dit : « Tu l'as tuée, pas vrai ? Pauvre fille ! » Ça n'est qu'après que j'ai dit son nom, et il s'agissait d'une question : « Lisa ? » J'ai évidemment pensé à la personne qui comptait le plus pour moi.

En somme, rien ne s'était déroulé comme l'accusation l'avait prétendu.

– Ils t'avaient déjà lu tes droits à ce moment-là ?

– Ils ne l'ont fait qu'une fois que je me suis retrouvé à l'arrière de leur bagnole. Puis ils ont dit : « On sait que c'est toi. Quelqu'un t'a vu quitter la maison des Nielsen avec la petite. »

– Ces flics t'ont poussé à la faute ! Ils n'avaient pas à faire ce genre de commentaires. Ils auraient dû t'informer que tu avais le droit de garder le silence !

– « Avertissement Miranda », je sais. J'ai eu le temps de m'en farcir, des bouquins juridiques, en taule. Il faut bien s'occuper… J'étais même devenu une référence pour les autres détenus. Je pourrais peut-être tenter des études d'avocat, qu'est-ce que t'en dis ?

Je n'avais vraiment pas le cœur à rire.

– Et ils t'ont interrogé dans la foulée au poste de police, sans prévenir ton père ?

– Tu sais bien que j'étais majeur depuis deux mois, ils n'avaient pas à le prévenir. Je ne pouvais pas croire que Lisa était morte. Encore moins que j'étais suspecté de meurtre. C'était inconcevable pour moi. J'étais tellement désespéré et paniqué par ce qui arrivait ! Vu mon état, ils se doutaient bien qu'ils me feraient craquer s'ils me mettaient la pression sans perdre de temps.

– Qui t'a interrogé ?

– Briggs était présent, au début, mais sur ordre du shérif ils avaient fait venir de Sheboygan un agent spécial des enquêtes criminelles : Karp, Andy de son prénom. C'est lui qui portait la culotte. Il était doué, le salaud ! Crois-moi, il ne m'a rien épargné de la scène de crime. Il voulait me mettre tout un tas de trucs dans la cervelle, des détails que seul le tueur pouvait connaître. Il m'a même montré des photos qu'ils avaient faites quelques heures avant sur la plage. Je n'ai jamais pu les oublier… Notre beau pays te donne le droit de ne pas témoigner contre toi-même. Tu peux la fermer autant que tu veux, personne ne t'en tiendra rigueur, et les flics et les juges l'auront dans le baba. Mais dès que tu signes des aveux, *hasta la vista, baby* ! Tu ne peux plus faire machine arrière.

Je connaissais la suite : son incarcération au centre pénitentiaire du comté, les nouveaux interrogatoires, son passage devant le commissaire du tribunal. Le procureur du district n'avait eu aucun mal à obtenir un mandat de perquisition pour fouiller la maison et le garage. Et les ennuis avaient continué de s'accumuler sur lui.

– Que peux-tu me dire sur la bague qu'ils ont trouvée chez toi ? Selon toi, Lisa te l'avait donnée.

– Et c'est la vérité. Quand on est revenus de notre semaine autour du lac, comme elle voyait que je n'étais pas dans mon assiette, elle m'a dit : « Tu veux un gage d'amour ? Je vais te donner ce que j'ai de plus précieux au monde. » Et elle m'a filé ce rubis que lui avait légué sa grand-mère. Elle a tellement insisté que j'ai dû l'accepter. Je savais que ce bijou valait du fric, mais autant je n'aurais pas cru. Contrairement à ce qu'ont dit les poulets, je ne l'ai jamais caché : il était simplement dans un tiroir de ma chambre.

Mais la découverte de cette bague n'avait pas constitué l'élément le plus incriminant.

– Et pour la gourmette qu'on a retrouvée près du corps de Lisa ?

– Là, je ne sais pas ce qui a pu se passer. Je suis sûr que je ne la portais pas ce jour-là, elle me gênait pour travailler. J'ai dû la perdre une autre fois sur la plage… Tu ne me crois pas ?

– Je ne serais pas là si je ne te croyais pas.

Il bascula en arrière et s'allongea de tout son long sur la dune.

– Qu'est-ce que ça fait du bien de sentir le sable sous son corps…

Il fit semblant de ronfler en expirant bruyamment l'air de ses poumons, ce qui me fit rire. Je m'allongeai à mon tour, les yeux dans les étoiles, essayant de reconnaître les quelques constellations que je connaissais. Je me souvenais de ce que m'avait appris mon père : « Trouve la Grande Ourse, puis prolonge cinq fois le bord de la casserole : tu tomberas sur l'étoile Polaire, plus brillante que les autres, qui indique le nord. » Je ne savais pas précisément à quoi cela pourrait me servir dans la vie, mais j'avais trouvé l'exercice amusant.

– Mon avocat m'a appelé hier.

– Qu'est-ce qu'il t'a dit ?

– Ça ne sent pas bon pour moi. Le procureur est furax, il ne veut pas en rester là. Ils disent que ma condamnation n'a été levée que sur des points techniques, que ça ne remet pas en cause les aveux que j'ai faits. Ils veulent un nouveau procès…

Je fermai les yeux.

– Quand ?

– Sans doute après l'été, quand les médias se seront désintéressés de moi. Ils veulent attendre que la pression retombe.

Je ne savais pas quoi dire. Le scénario envisagé par Brandeau était en train de se réaliser, et plus tôt que nous ne l'avions imaginé.

Ethan se releva, saisit sa bouteille vide et la lança, de toutes ses forces, jusque dans le lac.

– Écoute-moi bien, Nick : si vous arrivez à retrouver le type qui a tué Lisa, éloignez-le de moi. Parce que, je le jure devant Dieu, je le tuerai de mes mains… même si je dois pour ça passer le reste de ma vie en taule.

7

Au cours de la nuit, le temps avait tourné. Comme pour se mettre au diapason de la journée que nous allions vivre, le ciel avait pris une couleur d'asphalte. Quelques grosses gouttes esseulées étaient tombées dans le jardin pendant que je prenais un café, debout dans la cuisine. Mes paupières étaient lourdes. J'étais rentré tard de la plage et je n'avais quasiment pas dormi.

Il y eut beaucoup de monde à l'enterrement. Des amis de mes parents, des patients, des voisins – trois catégories qui bien souvent n'en formaient qu'une –, des gens aux visages plus ou moins familiers dont j'aurais été incapable de retrouver les noms. Aucun de mes anciens amis du lycée n'était présent et j'en fus d'une certaine manière soulagé.

Je n'arrivais pas à m'ôter de l'esprit l'idée que quelqu'un, dans cette assistance, savait quelque chose à propos de la mort de Lisa, et qu'il avait su garder ce secret pour lui toutes ces années. Mais, dans une petite ville comme Black Oak, même les secrets les mieux cachés finissent par refaire surface.

Au cimetière, ma mère demeura collée à moi et je dus la soutenir physiquement durant toute la cérémonie – le poids de son corps finit par engourdir mon avant-bras. Je n'avais jamais aimé ce cimetière – si tant est qu'on puisse aimer ce genre de lieux. Toute la famille de ma mère y était enterrée et j'avais encore le souvenir de promenades dominicales que nous y faisions autrefois, pour déposer des fleurs ou changer l'eau des vases sur les tombes des Durnin. Je n'y voyais qu'une corvée qui m'indisposait, comme si j'avais eu très tôt conscience que la mort ferait indissociablement partie de ma vie. Depuis que j'avais quitté cette ville, je n'avais plus mis les pieds à un enterrement, pas plus que dans un cimetière.

Après que mon père eut été porté en terre, Adam récita un poème de Wordsworth que je ne connaissais pas :

Ce qui fut jadis à présent n'est plus –
Vers où que je me tourne,
De nuit comme de jour,
Les choses que j'ai vues, maintenant,
je ne les vois plus.

Il parlait d'une voix posée, sans tremblement dans la voix, dans une posture quasi hiératique.

Quelque chose alors se produisit en moi : pour la première fois, je ressentis physiquement la mort de mon père – une sensation de vertige, de la difficulté à respirer, comme si ma cage thoracique était ceinte par un étau. « Ce qui fut jadis à présent n'est plus… » À ce moment-là, ma mère et moi échangeâmes nos rôles : c'est elle qui dut me soutenir. Elle tourna son visage plein de larmes vers moi et parut étonnée de déceler sur le mien autant de vulnérabilité.

Je levai les yeux au ciel, qui luttait depuis le lever du jour pour ne pas se répandre sur nous en trombes d'eau. Je fis un effort pour penser à autre chose : en comparaison de cet instant, le souvenir même de la mort de Lisa, de la vie gâchée d'Ethan, de toutes ces années perdues à revivre les douleurs du passé me parurent presque supportables.

La cérémonie se termina vers 11 heures. Tandis que la foule regagnait l'allée principale, je vis mon frère parler un assez long moment avec un garçon de son âge. Il hochait la tête, avec sérieux, comme s'il essayait d'emmagasiner des informations capitales.

Malgré mes réticences, ma mère avait voulu organiser une collation à la maison – une de ces traditions solidement ancrées. Un jour, mon père m'avait expliqué que les gens venaient autrefois de si loin pour assister à un enterrement qu'on n'aurait pas pu imaginer les renvoyer chez eux le ventre vide. Quand le quotidien se résumait à survivre, on acceptait la mort comme elle venait. Elle faisait partie de l'ordre des choses.

Aidée par quelques voisines dévouées, Vera s'était occupée de tout. C'est à peine si les tables de la maison suffisaient à accueillir les tonnes de nourriture qu'elles avaient préparées. Le rez-de-chaussée était si noir de monde que je ne pus trouver refuge qu'au fond du jardin, où Adam ne tarda pas à me rejoindre.

– Alors voilà, ça y est.

– Ça y est.

Il plongea la main dans la jardinière et en ressortit son cigare de la veille, à peine entamé.

– J'ai envie de le finir… en souvenir de papa. J'ai du feu cette fois. (Il extirpa de sa poche une grosse boîte d'allumettes qu'il avait dû chiper dans la cuisine.) Claire et moi repartons demain.

Son départ me paraissait précipité, mais n'avais-je pas moi-même envisagé de quitter Black Oak dès que l'enterrement serait passé ?

– Je vais rester encore quelques jours. Je n'ai pas envie de laisser maman seule pour l'instant.

– Je reviendrai le week-end prochain, répondit-il avec une pointe de culpabilité dans la voix.

– Tu n'es pas obligé, je m'occuperai d'elle.

– Non, j'y tiens. (Adam crapota avec un air de dégoût.) Tu te rappelles ce jeu auquel on jouait avant ? Le jeu des liens…

– Hum.

– J'en ai un pour toi.

– Je n'ai pas envie de jouer, Adam, pas maintenant.

– Allez, juste un ! Stanley Kubrick et… Ben Stiller, en trois.

– C'est trop facile.

– Je t'écoute…

– Kubrick a dirigé Tom Cruise dans *Eyes Wide Shut*. Tom Cruise a joué avec Cameron Diaz dans *Vanilla Sky* – une grosse daube, entre parenthèses, l'original d'Amenábar était bien meilleur. Et elle a joué avec Ben Stiller dans *Mary à tout prix*. Je suis sûr qu'on pouvait le faire en deux : je crois que Tom Cruise et Ben Stiller ont fait un film ensemble, mais je n'arrive pas à retrouver le titre.

– Tu as toujours été trop fort à ce jeu, impossible de lutter.

Un ange passa.

– J'ai revu Boyle au cimetière, reprit Adam. Kevin Boyle… Tu te souviens de lui ? Il était à l'école avec moi.

– Non. (Je mentais. Adam l'avait surnommé « Bouboule » à cause de ses kilos en trop.) C'est avec lui que tu étais en grande discussion ?

– Je ne sais vraiment pas à quoi tu joues, Nick ! Les gens commencent à parler, en ville.

– Parler de quoi ?

– Tu t'es bien foutu de ma gueule l'autre jour ! « On se fait une promesse, frérot ? »

– Laisse-moi t'expliquer…

– Garde ta salive. On dit que tu n'en as pas eu assez avec ton bouquin, et que tu en prépares un autre maintenant que l'affaire refait la une des médias. Que tu comptes dessus pour relancer ta carrière et sortir un best-seller ! J'imagine déjà le titre : *L'Honneur perdu d'Ethan Walker*, ou une bonne grosse connerie dans ce genre. Ton copain Jay Baker a déjà dû prévoir le plan marketing !

– Tu me crois vraiment capable d'un truc pareil ? Papa est mort : c'est pour ça que je suis revenu à Black Oak, pas à cause de la libération d'Ethan ! Et je me contrefous de mes livres en ce moment.

Je vis Claire sortir de la maison. Elle parut hésiter, puis se dirigea vers nous. Adam, qui lui tournait le dos, ne s'était aperçu de rien.

– Tu n'en as rien à faire des autres ! Pense un peu à maman. Pense à Marion. Est-ce que tu sais dans quel état elle est ?

– Je n'ai pas voulu ce qui arrive, crois-moi. On ne sera jamais tranquilles, Adam. Tu m'entends ? Pas tant que toute la lumière n'aura pas été faite sur le passé.

– « Le passé… » répéta-t-il en ricanant. Il pourrait bien t'exploser en pleine gueule comme un vieux pétard !

Je lui fis un discret signe de la tête pour qu'il remarque la présence de Claire.

– Je ne vous dérange pas ? Qu'est-ce que c'est que cette histoire de pétard ?

Adam changea brusquement d'attitude : il tint son cigare du bout des doigts, comme si c'était un joint, et fit semblant d'être stone.

– Mieux vaut qu'on ne te raconte pas, dit-il avec un rire nerveux. Nick et moi évoquions de vieux souvenirs. Pas vrai, *frérot* ?

8

Mai 2004

Affublée d'un vieux tablier de cuisine vichy rouge, Vera Anderson sortait prudemment par la porte-fenêtre, les mains encombrées par un plateau trop volumineux pour elle.

– Les petits-fours ! déclara-t-elle du ton solennel d'un aboyeur qui annonce le nom des invités lors d'un dîner de gala.

Des exclamations de surprise et de joie fusèrent, émanant de ventres affamés. Quelques âmes charitables accoururent pour l'aider. « Oh, Vera, tu as dû passer un temps fou à préparer ces merveilles ! » On fit un peu de place sur la grande table de jardin, qui pour l'occasion avait été recouverte d'une belle nappe en lin et entourée de chaises disparates rapatriées des maisons voisines. Debout derrière une desserte en bois, un grand sourire aux lèvres, ma mère servait des verres de punch à la chaîne. Adam avait déjà embarqué quatre ou cinq amuse-gueules qu'il enfournait d'une seule bouchée. Mon père, l'air toujours un peu absent, discutait à l'écart avec Marion Nielsen. J'entendais M. Flechter, le doyen de l'assemblée, un voisin grognard et réputé pour sa légendaire avarice, pester contre les travaux de rénovation de la station des eaux usées qui allait coûter « au bas mot ! » dix millions de dollars à la ville, ce qui engendrerait selon ses calculs savants une augmentation de 200 dollars en taxes et frais annuels pour les habitants. « Cette station fonctionne parfaitement ! » lançait-il à tous ceux qui avaient le malheur de croiser son regard. Téméraire, ma mère tentait de le raisonner, sans pour autant interrompre son service : « Si ces travaux ne sont pas faits, monsieur, ils pourraient nous coûter le double dans cinq ou dix ans… »

Assise à côté de moi dans une balancelle, près d'un tilleul envahissant dont les feuilles nous tombaient dans les cheveux, Lisa soupira.

– On vit une époque maladivement et désespérément narcissique…

Je fis écho à son soupir.

– Ah non ! Pas de grandes théories, je t'en prie. On va encore se disputer.

– Ce n'est pas une théorie, juste un constat empirique.

– Ah bon ? Et basé sur quoi ? On est à un barbecue entre voisins. On est censés être là pour se détendre. Tu n'aurais pas plutôt une théorie sur la cuisson des steaks ou la meilleure façon d'assaisonner une salade ?

– Regarde Vera. C'est elle qui organise chaque année cette fête entre voisins et on peut dire qu'elle joue à la perfection son rôle d'hôtesse. Pourquoi à ton avis ?

Je fis semblant de réfléchir.

– Parce que nous vivons dans une petite ville et que les gens essaient d'entretenir entre eux de bonnes relations. On peut toujours avoir besoin de ses voisins : ils vous passent du beurre ou des œufs quand vous n'en avez plus dans le frigo, ils gardent un œil sur votre maison quand vous partez en week-end ou en vacances…

– C'est vrai que ce quartier est en proie à une hausse vertigineuse de la criminalité ! Tu ne comprends rien aux gens. Vera organise ce « pique-nique », comme elle dit, parce qu'il lui renvoie une image positive d'elle-même : pendant quelques heures, elle se sent indispensable au quartier et s'imagine être le centre de gravité de ce pâté de maisons.

– Qu'est-ce qu'il y a de mal à ça ?

– Elle ne le fait pas pour faire plaisir aux autres, elle agit par pur égoïsme. Et tu peux être sûr que dès que tous ces gens seront partis elle se mettra à déblatérer contre eux et recommencera son caquetage.

Je bus une gorgée de mon Coca à la paille – Vera en avait acheté tout un stock « pour faire plaisir aux enfants », quoique la plus jeune personne de l'assistance dût être mon frère et qu'il eût 14 ans. Kelly Vogler, une fille de notre lycée dont les parents habitaient en face de chez Vera, nous fit un signe de la main tout en se débattant avec une part de pizza dont la garniture lui coulait sur les doigts. Lisa répondit à son geste par un sourire trop expressif.

– Et Kelly… Tu sais qu'elle a la prétention de devenir chanteuse ? Elle a ouvert une page Myspace et y a mis ses créations en ligne. Le problème, c'est qu'elle chante comme une casserole.

– C'est quoi, ça, Myspace ?

Lisa continua de soliloquer :

– Elle en profite même pour faire chaque soir le récit de ses folles et passionnantes journées. Quel nombrilisme ! Et l'été dernier, elle n'a rien trouvé de mieux que de mettre des photos d'elle en bikini sur la plage.

Tu imagines ? Avec cette horde d'ados gonflés d'hormones dont est rempli le lycée !

J'agitai les jambes pour faire bouger la balancelle.

– Alors comme ça on pourrait prendre tous ces invités les uns après les autres et démontrer qu'ils sont « maladivement et désespérément » narcissiques ?

– Parfaitement ! Prends Marion et Susannah, par exemple. (Je n'aimais pas quand Lisa appelait nos mères par leur prénom.) Excellentes mères de famille, membres d'à peu près tous les clubs et associations de cette ville, toujours prêtes à rendre service à la communauté…

– C'est bon, j'ai compris. Et mon père, tu vas me dire qu'il soigne les gens de cette ville par égoïsme ? Il travaillerait gratuitement s'il le fallait. C'est d'ailleurs ce qu'il fait déjà la moitié du temps… Donc, pour toi, il n'existe aucun acte désintéressé. On agit toujours avec des arrière-pensées.

– Presque toujours, sauf quelques fois… par amour. (Elle ne développa pas sa pensée et se tourna vers moi.) On aurait dû inviter Ethan.

– C'est ça ! dis-je en rigolant. Pour provoquer quelques crises cardiaques et pousser les gens à rentrer chez eux, fermer leur porte à clé et planquer tous leurs objets de valeur.

– Ça aurait mis un peu d'ambiance. J'aurais bien aimé voir leurs têtes !

– Et Ethan, tu le crois « désespérément » narcissique ?

– Ethan se moque complètement de ce que pensent les autres – tout comme toi, d'ailleurs. Vous vous êtes bien trouvés, en fin de compte.

– Est-ce que tes parents savent que vous continuez à vous voir ?

Lisa stoppa le mouvement de la balancelle avec ses pieds.

– Je ne sais pas trop. La plupart du temps, j'ai l'impression qu'ils ne se doutent de rien, mais parfois, à la manière dont ils me regardent…

– Ils finiront par l'accepter tôt ou tard, dis-je d'un ton qui se voulait optimiste. Tout n'est qu'une question de temps.

Elle me regarda d'un air triste.

– Non, Nick, ils ne l'accepteront jamais. Tu vois, les gens ici sont toujours sûrs d'avoir raison, d'être dans leur bon droit. Ils ne veulent pas remettre en cause leurs certitudes ni leurs petites habitudes. Tu ne peux pas savoir comme j'ai hâte d'être à l'an prochain. J'ai envie de pouvoir vivre ma vie, sans plus avoir de comptes à rendre à personne. Je déteste cette ville, de toute façon.

– Je suis sûr que tu n'en penses pas un mot.

Elle se leva d'un mouvement brusque et m'aurait sans doute planté là sans une explication si je n'avais essayé de la retenir :

– Attends ! Où vas-tu ?

– N'importe où ailleurs qu'ici. (Elle me jeta un dernier regard agacé.) Tu ne me prends jamais au sérieux, Nick. Tu devrais, de temps en temps. Un jour, je pourrais finir par te surprendre…

9

– Avez-vous la moindre idée de qui a pu vous envoyer cette photo ? demanda Brandeau en me rendant l'enveloppe déposée dans notre boîte.

Cette fois, j'avais évité le Kups Coffee et préféré le rejoindre à son hôtel en ville, un choix qui, à bien y réfléchir, était peut-être pire en matière de discrétion. La chambre qu'il occupait était charmante, mais son bureau était couvert d'un véritable fatras de papiers et de livres, tout comme une partie de son lit, d'ailleurs. Il avait troqué son costume vert contre un autre du même modèle, version brun jaunâtre. Au téléphone, je lui avais rapporté quasiment l'intégralité des conversations que j'avais eues avec Sherry et Ethan.

– Bien sûr que j'ai mon idée ! Ça ne peut être que Richard, le frère de Lisa.

– Comment pouvez-vous le savoir ?

– Regardez bien : c'est une photo originale, il y a la date de tirage au verso. Qui pouvait la détenir à part un membre de la famille ? Et puis, vous vous souvenez qu'on a croisé un type de mon lycée l'autre jour au resto routier ? Il connaissait Richard.

– Vous ne m'avez presque pas parlé de Richard Nielsen. Que pensait-il d'Ethan ?

– La même chose que la plupart des gens de cette ville. Il aurait préféré être pendu plutôt que de l'avoir comme beau-frère. Richard n'est pas un méchant, c'est juste quelqu'un d'impulsif, qui n'a jamais eu l'intelligence de sa sœur. Le suicide de son père n'a certainement pas dû l'arranger. Je vous ai dit que c'était lui qui avait découvert son corps ?

– Non, je l'ignorais.

– Il était seul chez eux ce jour-là. Il a défoncé la porte du cabanon où Anthony Nielsen s'était enfermé, et il l'a trouvé par terre, à moitié défiguré. (Je contemplai la photo de Lisa.) Sa réaction ne m'étonne pas : d'après ce que j'en sais, il a toujours cru en la culpabilité d'Ethan.

– Bon, revenons-en au plus important : pensez-vous qu'Ethan vous ait dit toute la vérité ?

Mon regard se fit fuyant.

– Pour l'essentiel oui, mais je ne crois pas qu'il faisait ce soir-là allusion au père de Lisa. Pourquoi se serait-il soudain inquiété de son opinion ? Les Nielsen détestaient Ethan depuis le début. Ça ne colle pas, il avait alors bien d'autres préoccupations. Il parlait de quelqu'un d'autre, quelqu'un qui pourrait être mêlé à la mort de Lisa.

Le visage de Brandeau afficha de la satisfaction.

– Je partage complètement votre avis. Mais pourquoi Ethan vous cache-t-il la vérité alors que cette information pourrait l'aider à se sortir du pétrin ? Il nous offrirait un magnifique suspect sur un plateau !

– Il n'a peut-être aucun intérêt à ce qu'on découvre que Lisa avait une relation avec un autre garçon. Jalousie, vengeance… il nous offrirait sur le même plateau un mobile.

– Et en ce qui concerne le rubis ?

– Je le crois à cent pour cent. Lisa était tout à fait capable de ce genre de geste impulsif. Et puis Ethan est loin d'être idiot : jamais il n'aurait gardé une preuve aussi compromettante s'il l'avait tuée.

– Et Sherry Sheldon, pensez-vous qu'elle ait été sincère avec vous ?

– J'en étais persuadé en la quittant, mais après ce que m'a dit Ethan sur elle, je ne suis plus sûr de rien.

– Il faudrait que nous ayons accès à ce journal intime. Il ne figurait pas dans les pièces que détenait la police.

– Plus facile à dire qu'à faire. Vous me voyez débarquer chez les Nielsen pour aller fouiller les affaires de Lisa ? (Je me mis à faire les cent pas dans la chambre.) Si l'on se fie à ce que m'a dit Sherry, il s'est passé quelque chose le jour de la fête. Lisa a dû apprendre une nouvelle ou rencontrer quelqu'un qui, pour une raison ou une autre, l'a plongée dans le désespoir.

– Croyez-vous vraiment qu'elle ait pu tromper Ethan ?

– Je n'y aurais jamais cru il y a encore quelques jours, mais tout me semble possible aujourd'hui.

– Aurait-elle pu avoir une relation avec un homme plus âgé qu'elle ?

– Pourquoi cette question ?

– Je repensais à ce que vous a dit Sherry : « Cet homme lui faisait peur. » C'est étrange de parler d'un « homme ». On aurait pu s'attendre à ce qu'elle utilise plutôt le terme « garçon » – vous n'aviez que 17 ou 18 ans à l'époque... Essayez de réfléchir : un enseignant, un ami de ses parents qui pouvait avoir une certaine autorité sur elle ?

– Non, je ne vois pas. Sherry a peut-être employé ce mot parce que dans son esprit cette personne était devenue un homme depuis.

– Vous avez raison…

– Bon. Et de votre côté, vous avez avancé ?

Il rajusta le nœud de sa cravate, comme s'il s'apprêtait à faire une allocution publique.

– J'ai interrogé votre ami, Benny Horniker. Il est pompier volontaire à la brigade de Black Oak, et il ne souffre plus d'aucun bégaiement.

– Benny, pompier ! Vous rigolez ? Il aurait été incapable de courir un cent mètres en moins de trente secondes !

– Les gens changent, vous voyez. Très sympathique ce garçon, entre parenthèses… Il n'a fait aucune difficulté pour me parler. Il m'a confirmé votre récit de la soirée. Sherry lui a bien demandé de l'aider à retrouver Lisa – il ne comprenait d'ailleurs pas pourquoi elle se montrait aussi inquiète. Pour le reste, il a bien vu Ethan quitter la maison à peu près à l'heure qu'il vous a donnée. Et, selon lui, il n'était pas du tout accompagné de Lisa, ce qui contredit totalement la version du mystérieux témoin qui a conduit la police à arrêter Ethan.

– C'est tout ?

– Non. Je me suis intéressé à un autre de vos condisciples présents ce soir-là : Bill Wiggins.

Je ne pus m'empêcher de pouffer.

– Vous avez perdu votre temps avec lui ! Il était tout le temps dans sa bulle. Lisa l'aimait bien, mais il ne s'intéressait pas du tout aux filles… Il ne pensait qu'aux maths. Un vrai Einstein en herbe.

– Vraiment ? Wiggins est enseignant-chercheur à l'université de Virginie. Vous pourriez arrêter de tourner comme un lion en cage ? Vous me donnez le tournis.

Je m'assis sur un coin du lit. Brandeau farfouillait dans les papiers qui jonchaient son bureau.

– Vous vous y retrouvez dans tout ce bazar ? Vous n'allez pas me dire que ce bureau est votre troisième maison !

– Des études ont montré que les personnes désordonnées avaient un QI supérieur aux autres.

– Vous vous moquez de moi !

– Pas du tout. C'est parce qu'elles ont l'esprit absorbé par des activités plus importantes que le rangement. Où est-ce que je l'ai mis, bon sang ? Ah, le voilà !

Il agita en l'air une feuille de papier : la photocopie d'un article de journal, pour le peu que j'en voyais.

– « Un professeur accusé de harcèlement sexuel envers deux de ses étudiantes. »

– Merde alors ! Wiggins ?

Brandeau entama la lecture de l'article à voix haute en arpentant la pièce. Daté du printemps 2015, il relatait qu'un enseignant de l'université de Virginie avait eu à plusieurs reprises des gestes et des propos déplacés envers deux *sophomores*, des jeunes filles de deuxième année. D'après le journaliste, l'université avait voulu étouffer l'affaire : les membres de l'administration avaient visiblement désinformé les victimes qui voulaient entamer des poursuites. Une plainte avait finalement été déposée auprès du bureau des droits civiques du ministère de l'Éducation et l'enseignant suspendu pour une durée indéterminée.

Je revis Wiggins le soir de la fête, figé comme une statue. J'avais supposé qu'il était perdu dans son monde, mais peut-être regardait-il intensément Lisa en train de danser au milieu du salon.

– Comment s'est terminée cette affaire ?

– Je n'en ai plus trouvé trace après cet article. J'imagine que tout s'est réglé à l'amiable, comme c'est souvent le cas.

Je tentai de réexaminer la situation de façon purement objective.

– Bon, c'est vrai que je n'aurais pas cru ça de Wiggins, mais c'est un peu maigre pour l'accuser d'un meurtre, vous ne croyez pas ?

– Vous m'avez servi la même rengaine avec Teddy Chambers ! Ni plus ni moins maigre en tout cas que les preuves indirectes qui ont fait condamner Ethan. Ce que je veux vous montrer, Nick, c'est que quand on commence à fouiller, on finit toujours par trouver. Et que même les personnes les plus insoupçonnables peuvent devenir en un clin d'œil des suspects potentiels.

– Pour l'instant, je trouve la liste des suspects plutôt mince, et ce n'est pas votre fameux annuaire qui y changera grand-chose.

– On n'a pourtant que l'embarras du choix ! Teddy Chambers et son comportement plus que trouble après le meurtre. Wiggins aux préoccupations moins platoniques qu'on ne le pensait. Jack Donovan qui avait le béguin pour Lisa et s'est rabattu sur Sherry Sheldon quelques années plus tard. Sherry elle-même qui était jalouse de son amie, si on en croit Ethan Walker…

– Vous envisagez sérieusement que l'assassin puisse être une femme ?

Brandeau surjoua l'indignation :

– Grands dieux, oubliez un peu vos préjugés ! Pourquoi une femme n'aurait-elle pas pu commettre le meurtre ? Parce que quatre-vingt-dix pour cent des meurtriers sont des hommes et que Lisa a été frappée violemment à la tête ? N'importe quel être humain peut faire preuve d'une force insoupçonnée sous le coup de la colère. Sherry Sheldon est pour moi un suspect comme un autre. Qui vous dit d'ailleurs qu'elle n'a pas inventé cette histoire de journal intime pour détourner votre attention ? Ou que le passage qu'elle a cité n'a pas été écrit bien avant, sans aucun lien avec le crime ?

– Ce n'est pas à exclure, en effet.

– Sans compter cette fille… comment s'appelle-t-elle déjà ? (Brandeau tourna nerveusement les pages de son carnet Moleskine.) Ah oui ! Madison Bennett ! Vous ne m'aviez pas dit qu'elle était sortie avec Ethan avant qu'il ne rencontre Lisa.

– Je ne pensais pas que c'était important.

Il afficha une moue sceptique.

– On se demande bien ce qui peut l'être, alors. C'est Benny Horniker qui m'a appris son existence. D'après lui, c'était une fille aux mœurs plutôt légères, ce qui ne l'a pas empêchée de tomber éperdument amoureuse. Elle en voulait à Ethan de l'avoir « larguée comme une vieille chaussette » : ce sont les mots précis qu'il a utilisés, j'ai tout noté dans mon carnet.

– Madison était une fille un peu bizarre, toujours à l'écart des autres. Vêtements sombres, ongles noirs… Vous savez : le genre Famille Addams.

– Vous croyez qu'elle participait à des messes noires et sacrifiait des animaux dans la forêt la nuit ?

– Quoi !

– Détendez-vous, je plaisantais.

– Pourquoi ne s'en serait-elle pas prise directement à Ethan si elle lui en voulait tant que ça ?

– Ce n'est pas difficile à comprendre : elle se serait vengée de celle qui l'avait remplacée dans le cœur d'Ethan et aurait précipité la perte de ce dernier. Quelle plus belle vengeance que celle-là ? Elle connaissait parfaitement ses habitudes, et j'imagine qu'elle ne pouvait pas ignorer qu'il y aurait une fête ce soir-là. Qui sait s'il ne cherche pas aujourd'hui à la protéger ?

– C'est complètement tiré par les cheveux !

– Ça l'est. Mais les annales criminelles sont pleines de scénarios invraisemblables.

Sur le lit, un peu à l'écart des pièces du dossier, je remarquai des photos disposées en éventail. Elles représentaient deux corps étendus au sol – à l'évidence une scène de crime.

– Qu'est-ce que c'est ? demandai-je en accompagnant ma question d'un signe du menton.

Brandeau parut pris de court et s'empressa de retirer les photos de ma vue.

– Oh, ce n'est rien… une autre affaire sur laquelle je travaille.

Ensuite, il me fit part de ses impressions sur l'arrestation d'Ethan. Pour lui, le Quatrième Amendement avait été clairement bafoué quand les policiers avaient pénétré dans son domicile, sans lui lire ses droits qui plus est, et il s'étonna qu'aucun juge – à l'exception de l'honorable Joseph Weaver, douze ans après l'affaire – ne s'en soit davantage ému.

De son épais dossier, il extirpa un organigramme de la police de Black Oak et des forces de l'ordre du comté de l'époque, qui partait du shérif pour descendre jusqu'aux officiers de réserve.

– Connaissez-vous certains de ces policiers ?

– Briggs et Horne : ils patrouillaient tout le temps en ville. Le sergent Briggs avait une dent contre les

Walker. C'est lui qui avait arrêté Ethan pour des délits mineurs et il regrettait qu'il n'ait jamais écopé de vraies condamnations. Je me souviens qu'un jour, alors qu'on revenait du lycée, Briggs est passé près de nous en voiture. Il a descendu sa vitre et a lancé à Ethan : « Je t'ai à l'œil, toi ! » Je suis sûr qu'il a pris son pied quand il est allé le coffrer. Quant à Horne, ce n'était pas un mauvais bougre. Il était beaucoup moins hargneux que Briggs, et je ne l'ai jamais vu importuner Ethan.

– Et le shérif Dern ?

– Je le connais simplement de vue, je n'ai jamais eu l'occasion de lui parler.

– Cet homme est indéboulonnable ! Vous savez qu'il a été réélu cinq fois ?

– Il est très apprécié dans le coin.

– Je lui ai demandé une entrevue. Inutile de vous dire que son bureau me l'a refusée catégoriquement. Vu les errements passés de ses agents, il n'a sûrement aucune envie qu'on vienne lui chercher des poux dans la tête. Il doit en plus redouter que Walker n'engage des poursuites contre le comté.

Je récupérai mon blouson sur le dossier de la chaise.

– Avant que je n'oublie… C'est pour vous.

Brandeau regarda avec étonnement l'objet que je tenais entre les mains.

– Qu'est-ce que c'est ?

– Vous le voyez bien : un portable prépayé. Je l'ai acheté hier en ville.

– Nous en avons déjà discuté. Merci, mais je n'en veux pas.

Je n'étais pas prêt cette fois à capituler.

– Allez, ne faites pas votre tête de mule ! Je ne vais pas appeler la réception de l'hôtel chaque fois que j'ai à vous parler. On forme une équipe, oui ou non ?

*

Sur un coup de tête, je décidai de ne pas regagner ma voiture et remontai la rue principale. « L'aide que vous m'apporterez ne pourra pas passer inaperçue », m'avait dit Brandeau quelques jours plus tôt. Je savais que je ne devais pas esquiver les embûches qui se dresseraient sur mon chemin. Peut-être même devais-je aller à leur rencontre.

Les drapeaux américains, usés et salis par des années de pluie, de neige et de vent, pendaient piteusement au-dessus de l'entrée. La quincaillerie n'avait guère changé, mais il régnait à l'intérieur un certain laisser-aller que n'aurait jamais permis Anthony Nielsen en son temps : quelques présentoirs promotionnels à moitié vides dans l'entrée, des cartons entrouverts qui gênaient le passage, deux ou trois néons au plafond qui avaient rendu l'âme. Richard n'avait pas hérité de la maniaquerie de son père.

Je m'approchai d'un comptoir où une fille d'une vingtaine d'années, en mal d'occupation, était en train de se manucurer et lui demandai à voir Richard. Elle soupira et leva les yeux, comme si je l'interrompais en plein travail.

– Richard. Richard… Il doit être dans les parages. Allez voir au fond… Visserie et fixation.

Anxieux, je traversai le magasin – il y avait pour unique client un type négligé qui soupesait dans chacune de ses mains, comme une balance vivante, tous les couteaux-scies.

Richard était perché en haut d'un escabeau. Je ne l'avais pas revu depuis l'été 2004 et le temps ne l'avait pas arrangé : visage émacié, maigre comme une sauterelle, il faisait beaucoup plus vieux que son âge. Il descendit dès qu'il me vit, un sourire désabusé au coin des lèvres.

Je n'avais jamais trouvé qu'il ressemblait physiquement à sa sœur, mais lorsqu'il fut face à moi je fus troublé par son regard – perçant, à la fois clair et dur, comme l'était celui de Lisa.

– Amène-toi, dit-il sans aménité. Je préfère qu'on ne traîne pas ici.

Sans un mot, je le suivis jusque dans l'arrière-boutique, puis nous empruntâmes une porte qui donnait sur une cour où étaient stockées des palettes encore enveloppées dans de la cellophane. Il coinça un morceau de planche dans la porte anti-panique et extirpa nerveusement un paquet de cigarettes de sa veste de travail.

– Tu veux quoi exactement ?

Je me sentis pris de court et me mis soudain à douter : était-ce vraiment lui qui m'avait expédié cette photo ?

– Mon père est mort, on l'a enterré hier…

– Je suis au courant, mais j'ai épuisé mes réserves de compassion. Le mien s'est tiré une balle dans le citron et ma mère est devenue une épave ambulante. Mais visiblement tu n'es pas revenu que pour ça. Alister Brandeau…

– Tu le connais ?

– Qu'est-ce que tu crois ? On n'est pas à New York ! Ça fait deux semaines qu'il loue une chambre en ville. Ce type est un fouille-merde, il se sert de toi pour obtenir des informations sur ma famille. Et ça, je ne l'accepterai pas.

– Écoute, Richard, je sais mieux que personne tout ce que Marion et toi avez dû traverser…

– Tu sais que dalle ! Tu as utilisé la mort de ma sœur pour écrire ton putain de bouquin et t'en mettre plein les poches. J'ai vu une photo de ton appartement dans un magazine : tu étais là, tout beau tout fier, sur ton canapé à 5 000 dollars. Une vraie petite star new-yorkaise ! Je me suis dit : « Ça ne peut pas être Nick ! Où est donc passé l'ado boutonneux qui se laissait tout le temps marcher sur les pieds ? » Tu as bien su embobiner ton monde, mon gars.

– Tu te trompes… pour le canapé : il m'a coûté le double.

Ma plaisanterie n'eut aucun effet sur lui.

– Tu n'as plus rien à faire ici, Nick. Walker ne restera pas dans les parages, de toute façon. Et s'il le fait, je ne donne pas cher de sa peau. Un accident est si vite arrivé…

Parlait-il sérieusement ? Avait-il quoi que ce soit à voir dans le harcèlement qu'avait subi le père d'Ethan ? Jack Donovan avait-il été son comparse ?

– Malgré tout ce qui s'est passé, as-tu envisagé une seule seconde qu'Ethan puisse être innocent ?

– Non. Il a tué Lisa, et je crois que tu le sais très bien au fond de toi.

Il aspira une longue bouffée de sa cigarette, puis l'écrasa sur le mur déjà noirci d'attaques de mégots.

– Je clope trop. Mes poumons doivent déjà ressembler à ces photos des pubs antitabac. (Il fixa le mur du regard en secouant la tête.) Je déteste ma vie ici. Ce boulot, les clients… Le magasin perd de l'argent chaque année. On a dû vendre celui de Cedar Grove. Je ne sais pas combien de temps on pourra tenir. Et à vrai dire, je m'en fous. Peut-être que je pourrais me tirer d'ici et refaire ma vie ailleurs, qu'est-ce que tu en dis ? Miami, la Floride… Tous ces types bronzés qu'on voit à la télé ont l'air de ne jamais avoir de problèmes.

– Que j'aide Brandeau ou non, il ne lâchera pas le morceau. Il y a trop de zones d'ombre dans cette affaire : d'autres personnes enquêteront si nous ne le faisons pas.

Il me fit face à nouveau en se triturant les doigts.

– Je vais te faire gagner du temps, Nick : tu devrais aller voir Madison Bennett, l'ex de Walker.

Je tentai de cacher ma surprise. Je n'aurais jamais cru que ce nom surgirait dans la conversation.

– Pourquoi est-ce que j'irais la voir ?

– Tu veux enquêter, eh bien ne te gêne pas. Tu te souviens de ma cousine Marcia ?

– Vaguement.

– Une fille complètement chtarbée, le vilain petit canard de la famille… Elle et Madison étaient les meilleures copines du monde à un moment. Qui se ressemblent s'assemblent.

– Qu'est-ce que ta cousine vient faire dans cette histoire ?

– Un jour, Madison lui a confié que Walker lui faisait tout un tas de trucs bizarres quand ils baisaient ensemble.

– C'est-à-dire ?

– Il aimait l'attacher… ou il lui serrait la gorge pour la priver d'oxygène, et il lui demandait ensuite de faire la même chose sur lui.

– Asphyxie érotique ?

– Je ne savais même pas que cette dégueulasserie avait un nom.

J'essayai de rester calme.

– Est-ce qu'il la forçait à faire ça ?

– Non, elle était consentante, je ne peux pas te dire le contraire. Mais j'ai toujours su qu'il y avait quelque chose de pervers chez ce type. Dieu sait ce qu'il a infligé à ma sœur !

– Ça ne prouve rien, Richard.

– Attends, l'histoire n'est pas terminée. Pendant toutes ces années, Madison est allée rendre visite à Walker en prison, quasiment toutes les semaines. Tu ne la reconnaîtrais pas si tu la voyais : elle a viré méthodiste et ne jure plus que par Dieu, le salut de l'âme et des foutaises dans ce genre.

– Elle continue à le voir ?

– Affirmatif. On l'a vue traîner près du garage.

– Et tu crois vraiment qu'elle aurait fait ça pendant plus de dix ans si elle le pensait capable d'un meurtre ?

Petit ricanement. Puis Richard se racla la gorge.

– Tu n'as jamais entendu parler de toutes ces foldingues qui veulent épouser des tueurs dans le couloir de la mort ? Je suis sûr que cette fille connaît la vérité, et qu'elle est prête à tout lui pardonner… Je t'ai donné une info, fais-en ce que tu veux. Je ne vais pas te retenir plus longtemps, Nick…

Je fouillai la poche de ma veste.

– Tiens, je t'ai rapporté ta photo.

Il la regarda quelques secondes en se forçant à sourire.

– Tu peux la garder, j'en ai plein d'autres. Ces putains de photos ! Dire que c'est tout ce qu'il me reste de ma sœur… Tu sais quoi ? Chaque fois que tu auras un doute sur la culpabilité d'Ethan, regarde cette photo attentivement… et demande-toi ce qu'il est juste de faire ou pas.

Il ouvrit la porte et dégagea du pied le morceau de bois qui la retenait. Il se retourna une dernière fois.

– N'oublie pas un truc, Nick : quand on cherche la vérité, il faut accepter de tout regarder en face. Sans mettre de côté ce qui pourrait nous déranger.

10

Mon entrevue avec Richard, si courte qu'elle ait pu être, m'avait profondément ébranlé. J'étais certain qu'il ne m'avait pas menti, et je voyais mal pourquoi sa cousine Marcia serait allée inventer des histoires à dormir debout sur Ethan. À vrai dire, même au plus fort de notre amitié, nous ne parlions presque jamais de sexualité. Il lui arrivait bien d'évoquer ses anciennes conquêtes, au détour d'une conversation, mais c'était toujours sur le ton de la rigolade, comme s'il était entendu qu'il ne s'agissait que de fanfaronnades. Je ne comprenais pas qu'Ethan n'ait fait aucune allusion à son ex-copine quand nous nous étions retrouvés sur la plage, surtout s'ils continuaient à se voir.

Claire et Adam prirent leur vol pour New Heaven en fin de matinée. Je fus tendu durant tout le trajet jusqu'à l'aéroport malgré les efforts que déployait Claire pour ne parler que de choses légères. Quand nous nous quittâmes à la porte d'embarquement, mon frère réitéra sa promesse de revenir le week-end suivant.

– Prends soin de toi, Nick.

– Toi aussi.

Il se pencha à mon oreille pour que Claire ne puisse pas l'entendre.

– Et ne traîne pas trop ici… Cet endroit finira par tous nous bouffer.

Le lendemain, je passai plusieurs heures dans ma chambre à compulser le volumineux dossier que Brandeau avait bien voulu me confier. À l'exception de quelques articles de journaux, la plupart des documents m'étaient inconnus – et cette immersion dans le passé me fut une épreuve douloureuse. Sur un carnet que j'utilisais pour mes romans, j'inscrivis quelques idées ou questions qui me passaient par la tête et dont il faudrait que nous discutions.

Quand j'eus terminé, en proie à un sérieux mal de crâne, je récupérai un carton rangé sur l'étagère supérieure de mon placard. Il renfermait mon vieux Caméscope digital et toute une série de cassettes DV que j'avais réalisées à l'époque du lycée. Pendant la lecture du dossier, submergé par des détails macabres, j'avais éprouvé un besoin irrépressible de revoir Lisa – je devais la voir bouger, l'entendre parler, la sentir *vivante* – pour tenter de conjurer cette réalité contre laquelle je ne pouvais pourtant rien.

Le Caméscope contenait encore une cassette que je n'avais jamais visionnée. Je branchai l'appareil à une prise. À ma grande surprise, il fonctionnait parfaitement. Je rembobinai le film.

Une date s'afficha en haut à droite de l'écran miniature : *25 juin 2004*.

Ma chambre. Lisa et Ethan sont sur le lit, le dos appuyé contre le mur, au milieu de boîtiers de CD dont Lisa passe les pochettes en revue. Elle braque son regard vers moi avec une grimace.

– Ah non, ne me filme pas !

– Silence ! Le réalisateur est maître sur son plateau.

– Tu te prends pour Spielberg ?

J'essaie de reproduire la musique angoissante des *Dents de la mer*.

– Qui est-ce qui fait le requin ?

– Moi ! crie Ethan. Rwaou, rwaou…

Lisa éclate de rire.

– Où as-tu vu que les requins faisaient ce genre de bruit ?

– Ils le font uniquement quand ils ont très faim.

Il se jette sur elle et fait semblant de la dévorer. J'accélère le tempo de la musique en faisant vibrer mes lèvres, tandis que Lisa lance vers moi de faux appels à l'aide. Ethan commence alors à la chatouiller. Elle se remet à rire puis réclame un temps mort avec les mains – un geste sportif qu'Ethan lui a appris récemment.

– Je n'en peux plus… Je suis sérieuse, Nick, arrête de me filmer !

Je baisse brièvement la caméra, avant de pousser au maximum le zoom sur elle.

– Pourquoi ? Imagine comme dans quarante ans tes petits-enfants seront heureux de te voir sur ce film…

– Qui te dit que j'aurai des petits-enfants ? J'ai envie de profiter de la vie, moi, pas de changer des couches.

– Quelle menteuse tu fais ! Je sais très bien que tu veux des gamins !

Elle fait une moue boudeuse.

– Oui, mais le plus tard possible.

– Combien tu en voudrais ?

– Deux : un garçon et une fille. Pas forcément dans cet ordre, d'ailleurs. Pourquoi est-ce que c'est toujours toi qui poses les questions ? Tu ne dis jamais ce que tu as en tête, toi !

– Quand on se tait, on a toujours l'air intelligent. Dès qu'on ouvre la bouche, on s'expose.

– Tu es bête !

Ethan se lève du lit, fier comme un paon.

– Eh bien moi, j'en veux quatre… et que des filles.

– Comme le docteur March, fais-je remarquer.

– Ah non, pitié ! Lisa m'a montré le film. Quelle guimauve, cette histoire ! Quelle bande de pleurnicheuses ! (Son visage se fait soudain plus sérieux.) Avec les garçons, on ne sait jamais comment les choses vont tourner. Quatre filles, répète-t-il en se tournant vers Lisa. Je serai intraitable sur ce point.

Elle balaie l'air d'un geste de la main.

– Qui t'a dit que tu serais le père de mes enfants ?

Un silence trop long. Ethan esquisse un sourire gêné, ne sachant à quoi s'en tenir, visiblement dans l'attente d'une parole rassurante qui ne vient pas. Alors il se tourne vers moi, bouche bée, comme si j'avais le pouvoir, d'un mot, de tout arranger.

– Bon, allez, Nick, s'exclame Lisa, arrête de filmer. Ça n'est plus drôle, maintenant.

*

Quand je descendis, je trouvai ma mère dans le salon en train d'écouter la radio. Trump et Clinton venaient de remporter haut la main les primaires de l'État de New York. La future affiche du duel pour la présidence ne faisait plus guère de doute. « Nous allons redevenir si forts, si grands… je n'en peux plus d'attendre », déclarait puérilement le candidat républicain depuis sa tour de Manhattan.

– Tu veux écouter ?

– Pas particulièrement.

– Ton père détestait Donald, mais il ne portait pas pour autant Hillary dans son cœur.

– Je sais. Il roulait pour Sanders, non ?

– Le système de santé universel… c'est ce qui lui plaisait dans son programme.

– C'est bizarre. Papa a toujours été démocrate, mais jamais de l'aile la plus progressiste. Tu sais que, normalement, plus on vieillit et plus on devient conservateur.

– C'est ce qu'on dit.

– Et toi, tu as l'intention de voter ?

– Oh, la politique ne m'intéresse plus. Je ne sais même pas pourquoi j'écoute encore les actualités. Mais j'aimerais bien qu'une femme soit élue à la tête de ce pays, juste pour voir… même si je ne suis pas sûre qu'elle ferait beaucoup mieux que les hommes.

Elle baissa le son de la radio.

– J'irai au cimetière cet après-midi avec Vera. Est-ce que tu veux nous accompagner ?

– Je ne sais pas, maman. Je crois que c'est encore trop tôt pour moi.

Elle n'insista pas.

– Perry Baker a appelé tout à l'heure.

C'était l'avocat et le conseiller juridique de mes parents. Je l'avais brièvement croisé à l'enterrement – un homme austère et tout en discrétion que j'avais toujours trouvé intimidant.

– Pour la lecture du testament, je suppose.

Elle hocha la tête.

– Il m'a demandé si je voulais qu'on fixe une date. Rien ne presse, mais Adam et toi devrez être présents. John avait souscrit deux assurances sur la vie dont vous êtes les bénéficiaires.

– Je n'ai pas envie de parler de ça, maman. Je me moque de cet argent, je n'en veux pas. Adam en aura plus besoin que moi, de toute façon.

– Vous vous arrangerez comme vous voudrez, mais je veux d'abord qu'on fasse les choses dans les règles.

Je m'assis sur le canapé à ses côtés.

– Maman, je vais rester encore un bon moment à Black Oak, plus longtemps que je l'avais prévu.

– Mais… tu ne dois pas retourner à New York pour ton livre ? Que va dire ton éditeur ?

– Ils se débrouilleront très bien sans moi. Ce n'est pas parce que je louperai une ou deux interviews que la Terre s'arrêtera de tourner. Je n'ai pas envie de te laisser seule.

– Je ne suis pas seule : il y a Vera, et j'ai des tas d'amies dans le voisinage.

– Tu l'as dit : ce sont des voisines. Mais tu as besoin que ta famille soit avec toi. Et Adam ne peut pas rester pour l'instant.

Elle me dévisagea.

– Tu as pensé à Chloé ? Elle aussi a besoin de toi.

Étrangement, l'inquiétude, le désarroi qui m'avaient habité les derniers jours et poussé à lui cacher la vérité avaient disparu.

– On n'est plus ensemble, je t'ai menti depuis le début. Tu crois vraiment qu'elle aurait pu manquer l'enterrement ?

Elle détourna la tête.

– Je crois que je m'en suis doutée dès le jour de ton arrivée. Tu n'as jamais su cacher les choses.

– Je suis désolé, mais je ne voulais pas t'embêter avec ça. Je n'ai rien osé dire à Adam non plus – je préférerais que tu ne lui en parles pas. (J'eus un moment d'hésitation.) Et je ne t'ai pas tout dit concernant Ethan.

– Pourquoi est-ce que tu me parles encore de lui ?

– Je suis allé le voir deux fois depuis mon retour. Le bureau du procureur va s'acharner sur lui : il risque un nouveau procès et une nouvelle condamnation si on ne trouve pas de preuves pour l'innocenter.

– Que comptes-tu faire ? demanda-t-elle en me posant une main sur le genou.

– Je vais l'aider, maman. J'ai déjà abandonné Ethan une fois, et je ne commettrai pas deux fois la même erreur.

*

En fin de matinée, je décidai d'aller faire un tour chez les Wiggins, qui habitaient dans le même quartier que nous. Dès que je fus installé dans ma voiture, on frappa à la vitre. Je sursautai. Un homme à la carrure de rugbyman, casquette vissée sur la tête, me regardait avec un sourire forcé. Pas lui ! Je baissai la vitre en essayant de rester serein.

– Tu me reconnais ? demanda-t-il en remontant sa casquette sur ses cheveux.

Je fis semblant de réfléchir quelques secondes.

– Jack ! Jack Donovan ! Qu'est-ce que tu fais là ?

– Fous-toi de ma gueule, Nick !

Sans autre forme de procès, il me balança à la figure la carte de visite que j'avais laissée à Sherry.

– Tiens, ça traînait chez moi… Je ne sais pas ce que tu veux, et je ne sais pas ce que tu es allé raconter à ma femme, mais je jure sur la tête de mes gosses que tu ne remettras plus jamais les pieds dans ma maison. Tu m'as compris ?

– Attends, Jack…

– Et ça vaut aussi pour ce journaleux qui nous a harcelés. Je ne te laisserai pas faire du mal à Sherry ! Elle est fragile, elle n'est pas bien dans sa peau, et je ne veux pas que tu ailles lui remettre en tête toute cette merde !

Mon sang ne fit qu'un tour.

– « Cette merde » ? Lisa était la meilleure amie de ta femme, Jack, essaie de ne pas l'oublier. Et elle a été assassinée le soir d'une fête à laquelle Sherry assistait. Elle a cherché Lisa pendant au moins une heure, elle s'inquiétait. En fait, elle était la seule à s'inquiéter ce soir-là. Quelques heures plus tard, on retrouvait le corps de Lisa sur la plage. Tu crois vraiment que les choses iront mieux pour elle en faisant comme si rien ne s'était passé ?

Il tapa du poing sur la portière.

– On en a assez bavé avec cette histoire ! Et on connaît tous le coupable… Tu devrais te tirer de cette ville, Nick, et sans tarder. C'est le seul conseil amical que je peux te donner. À moins que tu n'aies envie de devenir un paria comme Walker… Ne cherche plus jamais à contacter Sherry ! Ne viens plus jamais chez nous !

Il se pencha sur le capot et, après m'avoir lancé un regard haineux, cracha sur le pare-brise.

Contrairement à Jack Donovan, Mme Wiggins, une femme rabougrie et tout aussi minuscule que l'était son fils Bill, eut l'air très heureuse de me revoir et me reçut de façon fort sympathique. Elle avait naturellement appris la mort de mon père et se confondit en condoléances. Je lui expliquai que je profitais de mon retour en ville pour renouer avec mes anciens amis du lycée. Pour l'amadouer, j'exagérai grandement les liens qui m'avaient uni à Bill, au point qu'elle finit par croire, au prix sans doute de quelques arrangements avec sa mémoire, que nous avions été les meilleurs amis du monde.

Devant un verre de citronnade et une assiette de petits gâteaux « faits maison », elle ne fit aucune difficulté pour me donner le numéro de téléphone de son fils et m'apprit qu'il travaillait désormais dans une boîte informatique de Stafford, où il gagnait d'ailleurs fort bien sa vie. Elle ne fit évidemment aucune allusion aux « ennuis » qu'il avait connus. Le précieux numéro en poche, je dus batailler ferme pour prendre congé et l'empêcher de me servir un quatrième verre de sa citronnade trop sucrée.

Profitant de ma lancée, j'appelai Bill Wiggins dès que je fus dans ma voiture. Il se montra d'emblée méfiant. Mon petit numéro nostalgique n'eut aucune prise sur lui.

– Qu'est-ce que tu me veux, Nick ? Tu passais ton temps à te moquer de moi dans le temps : tu m'appelais « le binoclard ».

– Où est-ce que tu es allé chercher un truc pareil ? Tu ne portais même pas de lunettes !

– Si, j'en ai porté de mon entrée au CP jusqu'à mes 23 ans, quand je me suis fait opérer de ma myopie. Et ton copain Ethan me traitait de « p'tite bite ». Bon, je suis occupé, là…

– Tu sais qu'il est sorti de prison ?

– Et alors ? Qu'est-ce que tu veux que ça me fasse ?

– J'enquête sur la mort de Lisa.

– C'est quoi ces conneries ? Je croyais que tu étais écrivain !

– Ça n'empêche pas de mener des enquêtes. Tu n'as jamais lu Truman Capote ? (À bien y réfléchir, Wiggins n'avait pas une tête à lire du Capote ; il avait même une tête à ne pas lire du tout.) Je pose quelques questions, à droite à gauche, je cherche à savoir qui pouvait vouloir du mal à Lisa.

– Est-ce que tu me soupçonnes de quelque chose ?

– Il paraît que tu vis à Stafford. Tu ne travailles plus à l'UVA ?

– Pourquoi est-ce que tu me parles de ça ?

Je pouvais sentir sa panique rien qu'au son de sa voix.

– Harcèlement sexuel sur des étudiantes… ce n'est pas rien.

– Qui t'a raconté ça ? Comment… comment es-tu au courant ?

– C'est fou ce que les gens parlent dès que tu commences à creuser un peu…

– Il ne s'est rien passé du tout ! Rien, tu entends ? Il n'y a même pas eu de plainte.

– Allons, Bill… Bien sûr qu'il y a eu une plainte. Auprès du bureau des droits civiques.

– Tout s'est terminé par un arrangement à l'amiable. (Incroyable ! Brandeau avait vu juste !) Ces filles avaient tout inventé. Une blague graveleuse et tu risques aujourd'hui de te retrouver en taule ! Elles auraient été incapables de décrocher leur diplôme : elles m'ont accusé pour pouvoir faire chanter l'université, et encaisser un chèque au passage.

– J'ai repensé à la fête chez Lisa, le soir où elle a été assassinée. Tu ne la quittais pas des yeux sur la piste de danse. Est-ce qu'elle t'attirait ? Est-ce que tu t'es retrouvé avec elle sur la plage ?

Il y eut un bref silence, suivi par un hurlement :

– Tu sais quoi, Nick ? Tu devrais aller te faire foutre !

Il me raccrocha au nez. Je tentai de le rappeler deux fois de suite, sans succès. De toute façon, il avait sans doute déjà marqué mon numéro comme indésirable. Ma rencontre avec Sherry m'avait peut-être un peu trop mis en confiance. J'étais moins doué que je ne l'avais présumé pour faire parler des témoins, surtout quand je les accusais de meurtre à mots à peine voilés.

Frustré par cet échec, je rendis ensuite visite à Mlle Tyrrell, mon ancien professeur d'anglais désormais à la retraite. Depuis la veille, je n'avais cessé de repenser à l'hypothèse de Brandeau quant à une éventuelle relation que Lisa aurait pu entretenir avec un homme plus âgé qu'elle, un professeur du lycée par exemple. Je pensais que si une personne pouvait m'aider, c'était bien elle. Ma mère m'avait appris qu'elle habitait depuis quelques années une maison biscornue en bordure du lac qu'elle avait héritée de ses parents. Elle avait eu un jour l'occasion de se rendre chez elle et me l'avait décrite comme une femme solitaire qui vivait au milieu de ses chats et de ses souvenirs de famille.

Je n'eus pas de mal à trouver l'endroit en suivant la route côtière. Le jardin de Mlle Tyrrell était une vraie merveille : massifs de sauge, géraniums et jacinthes formaient une toile impressionniste devant la bâtisse à la façade décrépie. La propriété, qui descendait en pente douce, offrait une vue superbe sur le lac malgré la présence de grands pins en contrebas. Cette partie du rivage, à trois kilomètres au nord de la plage des Hollandais, était des plus sauvages. Un calme olympien y régnait.

Un panier en osier posé à côté d'elle, la tête couverte d'un chapeau de paille, Mlle Tyrrell leva les yeux vers moi lorsque je sortis de voiture. Elle me reconnut aussitôt.

– Nick, Nick, Nick… répéta-t-elle comme si mon prénom était une formule incantatoire. Quelle surprise ! Quelle merveilleuse surprise !

J'étais quelque peu étonné et décontenancé par la chaleur de son accueil. Elle voulut m'embrasser. Son visage, autrefois sec et dur, était devenu avenant, presque sympathique – j'imaginai que cette transformation était due aux vertus de sa récente retraite. Elle dégageait un parfum de violettes un peu entêtant. Elle me tint par les épaules, fermement, droit devant elle.

– Laisse-moi te regarder… Oh, tu n'as pas changé. J'ai l'impression de revenir des années en arrière. Si on m'avait dit que tu deviendrais écrivain ! Et un écrivain célèbre, qui plus est ! J'ai acheté tous tes livres, naturellement. Chaque fois que je vais chez Rudy, mon vieux libraire, je lui dis : « Rudy, n'oubliez surtout pas de me prévenir à la parution du prochain roman de Nick Altman. Je veux être la première à l'acheter. Vous savez qu'il a été mon élève ? »

– Je n'étais pourtant pas brillant à l'époque. Je crois que je n'ai jamais décroché mieux qu'un « B moins » avec vous.

Je la vis rire pour la première fois de ma vie.

– Oh, mais tes devoirs étaient excellents, Nick ! Encore aurait-il fallu que tu en sois l'auteur…

Je rougis, comme si j'étais redevenu en un éclair un timide gamin au lycée.

– Comment ça ?

– Je sais très bien que Lisa t'aidait. Si tu croyais pouvoir tromper cette bonne vieille Mlle Tyrrell ! Oh, tu n'as été ni le premier ni le dernier à essayer de jouer au plus malin avec moi… Je reconnaissais toutes les formules de Lisa dans tes devoirs. Elle avait une manière d'écrire inimitable, je n'ai jamais eu d'autre élève aussi doué qu'elle.

– C'est vrai qu'elle écrivait bien.

– Pauvre Lisa… J'ai été tellement attristée par ce qui est arrivé. Je sais combien tu l'aimais et combien vos familles étaient proches. Qui aurait cru qu'un tel drame puisse survenir dans un coin si tranquille ?

Ne sachant comment aborder l'objet de ma visite, je profitai de l'occasion qui m'était donnée.

– Et qui aurait cru que cette affaire reviendrait sur le devant de la scène ?

Elle secoua la tête avec contrariété.

– Cette ville est redevenue un enfer quand Ethan Walker a été libéré. Je n'aurais jamais pensé que nous devrions revivre tout ça un jour.

– Vous n'aimiez pas beaucoup Ethan, n'est-ce pas ?

– Pourquoi dis-tu ça ? Si tu veux savoir, j'éprouvais de la pitié pour ce garçon. La mort de sa mère, les problèmes d'alcool de son père… il n'a pas eu de chance dans la vie. Je voyais bien que les autres élèves le rejetaient, et c'est le genre d'attitude que je n'ai jamais aimée. Ethan n'était pas méchant. Je crois qu'il aurait pu faire quelque chose de sa vie si…

Elle ne termina pas sa phrase. Après un silence, et comme si elle cherchait un dérivatif, elle se tourna vers le massif de fleurs à côté d'elle.

– Échinacées… J'aime beaucoup ces fleurs. On peut guérir les morsures de serpent avec – c'est du moins ce qu'on dit. J'ai un livre sur les plantes médicinales, j'y apprends chaque jour plein de choses.

– Mademoiselle Tyrrell, est-ce que vous saviez à l'époque que Lisa et Ethan sortaient ensemble ?

– Allons ! Tout le monde le savait. Je voyais bien les regards qu'ils s'échangeaient en classe, et l'un des professeurs du lycée les avait surpris un jour en train de se bécoter. Que viens-tu faire ici, Nick ? Ne me dis pas que tu avais envie de revoir ton vieux professeur. Il est bien rare que d'anciens élèves me rendent visite. Je suppose que j'ai traumatisé trop de générations de lycéens.

– Je ne vais pas vous mentir : j'essaie de recueillir des informations et des témoignages sur Lisa.

– Dans quel but ?

– Je sais qu'Ethan est innocent et je vois bien que personne n'est pressé de découvrir ce qui s'est passé sur cette plage il y a douze ans.

– Tu espères découvrir qui a tué Lisa ?

– Les personnes qui vous sont les plus proches peuvent parfois vous cacher des secrets. Je crois que j'ignorais certaines choses sur elle…

– Quel genre de choses ?

– C'est ce que je dois m'efforcer de découvrir. Cette question va sûrement vous sembler étrange mais… pensez-vous que Lisa ait pu avoir des relations, disons particulières, avec un adulte de l'établissement ?

Son visage retrouva l'expression fermée qu'il avait jadis.

– « Des relations particulières » ? Tu veux dire… ? Mon Dieu, non ! Personne au lycée n'aurait pu faire une chose pareille ! Je n'appréciais pas les plaisanteries graveleuses de mon collègue M. Coogan mais…

M. Coogan n'était déjà plus en ce temps-là qu'un vieillard cacochyme qui mettait un bon quart d'heure pour accomplir les vingt pas qui séparaient la salle des professeurs de sa salle de classe.

– J'ai besoin de votre aide. N'y a-t-il rien de particulier que vous puissiez me dire au sujet de Lisa ? Quelque chose d'étrange que vous auriez remarqué ?

Elle prit quelques secondes de réflexion, mais je voyais bien que ma question avait immédiatement réveillé en elle un souvenir précis.

– Eh bien, ce n'est peut-être pas grand-chose, mais j'ai croisé Lisa la veille du drame.

– La veille ! Où ça ?

– En ville, où j'avais fait quelques courses. Elle sortait justement de la librairie. Elle qui était d'ordinaire si enjouée m'a semblé… comment dirais-je ?… maussade ce jour-là. J'ai bien vu que quelque chose n'allait pas. Nous avons un peu parlé de son prochain départ pour l'université, puis de nos lectures estivales – tu sais combien elle aimait venir discuter de littérature avec moi à la fin des cours. Elle m'a dit qu'elle venait de terminer *Jane Eyre*. Je lui ai confié que c'était un de mes livres préférés.

– Pourquoi cette rencontre vous a-t-elle marquée ?

– Nous avons parlé du héros du livre, M. Rochester, forcé de révéler son passé et son terrible secret à Jane le jour même de leur mariage. Elle m'a alors demandé : « Croyez-vous qu'on puisse si facilement pardonner à quelqu'un qui vous a menti, même s'il avait les meilleures intentions du monde ? » Je me souviens parfaitement de cette phrase : elle paraissait écrite, comme si Lisa l'avait mûrement réfléchie, bien avant que nous nous croisions.

– Vous pensez qu'elle ne parlait plus du roman à ce moment-là ?

– Non, en effet. Je crois en réalité qu'elle s'était posé cette question à elle-même. J'ai dû lui répondre quelque chose de banal, mais elle ne m'écoutait plus vraiment. Pendant un moment, elle a eu l'air absent. Je lui ai demandé si tout allait bien. Elle m'a répondu qu'elle était désolée mais qu'elle devait me quitter, en prétextant je ne sais quel rendez-vous. Elle n'agissait jamais ainsi d'habitude. (Mlle Tyrrell ramassa son panier au sol et enleva ses gants de jardinage.) Non, Nick, tu peux me croire : Lisa ne parlait pas du livre de Charlotte Brontë. Elle avait quelque chose de précis en tête, mais je n'ai évidemment jamais réussi à savoir quoi.

*

Vers midi, je reçus un SMS du photographe de Sheboygan qui m'indiquait que mes tirages étaient disponibles. Je décidai d'aller les chercher sans tarder.

J'avais passé une bonne demi-heure en compagnie de Mlle Tyrrell. Nous avions marché côte à côte dans sa propriété, puis nous étions descendus jusqu'à la plage, où nous n'avions croisé qu'un couple de promeneurs. Nous avions continué à parler de Lisa, et j'avais pu constater combien cette vieille femme lui était encore attachée. Alors que nous allions nous quitter, elle m'avait même confié : « Tu sais, Nick, je n'ai jamais eu d'enfant, mais si j'avais eu une fille j'aurais aimé qu'elle ressemble à Lisa. »

Que voulait-elle pardonner ? Qui lui avait menti ? Quelles pouvaient être ces « meilleures intentions du monde » qu'elle avait évoquées de façon mystérieuse ? Ma rencontre avec mon ancien professeur n'avait fait qu'ajouter de nouvelles interrogations, sans m'apporter la moindre réponse.

– Il n'y a plus grand monde qui utilise ces appareils jetables, me fit remarquer le photographe pendant que je lui réglais ma commande. Avec le numérique… Les gens font tout développer de chez eux maintenant, d'un simple clic, le derrière assis sur leur chaise. Souvenir d'une petite fête ? ajouta-t-il en me tendant la pochette.

– Un souvenir… oui.

J'attendis d'être retourné dans la voiture pour ouvrir la pochette. Il y avait vingt clichés en tout et pour tout, Sherry n'étant pas allée au bout de la pellicule. Je les fis défiler fébrilement entre mes doigts. La plupart représentaient des scènes de groupe sur la terrasse, dans le jardin ou le salon. Je me dis qu'elles pourraient nous être utiles pour identifier des invités auxquels nous n'avions pas pensé. Des images limpides de la soirée me revinrent en mémoire, comme si les douze années qui m'en séparaient avaient été d'un seul coup abolies. Sherry avait dû prêter son appareil à quelqu'un, car elle apparaissait deux fois dessus. Elle était heureuse, libérée par la magie d'une simple photo du voile de tristesse qui pesait désormais sur son regard.

Il ne me resta bientôt plus que trois clichés en main. Lisa près du bar… Photographiée par surprise, le visage surexposé à cause du flash, on eût dit un animal pris dans les phares d'une voiture. Sur le deuxième, elle avait porté les mains à son visage pour empêcher Sherry de continuer.

La dernière photo aurait pu sembler sans intérêt – elle montrait les invités sur la piste de danse – si on n'y avait distingué Ethan au fond de la pièce. Elle avait dû être prise quelques minutes à peine avant qu'il ne quitte la soirée.

Je sentis mon pouls s'accélérer. J'éprouvais une excitation que je n'avais plus connue depuis des lustres. Je pris mon portable et composai le numéro de Brandeau, qui s'entêta à ne pas décrocher. À ma troisième tentative, alors que je m'apprêtais à abandonner, j'entendis sa voix :

– Nick ? Nick ? Désolé, mais je n'arrivais pas à prendre votre appel. J'avais beau appuyer sur ce satané bouton… C'est à n'y rien comprendre !

– Je vous donnerai un cours un autre jour, Brandeau. Il faut que je vous voie au plus vite : je crois que je viens de dénicher une sacrée preuve.

11

S'il ne m'avait pas reconnu la première fois, le patron du Lake's Diner me dévisagea ouvertement quand je fis mon entrée dans le restaurant. Je fis mine de ne pas y prêter attention et me dirigeai droit vers la table du fond où m'attendait Brandeau devant une simple tasse de café.

– Alors, Watson, vous avez décroché le gros lot ?

– « Watson » ? Je n'avais pourtant pas l'impression d'en être réduit à des tâches subalternes dans cette affaire. (Je pris place en face de lui.) Dites, vous croyez vraiment que c'est une bonne idée de venir parader ici ?

Le menton relevé, il promena lentement son regard sur la salle à moitié vide.

– Voyez-vous, j'ai décidé de changer de stratégie. Je n'ai plus l'intention de me cacher. Je veux faire comprendre aux habitants de cette ville que je ne compte pas m'en aller. Peut-être certaines personnes finiront-elles par avoir le courage de venir me parler. Le seul problème de cette stratégie, c'est que vous risquez d'en faire les frais.

– Dommages collatéraux ? Ça ne me gêne pas, je n'ai plus l'intention de me cacher moi non plus.

Connie était absente ce jour-là : c'est une serveuse à peine sortie de l'adolescence qui vint prendre ma commande. Même si elle ne lui ressemblait pas, elle me rappela un peu Lisa dans sa manière de parler et de marcher.

– Alors, qu'avez-vous découvert ?

J'étalai devant lui les deux derniers clichés de la pellicule.

– J'avoue que Sherry n'était pas très douée pour prendre des photos. Mais regardez les mains de Lisa quand elle se cache le visage : on voit distinctement ses doigts.

– Elle ne porte pas le rubis !

– Simplement une bague fantaisie. Il est donc exclu qu'Ethan le lui ait volé ce soir-là ! Et jetez un coup d'œil à celle-là… Vous voyez Ethan à l'arrière-plan ?

Il se pencha au-dessus du cliché et grimaça.

– Avouez qu'on ne voit pas grand-chose !

Je sortis mon téléphone.

– J'ai scanné la photographie tout à l'heure et j'ai agrandi cette partie en l'améliorant. Qu'est-ce que vous dites de ça ? Rien au poignet… Ethan n'avait pas sa gourmette. Il a dit la vérité en expliquant l'avoir enlevée pour travailler au garage. Il n'a pas pu la perdre cette nuit-là. J'ai tous les négatifs et Sherry témoignera que c'est elle qui a pris les photos.

– Vous m'impressionnez, Nick. Le métier commence à rentrer.

J'avais pensé que Brandeau exulterait, mais son ton était calme, beaucoup trop calme.

– C'est tout ? m'écriai-je. Vous vous rendez compte de ce que ça veut dire ? Deux preuves présentées comme capitales par les flics viennent de tomber à l'eau. Avec ça, ils ne pourront jamais inculper Ethan une seconde fois !

– Ne criez pas victoire trop vite. Il s'agissait de preuves indirectes, rien de plus. Ce que vous avez découvert pèsera dans la balance, mais ça ne remettra malheureusement pas en cause ses aveux.

Nous gardâmes le silence. Brandeau ne pouvait que percevoir ma déception. Je le soupçonnai de vouloir me mettre à l'épreuve pour juger de ma détermination, et je n'avais pas l'intention de le décevoir.

– J'ai lu attentivement votre dossier. Il y a des points qu'on devrait creuser.

– Lesquels ?

– Le portable de Lisa tout d'abord. On ne l'a jamais retrouvé et la géolocalisation de la police n'a rien donné d'exploitable. Ce qui veut dire que l'assassin le lui a volé après le meurtre et qu'il s'en est débarrassé. La question est : pourquoi prendre cette peine ?

– Je suppose que vous avez la réponse.

– Je crois que c'est parce que son nom se trouvait dans le répertoire du téléphone, et qu'il ne voulait pas qu'on l'apprenne.

– Mais la police a bien dû avoir accès auprès de son opérateur à la liste des appels téléphoniques de Lisa ! Vous ne pouvez pas les faire disparaître en détruisant un portable.

– L'assassin utilisait peut-être un portable prépayé comme celui que je vous ai donné. Mais il ne pouvait pas être sûr que Lisa n'avait pas entré son vrai nom dans le répertoire et il savait qu'il risquait de se retrouver sur la liste des suspects si la police accédait aux contacts. J'ai repensé à votre hypothèse : Lisa entretenant une relation avec un homme plus âgé qu'elle… Ça pourrait expliquer la disparition du téléphone. Cet individu avait peut-être peur que Lisa parle de leur histoire à quelqu'un. Il était peut-être marié, avait des enfants, et voulait rompre… En tout cas, Ethan n'avait aucune raison de prendre ce téléphone puisqu'il devait appeler Lisa presque tous les jours, et que c'est une chose normale quand on sort avec quelqu'un.

– Très intéressant. Vous venez de monter en grade, docteur. Quoi d'autre ?

– Je crois qu'on peut partir du principe qu'on ne retrouvera jamais l'arme du crime.

– C'est une évidence. Et c'est bien dommage, car c'est souvent le meilleur moyen pour confondre un criminel.

– Donc, la seule chance de prouver quoi que ce soit, c'est de nous intéresser aux alibis de nos suspects, et en particulier ceux qui n'étaient pas présents à la fête : Teddy Chambers, Madison Bennett…

– Sacrebleu ! Une femme tueuse ! Que vous arrive-t-il, Nick ?

– J'ai été naïf, je l'avoue. Le comportement de cette fille m'intrigue, tout comme la soudaine révélation divine qu'elle a soi-disant eue. C'est tout de même étrange qu'elle soit restée aussi proche d'Ethan durant tout ce temps… C'est comme si un lien secret les unissait. Vous vous rendez compte qu'on a découvert en quelques jours plus de choses que les flics en plusieurs mois d'enquête !

– Pourquoi se seraient-ils creusé la tête alors qu'ils avaient un coupable idéal sous la main ?

– C'est vrai, mais…

Je m'interrompis net. Un policier que je reconnus aussitôt, bien qu'il eût pris vingt bons kilos et perdu la moitié de ses cheveux, venait d'entrer dans le restaurant.

– Évitez de tourner la tête. C'est Briggs.

– Salut, Brad ! lança le sergent au patron derrière son comptoir. Les affaires tournent ?

– Comme ci, comme ça… Je te sers quelque chose ?

– Tout à l'heure peut-être.

Je ne pouvais pas imaginer que sa présence en ce lieu était fortuite. Et, en effet, il ne tarda pas à se diriger vers nous.

– Nick Altman ! s'écria-t-il en remontant la ceinture de son pantalon sur son ventre bedonnant. Ça fait quelque chose d'avoir une pareille célébrité dans notre petite ville.

– Sergent, comment allez-vous ?

– Oh, comme disait mon père : « Espérons toujours le meilleur, tout en étant prêts pour le pire. » Ah, ah, ah… Ça faisait une paye qu'on ne vous avait pas vu. Au fait, toutes mes condoléances.

– Merci.

– Un homme droit, votre père, qui a toujours rendu service à la communauté. Les gens l'aimaient beaucoup… (Il se tourna vers Brandeau.) Monsieur… Vous venez prendre un peu de bon temps à Black Oak ?

– J'essaie, répondit Brandeau en soutenant son regard. *La vita è breve…*

Briggs ne réagit pas à sa remarque, dont il n'avait probablement pas saisi le sens.

– On ne peut pas dire qu'on ait eu beaucoup de touristes dans le coin ces derniers temps. Des bordées de journalistes et d'emmerdes, ça oui, mais des touristes… Si vous êtes en panne de distractions, je vous conseille d'aller visiter notre musée municipal : très intéressant, pour qui apprécie les arts locaux.

– Je n'y manquerai pas.

Briggs affichait une morgue qui me déplaisait au plus haut point. J'avais pourtant l'impression que son attitude était forcée. Il paraissait fatigué, prématurément vieilli. Ses nuits ne devaient plus guère être tranquilles avec le branle-bas qu'avait provoqué la libération d'Ethan.

– Hum… avant que j'oublie : c'est à vous la Mustang juste devant ?

– Oui. Un modèle de 67.

– Jolie voiture, mais elle est mal garée. En théorie, je devrais vous verbaliser, mais je vais faire une exception… pour une fois. On n'aime pas le désordre par ici, essayez de ne pas l'oublier. Messieurs, je vous laisse finir tranquillement votre repas.

Mais il ne bougea pas d'un iota et demeura planté devant nous, les mains solidement appuyées sur ses hanches. Briggs était en train de marquer son territoire, mais je n'avais pas envie de me laisser faire. Nous ressemblions à des cow-boys en plein duel qui refusent de baisser le regard.

– Au fait, sergent, vous avez le bonjour d'Ethan Walker. Il pense beaucoup à vous depuis qu'il est sorti de prison.

Briggs ricana d'un air mauvais, avant que son visage ne se transforme en une hideuse grimace.

– Ne joue pas au con avec moi, Nick ! Tu es peut-être un prince, là-bas à New York, mais ici tu n'es resté qu'un petit gamin pétochard. J'avais de l'estime pour ton père, mais ne crois pas que ça t'autorise à te foutre de moi. (Il tapota son insigne avec insistance.) C'est moi qui assure la loi dans cette ville. Et, à ma manière, j'ai toujours su m'occuper des fauteurs de troubles !

Il nous jeta un dernier regard viril puis tourna les talons.

– Brad, à la prochaine ! Et occupe-toi bien de ces messieurs, ce sont des hôtes de marque. Je ne voudrais pas qu'ils aient à subir des désagréments d'ici la fin de leur séjour.

Quand il fut sorti, Brandeau leva les sourcils en faisant une moue mi-amusée mi-consternée.

– Eh bien, au moins, les présentations sont faites. Le sergent Briggs n'a pas l'air commode. Vous n'auriez pas dû le provoquer : nous n'avons pas besoin de nous attirer des ennuis en ce moment.

– Je n'ai pas pu m'en empêcher. Briggs a raison : il est en terrain conquis. Vous savez, mon premier roman a déplu à pas mal de monde ici. Beaucoup l'ont perçu comme une trahison.

– Briggs est peut-être en terrain conquis, mais je l'ai senti nerveux. Il sait que rien de bon ne sortira de cette affaire pour lui et la police du comté. (Brandeau s'essuya les lèvres et zyeuta sa montre.) Nous devrions y aller, je ne veux pas être en retard.

– En retard pour quoi ?

– Mon rendez-vous avec Teddy Chambers. Je comptais y aller seul, mais puisque vous êtes là…

J'étais sidéré.

– Qu'est-ce que c'est que cette histoire de rendez-vous ? Chambers a accepté de vous parler ?

– Il travaille à Milwaukee, comme conseiller financier dans une grosse boîte. Je l'ai appelé et je lui ai dit que j'avais de grosses sommes d'argent à placer.

– Vous ne lui avez pas dit qui vous étiez *vraiment* ?

– Allons, Nick ! Il faut parfois faire quelques entorses avec la vérité si l'on veut parvenir à ses fins.

*

À ma grande surprise, Brandeau avait fait un ménage sommaire dans sa « seconde maison », qui était devenue à peu près habitable. Comme je devais vite m'en apercevoir, c'était une vraie calamité au volant : il accélérait et décèlerait sans raison, comme si ses gestes étaient soumis à une grande loterie intérieure. Dans les virages en particulier, je restais collé à mon siège, une main agrippée à la ceinture, l'autre à la poignée de maintien.

Durant le trajet, Brandeau voulut que je lui relate mot pour mot la conversation que j'avais eue avec Richard. Si les supposées pratiques sexuelles d'Ethan ne prouvaient rien, elles pouvaient selon lui gravement le desservir au cas où elles s'ébruiteraient avant un nouveau procès. « On juge les hommes à l'aune de leurs actes passés, me dit-il. Et nous cachons tous des secrets inavouables… »

Ne voulant écarter aucune piste, il avait fait la liste de tous les meurtres de jeunes femmes survenus les quinze dernières années dans le Wisconsin et les quatre États limitrophes. On ne pouvait pas exclure en effet que l'assassin ait récidivé depuis ou n'en ait pas été, en 2004, à son premier meurtre. Il avait réussi à isoler trois cas irrésolus, mais le *modus operandi* et les scènes de crime lui semblaient trop éloignés de ceux de notre affaire pour qu'on puisse établir le moindre lien entre elles. Nous décidâmes donc d'abandonner l'hypothèse d'un tueur en série qui aurait croisé Lisa par hasard cette nuit-là.

Le bureau de Chambers se situait dans le quartier de Kilbourn Town, dans le centre de Milwaukee, au neuvième étage d'un horrible immeuble en verre non loin du palais de justice. Nous étions parfaitement à l'heure au rendez-vous mais, après avoir été accueillis par une charmante secrétaire, nous dûmes patienter une demi-heure dans une salle d'attente aseptisée où de grandes affiches promettaient aux futurs clients de juteux placements.

– Lehman Brothers semble déjà bien loin, fis-je remarquer à Brandeau en désignant les publicités.

– Il n'est pas dans la nature humaine d'apprendre de ses erreurs.

Je commençais à somnoler quand la secrétaire vint nous avertir que « M. Chambers » était prêt à nous recevoir.

S'il fut tout sourires lorsqu'il serra la main de Brandeau, mon ancien « camarade » de lycée devint livide quand il m'aperçut dans son sillage.

– Nick ! Mais… qu'est-ce que ça veut dire ?

Je crus qu'il allait immédiatement nous mettre à la porte, mais il la referma presque aussitôt derrière nous en jetant un coup d'œil apeuré vers la secrétaire. Je savais que si nous voulions obtenir quelque chose de lui il ne fallait pas tergiverser.

– Désolé pour ce petit stratagème, Teddy. Ça fait longtemps, je sais… Je ne vais pas te baratiner : M. Brandeau et moi-même enquêtons sur la mort de Lisa. On te demande cinq minutes de ton temps et après, c'est promis, on disparaît de ta vie.

Il paraissait sous le choc et dut aller s'asseoir dans son fauteuil. Même si les gens qui le croisaient au quotidien devaient le trouver beau, il s'était empâté et avait complètement perdu son air juvénile.

– C'est à cause de la libération de Walker que vous êtes là ?

Brandeau et moi profitâmes de son trouble pour nous asseoir dans les deux luxueux fauteuils en cuir face à lui.

– Nous interrogeons tous ceux qui côtoyaient Lisa au moment du meurtre. Nous avons besoin d'obtenir des informations.

– Je ne la côtoyais pas plus que ça, tu le sais très bien. Je n'étais même pas avec vous ce soir-là.

– Mais tu t'es montré particulièrement présent dans les jours qui ont suivi sa mort. La veillée funèbre, les interviews dans les médias… Bizarre, non ?

J'exhibai sous ses yeux l'article et les captures d'écran que j'avais préparés dans la voiture. Son visage se décomposa quand il vit de quoi il s'agissait.

– J'étais un petit con en ce temps-là ! Les journalistes n'arrêtaient pas de fureter dans tous les coins, ils cherchaient des témoignages de lycéens. Tu sais très bien le bordel que ça a été, tu étais là après tout. J'avais juste envie de passer à la télé.

Je n'en croyais pas mes oreilles.

– Lisa était morte, assassinée, Teddy, ce n'était pas un putain de programme de téléréalité ! Et Ethan a passé douze ans en taule, sur la foi d'aveux extorqués !

Brandeau me fit discrètement signe de me calmer.

– Où étiez-vous le soir du meurtre, monsieur ?

– Je ne répondrai qu'en présence de mon avocat. (Très vite, il se rendit compte que ce genre de remarque risquait de le compromettre et perdit son air ironique.) Bon, ça va ! J'étais chez moi. Je m'étais blessé deux jours avant à un entraînement : une petite entorse à la cheville…

– Une entorse ? Pas assez grave cependant pour t'empêcher de mettre un pied devant l'autre et de sortir de chez toi, n'est-ce pas ?

Il perdit cette fois toute contenance et se prit la tête entre les mains. Je ne comprenais pas ce qui lui arrivait.

– Qui vous a parlé ? Merde ! J'étais sûr que quelqu'un m'avait vu…

Brandeau et moi étions médusés. Je pris le ton le plus convaincu que je pus, sans lui laisser le temps de saisir le quiproquo qui était en train de se jouer :

– On ne dévoile pas nos sources, Teddy. Contente-toi de dire la vérité si tu ne veux pas qu'on aille voir les flics. Oui, quelqu'un t'a vu. On ne serait pas là sinon…

– D'accord, d'accord… C'est vrai que je suis allé à la fête, mais je ne suis pas entré dans la maison et je ne suis pas resté longtemps.

– Qu'est-ce que tu es allé faire là-bas ?

Il desserra un peu le nœud de sa cravate.

– Je ne sais pas. J'étais furieux que Lisa ne m'ait pas invité – je croyais qu'elle m'aimait plutôt bien. Je n'avais rien à faire ce soir-là. J'ai regardé la télé dans ma chambre, et puis je suis sorti. Je suis allé jusqu'à la maison des Nielsen. Je suis resté un moment à l'entrée de la propriété à regarder ce qui se passait. Il y avait un groupe sur la terrasse qui buvait et fumait, mais je ne me suis pas approché.

– As-tu parlé à Lisa ce soir-là ? Ou à Walker ?

– Bien sûr que non ! Pourquoi l'aurais-je fait ? Je ne voulais pas qu'on me voie ! Je suis rentré chez moi juste après.

– À quelle heure ?

– C'était il y a plus de dix ans, Nick !

– Fais un effort. Je me souviens très bien de ce que j'ai fait ce soir-là.

– 23 heures, ou quelque chose comme ça.

– Est-ce que tu es passé par la plage des Hollandais à l'aller ou au retour ?

Il se raidit sur son fauteuil.

– J'étais bien obligé, vu où mes parents habitaient. J'aurais mis un temps fou en passant de l'autre côté. Il n'y avait strictement personne sur cette foutue plage à cette heure-là !

Je le vis regarder une photo encadrée sur son bureau : un portrait de famille. Une jolie jeune femme et un blondinet qui ressemblait à Chambers comme deux gouttes d'eau y souriaient de toutes leurs dents à ses côtés. J'avais l'impression de voir les rouages de son cerveau tourner à toute vitesse : que se passerait-il si son nom venait à être mêlé à une affaire qui faisait la une de l'actualité ? Quelles conséquences pour sa famille et son boulot ? Ne nous en avait-il pas déjà trop dit ?

– Je n'ai rien à me reprocher, reprit-il d'un ton résolu et tranchant. (Je compris à ce moment-là que nous venions de le perdre.) Vous n'avez pas le droit de venir m'interroger comme si j'étais un suspect – sur mon lieu de travail, en plus ! Vous m'avez manipulé ! Je veux que vous partiez, tout de suite.

Il se leva brusquement de son fauteuil, mais je ne manifestai aucune intention de quitter le mien.

– Encore juste quelques questions…

– Je vous préviens, je suis capable d'aller porter plainte pour harcèlement.

– Ne te gêne pas. Tu pourras en profiter pour faire une déposition et mentionner que tu te trouvais sur une scène de crime quasiment au moment des faits. Les flics seront ravis de savoir que tu n'en as rien dit à l'époque. Vous venez, Brandeau ? Je crois que nous n'avons plus rien à faire ici.

Nous n'échangeâmes pas un mot avant d'avoir regagné la rue. Je ne regrettais plus du tout la manœuvre à laquelle Brandeau avait eu recours.

– Qu'est-ce que vous en pensez ? demandai-je dès que nous fûmes sortis de l'immeuble.

– Mon avis n'a aucune importance, seuls les faits comptent. Et, objectivement, ils ne sont pas à son avantage.

Nous nous dirigeâmes vers sa voiture sans nous presser.

– Ce petit salopard mène tout le monde en bateau depuis le début. Il était sur le lieu du meurtre ce soir-là. Vous avez vu ? Il n'a parlé que parce qu'il pensait que nous possédions déjà toutes ces informations !

– Ce qui est sûr, c'est que le scénario est beaucoup plus facile à imaginer maintenant. Chambers furète à l'entrée de la propriété. Lisa est sur la terrasse, elle l'aperçoit et décide d'aller à sa rencontre. Elle lui demande ce qu'il fait là et il lui sort son grand numéro : « J'étais si triste de ne pas avoir été invité… »

– Vous l'imitez très mal.

– Lisa se sent gênée. Elle commence à culpabiliser. Après tout, Teddy n'a pas un mauvais fond, il s'est contenté de lui faire du gringue…

– « Faire du gringue… » Vous avez de ces expressions parfois !

– Cessez de m'interrompre à tout bout de champ, vous me faites perdre le fil ! Elle l'invite finalement à participer à la soirée, mais lui prétend ne pas vouloir la déranger. Il lui demande juste de faire quelques pas en sa compagnie jusqu'à la plage. Se retrouver seul avec elle… il se dit qu'il pourra enfin tenter sa chance. Elle accepte parce qu'à ce moment-là elle a pitié de lui. Arrivé au lac, Chambers se fait plus insistant. Il ne supporte pas qu'elle puisse le repousser. Lisa s'agace, veut s'en aller. Il voit rouge, la retient…

– C'est bon, pas la peine de me faire un dessin. Vous savez que votre version tient la route ? On se demandait comment Chambers aurait pu l'attirer sur la plage : nous avons la réponse maintenant. (Je m'arrêtai au milieu du trottoir.) Attendez un peu… L'arme du crime !

– Quoi, « l'arme du crime » ?

– On a retrouvé du sable, de la terre et des brindilles dans les cheveux de Lisa et sur sa plaie à la tête. Le légiste a conclu que c'était parce qu'elle était restée plusieurs heures étendue sur le sol, mais si c'était aussi parce qu'elle a été frappée avec un simple morceau de bois qui traînait en bordure de la forêt ?…

– Une arme improvisée ?

J'opinai lentement.

– « N'importe quel être humain peut faire preuve d'une force insoupçonnée sous le coup de la colère. » Le tueur a pris ce qui lui tombait sous la main, Brandeau. Il n'avait pas d'arme avec lui. Je crois bien que le meurtre de Lisa n'a pas du tout été prémédité…

*

Quand nous eûmes regagné l'Interstate 43, mon portable émit un tintement. C'était un SMS d'Adam qui se résumait à une suite de points d'interrogation : « ???? » Je crus d'abord qu'il avait fait une mauvaise manipulation, mais il avait joint un lien qui conduisait vers le site web d'un magazine *people*.

La page mit du temps à se charger et dévoila d'abord une photo un peu floue. Un couple, dans la rue. Lunettes de soleil vissées sur les yeux comme s'ils voulaient rester incognito, l'homme et la femme se tenaient par la main et semblaient sortir d'un magasin. Je fis défiler la page avec mon index jusqu'à l'article.

JUSTIN FALLON – AVEC MIRANDA,
RIEN NE VA PLUS !

On savait depuis quelques semaines déjà qu'il y avait de l'eau dans le gaz entre le chanteur et la star des podiums. Aujourd'hui, les choses semblent définitivement terminées entre eux, après seulement six mois de vie commune. Mais Justin ne sera pas resté célibataire bien longtemps. L'heureuse élue ? Chloé Berkman, éditrice dans une prestigieuse maison new-yorkaise, que Justin aurait rencontrée au cours de sa dernière tournée. Ils ont été aperçus ensemble, visiblement très complices, à la sortie d'une galerie d'art de Chelsea. Nous souhaitons tout le bonheur possible à ce nouveau couple charmant.

Dans n'importe quelle autre circonstance, cet article m'aurait fait mourir de rire. Mais j'étais effondré, à deux doigts de baisser la vitre et de balancer mon téléphone par-dessus bord.

– Mauvaise nouvelle, Nick ? me demanda Brandeau avec une certaine inquiétude.

– Ça dépend pour qui…

12

Il était déjà très tard lorsque je retournai au Lake's Diner. J'avais auparavant déambulé dans la grand-rue quasi déserte. Le contraste avec les rues de New York était saisissant : face à l'effervescence d'une ville qui ne semblait jamais en repos, où tout s'enchaînait dans un flux ininterrompu, Black Oak me faisait penser à un vieux chat fatigué qui passe son temps à ronronner sur une chaise. J'éprouvais une profonde tristesse, et la désagréable impression de n'être plus chez moi nulle part. « Rien ne va plus », me répétais-je en boucle, sans pouvoir me sortir du crâne l'image de Chloé et de Fallon main dans la main, tels deux ados amoureux qui découvrent l'ivresse de l'amour.

Quand la clochette de la porte retentit, une voix lança à travers la salle :

– Désolé, on ne sert plus !

Connie était de dos, en train de débarrasser une table. Il n'y avait personne derrière le comptoir. Quelques clients – des types du coin, petits employés ou agriculteurs de la classe moyenne, à ce que j'imaginai – finissaient leur repas. Connie passa la tête par-dessus son épaule. Elle avait les cheveux en désordre et l'air désabusé.

– Oh, Nick, c'est toi ! Entre.

Je ne savais pas trop ce que je faisais là. Peut-être n'avais-je tout simplement pas envie de rester à la maison, seul avec ma mère.

– Bonsoir, Connie.

– Installe-toi. Je vais bien te trouver quelque chose à grignoter.

– À vrai dire, je n'ai pas très faim.

– C'est logique.

– Qu'est-ce qui est logique ?

– D'aller au restau quand on n'a pas faim ! (Elle m'adressa un sourire las.) Tu as toujours été un peu bizarre, Nick. Dans la lune, comme si les choses qui t'entouraient ne t'atteignaient pas vraiment…

– Ah bon ?

– Oui, et c'est ça qui me plaisait chez toi… je veux dire, quand on était gamins. Et je n'étais pas la seule. Tu sais que les filles te trouvaient craquant ?

– Tu me fais marcher. J'étais un vrai caméléon, personne ne faisait attention à moi.

– Tu vois ! Tu ne te rendais compte de rien. Manifestement, tu n'as pas changé. Bon, je peux te proposer… de la tarte aux noix, il en reste une part.

Je m'installai à la même table que l'après-midi. La tarte que Connie m'apporta avait l'air succulente mais j'avais l'estomac noué.

– Brad m'a raconté ce qui s'est passé tout à l'heure. Briggs te cherche des ennuis ?

– Non, il est juste venu me faire une petite démonstration de testostérone : il avait un besoin urgent de s'affirmer comme mâle dominant. Lui, en tout cas, il a changé. Il n'aurait pas abusé de *jumbo fried shrimp* et de tarte aux noix ?

– On a plutôt tendance à s'encroûter ici. Tu n'as qu'à me regarder…

– Tu racontes vraiment n'importe quoi, Connie.

– Qui c'est ce type avec lequel tu traînes ? Il était au restaurant l'autre jour.

Je reposai ma cuillère sur la table.

– Il s'appelle Alister Brandeau, c'est une sorte de journaliste-enquêteur.

– Qu'est-ce que vous faites ensemble, au juste ?

Je n'avais plus envie de jouer la comédie.

– Tiens-toi bien : nous avons l'ambition de faire innocenter Ethan et de découvrir le véritable assassin de Lisa. Comique, non ?

– Ça ne m'étonne pas. J'étais sûre que tu ne resterais pas les bras croisés, que tu ferais quelque chose pour aider Ethan. C'est vrai ce qu'on raconte ? Qu'il n'est pas sorti d'affaire et qu'il pourrait retourner en prison ?

– C'est possible, en effet.

Un client qui voulait régler sa note fit un signe de main à Connie. Pendant qu'elle s'occupait de lui, je me forçai à entamer ma part de tarte.

– Tu as su pour mon père ? lui demandai-je quand elle revint vers moi.

– Oui. J'aurais aimé venir à l'enterrement mais… avec le restaurant… Tu comprends, Brad me mène la vie dure.

– Je ne sais pas pourquoi je ne t'en ai pas parlé l'autre jour. C'était complètement idiot de te cacher un truc pareil.

– Ça ne fait rien, Nick, je comprends.

– Quand j'y pense… Si mon père n'était pas mort, je ne serais pas revenu à Black Oak de sitôt. Je n'aurais pas rencontré Brandeau et je n'aurais sans doute jamais revu Ethan de toute ma vie.

– Les choses ne se déroulent pas toujours comme on l'avait prévu, pas vrai ? Et tu oublies que, nous non plus, on ne se serait pas revus.

– C'est incroyable qu'on ne se soit pas parlé pendant toutes ces années.

Elle croisa les mains derrière son dos.

– Dis, je finis dans un quart d'heure. Ça te dirait de venir prendre un verre chez moi ?

Je baissai les yeux vers mon assiette.

– Je ne sais pas. Je ne crois pas que ce soit une très bonne idée, Connie.

Elle releva une mèche qui lui tombait sur le front, un peu vexée.

– Je t'ai proposé de venir prendre un verre, pas de coucher avec moi !

Son naturel me fit rire.

– Désolé, je suis maladroit. C'est d'accord pour un verre.

*

Connie se leva du lit, entièrement nue. Elle n'avait pas ce qu'on peut appeler un beau corps, mais je la trouvais très désirable. Elle refit son chignon avant de disparaître dans la minuscule salle de bains attenante à la chambre. Je l'entendis faire couler de l'eau.

– Au fait, on le prend, ce verre ? criai-je à travers la pièce.

– Je crois que j'ai fait une promesse en l'air ! répondit-elle, la voix assourdie par le bruit de l'eau. Il doit juste me rester un fond de vin blanc. Regarde dans le frigo.

Je m'extirpai des draps, enfilai mon caleçon et gagnai la cuisine ouverte. Il y avait en effet à peine assez de vin pour remplir deux demi-verres.

Allongé dans sa corbeille, le teckel de Connie semblait me défier du regard.

– Tu t'es bien rincé l'œil, mon salaud !

Agacé, comme s'il comprenait ce que je lui disais, l'animal soupira et tourna la tête.

L'appartement était petit mais fort bien agencé et décoré avec goût. Il était rempli de vieux objets atypiques qui me plaisaient beaucoup, moi qui d'ordinaire n'aimais que les intérieurs épurés. J'aurais sans doute dû me sentir coupable, mais j'étais à mon aise, là, comme dans un cocon, coupé du reste du monde. Et voilà bien une heure que je n'avais pas repensé à la touchante idylle entre Chloé et Fallon.

Connie revint dans la chambre cinq minutes plus tard, une grande serviette nouée autour des seins.

– J'aimerais savoir quand tu comptes annoncer nos fiançailles ?

Je faillis m'étouffer avec ma gorgée de vin.

– Quoi !

Elle s'esclaffa.

– La tête que tu fais ! C'est une réplique de film. *Quatre Mariages et un enterrement*… Tu sais, quand Andie MacDowell s'amuse à faire flipper Hugh Grant. J'ai toujours voulu la sortir à quelqu'un.

– Je suis bête, dis-je en me frappant le front. En plus, j'ai dû le voir au moins dix fois, ce film.

Elle renifla ses aisselles d'une façon comique.

– J'avais vraiment besoin d'une douche. Cette odeur de friture qui flotte en permanence dans le restaurant ! J'ai l'impression qu'elle me colle à peau. Impossible de m'en débarrasser.

– Je te rassure, tu sens très bon.

– Tu parles ! (Elle prit un paquet de cigarettes sur le comptoir en bois.) Pourquoi est-ce que j'ai tout le temps envie de fumer après l'amour ?

– La dopamine…

– Quoi ?

– C'est tout simple : le sexe la déclenche dans ton cerveau, et la nicotine permet d'en prolonger les bienfaits.

J'avais parlé d'un ton doctoral, comme ces consultants qui viennent vous prodiguer conseils et mises en garde dans des émissions de santé sur une obscure chaîne du câble.

– Tu en sais, des trucs.

– J'ai fricoté avec une fille qui avait fait médecine, c'est elle qui m'a appris ça.

Le teckel sortit de sa corbeille et vint se frotter contre les jambes de Connie.

– Comment est-ce qu'il s'appelle, ton chien ?

– Harold.

– Harold ? Ce n'est pas vraiment un nom de chien, ça.

– Je n'avais jamais eu d'animal avant. Quand je l'ai pris, je me suis dit : « Pourquoi est-ce qu'il faudrait toujours donner un nom de chien à un chien ? » Quand tu as un gosse, tu ne te dis pas : « Tiens, je vais lui donner un nom d'être humain. »

– En même temps, tu ne vas appeler ton gosse Tex ou Cookie…

– Je connais une fille qui s'appelle Cookie !

– C'est très joli chez toi. Où est-ce que tu déniches tous ces objets ?

Elle alluma sa cigarette en protégeant la flamme de son briquet, comme si elle était prise dans une rafale de vent.

– À droite à gauche. Il y a tout un tas de granges délabrées dans la région, pleines de trésors… Les gens peuvent te vendre des lots entiers pour quelques malheureux dollars. J'en ai trop, je dois les stocker dans le garage de mes parents. (Elle passa la main sur un vieil attrape-rêves orné de plumes.) Tu sais, je n'ai pas l'intention de rester toute ma vie dans ce restaurant. Mon rêve, ce serait d'avoir une boutique à moi, où je pourrais restaurer et vendre ces vieilleries. Ça pourrait marcher – enfin, l'été surtout, quand il y a du monde en ville…

Tandis qu'elle buvait son vin et fumait sa cigarette, je jetai un coup d'œil à sa petite bibliothèque : des biographies d'actrices de l'âge d'or du cinéma, quelques titres de la collection « *For Dummies* », des bouquins policiers, et mes romans soigneusement rangés dans leur ordre de parution.

– Je vois que tu possèdes toute mon œuvre !

– Je t'ai dit que j'avais lu tous tes livres. Tu croyais que je mentais ?

– Non.

Je me remis au lit et tirai le drap jusque sur ma poitrine. Connie me regarda comme si j'étais une bête curieuse.

– Tu sais que je n'avais jamais couché avec personne quand on sortait ensemble au lycée ? C'est bête, tu aurais pu être ma première fois.

– On s'est bien rattrapés ce soir.

– Quel prétentieux ! Qui t'a dit que j'avais aimé ?

– Tu fais très bien semblant alors.

– Simuler, c'est notre plus grand talent, à nous les femmes… Tu as quelqu'un en ce moment ?

Je fixai le plafond, cherchant une pirouette pour échapper à sa question.

– Plus ou moins…

– Quand on dit ça, c'est que c'est plutôt moins, en général. Je préfère, en définitive : je n'aime pas coucher avec des hommes mariés ou en couple. J'ai des principes… Qu'est-ce qui s'est passé avec ta *fiancée* ?

Elle avait prononcé ce dernier mot avec une affèterie qui détonnait dans sa bouche. J'imaginai la tête qu'elle ferait si je lui disais que Chloé m'avait laissé tomber pour le chanteur le plus célèbre d'Amérique.

– Je l'ai trompée. Une seule fois. Mais le nombre de fois importe peu, non ?

Connie pencha la tête sur le côté et son regard changea – pas réprobateur, plutôt curieux.

– Pourquoi tu as fait ça ? Ça n'a pas l'air d'être ton genre.

– C'est justement parce que ce n'est pas mon genre que je l'ai fait. En fait, je ne sais pas ce qui m'a pris. Chloé et moi, on est tellement différents. Pas vraiment issus du même monde, si tu veux savoir… Chez elle, c'étaient écoles privées, week-ends à Cape Cod et vacances en Europe. Ses parents ont une maison qui doit faire la taille de ton immeuble. Je n'arrivais plus à écrire à ce moment-là, j'étais en pleine crise, persuadé que ma carrière était terminée…

– C'est pratique comme excuse. Donc les écrivains ont le droit d'aller voir ailleurs quand ils ont le syndrome de la page blanche ?

– Je sais, c'est des conneries. Je devais avoir peur de m'engager avec elle et j'ai inconsciemment tout foutu en l'air. Je crois que je l'ai trop tenue à distance.

– Et alors, ta petite coucherie t'a permis de retrouver l'inspiration ?

– Connie !

– Je suis curieuse, c'est tout.

– Mon prochain livre sort dans quelques semaines, mais je n'ai plus écrit grand-chose depuis que je l'ai fini. Ça n'est pas si grave après tout… Tu vois, je me demande parfois pourquoi j'écris.

– Comment ça ?

– Mon frère n'aime pas mes bouquins, je ne crois même pas qu'il les lise, et mes parents ne m'ont jamais pris au sérieux. Ma mère se demande encore comment j'ai pu m'acheter un appartement avec mes droits d'auteur.

– C'est bizarre ce que tu dis. On n'écrit pas pour plaire à sa famille. Tu as besoin de leur prouver quelque chose ?

Je haussai les épaules, sans savoir quoi lui répondre.

Connie se pencha vers sa bibliothèque et attrapa l'exemplaire de mon premier roman, *Les Leçons du passé*. Elle le feuilleta, cherchant visiblement un passage précis.

– Qu'est-ce que tu fais ?

– Attends un moment… Voilà : « Le soir, avant de s'endormir, il pensait à elle, sans parvenir pourtant à mettre de traits sur son visage. Il éprouvait alors un besoin irrépressible de la voir en photo, mais celles qu'il avait conservées ne créaient en lui que de la désillusion et un sentiment de grand vide – elles lui faisaient l'effet de vieux daguerréotypes fanés et impersonnels, vestiges d'hommes et de femmes qu'on ne connaîtra jamais. Il fixait ces images, longuement, comme un dessin qu'on finit par ne plus voir à force de l'avoir regardé : elle avait conscience de sa propre beauté mais, à son visage triste où transparaissait une certaine dureté, on aurait presque dit qu'elle s'excusait d'être belle… »

– Arrête, s'il te plaît.

Je n'avais jamais relu ces lignes. J'avais même du mal à croire que j'en étais l'auteur. Quand je terminais un roman, il appartenait au passé, et tout ce qui pouvait me ramener vers lui me déplaisait au plus haut point.

– La première fois que j'ai lu ton livre, je me suis dit : « C'est elle, c'est Lisa. » C'était comme si tu arrivais à la faire revivre, mais avec des mots, des phrases que j'aurais été incapable de trouver.

– C'est juste une illusion, Connie, c'est du vent… On ne fait pas revivre le passé avec des mots.

Elle écrasa sa cigarette dans un de ces gros cendriers en acier qu'on trouvait autrefois dans les hôtels.

– Quand je t'ai proposé de venir prendre un verre tout à l'heure… je ne vais pas te mentir, j'avais envie qu'il se passe quelque chose entre nous.

– Mais ?…

– C'est aussi parce que je voulais te parler. Ailleurs qu'au restaurant.

Je me redressai contre mon coussin, soudain intrigué.

– Je t'écoute.

– En fait, je suis sortie pendant quelques mois avec un type : il s'appelle Joe Campbell, je ne crois pas que tu le connaisses. Joe n'a pas que des défauts, mais il a tendance à boire… parfois beaucoup trop.

– Il t'a fait du mal ?

– Oh non, ce n'est pas ça ! De toute façon je saurais me défendre ! C'est en rapport avec Lisa… et Ethan.

Elle se mit à se ronger un ongle.

– Comment ça ?

– Joe est sergent de réserve dans la police. Un soir, il est rentré complètement ivre. Je l'avais attendu chez lui pendant plusieurs heures. Il a commencé à déblatérer, à tenir des propos incompréhensibles… mais à un moment donné il a fait allusion à Walker et à la mort de Lisa. Il disait qu'il en savait long sur cette affaire, qu'il avait l'intention de raconter tout ce qu'il savait. Qu'il avait des preuves…

Je ne tenais plus en place.

– Des preuves ?

– … qui auraient pu faire libérer Ethan de prison. J'ai cru qu'il délirait, que l'alcool lui avait fait perdre la tête. Mais le lendemain j'ai essayé de l'interroger pour être sûre. Il s'est alors mis en colère, prétendant qu'il ne voyait pas de quoi je parlais et disant que je n'avais pas intérêt à aller colporter des rumeurs. Si tu l'avais vu… Il était hors de lui ! C'était la première fois qu'il me faisait vraiment peur. Je n'ai plus jamais osé aborder le sujet avec lui. De toute façon, on s'est séparés peu de temps après.

– Est-ce que tu en as parlé à quelqu'un ?

– À personne, tu es le premier. Quand Ethan est sorti de prison, je me suis dit que ça ne servait à rien, qu'il n'avait plus besoin de moi. Mais je ne savais pas à ce moment qu'il risquait d'y retourner… Il fallait que je t'en parle, je ne pouvais pas garder ça pour moi.

– Tu m'as dit qu'il était agent de réserve – ça signifie qu'il travaille sous les ordres de Briggs, n'est-ce pas ?

– Oui. Quand Brad m'a dit que Briggs était venu te parler au restaurant, j'ai d'abord pensé que ça avait un lien avec ce que Joe m'avait raconté.

Je me levai du lit et pris Connie par les épaules.

– Où est-ce que je peux trouver Campbell ? C'est très important, je te donne ma parole que tu n'auras pas d'ennuis.

Connie s'écarta. Je crus un instant qu'elle regrettait de s'être confiée à moi, mais c'était en fait pour s'approcher de la fenêtre. Harold émit un grognement et la suivit. Elle tira un pan du rideau à fleurs : l'éclairage public pénétra dans la chambre.

– Tu n'auras pas à le chercher bien loin. Viens voir.

J'allai me poster derrière elle. La rue était complètement déserte.

– Tu vois l'immeuble gris là-bas, à l'angle de la rue ?

– Oui.

– Au troisième étage, les lumières allumées… c'est là qu'il habite. Pas de chance pour moi ! Quand je l'ai quitté, il m'a fait vivre un enfer pendant des semaines. Il n'arrêtait pas de venir traîner au bas de mon immeuble et de fixer ma fenêtre des yeux.

– Il te harcèle ?

– Plus maintenant. Je crois qu'il a compris que c'était bel et bien fini entre nous.

Je récupérai mes affaires dispersées un peu partout dans la pièce et enfilai mon pantalon.

– Qu'est-ce que tu fais ? Tu n'as pas l'intention d'aller le voir à cette heure, quand même ?

– Pourquoi pas ? Il ne dort pas encore. Et ce sera plus facile de le faire parler s'il a un coup dans le nez.

Le visage de Connie s'alarma.

– Nick, reste ici, je t'en prie. J'ai peur qu'il t'arrive quelque chose. Joe est imprévisible quand il boit…

– Ne t'inquiète pas pour moi, il ne m'arrivera rien. Moi aussi je sais me défendre !

Cinq minutes plus tard, après m'être rhabillé à la va-vite et avoir promis à Connie que je reviendrais passer la nuit chez elle, je me trouvais au pied de l'immeuble de Campbell. Heureusement, je n'eus pas à sonner à l'interphone, Connie m'avait donné le code.

Je gravis les marches sans perdre de temps. La cage d'escalier, comme dans la plupart des logements anciens de la ville, était sombre et humide. Je n'avais aucune idée de la manière dont j'allais m'y prendre avec l'ami Joe, mais je me disais qu'il vaut parfois mieux agir dans le feu de l'action sans trop réfléchir.

Je frappai sèchement à la porte et Campbell m'ouvrit rapidement. De prime abord, il ne paraissait pas du tout saoul, un peu gris tout au plus. C'était un homme petit et râblé, mais aux traits fins et réguliers – un physique atypique : on aurait dit que sa tête avait été posée sur un corps étranger. Il devait avoir quatre ou cinq ans de plus que moi, ce qui expliquait qu'on ne se soit jamais trouvés ensemble au lycée.

– Qui êtes-vous ? Il est quelle heure ? demanda-t-il en regardant son poignet, auquel il ne portait pourtant pas de montre.

– Je m'appelle Nick Altman.

Il se frotta les yeux.

– Altman ? L'écrivain ?

– Oui. Je suis un ami de Connie Delfino.

– Connie ! Je savais que ça finirait par arriver… Je le savais…

Il aurait dû paraître alarmé, mais son expression traduisait plutôt du soulagement.

– Vous savez pourquoi je suis ici ?

– Bien sûr que je le sais ! La petite Nielsen ? Restez pas là, entrez.

Je dois avouer que je n'en menais pas large alors que je me dirigeais vers son immeuble quelques minutes plus tôt : je m'étais imaginé un face-à-face viril, une explication entre hommes. Mais Campbell ne manifestait vraiment aucun signe d'hostilité. Je me sentis soudain ragaillardi.

L'appartement, en désordre, était sommairement meublé. Plusieurs bouteilles de bière traînaient sur la table du salon à côté de reliefs de pizza. Le téléviseur était allumé et présentait la rediffusion d'un match de basket. Detroit-Cleveland. Avantage aux Cavaliers.

– Je sais ce que vous êtes en train de faire : votre enquête… avec ce gars de Pittsburgh.

– Brandeau ?

– C'est ça.

Je me rendis compte que j'ignorais presque tout de mon « coéquipier », y compris la ville dont il était originaire.

– Connie vous a tout raconté, alors ? C'est peut-être mieux comme ça. J'aurais fini par parler de toute façon… Je ne supporte plus toute cette pression.

Campbell s'assit sur une chaise et posa machinalement les yeux sur l'écran.

– De quelle pression parlez-vous ?

– Les journaux, la télé… tout ce ramdam, quoi. On parle trop de cette affaire.

– Que savez-vous, au juste ? Connie m'a dit que vous aviez des preuves qui pourraient faire innocenter Ethan Walker. C'est vrai ?

Il se gratta le torse. Son vieux T-shirt blanc à l'effigie des Simpson était maculé de taches de gras.

– Vous croyez que c'étaient des délires de soûlard ?

– Je ne serais pas venu vous voir si c'était le cas.

– Vous êtes le nouveau petit copain de Connie, hein ? Elle est montée en grade, mazette ! Difficile de faire le poids face à un type blindé de thune…

– Connie est une amie d'enfance, rien de plus, et je ne suis pas là pour parler d'elle.

Il me semblait désormais moins pressé de poursuivre la conversation. Je le sentais nerveux, un peu paumé – l'heure tardive et les bières qu'il s'était envoyées ne devaient pas y être pour rien.

– Vous savez que je risque de perdre mon job… et de me mettre à dos toute cette ville si je vous parle ?

– J'ai conscience de ce que je vous demande. Mais ce que vous savez, je le découvrirai de toute manière tôt ou tard. Vous pouvez m'aider. Vous pouvez faire le bon choix, Campbell, être du côté de la justice.

– Épargnez-moi vos sermons, d'accord, et vos grands mots d'écrivain ! Vous n'êtes capables de rien d'autre, vous autres : parler, parler, et essayer d'embobiner tout le monde…

Un silence pesant s'installa dans la pièce. J'avais envie de secouer Campbell comme un cocotier pour qu'il se mette à parler. Mais je n'en eus pas besoin. Il prit une grande inspiration, comme s'il s'apprêtait à plonger en apnée, et marmonna :

– Ils l'ont fait tomber.

– Qu'est-ce que ça signifie exactement ? De qui parlez-vous ?

– Le sergent Briggs et l'agent Horne, ils ont fabriqué de fausses preuves contre Walker… Il n'a pas tué Lisa Nielsen.

TROISIÈME PARTIE

Les secrets

Voilà comment on peut radicalement changer le cours d'une vie : en ne faisant rien.

Ian McEwan, *Sur la plage de Chesil*

1

L'œil fatigué, Joe Campbell me tendit un verre de scotch. La ration qu'il s'était servie faisait le double de la mienne. Je n'avais pas envie de boire d'alcool mais je pris le verre de bonne grâce pour l'encourager à parler. J'étais assis face à lui, dans un vieux fauteuil aux ressorts avachis qui couinait à chacun de mes mouvements. À la télé, le match était terminé. Cleveland était parti pour remporter le premier tour des Playoffs, mais désormais dans cette pièce ni lui ni moi n'en avions rien à faire.

– Racontez-moi tout, Campbell, sans omettre le moindre détail.

Il avala la moitié de son verre et commença :

– Je suis entré dans la police en 2008, quatre ans après le meurtre de la petite Nielsen. Je n'en savais pas beaucoup plus en ce temps-là sur cette affaire que n'importe quel gars du coin. Bizarrement, personne n'en parlait jamais au poste de police.

– Pourquoi « bizarrement » ?

– Ça n'est pas tous les jours qu'il y a un meurtre à Black Oak ! Il y a deux ans, il y a eu un braquage en ville : depuis, il ne se passe pas une semaine sans qu'un collègue ne rigole en repensant au flingue en plastique qu'avait le braqueur quand on l'a arrêté.

Mais je ne sais pas, autour de cette affaire, il y a toujours eu quelque chose de malsain, comme si le sujet était tabou. On aurait dit que se taire faisait partie d'un code de bonne conduite.

Campbell s'arrêta pour finir son verre.

– Continuez.

– Les choses ont changé au début de l'année, quand on a appris qu'un juge allait réexaminer l'affaire et se pencher sur le cas de Walker. Le comportement de Horne a changé : il était sur les nerfs, stressé. Horne est un bon ami à moi, il m'a toujours rendu service, alors je n'ai pas eu de mal à voir que quelque chose n'allait pas. Au début, évidemment, je n'ai pas fait le lien avec Walker, mais j'ai commencé à me poser des questions quand on a compris qu'il allait bientôt sortir de prison.

– Vous l'avez questionné ?

– Non. Mais un jour il s'est passé quelque chose au poste…

*

Février 2016

Appuyé contre le capot de sa voiture de fonction, Joe Campbell aspira une bouffée de cigarette et poussa un long soupir de satisfaction. Trois. Il s'était promis de se limiter désormais à trois clopes par jour : une au lever, une à midi et une le soir avant de se coucher. Or il en était déjà à sa troisième. Le problème, c'est qu'il n'était même pas 11 heures du matin. « Plus une jusqu'à demain », jura-t-il intérieurement, avant de songer que son paquet était presque vide et qu'il lui faudrait s'arrêter en chemin pour se réapprovisionner.

Après avoir fumé sa cigarette jusqu'au filtre, il souffla dans ses mains pour les réchauffer, puis fouilla les poches de son pantalon. Merde ! Il avait bien des clés sur lui, mais c'étaient celles de son appartement.

C'est en maugréant et en traînant les pieds que Campbell refit le trajet jusqu'au poste de police. La pièce où se trouvait son bureau était vide. Steve, son collègue, avait disparu. Au moment où il repérait son trousseau qui dépassait sous un tas de paperasse surmonté d'un mug en équilibre, il entendit une voix en provenance du bureau de Briggs.

– … rien nous arriver tant que tu fermeras ta grande gueule. Ce n'est pas parce qu'ils le relâchent qu'ils vont rouvrir l'enquête, tu entends ?

C'était la voix de Briggs. Tout à la fois étouffée et en colère, presque menaçante. Joe entendit Steve Horne lui répondre, mais celui-ci parlait beaucoup trop bas pour qu'il puisse saisir le sens de ses paroles. Alors il s'approcha, tout en prenant soin de ne faire aucun bruit et de rester à l'écart du pan de cloison en vitre fumée.

– On avait fait un pacte, reprit Briggs, toujours en colère, tu ferais mieux de ne pas l'oublier ! Si je plonge, tu plonges avec moi. C'est comme ça que ça marche, nom de Dieu !

– Pourquoi tu as fait ça, Walt ? Pourquoi ?

– J'ai fait ce qu'il fallait… Ce que les fiottes dans ton genre n'ont jamais le courage de faire.

Horne avait l'air mort de trouille. Son ton était devenu presque suppliant :

– Qu'est-ce qui t'a pris ? Qu'est-ce qui t'a pris de lui voler cette gourmette ?

À ces mots, pétrifié, Joe Campbell revint sur ses pas et s'empressa de sortir de la pièce, sans même prendre le temps d'attraper son trousseau de clés.

*

Mon cœur battait trop vite. Finalement, je bus mon verre de scotch presque d'une traite.

– Ils parlaient de la gourmette qu'on a retrouvée sur la plage ?

Campbell acquiesça longuement, comme un de ces petits chiens qui hochent la tête à l'arrière des voitures.

– J'ai immédiatement su de quoi ils parlaient. Depuis que courait la rumeur de la libération de Walker, j'avais lu plein d'articles sur internet.

– Est-ce qu'ils savent que vous les avez surpris ?

– Non. Je me suis éclipsé discrètement et je ne suis revenu que plus tard au poste pour récupérer mes clés. Horne était à son bureau et faisait comme si de rien n'était.

– Qu'avez-vous fait ensuite ?

– Steve venait parfois chez moi après le boulot. Un soir, on a bu plus que de raison, et je l'ai interrogé sur ce que j'avais entendu. Ça n'a pas été bien difficile de le faire parler. Il s'est illico mis à chialer, comme ça – une vraie fillette… Il n'en pouvait plus de garder un secret aussi lourd. Il disait qu'il avait peur d'aller en taule.

– Il s'est tu pendant douze ans ! C'est un peu facile de regretter quand les emmerdes pointent le bout de leur nez !

– Il m'a tout raconté, tout. Il me faisait vraiment pitié. Quand le corps a été découvert sur la plage et qu'ils ont commencé à interroger les amis de Lisa

Nielsen, Briggs était sûr que Walker avait fait le coup. Il ne pouvait pas les encadrer, lui et son père, et il savait qu'il finirait par faire une grosse connerie. Le jour même de la découverte du cadavre, ils ont débarqué chez lui sans aucun mandat, sur la base de simples suspicions. Briggs savait que ça ne suffirait pas et qu'aucun juge ne l'inculperait pour si peu.

– Il était loin d'imaginer à ce moment-là qu'Ethan ferait des aveux.

– Oui. Alors, au moment de l'arrêter, Briggs a pris cette chaînette qui traînait dans la chambre… et Horne l'a vu.

– Je ne comprends pas. Comment s'est-elle retrouvée sur la plage ?

Campbell ricana.

– Briggs l'y a mise, pardi ! Quand Walker a commencé à être interrogé au poste, il a passé le relais à un agent spécial qui avait rappliqué de Sheboygan et il est retourné sur les lieux du crime.

– Ça n'est pas possible. La scène de crime devait être gelée à ce moment-là ! La police scientifique était sur place depuis des heures.

– Ils s'étaient occupés du corps, mais vous pensez bien qu'ils n'avaient pas fini d'inspecter les lieux. Les fouilles sur la plage et dans le bois pour essayer de trouver l'arme du crime et collecter des indices ont duré une semaine. Il y avait beaucoup de monde sur la plage ce jour-là – je le sais parce que j'y suis passé. Le shérif est arrivé avec ses adjoints en fin de matinée, et on avait réquisitionné tout un tas de flics du comté pour mener les recherches. Briggs a demandé à y participer et il n'a pas été difficile pour lui de déposer la gourmette à proximité de l'endroit où le corps avait été découvert. Ils ne l'ont d'ailleurs trouvée que le lendemain, en repassant la plage au peigne fin. Personne ne pouvait imaginer qu'elle était arrivée là plusieurs heures après le meurtre.

Campbell fixa le fond de son verre avec déception, comme s'il espérait secrètement qu'un geyser de scotch allait en surgir. Je me levai pour prendre la bouteille et le resservir.

– Que s'est-il passé depuis cette conversation ?

– Pas grand-chose. Horne se méfie de moi maintenant. Il est mort de trouille.

– Vous croyez qu'il a parlé à Briggs ?

– Je suis presque sûr que non. Briggs le terrifie. Je ne sais pas de quoi il serait capable pour l'empêcher de parler : il sait très bien que son avenir est entre ses mains.

– Est-ce que vous croyez que Horne serait prêt à témoigner ?

– Je n'en sais rien. C'est ma parole contre la sienne, après tout… Par contre, soyez certain d'une chose : Briggs n'avouera jamais la vérité. C'est un animal à sang froid, qui ne se démonte pas facilement et qui connaît très bien la loi : il sait que personne ne peut prouver ce qu'il a fait.

– Et vous, seriez-vous prêt à témoigner officiellement de ce que vous savez ?

– Qu'est-ce que vous croyez ? Que je vous ai raconté tout ça pour passer le temps ? Je ferai ce qu'il faudra pour faire tomber Briggs.

– Merci pour votre aide, Joe.

Je me levai du fauteuil et lui tendis la main. Campbell me la serra après une brève hésitation : je sentis qu'il avait conscience que nous allions, par cette poignée de main, sceller un pacte.

– Je ne sais pas si j'aurai la force de retourner au boulot et d'affronter Horne et Briggs.

– Vous ne pouvez pas faire autrement, Joe. Vous devez continuer à agir le plus naturellement possible. Ne dites à personne que je suis venu vous voir. J'ai besoin de temps. Je ne veux pas laisser à Briggs la possibilité de se retourner et de préparer une contre-attaque. Vous comprenez ?

*

Le samedi 23 avril – soit le lendemain de ma discussion avec Campbell –, je me trouvais aux aurores devant le domicile de Steve Horne, une maisonnette quelconque agrémentée d'un bout de jardin défraîchi dans le modeste quartier de Barton, au nord de la ville. Je restai une bonne demi-heure assis derrière mon volant à observer la façade. Planquer me grisait, tout autant que l'idée de mener une partie de l'enquête en solo – je n'avais pas prévenu Brandeau de ma récente découverte. Je ressentais le besoin d'avancer seul, pour l'impressionner, mais aussi pour me prouver que j'étais capable d'autre chose dans ma vie que de demeurer derrière un bureau à imaginer la vie de personnages au lieu de vivre la mienne.

Je commençais à m'assoupir quand la porte de la maison s'ouvrit. Un type entre deux âges apparut, pas encore rasé, les cheveux ébouriffés, affublé d'une robe de chambre rose dont les manches lui arrivaient au coude. J'eus beaucoup de mal à reconnaître Horne, même si j'avais récemment revu sa photo sur l'organigramme de la police. Il tenait en main une tasse fumante. Après avoir bâillé sans retenue, il s'assit sur les marches du perron et alluma une cigarette. J'allais le cueillir au pied du lit.

Pas plus qu'avec Campbell je ne fis dans la dentelle. Je sortis de voiture et me dirigeai droit sur lui. Il dut vite comprendre que je n'étais qu'un oiseau de mauvais augure. Son visage devint littéralement blême quand je lui expliquai l'objet de ma visite.

– Joe Campbell m'a tout raconté. Ça n'est plus qu'une question de temps avant que la vérité n'éclate au grand jour. Vous aussi vous êtes une victime… victime du sergent Briggs, qui a abusé de son autorité et vous fait subir un vrai harcèlement moral depuis toutes ces années.

Ma prestation, volontairement manichéenne, n'avait d'autre but que de faire naître chez lui l'espoir de s'en sortir pour qu'il avoue tout ce qu'il savait.

– Je n'irai pas en prison, n'est-ce pas ? Je ne le supporterais pas.

Horne tremblait. Il n'était plus qu'un fruit mûr prêt à être cueilli. J'espérais seulement qu'il ne se mette pas à pleurer comme il l'avait fait devant Campbell.

– On pourrait aller à l'intérieur ? demandai-je. Inutile que des voisins trop curieux nous voient…

Tel un fantôme, il rentra dans la maison et avança jusqu'à la cuisine, où s'entassaient des tonnes de vaisselle sale. Une odeur de renfermé planait dans la pièce, que les effluves de café ne parvenaient pas à masquer. Il s'assit sur une chaise et posa ses coudes sur une toile cirée collante rien qu'à l'œil.

– Je n'ai plus rien à perdre de toute façon. Margot m'a quitté, dit-il en agrippant le pan de sa robe de chambre rose.

Je n'éprouvais aucune compassion pour Horne et je n'avais pas envie de m'appesantir sur ses malheurs conjugaux.

– Briggs est coupable de falsification de preuves. Il risque vingt ans de prison pour ça. (J'avais vérifié l'information sur mon Smartphone dans la voiture.) Soit vous vous retrouverez sur le banc des accusés avec lui, soit vous ferez partie des témoins et vous pourrez vous en tirer.

Là, en revanche, j'étais dans l'improvisation la plus totale, mais Horne était trop accablé pour s'en rendre compte. Il eut besoin que je lui rafraîchisse la mémoire tant il était hagard. Je lui rapportai tout ce que m'avait raconté Joe Campbell, et il acquiesça à chaque point, sans même tenter de minimiser son implication. Tout en faisant le récit des événements, je m'étais servi un café – affreusement âcre – pour me remettre de ma nuit presque blanche : j'avais quitté l'appartement de Connie au petit matin alors qu'elle dormait encore.

– Est-ce que Briggs vous a clairement avoué avoir déposé la gourmette d'Ethan Walker sur la plage ?

– Bien sûr qu'il me l'a avoué ! Et il était fier de l'avoir fait !

– Il faudra que vous confirmiez tout dans une déposition. Sans ça, on ne pourra rien.

Je savais parfaitement que rien n'était gagné. Si Horne changeait d'avis entre-temps ou subissait des pressions de la part de Briggs, je me retrouverais le bec dans l'eau.

– J'ai mieux à vous offrir qu'une déposition…

– C'est-à-dire ?

– Attendez-moi là.

L'agent Horne se leva et quitta la cuisine. Pendant quelques secondes, j'imaginai le pire, même si je ne savais pas trop ce que ce pire pouvait signifier. Allait-il revenir en me menaçant avec un flingue ? Ou se faire sauter le caisson dans sa chambre maintenant que sa vie était probablement fichue ? Je commençais à regretter de ne pas avoir averti Brandeau. Peut-être à deux aurions-nous été plus efficaces.

Dans le silence de la cuisine, je suivis le vol anarchique d'une grosse mouche qui me tourna autour avant de se poser sur la toile cirée pour récolter le mélange de sucre et de gras qui la recouvrait. Une vieille horloge murale au-dessus du frigo égrenait son tic-tac lancinant. Le temps me parut affreusement long.

Je sursautai quand Horne réapparut dans l'encadrement de la porte. Il n'avait pas de flingue en main, juste un petit enregistreur à cassettes – le même genre que celui de Penny MacLane, en plus récent néanmoins. Il le déposa bien en évidence sur la table.

– Ne me dites pas que vous avez un enregistrement de Briggs !

– Je ne lui ai jamais fait confiance et je me doutais que tout finirait mal. C'était une manière de me protéger, j'imagine…

Horne ne fit guère durer le suspense : il appuya sur une touche et je reconnus aussitôt la voix inimitable du sergent.

« Walker était coupable. Il avait le diable en lui, et il a tout avoué. Même sans cette foutue gourmette, il aurait été condamné. Je n'ai fait que donner un coup de pouce à la justice. J'ai rendu service à mon pays.

– Ce juge a dit que ses aveux valaient que dalle ! On l'a forcé à avouer.

– Pourquoi est-ce que tu remets ça sur le tapis, Horne ! J'ai peut-être déposé une fausse preuve sur une scène de crime, mais tu étais au courant de tout depuis le début ! Tu es mouillé jusqu'au cou toi aussi… »

*

J'éteignis l'enregistreur. Brandeau avait l'air médusé, mais il me fixait aussi avec réprobation.

– Je n'arrive pas à croire que vous soyez allé voir l'agent Horne tout seul, sans me prévenir ! Vous vous rendez compte du risque que vous avez pris ? Il aurait pu se murer dans le silence et vous auriez tout fichu en l'air !

– Mais il ne l'a pas fait, c'est l'essentiel. J'étais sûr que j'obtiendrais quelque chose de lui.

– Méfiez-vous : il n'y a qu'un pas de l'arrogance du vainqueur à l'humiliation du vaincu. (Il secoua la tête en faisant jouer l'appareil entre ses doigts.) C'est incroyable ! Que Briggs ait eu une dent contre les Walker, c'est une chose. Mais fabriquer de fausses preuves et modifier une scène de crime ! Quand l'agent Horne a-t-il réalisé cet enregistrement ?

– Environ deux semaines après la conversation que Campbell a surprise au poste de police, juste après la libération d'Ethan. Horne a dissimulé l'enregistreur et a poussé Briggs à parler. C'est d'ailleurs fou qu'il soit tombé dans le panneau et qu'il ait donné autant de détails. Si après ça ils inculpent à nouveau Ethan, je veux bien me faire moine.

– Vous savez que les enregistrements pirates ne constituent pas une preuve devant une cour ?

– Vous rigolez ? Campbell et Horne sont prêts à témoigner. Que vous faut-il de plus ? C'est gagné, Brandeau, Ethan ne retournera jamais en prison !

– Vous n'avez pourtant pas l'air fou de joie, Nick. Qu'est-ce qui vous tracasse ?

– Si j'avais agi avant, j'aurais pu lui éviter des années de prison. Je m'en voulais de ne pas avoir aidé

Ethan plus tôt, mais tant que nous n'avions pas obtenu de résultats…

– Ne vous tourmentez pas inutilement. Vous n'auriez rien pu faire à l'époque : ni Connie ni Campbell n'auraient été en mesure de vous aider. L'important, c'est ce que nous faisons ici et maintenant.

– J'ai couché avec Connie hier soir, dis-je avec la fâcheuse impression que les mots étaient sortis de ma bouche sans que je l'aie décidé.

Brandeau eut un sourire amusé.

– Je ne vais pas vous jeter la pierre. Je vous ai déjà dit que je la trouvais charmante. En quoi est-ce un problème ?

– J'aime une autre femme. Elle s'appelle Chloé… et je l'ai trompée.

– Avec Connie ?

– Non, pas avec Connie ! Tout ça s'est passé bien avant. Je n'ai couché avec elle que quand j'ai appris par la presse que Justin Fallon sortait avec Chloé.

Il leva les sourcils.

– J'ai un peu de mal à vous suivre. Qui est ce Justin Fallon ?

– Heureux de savoir que je ne suis pas le seul à vivre sur Mars. C'est un chanteur, sans doute la plus grande star du pays. Il a dû vendre dix fois plus d'albums que je n'ai vendu de livres : je ne suis qu'un loser à côté de lui. Tapez son nom sur Google, vous verrez que je ne vous raconte pas de blagues.

– Vous savez, moi, la musique… J'aime surtout réécouter les bons vieux crooners : Bing Crosby, Perry Como, Frank Sinatra…

– Je vois. Des chanteurs de l'époque où vous vous êtes constitué votre garde-robe.

Il baissa les yeux sur sa tenue.

– Qu'avez-vous à reprocher à mes costumes ?

– Rien, ils vous vont à ravir. Dites, vous êtes marié, Brandeau ?

Il mit quelques secondes à réagir, comme si ma question demandait réflexion.

– Je l'ai été pendant une vingtaine d'années. Mais j'étais le plus souvent en déplacement et ma femme ne supportait plus que je vive plongé dans toutes ces affaires « sordides », comme elle les qualifiait. Vous devez connaître ça avec vos livres : l'écrivain enfermé dans sa bulle… Les pires clichés ont toujours un fond de vérité. Nous nous sommes séparés, ni en bons ni en mauvais termes – juste séparés.

– Où vit-elle à présent ?

– San Francisco. Elle a refait sa vie avec un architecte qui a fait fortune dans la rénovation de maisons victoriennes. Un homme très bien. Nous nous voyons une fois tous les deux ou trois ans. Voilà tout ce que je peux en dire… Je n'ai pas fait suffisamment d'efforts avec elle. J'aurais dû me battre davantage, essayer de sauver notre mariage. Mais j'ai fait d'autres choix.

– Vous le regrettez ?

– Vous savez ce qu'on dit ? « On commence à vieillir quand on remplace ses rêves par des regrets. » Je préfère ne plus trop y penser… Vous devriez appeler cette jeune femme, Chloé. Lui dire que vous regrettez ce que vous avez fait et lui promettre que ça ne se reproduira pas – encore que votre nuit avec Connie m'en fasse sérieusement douter.

– Si vous croyez que je n'ai pas essayé…

– Est-ce qu'au moins vous lui avez dit que vous l'aimiez ?

J'avais beau me creuser la tête, je n'avais pas souvenir d'avoir jamais prononcé ces mots.

– Pas vraiment en ces termes, je l'avoue.

– Qu'est-ce que ça signifie ? Vous connaissez beaucoup de manières de dire à quelqu'un « je t'aime » sans lui dire « je t'aime » ?

– Trois mille ans de littérature nous ont montré que c'était possible. « Ô Juliette ! Que ne suis-je ton gant ! Je toucherais ta joue. »

– Hum… Vous avez vu comment Roméo a fini ? Vous êtes un grand enfant, vous devriez essayer de grandir un peu.

– Bon, que va-t-on faire de cet enregistrement ?

– Vous en avez fait une copie, m'avez-vous dit ?

– J'ai trouvé que c'était plus prudent.

– Nous devons le remettre aux autorités sans tarder et leur dire tout ce que nous savons. Il faut empêcher Briggs de continuer à nuire. Plus vite nous agirons, plus vite nous pourrons protéger Campbell, Horne et, bien sûr, votre ami Ethan. Il vaudrait peut-être mieux que je m'en occupe, j'ai plus d'expérience que vous en la matière.

– Je m'en remets à vous, Brandeau.

*

Mars 2004

Une fin d'après-midi.

Dans la bibliothèque du lycée, Lisa et moi étions assis face à face, séparés par une muraille de livres qu'elle avait préemptés en arrivant, de peur que quelqu'un – mais Dieu sait qui – n'ait la même lumineuse idée qu'elle. Lisa était le vivant cauchemar de la documentaliste, une femme au regard torve et au visage parcheminеux qui semblait faire tresse avec sa chaise et rêvait sans doute la nuit d'une bibliothèque vide de tout élève – détail qui aurait transformé son activité ingrate en plus beau métier du monde. Lisa arrivait toujours à son bureau l'air déterminé, munie d'un petit bristol rempli de titres et de chiffres abscons censés permettre de les retrouver dans le dédale des étagères. « Et ce livre-là, vous ne l'avez pas ? C'est une "bible" pourtant. Est-ce que le lycée ne pourrait pas l'acheter ? Je devrais faire circuler une pétition pour réclamer une augmentation des crédits culturels de l'établissement, vous ne croyez pas ? »

Mes yeux restaient rivés sur le sujet d'exposé que nous avait infligé Mlle Tyrrell : « L'amour entre Roméo et Juliette est-il un amour idéal ? »

« P'têt' ben », avais-je simplement griffonné sur mon cahier à spirale, en dessous d'une caricature qui représentait le célèbre couple shakespearien en plein coït. « Oh oui, mon Roméo, faisais-je crier à Juliette dans une énorme bulle, enfonce ta dague dans mon fourreau ! » J'avais revu la veille le film avec Leonardo DiCaprio et Claire Danes, espérant secrètement qu'un éclair de génie viendrait me frapper devant le poste de télé. Ce qui ne s'était pas produit.

Lisa, elle, avait déjà rempli deux feuilles recto verso de son écriture fine et penchée. L'ennui et la lassitude me faisaient osciller sur ma chaise. Les minutes s'écoulaient au ralenti, comme du sirop d'érable renversé sur une table de petit déjeuner.

– Tiens, me dit-elle en me tendant une feuille sans même me regarder.

– Qu'est-ce que c'est ?

– Un plan pour ton exposé. Tu m'agaces à bayer aux corneilles.

– Je ne vais pas reprendre le même que le tien !

– Ce n'est pas le même, j'en ai fait deux.

– Comment est-ce qu'on peut faire deux plans sur un sujet pareil ?

– Ça n'a rien de sorcier. C'est comme faire deux plats avec la même liste d'ingrédients. J'ai gardé le meilleur, de toute façon. Tu n'as qu'à partir de Pyrame et Thisbé, des mythes antiques, de l'amour fusion comme idéal. (Elle prit sans hésiter dans la pile le volumineux bouquin de Robert Graves sur la mythologie grecque, « une référence en la matière, malgré son penchant hor-ri-pi-lant pour l'évhémérisme ».) Débrouille-toi, tu as tout là-dedans... Et enlève ton dessin porno de ma vue, c'est vraiment affligeant.

– Je le trouve plutôt réussi. Au fait, est-ce qu'ils couchent vraiment ensemble dans la pièce ?

– Bien sûr que oui ! Que crois-tu qu'ils font entre le rossignol et l'alouette ? Une partie de Scrabble ? Dans le fond, Roméo n'est qu'un obsédé. Il se plaint de Rosaline uniquement parce qu'elle ne veut pas coucher avec lui. Quant à Juliette, si elle refuse d'épouser Paris, c'est qu'elle a peur qu'il découvre qu'elle n'est plus vierge.

– C'est du grand n'importe quoi, ce que tu racontes !

– Pas du tout ! Il y a toujours plusieurs lectures possibles dans les grandes œuvres.

Greffée à son siège, la grande amie de Lisa toussa bruyamment pour nous inciter à nous taire. Lisa se remit à écrire une quinzaine de lignes d'une traite, comme si une présence invisible lui dictait son texte à l'oreille, puis elle releva les yeux vers moi.

– Je crois que mon père a déjà trompé ma mère, dit-elle le plus calmement du monde.

– Quoi ?

– Tu connais Betty Crane ? Elle a un magasin bio en ville : Aux délices du jardin gourmand. Si ça n'est pas prétentieux comme nom ! L'autre jour, j'étais avec mon père et on l'a croisée dans la rue. Ils se sont dit bonjour – ils ne pouvaient pas faire autrement, on est tombés nez à nez, mais il y a eu un drôle de regard entre eux.

– Et tu en conclus qu'ils ont couché ensemble ? L'autre jour, Mlle Tyrrell m'a lancé un « drôle de regard » en cours, et je peux t'assurer qu'elle n'avait aucune envie de coucher avec moi.

– Tu es bête ! D'un coup, ça m'a rappelé une scène qui s'est passée il y a longtemps… C'est revenu comme ça, alors que je n'y avais jamais repensé. Je devais avoir une dizaine d'années. Mon père était venu me chercher après l'école. Il s'est arrêté devant le magasin, qui portait d'ailleurs un nom moins ampoulé à l'époque, et il m'a demandé de l'attendre sagement dans la voiture. Il s'est absenté dix minutes – c'était peut-être moins, mais j'ai eu l'impression que ça durait une éternité. Quand il est ressorti, il avait l'air abattu, ou en colère, je ne sais plus. Et il n'avait rien acheté dans le magasin. De toute façon, mon père déteste les produits bio : il dit que c'est une escroquerie, un moyen pour les distributeurs de tondre le client. Je suis certaine qu'il y a eu quelque chose entre eux. Peut-être que ce jour-là il était venu pour rompre. Ou mieux encore : c'est Betty Crane qui avait rompu et il venait la supplier de revenir sur sa décision.

– Tu te fais des films, Lisa, ton histoire est à dormir debout !

– Non. J'ai rarement des intuitions comme celles-là, mais quand j'en ai elles se révèlent toujours exactes. Je suis sûre qu'ils ont eu une aventure.

Je raturai à grands coups de stylo mon dessin obscène. Il n'était pas si réussi que ça, en fin de compte.

– Si c'est vrai, ça n'a pas l'air de te traumatiser plus que ça.

– De toute manière, je crois que mes parents ne couchent plus ensemble depuis des années.

– Arrête, je t'en prie ! Je n'ai pas du tout envie d'entendre ça !

– Quoi ! Ce sont les choses de la vie. Le sexe fait partie de la vie.

– Désolé, mais je ne suis pas encore prêt à considérer tes parents ou les miens comme des êtres humains. Comment est-ce que tu peux te poser des questions pareilles ?

– Et tes parents, ils couchent encore ensemble ?

Je posai les mains sur mes deux oreilles.

– Houston, on a un problème !

– En fait, je crois que l'homme et la femme ne sont pas faits pour être monogames. On se demande comment la monogamie a pu se développer au point d'être considérée comme la forme la plus normale du mariage. Tu te vois vivre toute ta vie avec la même femme ?

– Et pourquoi pas ?

– Bon, il faudrait déjà que tu arrives à te dégoter une copine. Et ça, ça n'est pas gagné.

– Chut ! grogna le cerbère des lieux derrière nous en nous lançant un regard furibond.

Lisa et moi plongeâmes le nez dans nos livres en riant.

2

Je rentrai à la maison dans un réel état d'excitation. Le message que j'avais envoyé au petit matin à ma mère en patientant devant le domicile de Horne n'avait pas suffi à la rassurer.

– Qu'est-ce qui se passe, Nick ? Où étais-tu donc ?

– J'enquêtais. Ton fils est sur le point de prouver une énorme erreur judiciaire. (Mon ton fanfaron pouvait laisser penser que j'exagérais ou, pire, que je me moquais d'elle.) Désolé, maman, mais tu sais combien aider Ethan me tient à cœur. J'ai fait des découvertes qui pourraient tout changer pour lui. On n'a pas fini d'entendre parler de cette affaire, tu peux me croire.

Elle me tourna le dos, non sans ajouter :

– Tu as toujours été têtu comme une mule, Nick.

Je dus me raisonner pour ne pas appeler Ethan. Dieu sait de quoi il serait capable s'il apprenait la nouvelle par téléphone ? Je l'imaginais sans peine débarquer au poste de police pour régler son compte à Briggs. Mieux valait que je lui parle en tête à tête.

À midi, je reçus un SMS de Jay : « Salut, Nick, ça paraît après-demain dans le *Times*. » En règle générale, les messages lapidaires de mon éditeur n'auguraient rien de bon – et celui-ci ne faisait pas exception à la règle. Il avait mis en pièce jointe l'article de Penny MacLane : une critique en avant-première de mon prochain roman.

La critique proprement dite occupait moins d'un tiers de l'article. Penny MacLane n'avait pas détesté mon livre, mais on ne peut pas dire qu'elle l'avait franchement aimé. Si elle me reconnaissait quelques qualités d'écriture et une certaine habileté pour bâtir une histoire, elle se montrait beaucoup plus sévère et circonspecte sur le fond. « À l'instar de son héroïne qui erre sans fin dans sa vieille maison familiale, le lecteur a trop souvent l'impression de tourner en rond, tant Nick Altman ressasse à l'envi et sans originalité les obsessions qui l'habitent depuis son premier roman. » Le plus étonnant, c'était que ce qui m'aurait fait fulminer une semaine auparavant ne me touchait même plus.

Le reste de la prose de MacLane était entièrement consacré à mon passé et à l'affaire Lisa Nielsen. « Je crois en l'innocence d'Ethan Walker », indiquait un intertitre. Penny ne manquait pas de talent : elle donnait l'impression que je m'étais confié à elle de bonne grâce pour livrer un vibrant plaidoyer en faveur d'Ethan. Le procédé m'agaçait, mais je dois dire que désormais je n'aurais pas changé une virgule aux propos qui m'étaient attribués.

J'appelai Jay dans la foulée, car une idée me trottait dans la tête depuis que j'avais quitté Brandeau.

– Salut, mon grand, fit-il d'un ton gêné. Tu as vu, ça n'est pas si terrible, en fin de compte. C'est toujours bon quand on parle des « obsessions » d'un écrivain : ça donne une profondeur, une épaisseur à son œuvre !

– J'ai besoin que tu me passes le numéro de MacLane – je me rends compte que je ne l'ai pas.

– Écoute, Nick, c'est normal que cet article te mette en boule. Je t'accorde que la plume de Penny est trempée dans l'encre de la mauvaise foi, mais tu ne vas faire qu'aggraver les choses…

– Tu n'as pas compris : je me moque totalement de cet article. Je veux offrir à Penny, ou à n'importe quel journaliste à peu près digne de ce nom, une exclusivité.

– De quoi est-ce que tu parles ? Quelle exclusivité ?

– De ce que j'ai découvert sur le meurtre de Lisa.

– Écoute, je ne comprends plus rien à rien.

J'imaginai Jay, perdu au milieu d'une montagne de manuscrits, les pieds posés sur un minuscule bout de bureau resté libre, fronçant les sourcils en se demandant si mon coup de fil annonçait une heureuse nouvelle ou une platée d'emmerdements.

– J'ai enquêté, et je suis en mesure d'innocenter Ethan Walker. Il n'a été qu'un bouc émissaire dans cette histoire, il a été piégé par les flics !

– Attends, attends, ne nous précipitons pas ! Je ne sais pas ce que tu as découvert *précisément*, mais à t'entendre ça n'a pas l'air d'être de la roupie de sansonnet. Ça me semble même diablement bandant. Il faut qu'on négocie d'abord. On ne va pas leur offrir gratis une exclusivité qui pourrait…

– Ne te fatigue pas, je n'ai qu'un but : faire éclater la vérité.

– Tu ne vas pas jouer les Mère Teresa ! Tu te montres beaucoup plus matérialiste quand il s'agit de négocier tes contrats !

– Pas d'argent, pas de contrepartie, rien ! Bon, tu me le donnes ce numéro, oui ou non ?

Après quelques protestations de pure forme, Jay céda.

Pour être tranquille, je trouvai refuge dans ma voiture et passai plus d'une heure au téléphone en compagnie de Penny MacLane, dont la méfiance s'évanouit dès qu'elle comprit les raisons de mon coup de fil. Avant de l'appeler, j'avais pris des tonnes de notes pour donner à mon récit une forme logique et cohérente, lui mâchant ainsi la moitié du travail. Je lui racontai tout ou presque : des méthodes d'arrestation plus que douteuses des policiers jusqu'à la falsification des preuves, en passant par le refus obstiné des enquêteurs de creuser toute piste qui ne menait pas directement à Ethan. Je lui envoyai même en fichier numérique les « aveux » du sergent Briggs. MacLane trépigna d'impatience durant toute notre conversation, qui lui parut à l'évidence bien plus palpitante que mon dernier roman. J'en sortis littéralement épuisé. Penny m'avait informé qu'elle allait de ce pas annuler la parution de l'avant-première pour la remplacer par mes « révélations fracassantes », mais devrait d'abord contacter le service juridique pour mettre le journal à l'abri d'éventuelles poursuites. Elle se débrouillerait pour que mon récit paraisse le plus tôt possible, non dans la rubrique littérature, mais, excusez du peu, à la une du quotidien.

*

Durant l'après-midi, après avoir essayé en vain de l'avoir au téléphone, je décidai de me rendre chez Ethan. J'avais espéré le trouver seul au garage, mais je tombai sur son père, qui était en train de ranger des outils dans de grandes cantines en métal. La Harley-Davidson avait disparu, peut-être déjà vendue pour payer les notes mirobolantes des avocats.

Emmett Walker me fit l'effet d'une « belle épave », comme on aurait pu le dire d'une de ces voitures de collection qui attendaient depuis plus d'une décennie dans l'allée d'être restaurées. Quoique cabossé par la vie, on sentait chez cet homme une volonté de faire face, de surmonter l'adversité. Son visage buriné m'évoquait ces portraits tragiques de Dorothea Lange au temps de la Grande Dépression. À l'époque où je l'avais connu, il avait 50 ans et en paraissait dix de plus. Désormais, il ne marquait plus aucun âge précis.

– Nick ! Ça faisait un bout de temps qu'on ne t'avait pas vu… Ethan m'a dit ce que tu faisais pour lui. C'est gentil de l'aider.

Le pire, c'était qu'il n'avait pas du tout l'air ironique. Avait-il seulement conscience que je n'avais pas levé le petit doigt durant toute l'incarcération d'Ethan ? Il ne semblait pas du tout avoir bu, mais son élocution un peu hésitante laissait deviner qu'il était diminué intellectuellement.

– Je fais ce que je peux, répondis-je, mal à l'aise.

Il passa ses doigts dans sa barbe négligée.

– Je te jure, j'ai parfois l'impression que cette histoire n'aura jamais de fin. C'était dur quand Ethan était en prison… mais je crois que ça l'est tout autant depuis qu'il est revenu.

– Je crois qu'il va lui falloir du temps.

Je ne savais pas quoi sortir d'autre que des banalités pour meubler la conversation.

– C'est ça, du temps… dit-il en laissant tomber une clé à molette dans la cantine à ses pieds et en dodelinant de la tête. Une fois, dans le Michigan, je me suis arrêté dans une station-service. Derrière, sous une espèce de tente, il y avait un ours dans une cage.

– Un ours ? Vous voulez dire un *vrai* ours ?

– Ouais. Il était là, à tourner en rond toute la sainte journée comme un cheval de manège. Les gosses qui s'arrêtaient rigolaient et lui jetaient de la bouffe. Que des saletés : des barres chocolatées ou des marshmallows. Si tu avais senti l'odeur dans cette cage… C'était une infection. Et les parents les prenaient tous en photo, pour garder un souvenir, quoi. Je ne crois pas qu'ils étaient vraiment conscients. L'ours était énorme, il aurait pu vous arracher un bras à travers les barreaux d'un seul coup de paluche. J'ai eu de la pitié pour cet animal, plus que pour la plupart des êtres humains que j'ai pu croiser dans ce monde. Je te raconte ça mais… ça s'est passé il y a au moins quinze ans. Si ça se trouve, il y est toujours, dans cette cage. Combien de temps ça peut bien vivre, un ours ? Tu dois savoir ça, Nick, toi qui as fait des études.

– Je n'en sais rien, monsieur Walker. Vingt ou trente ans, je dirais.

– Alors il se pourrait bien qu'il y soit encore… (Ses yeux errèrent un moment dans le garage avant de revenir vers moi.) Ethan est derrière, à l'autre bout du champ. Tu te souviens ? La petite ferme.

– Merci.

– Il n'est pas seul. Il est avec son amie… Madison.

La fameuse « ferme » se résumait en réalité à un tas de ruines. Lisa, Ethan et moi venions y passer du temps le week-end. Ethan avait même installé sous un reste de charpente qui menaçait de s'effondrer une palette qui nous tenait lieu de table basse ainsi qu'un vieux matelas poussiéreux – Lisa l'avait recouvert d'une multitude de coussins, mais ils avaient pris l'eau à la première pluie. Autour de paquets de chips et de bouteilles de bière ou de Coca, nous écoutions de la musique sur la chaîne portative d'Ethan et regardions Lisa nous faire des démonstrations de danse.

Je les vis d'assez loin, debout sous un immense chêne. Ethan était en train de fumer une cigarette roulée. Quant à Madison Bennett, j'aurais été incapable de la reconnaître si je l'avais croisée. Elle avait abandonné ses tenues gothiques pour un jean taille basse et un chemisier *old school*, et ses cheveux noir de jais tiraient désormais vers le châtain blond. En marchant vers eux, je repensai à ma rencontre avec Richard et à tout ce qu'il m'avait appris : leurs pratiques érotiques, les visites hebdomadaires de Madison à la prison, sa métamorphose radicale… Je leur fis un signe amical de la main.

– Tu te souviens de Madison ? demanda Ethan, un peu gêné.

– Bien sûr.

Je ne parvins pas à feindre la moindre surprise.

– Salut, Nick, dit-elle froidement en me lançant un regard sournois.

– C'est une bonne chose que tu sois là. Tu as vu mon père ?

– Oui. Je l'ai trouvé très en forme, mentis-je, sans arriver à chasser de mon esprit l'image de l'ours piétinant dans un tas d'immondices.

Ethan fuma sa cigarette jusqu'à ce que le bout rougeoyant lui brûle presque les doigts.

– Madison et moi, on va se marier.

– Quoi !

– Personne n'est au courant, je ne l'ai même pas encore dit à mon père. On a décidé ça hier… Je ne voulais pas qu'on le fasse quand j'étais encore en taule, ça n'aurait pas été bien. Mais je pense que c'est le bon moment… oui, le bon moment.

Madison gloussa de satisfaction en posant la tête contre son épaule. J'étais décontenancé. Je dus faire un effort pour me ressaisir et ne pas rester silencieux.

– Eh bien… félicitations. Je suis très heureux pour vous.

– Oh, on ne fera qu'un truc en petit comité. Je n'aime pas ces grands mariages qui n'en finissent pas.

De toute façon, vu l'hostilité des gens du coin, je voyais mal quels invités il aurait pu convier pour célébrer de somptueuses noces.

– On pourrait parler un moment, Ethan ?

– Bien sûr, je t'écoute.

À ma grande déception, personne ne bougea d'un pouce.

– Tu peux parler, je n'ai pas de secret pour Madison. Pas vrai, Maddie ?

– Pas de secrets…

– Voilà : j'ai une bonne, une très bonne nouvelle même, à t'annoncer.

Je leur révélai les récents rebondissements de l'affaire, sans trop détailler cependant la manière dont j'avais mis la main sur l'enregistrement de Horne.

– Merde alors ! s'exclama Ethan en prenant appui contre l'arbre. Comment un truc pareil a pu arriver ?

– Quel salaud ! s'emporta Madison. Est-ce que Briggs va aller en prison pour ça ?

– Probablement. Ce qu'il a fait est très grave. Je ne vois pas comment le bureau du procureur pourrait fermer les yeux. Brandeau, l'ami dont je t'ai parlé, va transmettre l'enregistrement à la justice.

– Je devrais éprouver de la haine contre ce type, et tu vois, j'en suis incapable. En fait, je crois que je me fous de ce qui peut lui arriver.

– Briggs n'a plus aucune importance. L'important, c'est qu'ils ne peuvent plus rien contre toi. Ils iraient droit dans le mur s'ils t'intentaient un nouveau procès.

Le visage d'Ethan était devenu pâle. Un instant, je crus même qu'il allait se sentir mal.

– Je ne sais pas quoi dire, Nick !

– Tu n'as rien à dire. Je crois plutôt que tu devrais aller annoncer la nouvelle à ton père. Je ne lui ai rien dit tout à l'heure, je voulais que ça vienne de toi.

– D'accord.

Il ne traîna pas. Madison et moi le regardâmes filer à travers champ vers le garage. Nous fîmes quelques pas côte à côte.

– Tu ne t'y attendais pas, hein ?

– De quoi est-ce que tu parles ?

– Le mariage… ça t'en bouche un coin.

– Ça m'a un peu étonné, mais je suis heureux pour vous.

– Garde ton cinéma pour Ethan !

– Qu'est-ce qui te prend ?

– Ce qui me prend ? Tu ne manques pas d'air ! Vous n'avez jamais pu me blairer, Lisa et toi. On n'a jamais fait partie de votre petit monde. Les Nielsen et les Altman… la crème de Black Oak.

– Tu te trompes, Madison. Tu peux penser ce que tu veux de moi, mais Lisa n'était pas comme ça.

– Comment était-elle alors ? Tu sais comment elle m'avait surnommée ? « *The Witch* » – la Sorcière. Elle disait « *witch* », mais elle pensait en même temps « *bitch* » – la putain.

– Je ne l'ai jamais entendue t'appeler comme ça.

– Je me souviens quand elle allait refiler ses habits de petite bourge à la Goodwill Industries. Elle aimait qu'on la voie faire. C'était ça qui lui importait : le regard des autres... Et les garçons... Elle avait une manière de les aguicher, pour ensuite leur mettre une veste ! (Elle s'arrêta. Sur son visage, la méchanceté cédait la place au ressentiment.) Franchement, tu imagines une seule seconde qu'ils auraient passé leur vie ensemble ? Ethan dans son garage et Lisa sans doute *major* de sa fac. Les choses ne marchent pas comme ça dans la vie.

– Je te trouve peu charitable pour quelqu'un qui a trouvé la voie de Dieu. L'indulgence, le pardon... on ne vous apprend pas ça à l'Église ?

Je me remis en marche, en accélérant le pas. Je l'entendis ricaner derrière moi. J'avais hâte de mettre fin à cette conversation.

– En tout cas, tu t'es drôlement bien rattrapé, reprit-elle dès qu'elle m'eut rejoint. C'est fou ce que tu as réussi à trouver depuis que tu es revenu.

– J'ai eu de la chance.

– Les types comme toi n'ont pas « de la chance », Nick. Ils obtiennent tout ce qu'ils veulent. Dire que ces abrutis d'avocats n'ont pas été capables de le faire innocenter pendant toutes ces années ! Avec ce qu'on les paye... Tu sais, il ne te le dira jamais, mais Ethan a souffert à en crever.

– Je m'en doute bien.

– Je ne te parle pas de la prison, mais du fait que tu ne sois jamais allé le voir. Tout le monde l'a laissé tomber à part son père et moi. « À la vie à la mort », « unis comme les doigts de la main »… vous deviez vous sortir ce genre de crétineries à l'époque, non ?

– Arrête un peu. De quel droit viens-tu me faire la morale ?

– Je ne crois pas que tu aies besoin de moi : tu dois te sentir assez coupable comme ça. Tu sais quoi ? Maintenant que tu as aidé Ethan, tu ferais mieux de rentrer chez toi à New York et de reprendre ta belle vie d'écrivain. De toute façon, Ethan et moi, on quitte Black Oak.

– Quoi !

– Son père possède une vieille maison dans une petite ville au nord de l'État. Dans une semaine, Emmett et moi irons la voir pour évaluer l'ampleur des travaux. On sera bien là-bas, j'en suis sûre.

Nous n'étions plus qu'à une cinquantaine de mètres du garage. Madison m'insupportait mais je savais que je n'aurais plus de sitôt l'occasion d'être seul avec elle.

– Madison, où étais-tu la nuit où Lisa a été tuée ?

– Tu me fais marrer, Nick ! Tu te prends vraiment pour un enquêteur, alors ? On se croirait dans un de ces vieux épisodes de *Perry Mason* que mes parents regardaient quand j'étais gamine. Tu sais, quand l'avocat s'approche de la barre et demande son alibi au témoin en faisant les gros yeux.

– Je suis sérieux, Madison ! Que faisais-tu quand Lisa a été tuée ?

Elle me regarda avec un air de défi.

– Tu ne crois quand même pas que je vais te faciliter la tâche ? Dis-toi bien une chose : je n'en ai rien à faire de savoir qui a tué Lisa. La seule chose qui compte pour moi, c'est qu'Ethan est libre maintenant… et que nous allons nous marier et nous tirer d'ici.

Et, en un pied de nez qui m'était adressé, elle se mit à courir en imitant de ses mains un oiseau qui prend son envol.

3

Le battage médiatique commença deux jours plus tard. On peut dire sans exagérer que mes découvertes firent l'effet d'une bombe. Toutes les chaînes de télévision reprirent la même information en boucle : le bureau des affaires internes du comté avait procédé à l'arrestation de Walter Briggs et de Steve Horne, tous deux soupçonnés de fabrication de preuves et de modification de scène de crime. Ils étaient interrogés dans les locaux du siège du comté. Dans la plupart des flashs, les photos des deux policiers étaient incrustées dans un coin de l'écran. Elles n'étaient guère flatteuses : le sergent Briggs en particulier avait l'air d'un vrai repris de justice. On ne parlait pas en revanche de Joe Campbell, qui m'avait permis de découvrir la vérité.

Les médias revinrent abondamment sur les circonstances du meurtre de Lisa et sur la libération récente d'Ethan, qui était désormais présenté comme la « victime des agissements de la police » et, surtout, comme un innocent. Quelques spécialistes invités sur les plateaux prédirent que l'affaire aurait un retentissement durable sur la police du comté et conduirait sans doute à la réouverture d'enquêtes auxquelles les deux policiers avaient participé. Certains se demandaient même si l'on ne devait pas s'attendre à de nouvelles révélations dans les prochains jours : on ne pouvait pas exclure que les supérieurs de Briggs et de Horne – le shérif et son adjoint n'étaient pas nommés, mais c'était tout comme – aient essayé de couvrir leurs turpitudes.

Dans un premier temps, on crut que le shérif Dern refuserait de s'exprimer. Mais, sous la pression des médias et de quelques manifestants venus crier leur colère au pied de son bureau, il consentit à donner une brève conférence de presse en présence du procureur. D'une voix mécanique, il lut une déclaration soigneusement préparée par son équipe de communicants. Il assura que toute la lumière serait faite sur l'affaire et que les accusations portées contre ses agents ne devaient en aucun cas ternir les excellentes relations que la police du comté entretenait avec les habitants. Il eut même le culot de laisser croire que son bureau était à l'origine de l'enquête interne, sans intervention extérieure. « Nous sommes les garants de l'ordre et de la justice, avec l'aide de Dieu », proclama-t-il dans une envolée lyrique qui semblait le seul morceau improvisé de son discours. « Pouvez-vous assurer que plus aucune poursuite ne sera engagée contre M. Walker ? » se risqua à demander un journaliste dans la salle. « Pas de commentaire sur le sujet », se contenta de déclarer le procureur avant de quitter l'estrade, l'air penaud.

Ces rebondissements furent l'occasion pour les chaînes de passer en revue quelques scandales récents qui avaient éclaboussé les polices du pays. Une chimiste de la police scientifique de Boston qui avait durant dix ans trafiqué des milliers d'échantillons d'ADN… Des membres de la police antigang de Los Angeles qui avaient monté de fausses accusations ayant conduit une centaine d'innocents en prison… Un flic de l'État du Maryland qui avait caché de la drogue dans l'appartement d'un suspect avant de faire mine de l'y découvrir – sans se rendre compte que sa propre caméra n'était pas éteinte au moment où il commettait son forfait.

J'étais désormais capable d'allumer la télé du salon vingt fois par jour, autant pour assouvir mon plaisir peu glorieux de voir Briggs jeté en pâture à la vindicte médiatique que par espoir que de nouvelles preuves ou de nouveaux témoignages permettent définitivement à Ethan de se sortir d'affaire.

Le matin du lundi 25 avril, l'air hagard, mal réveillé, la télécommande vissée dans une main, j'appris que le sergent Briggs avait tout avoué. Il reconnaissait avoir dérobé la gourmette d'Ethan lors de son arrestation et l'avoir déposée sur la scène de crime. D'après les fuites, il avait plaidé « un coup de folie », « un geste irrationnel » – bref, un bon gros baratin qu'avait dû lui souffler son avocat pour minimiser sa responsabilité. Je savais au fond de moi que Briggs avait agi de manière parfaitement réfléchie, dans le but de faire tomber Ethan, qu'il détestait, et de débarrasser enfin Black Oak d'un de ses vilains petits canards.

Si ces révélations eurent un retentissement national, elles mirent aussi notre quartier en émoi. Vera, qui était un peu nos yeux et nos oreilles sur Clifton Street, nous rapporta qu'elles étaient devenues l'unique sujet de conversation du voisinage. À en croire ses statistiques empiriques, la population du quartier se divisait désormais en trois catégories faisant à peu près jeu égal : les « fanatiques », zélateurs infatigables des forces de l'ordre, qui restaient fermes dans leur croyance et tenaient pour acquise la culpabilité d'Ethan, fustigeant au passage l'endoctrinement médiatique dont les masses étaient selon eux l'objet ; les « néophytes », qui criaient à l'erreur judiciaire et, forts de la foi des récents convertis, se livraient à un ardent prosélytisme pour gagner les autres cœurs à leur cause ; et les « agnostiques », qui, prudents, circonspects, précautionneux, attendaient de plus amples révélations pour se faire une religion.

*

Le jour même, pour fêter notre succès, Brandeau m'invita à déjeuner dans un restaurant de fruits de mer de Sheboygan dont il avait lu le plus grand bien dans un guide culinaire – je crois que la fréquentation du Lake's Diner avait fini par gâter son fragile estomac.

– Vous savez que nous n'avons fait que la moitié du chemin, Nick. Ethan a sans doute une épine de moins dans le pied, mais nous sommes loin d'avoir démasqué le coupable.

– « Une moitié de vérité ne vaut rien », n'est-ce pas ? Au moins, Briggs ne pourra plus nuire à personne, c'est toujours ça de gagné. (Je sortis une feuille pliée en quatre de la poche de ma veste.) J'ai griffonné ça hier soir, histoire d'y voir plus clair.

Brandeau écarta son assiette de langoustines, prit la feuille et commença à la lire à voix haute :

– « Liste des suspects. 1) Teddy Chambers. Alibi : aucun, il était sur place la nuit du meurtre. Mobile : frustration, ego démesuré ; présente toutes les caractéristiques d'un putain de psychopathe. » Vous savez que l'on est censé rester objectif et impartial quand on mène une enquête ?

– Désolé, mais là, vous m'en demandez trop.

– « 2) Sherry Sheldon. Alibi : aucun, pouvait tout à fait quitter la fête et se rendre sur la plage sans que personne s'en aperçoive. Empressement à rechercher Lisa : manière d'éloigner d'elle les soupçons ? Mobile : jalousie, rancune, humiliations subies (à prouver). 3) Jack Donovan. Alibi : point d'interrogation – à creuser. Mobile : amoureux de Lisa, s'est consolé dans les bras de Sherry. A toujours refusé que l'on évoque l'affaire sous son toit : attitude étrange. » (Brandeau releva les yeux de la feuille.) Avez-vous envisagé qu'il ait pu agir ainsi pour protéger sa femme ? Imaginons qu'il la pense coupable du meurtre, on comprendrait alors qu'il n'ait guère envie de remettre le passé sur la table.

– De peur qu'elle ne lui avoue tout ?

– Bienheureux les ignorants…

– L'inverse pourrait être vrai : si Sherry pense que Jack a quelque chose à se reprocher, elle a pu m'orienter vers une fausse piste en me parlant du journal et en laissant entendre que Lisa avait un amant. À moins qu'ils ne se protègent mutuellement, chacun pensant que l'autre a fait le coup…

Brandeau poursuivit sa lecture :

– « 4) Bill Wiggins. Alibi : aucun, aurait pu s'absenter le temps de commettre le meurtre. Mobile : *a priori* aucun, mais s'est fait accuser de harcèlement sexuel par deux étudiantes. Esprit perturbé ? Pervers ? Dissimulateur ? 5) Madison Bennett. Alibi : aucun pour le moment, refuse de parler. Mobile : jalouse de Lisa, Ethan l'a quittée pour elle. Sa mort lui a laissé le champ libre pour reconquérir Ethan. Que sait-elle vraiment ? » D'après ce que vous m'avez raconté, on a l'impression que Madison a pris une sacrée revanche. Elle avait vraiment l'air de détester Lisa.

– Oui. Je pensais que Lisa n'avait aucun ennemi, mais je crois bien que je me suis trompé. Continuez, j'ai gardé le meilleur pour la fin.

– « 6) L'homme mystérieux. Amant de Lisa ? Exerçait-il un pouvoir sur elle ? Est-ce à lui que Lisa fait allusion dans son journal ? Ce journal existe-t-il ? Cet homme existe-t-il ? Que s'est-il passé le jour du meurtre ? Pourquoi Lisa n'était-elle pas dans son état normal ce soir-là ? » Hum, cela fait beaucoup d'interrogations, Nick.

– Je sais, et nous avons malheureusement bien peu de réponses à y apporter…

*

En fin d'après-midi parut sur le site internet de « la dame grise » l'article de Penny MacLane.

Révélations sur l'affaire Lisa Nielsen

L'écrivain Nick Altman a enquêté et mis au jour ce qui pourrait bien devenir l'une des plus grandes erreurs judiciaires de ces quinze dernières années.

En fait de révélations, il n'y avait pas grand-chose que les médias n'aient déjà dévoilé les deux derniers jours. Mais l'article de Penny – *mon* article, devrais-je dire, tant il reprenait mot pour mot ce que je lui avais confié par téléphone – permettait au lecteur d'avoir une vision d'ensemble et de comprendre que le bureau du shérif n'était nullement à l'origine de la mise en cause de ses agents. Penny n'avait pas hésité à retranscrire les morceaux les plus croustillants de l'enregistrement de

Briggs, qui achevaient de prouver le coup monté dont Ethan avait été victime.

J'étais encore les yeux collés à mon écran d'ordinateur quand Jay m'appela.

– Tu te rends compte ? hurla-t-il dans le combiné à m'en vriller l'oreille. Pas le moindre mot sur ton prochain roman ! Pas la moindre petite virgule ! Tu vas peut-être passer pour un héros, mais ça n'est pas cet article qui va nous faire vendre des livres…

– MacLane m'a promis qu'elle consacrerait un article au bouquin… mais plus tard.

– « Plus tard » ? Mieux vaut tenir que courir ! Qui te dit qu'elle tiendra parole maintenant qu'elle a eu ce qu'elle voulait ? Quand je repense au cinéma que tu m'as fait l'autre jour parce qu'elle t'avait posé une malheureuse question sur Walker ! Bon, je te préviens que j'ai déjà mis le service marketing sur le coup…

– Quel coup ?

– On va faire ajouter un bandeau à ton livre : « Par l'auteur des révélations sur l'affaire Lisa Nielsen ». Je sais, c'est un peu long, mais ça en jette, non ? Encore mieux qu'un *blurb* de Coben ou de Connelly !

– C'est de la publicité mensongère, ni plus ni moins, protestai-je. Mon roman n'a strictement rien à voir avec l'affaire !

– Les lecteurs ne sont pas censés le savoir. C'est juste pour capter leur attention. Et puis ton bouquin se passe dans le Wisconsin et il y est question d'amitié…

– Fais ce que tu veux, Jay, dis-je avec lassitude.

– Je t'envoie un visuel dès qu'on a quelque chose de solide.

Presque dans la foulée, mon téléphone se remit à sonner. Le visage de Chloé apparut sur l'écran : elle s'était elle-même prise en photo un soir, alors que je m'étais endormi, et elle l'avait ajoutée à sa fiche de contact pour me faire une surprise. Elle tirait la langue en plissant les yeux. Même si cette photo ne me faisait plus rire depuis longtemps, je n'avais pas eu la force de la supprimer.

– Je suis devant ma tablette, sur la page du *Times*. Voilà une nouvelle qui méritait d'être imprimée, fit-elle en allusion à la devise du journal.

– Si mes livres ne marchent plus, je pourrai toujours embrasser une magnifique carrière de détective privé.

– C'est bien, ce que tu as fait, dit-elle d'un ton plus sérieux. Tu parlais si peu d'Ethan, de ton passé, de la mort de ton amie… Il a dû te falloir beaucoup de courage pour affronter de nouveau cette affaire.

Je ne trouvai rien de profond ni d'intelligent à dire sur la question. Il y eut un silence. Puis, sans savoir pourquoi, sans doute par rancœur ou par colère, je lui demandai :

– Comment va Fallon, au fait ?

Si mon ton se voulait sarcastique, il dut surtout lui paraître amer et pathétique.

– Tu as vu la photo alors ? Je croyais que tu ne lisais pas les magazines *people*…

– Figure-toi que la copine de mon frère est une fan absolue de Fallon. C'est elle qui lui a montré l'info, sans savoir qui tu étais, évidemment. Adam a eu un sacré choc : je ne lui avais pas dit qu'on était séparés.

– Ça n'est pas ce que tu crois, Nick.

– Bien sûr que non. Qu'est-ce que je pourrais bien aller imaginer, d'ailleurs ? Tu as sans doute un sosie dans Manhattan, ou peut-être une sœur jumelle dont tu ne m'as jamais parlé.

– Laisse-moi t'expliquer !

– Allons donc ! Je t'écoute.

– Justin voulait acheter un portrait de Richard Prince, mais il n'arrivait pas à se décider. Comme il sait que je m'intéresse à l'art contemporain, il m'a appelée pour que je l'accompagne dans une galerie de Chelsea. Il voulait que je lui donne mon avis, c'est tout.

– Et comment vous êtes-vous retrouvés à poser, *la mano en la mano* ?

Elle soupira, contrariée de devoir se justifier.

– On n'a pas « posé » ! Au moment de sortir, Justin a vu qu'un paparazzi se cachait sur le trottoir d'en face. Tu n'imagines pas ce qu'est devenue sa vie : on le suit, on le harcèle, il ne peut plus faire un pas sans qu'on le prenne en photo. Il m'a dit : « Tu veux t'amuser ? On va leur donner de quoi s'occuper. » Et avant que j'aie eu le temps de comprendre ce qui se passait, il m'entraînait dans la rue en me tirant par la main. J'étais furieuse quand j'ai réalisé ce qu'il avait fait. Tu crois que ça m'amuse de me retrouver dans ces journaux débiles à côté de starlettes de la téléréalité ? Ils ont même donné mon nom – je ne sais pas comment ils ont fait pour savoir qui j'étais. Je vis un enfer depuis ! Un tas de journalistes sont venus à la maison d'édition pour obtenir une interview. Tout le monde est exaspéré par cette histoire, ici. Mon travail en pâtit. Tu sais combien c'est dur pour une femme de s'imposer dans ce milieu…

– De toute façon, tu n'as pas de comptes à me rendre, Chloé. Tu es libre maintenant…

Et tout en prononçant ces paroles je repensai honteusement à ma nuit avec Connie. Je n'arrivais pas à croire que tout était parti d'un simple malentendu

– car, j'en étais certain, Chloé m'avait dit la stricte vérité. Je l'avais trompée une deuxième fois en cédant à un accès de cette minable jalousie que je trouvais si risible chez les autres.

– Ça ne veut pas dire que je ne pense pas à toi, répondit-elle, ni que je me désintéresse de ta vie. Je voulais que tu saches la vérité.

– Je ne veux pas être ton « ami », Chloé, ça n'est pas ce dont j'ai besoin en ce moment.

– Et de quoi as-tu besoin exactement ? Le problème avec toi…

Elle s'interrompit.

– Vas-y, dis-moi quel est le problème avec moi. Je serais curieux de l'entendre.

– C'est qu'il faudrait toujours être patient, disponible, à ton écoute, en attendant que tu prennes enfin conscience des gens qui t'entourent. Tu n'es pas attentif aux autres.

– Je sais que j'ai commis beaucoup d'erreurs…

– Ah non, ne recommence pas ! J'étouffe de ton sempiternel sentiment de culpabilité. Il faut toujours que tu ramènes tout à toi !

– Parce que c'est ce que je connais le mieux dans la vie.

– Vraiment ? Je suis sûre que tu en es encore à te demander pourquoi tu m'as trompée. Parce que ce n'était pas une question de sexe, n'est-ce pas ? Le sexe n'était qu'un malheureux prétexte. Tu avais le besoin viscéral de faire quelque chose de mal, pour te sentir encore plus coupable que tu ne l'étais, pour expier je ne sais quelle faute originelle… Il y a quelque chose de négatif en toi, dont tu n'as jamais su te débarrasser. Et je ne veux pas que ça déteigne sur moi.

– D'accord ! Tu veux qu'on fasse une psychanalyse par téléphone ? Attends, laisse-moi le temps de m'allonger sur un divan.

– Non, je veux te parler, tout simplement. Une chose que nous n'avons jamais vraiment faite, même si tu ne t'en rends pas compte. Les années passent pour moi, Nick. J'aurai bientôt 37 ans. Je veux construire quelque chose avant qu'il ne soit trop tard. Et je ne crois pas que tu sois prêt à m'offrir ce quelque chose pour l'instant, ni que j'aurai la patience d'attendre.

Je sentis une boule se former au fond de ma gorge. Je me savais incapable de poursuivre cette conversation.

– Je crois que je vais raccrocher, Chloé…

– Bien sûr. C'est vrai que les problèmes cessent d'exister quand on n'y pense plus. Continue à t'enfouir la tête dans le sable comme une autruche. Tu sais quoi ? C'est moi qui vais raccrocher. Ça t'évitera pour une fois de te sentir coupable !

*

Le dîner avec ma mère fut des plus mornes ce soir-là. Même si elle n'en disait rien, je savais qu'elle m'en voulait d'avoir remué le passé et dépensé autant d'énergie à faire innocenter Ethan, qui restait pour elle, j'en étais persuadé, le seul coupable possible. Vers 21 heures, notre tête-à-tête tendu fut heureusement interrompu par la visite inopinée de Vera.

– Toc toc, fit-elle en ouvrant la porte et sans avoir du tout frappé. Devinez qui est là ? Je vous ai préparé des cookies et une tarte au potiron dont vous me direz des nouvelles. Susannah, tu ne vas jamais le croire ! Nick, bouche-toi les oreilles : ce ne sont pas des histoires pour les garçons de ton âge. Je sais, tu vas encore dire que je ne suis bonne qu'à colporter des potins, et c'est vrai dans le fond, mais tiens-toi bien : il paraîtrait que l'adjoint du maire, ce cher M. Kingsby, que j'ai soit dit en passant toujours trouvé chafouin, aurait été surpris par sa femme, ouvrez les guillemets, « en plein acte » avec sa secrétaire – une oie blanche, à ce qu'on croyait, un perdreau de l'année, une fille à qui j'aurais donné le bon Dieu sans confession et qui, je te le donne en mille, osait encore me dire l'autre jour…

Les racontars de Vera – et ce fut bien là leur seule vertu – me permirent de m'éclipser discrètement. Je pris ma voiture. Ma conversation avec Chloé m'avait laissé un goût amer. Je ressentais le besoin de parler à Connie pour éviter toute méprise : lui expliquer que nous devions en rester là, qu'il me fallait remettre de l'ordre dans ma vie – ou n'importe quelle pitoyable lâcheté qui me permettrait de m'extraire de cette impasse. Après tout, nous étions majeurs et vaccinés et nous n'avions passé qu'une malheureuse nuit ensemble.

J'avais naïvement pensé que les récentes révélations des médias changeraient le regard des autres sur moi – en bien, cela va sans dire. Jay n'avait-il pas prédit que j'allais devenir un « héros » ? C'était peut-être vrai, mais certainement pas aux yeux des habitants de Black Oak. Quand j'entrai au Lake's Diner ce soir-là, je ne trouvai aucune aménité dans le regard de Brad, le patron, plutôt un mélange de mépris et d'exaspération mâtiné d'un brin de détestation. Quelques têtes gênées se tournèrent vers moi avant de replonger dans leurs épis de maïs ou leur ragoût de viande hachée. Je ne vis Connie nulle part dans le restaurant. Il n'y avait que la jeune fille qui nous avait servis, Brandeau et moi, quelques jours plus tôt.

Je m'approchai à contrecœur du comptoir en essayant de paraître aimable. Un exemplaire du *Milwaukee Journal Sentinel* y traînait, ouvert à la page des fameux « aveux » du sergent Briggs, qui devaient désormais alimenter toutes les conversations en ville.

– Bonsoir. Connie ne travaille pas ce soir ?

Brad était occupé depuis mon arrivée à nettoyer un même et unique verre. Soit il était particulièrement consciencieux, soit ce geste machinal traduisait son désir de me voir fiche le camp de son établissement.

– À moins qu'elle ne soit en train de faire la plonge et qu'elle ne prenne plaisir à faire gratuitement des heures sup dans mon dos, je dirais que non.

Et en plus, Brad avait de l'humour.

– Vous savez où je peux la trouver ?

– Je ne suis pas son père et je ne suis pas sûr d'avoir envie de vous rendre service.

– Pas grave… Merci quand même.

Brad cessa de fourbir son verre et le tapa rageusement sur le comptoir.

– Connie, c'est une chic fille, elle n'a pas eu la vie facile. On n'aimerait pas que quelqu'un vienne lui faire des ennuis… ou la fasse souffrir, si vous voyez ce que je veux dire.

– Pas vraiment, non, mais je suis d'accord avec vous : c'est une chic fille.

Je quittai le restaurant sans m'attarder et pris la direction de l'appartement de Connie. L'éclairage public donnait une teinte sale et jaunâtre au trottoir. Tout en réfléchissant à ce que j'allais lui dire, je m'arrêtai devant la vitrine de ce qui avait été autrefois le seul disquaire de la ville. J'y emmenais parfois Lisa – classique et « musiques du monde » pour elle, blues et rock pour moi. La vitre avait été peinte en blanc et occultée par quelques morceaux de carton. Au-dessus, la moitié des lettres de l'enseigne avaient disparu. « À LOUER », indiquait une pancarte de guingois. La plupart des boutiques de mon enfance avaient fermé depuis belle lurette. Les petits commerces s'étaient éteints les uns après les autres, après l'ouverture de l'IGA d'abord, puis celle d'un immense centre commercial sur la route de Sheboygan. Des trois librairies de la ville, il n'en restait plus qu'une, qui parvenait à survivre en vendant des magazines et des souvenirs en plastique à la faune estivale. Vivotaient encore un magasin de vêtements et un autre de chaussures, que les gens du coin ne fréquentaient plus que par pitié pour les proprios et qui disparaîtraient au prochain changement de génération.

Je n'entendis pas l'inconnu surgir derrière moi. Alors que j'étais presque arrivé au pied de l'immeuble de Connie, à l'extrémité du trottoir hors de portée des réverbères, un bruit de bouteille brisé résonna dans mes oreilles. Puis une douleur fulgurante vrilla mon crâne. Je titubai avant de m'effondrer – je ne compris pas tout de suite qu'on m'avait en fait poussé dans une ruelle adjacente.

Je me retrouvai à terre, sonné, dans l'incapacité de distinguer le visage de mon agresseur. Nouvelle douleur, au creux des reins cette fois, qui m'arracha un gémissement. Des coups de pied violents, non retenus, me plièrent en deux.

– Tiens, Altman ! Ça, c'est pour être venu foutre la merde dans notre ville ! hurla l'homme.

Je tentais de me défendre comme je le pouvais en agitant les bras. Tout en accomplissant sa besogne, l'inconnu ahanait comme un bûcheron. Chaque coup porté produisait un bruit étouffé de gant de boxeur sur un sac de frappe.

Puis le calvaire cessa.

Ensuite, j'entendis un rire et des pas qui s'éloignaient sur le trottoir. Puis le bruit d'une voiture qui démarrait en trombe dans la rue principale.

4

– Il faut que je t'emmène aux urgences, Nick ! Ça coule comme d'une fontaine.

– Par pitié, tout sauf l'hôpital ! Débrouille-toi comme tu peux.

Assis sur le rebord de son lit, la tête renversée en arrière et les yeux fermés, je sentais Connie presser sur mon front des gazes qui s'imbibaient aussitôt de sang.

– Non, je suis sûre qu'il va te falloir des points. En plus, je crois qu'il reste des bouts de verre. Ne bouge pas.

Comme si cette plaie n'y suffisait pas, j'avais l'impression que celle que je m'étais faite chez Ethan le lendemain de mon arrivée à Black Oak s'était rouverte.

– Tu n'as qu'à mettre un gros pansement, ça fera l'affaire.

– Je ne suis pas infirmière ! Et tu n'avais vraiment pas l'air bien tout à l'heure, tu tenais à peine debout. Peut-être qu'il faudrait qu'on te fasse un scanner.

– Ça va déjà beaucoup mieux, je n'ai plus la tête qui tourne.

Ce n'était qu'un mensonge éhonté, mais je n'avais pas envie d'inquiéter Connie davantage ni de me retrouver aux urgences, pris en tenaille entre un ivrogne couvert de vomi et un gosse avec une bille ou un capuchon de stylo coincés dans le nez.

Connie me vida une rasade d'alcool à 90° sur la plaie.

– Punaise, ça fait mal !

– Je fais de mon mieux. Et arrête de gigoter ! Comment est-ce qu'on faisait avant ? Je ne sais pas, moi… pendant la guerre de Sécession, quand il fallait amputer des types d'une jambe ou d'un bras. Ça existait, les anesthésies, à l'époque ?

– Je ne crois pas, non.

– Tu imagines ? Le sang qui pissait de partout. Et les toubibs qui y allaient à la scie…

– Arrête, Connie. Tu ne crois pas que tu exagères ?

– Tu es sûr que tu n'as pas une côte cassée ou un truc dans ce genre ?

Je me penchai en avant, comme si ce simple mouvement valait une radio de la poitrine.

– Non, je ne crois pas.

– Attention, ça coule. (Elle me passa une compresse entre les yeux et sur le nez.) C'est bizarre, il y a des parties du corps qui n'ont pas de nom…

– Qu'est-ce que tu racontes ?

– Là, par exemple, cet espace entre les sourcils, dit-elle en me le tamponnant, eh bien ça n'a pas de nom.

Je fis une grimace de douleur.

– Si, ça en a un : ça s'appelle la « glabelle ».

– Pfff, n'importe quoi ! Tu viens d'inventer ce mot.

– Non, je t'assure. Ça vient de « glabre »… parce que c'est un espace sans poils. Tu pourras le noter dans ton carnet.

– Tu me fais bisquer ! Il y a des gens qui en ont, des poils, à cet endroit, ça leur fait même des sourcils soudés l'un à l'autre.

À force de compresses et – lorsqu'elles furent épuisées – de feuilles de sopalin pliées en quatre, Connie vint à bout du saignement, puis elle m'appliqua un pansement.

– Bon, j'espère que ça tiendra. Tu devrais t'allonger un peu.

– Merci. Je ne sais pas ce que j'aurais fait sans toi.

– Il faut qu'on appelle les flics, Nick. Tu dois absolument porter plainte.

– À quoi ça servirait ? On ne retrouvera jamais ce type, de toute façon, et certains risqueraient d'imaginer que j'ai mis en scène cette agression pour me faire de la pub. Je fais assez parler de moi en ce moment. Laisse tomber, va.

– Qui est-ce qui a bien pu te faire ça ? Tu m'as dit que cet homme t'avait parlé…

– Je ne le connais pas, ou du moins je n'ai pas reconnu sa voix. C'était peut-être un client du restaurant qui m'a suivi : j'y suis passé tout à l'heure, et je peux te dire que personne n'avait l'air enchanté de me voir.

– Quelle bande de pedzouilles ! Qu'est-ce qu'ils te reprochent, au juste ? D'avoir mis fin aux magouilles de Briggs ? D'avoir débarrassé cette ville d'une ordure ?

– La plupart des gens l'aimaient bien.

– Moi, je n'ai jamais pu le saquer. Je l'ai croisé l'autre jour et tu sais ce qu'il a fait ? Il m'a obligée à ramasser une cigarette que j'avais jetée sur le trottoir. Tu imagines ? Le type n'avait rien d'autre à faire que la police des mégots.

– Ou peut-être que c'était un pote de Richard.

Elle fronça les sourcils.

– Richard ? Tu veux dire le frère de Lisa ?

J'acquiesçai et la douleur dans ma tête reprit de plus belle.

– Il m'a déjà plus ou moins fait comprendre qu'il n'appréciait pas que je vienne farfouiller dans le coin, et je crois qu'il n'est pas pour rien dans le harcèlement qu'a subi le père d'Ethan. Mais ce n'est qu'une supposition. Je n'ai pas envie de lui créer de problèmes : il en a assez bavé comme ça. De toute façon, la moitié de cette ville aimerait me voir foutre le camp.

J'enlevai ma chemise maculée de sang en limitant au maximum mes mouvements.

– Donne, je vais la mettre à la machine. Je dois bien avoir un vieux truc à ta taille par ici.

Elle fouilla dans le placard de la chambre et me trouva un horrible T-shirt d'AC/DC orné d'une tête de mort.

– Je vais faire sensation en ville avec ça.

– Ça, c'est sûr. (Connie s'assit sur le lit à mes côtés.) Parle-moi de ton enquête, Nick. Est-ce que tu as des suspects ?

– Je ne crois pas que ce soit une bonne idée que je t'en parle. Je n'ai pas envie de te mêler à tout ça.

– Elle est bien bonne celle-là ! Tu débarques en sang chez moi après t'être fait passer à tabac parce que tu enquêtes sur un meurtre, mais tu n'as pas envie de me mêler à tout ça !

– Très bien, Connie. Va voir dans la poche de ma chemise : j'ai fait une liste de tous ceux qui auraient pu en vouloir à Lisa.

– Je suis dessus ?

Je m'insurgeai :

– Bien sûr que non ! Pourquoi est-ce que je serais allé te mettre sur cette liste ?

– Je ne sais pas, moi… Dans les enquêtes policières, le coupable est toujours celui qu'on soupçonne le moins.

– Je ne suis pas sûr que les choses marchent comme ça dans la vraie vie.

Elle se leva pour aller récupérer la feuille tachée de quelques gouttes de sang.

– Je parierais dix dollars que mon nom est dessus ! (Elle survola les noms à toute vitesse.) Ah non, je n'y suis pas, constata-t-elle avec déception. Tu crois vraiment qu'une de ces personnes a tué Lisa ?

– C'est possible, mais je n'ai encore aucune preuve.

Elle relut la liste plus lentement et posa un doigt en haut de la feuille.

– Teddy Chambers… je le verrais bien avoir fait le coup. Quel petit péteux, celui-là ! Tu sais qu'un jour il a voulu me tripoter dans les vestiaires du lycée ? Je l'ai envoyé balader, mais j'ai été trop gentille avec lui. J'aurais dû lui envoyer mon pied dans les parties, ça lui aurait servi de leçon. C'est à cause de Briggs que tu le soupçonnes ?

Mon esprit était encore embrumé mais le nom du sergent me fit réagir.

– Comment ça, « à cause de Briggs » ? Quel rapport ?

Connie eut l'air surprise.

– Eh bien, la mère de Teddy… Patricia je-ne-sais-plus-comment de son nom de jeune fille : c'est la sœur de la femme du sergent Briggs.

– Quoi !

– Teddy est son neveu. Tu ne le savais pas ?

*

– Comment a-t-on pu passer à côté d'une information pareille, Brandeau ? C'est à peine imaginable ! Est-ce que des enquêteurs ne sont pas censés passer au peigne fin la vie de chacun de leurs suspects ?

Brandeau me regardait d'un air atterré, debout dans un vieux pyjama à rayures aussi démodé que ses costumes, sur lequel étaient brodées ses initiales en lettres d'or. Par chance, il n'était pas encore couché quand j'avais débarqué à son hôtel.

– Vous êtes né ici, Nick, comment pouviez-vous ignorer que Chambers avait un lien de parenté avec Briggs ?

– Qu'est-ce que vous croyez ? Que j'affiche dans ma chambre l'arbre généalogique de chacun des foutus habitants de cette ville ? Je ne connais la mère de Chambers que de vue, et je ne savais même pas qu'il y avait une Mme Briggs ! Ce fieffé salopard s'est bien gardé l'autre jour de nous dire que le sergent était son oncle. Chambers a tué Lisa, j'en ai maintenant l'intime conviction !

– Ne tirez pas trop vite de conclusions et évitez de vous emporter après ce qui vous est arrivé. Vous êtes livide. Vous êtes sûr que vous ne voulez pas que j'appelle un médecin ?

J'ignorai sa proposition.

– Nous avons peut-être agi comme des amateurs, mais nous avons toutes les pièces du puzzle maintenant. Chambers a dû arriver chez Lisa plus tard qu'il ne l'a prétendu, une heure après environ. Il commet le meurtre sur la plage, sans l'avoir prémédité, puis sombre dans la panique. Il sait que quelqu'un a pu le voir devant chez Lisa – il nous l'a d'ailleurs explicitement dit l'autre jour. Sans doute va-t-il, le soir même ou le lendemain matin, voir son oncle – à moins qu'il ne lui téléphone. La suite n'est pas difficile à imaginer… Le sergent Briggs le persuade de garder le silence, il lui assure qu'il peut tout arranger et que jamais il n'ira en prison…

– Car il comprend très vite qu'il peut faire porter le chapeau à Ethan Walker.

– Un parfait bouc émissaire ! Briggs connaît son passé et, grâce à son neveu, il apprend qu'il était le petit ami de Lisa et qu'il était présent à la fête ce soir-là. Horne et lui ont été les premiers à mener l'enquête et à recueillir des témoignages. Il a cherché un prétexte pour aller arrêter Ethan – un témoin qui l'a soi-disant vu quitter la soirée avec Lisa. Tout est limpide : il n'a pas volé la gourmette dans je ne sais quel esprit de vengeance, mais parce qu'il avait besoin de preuves qui incrimineraient Ethan. Il voulait à tout prix éviter qu'on se mette à chercher un autre suspect.

– Dans ce cas, objecta Brandeau, pourquoi Teddy Chambers est-il allé s'exposer dans les médias comme il l'a fait ? Il aurait dû au contraire faire preuve de la plus grande discrétion.

– Dès qu'Ethan a fait ses aveux et qu'il a compris qu'il ne risquait plus rien, il n'a pas pu résister au plaisir de se retrouver en pleine lumière. Vous l'avez, votre meurtrier arrogant et vaniteux qui prend le risque d'attirer l'attention sur lui ! Vous aviez vu juste depuis le début !

– Vous avez conscience que nous n'avons strictement aucune preuve de ce que vous avancez ?

– Mais nous ne trouverons jamais de preuves ! Comment le pourrions-nous au bout de douze ans ? Nous ne sommes pas dans un putain d'épisode de *Cold Case* ! Il faut que Chambers et Briggs avouent tout, c'est le seul moyen.

– Je doute que Briggs ait envie d'encourir une accusation de non-dénonciation de crime en plus de celle de falsification de preuves.

– Il a bien avoué une fois déjà.

– Mais nous avions un enregistrement et le témoignage de deux policiers qui n'avaient aucune raison de mentir.

– Il faut que nous retournions voir Chambers, alors. Nous devons lui faire cracher le morceau.

– Nous ne ferons pas cela, Nick.

– Et pourquoi pas ?

– Il refusera de nous parler. Nous avons bénéficié l'autre jour d'un effet de surprise, mais c'était un fusil à un coup. De plus, nous n'avons aucune légitimité pour le faire. Nous risquerions même d'hypothéquer une future enquête en agissant ainsi : Chambers pourrait nous accuser d'avoir fait pression sur lui. Et vu vos liens avec Lisa et Ethan…

– Vous vous inquiétez de notre « légitimité » à enquêter, maintenant ? C'est nouveau.

– Soyez raisonnable, Nick. Tout ce que nous ferons avec Chambers risque de se révéler contre-productif.

Je ne tenais plus en place. Je manquais d'air dans cette chambre exiguë.

– Donc, nous ne faisons rien ! Ethan est hors de danger, Briggs va aller en taule… votre « mission » est accomplie ! Vous allez pouvoir écrire un bouquin sur l'affaire, comme vous l'avez fait avec Ty Freeman. Ne vous fatiguez pas trop, vous pourrez reprendre le même titre : *Le Faux Coupable*, tome II. Avec un peu de chance, il aura un peu plus de succès que le précédent.

– Vous devenez amer, Nick, et surtout blessant. Mettons votre attitude sur le compte de votre agression.

Brandeau me tourna ostensiblement le dos. Je me sentais misérable. J'avais blessé ma mère, Chloé, et voilà que je m'en prenais à présent à la personne qui avait sans doute le plus à cœur de résoudre cette affaire.

– Je suis désolé, Brandeau, je ne sais pas ce qui m'a pris. Je n'avais pas le droit de vous parler ainsi. Sans vous, Ethan risquerait encore la prison et Briggs n'aurait jamais été inquiété.

Il leva une main en l'air, geste minimaliste pour me faire comprendre qu'il acceptait mes excuses, puis se dirigea vers une desserte près de l'entrée et mit en marche la bouilloire sur un plateau.

– Un thé ? Fruits rouges ? Thé vert ? Ceylan ?

– Vous n'auriez rien de plus fort ? Il n'y a pas de mini-bar dans cette chambre ?

– Vous êtes sûr que c'est bien raisonnable… avec votre tête ?

– Justement, j'ai besoin de me remettre de mes émotions.

– Dans le meuble, en dessous.

J'ouvris le frigo.

– 20 dollars la mignonnette ! Ils ne s'emmerdent pas, ici. On n'est pas dans un Hilton, tout de même. (Je m'emparai d'une bouteille.) Ne vous inquiétez pas, je vous rembourserai…

– Vous n'aurez qu'à m'inviter la prochaine fois qu'on déjeunera ensemble au Lake's Diner.

– Franchement, vu ma dernière expérience, je n'ai plus tellement envie d'y remettre les pieds.

La première gorgée de gin me fit un bien fou.

– Pourquoi est-ce que vous faites tout ça, Brandeau ?

– Je vous appelle bien « Nick », appelez-moi « Alister »…

– Pourquoi est-ce que vous faites tout ça, *Alister* ?

– Il me semble que j'ai déjà répondu à cette question.

– Allons ! Ne me dites pas que vous avez passé votre vie à arpenter le pays dans cette vieille Mustang et foutu votre mariage en l'air juste pour redresser les injustices de ce monde. Je n'y crois pas.

Il éteignit la bouilloire qui glougloutait à gros bouillons. Il soupira et, sans se retourner, me demanda :

– Vous vous souvenez de ces photos qui étaient sur mon lit l'autre jour ?

– Votre *autre* affaire ?

– Ce n'est pas une autre affaire. Ou disons que ce n'est pas une affaire sur laquelle je travaille.

– Qu'est-ce que c'est alors ?

– Il s'agit de mes parents.

Un silence écrasa la chambre. Je revis les clichés aux couleurs fanées, les deux corps sur le sol, et je me souvins de la rapidité avec laquelle Brandeau les avait soustraits à mon regard.

– Ils ont été victimes d'un meurtre ?

Son doigt parcourut les sachets de thé sur le plateau, mais il n'en prit aucun.

– J'ai grandi à Pittsburgh. La famille de mon père avait fait fortune dans les aciéries – à eux seuls, les Brandeau devaient être responsables de la moitié de la pollution de la ville à l'époque. Nous habitions un magnifique hôtel particulier à Shadyside. J'ai eu une enfance très heureuse. Ma mère était une femme douce et attentionnée. Et si mon père pouvait être redoutable en affaires, il m'a toujours témoigné une incroyable bienveillance…

Il se tut un instant et se retourna.

– Vous étiez fils unique ?

– J’avais une sœur, mais elle est morte à l’âge de 2 ans, je ne me souviens quasiment pas d’elle. Je crois que mes parents ont reporté tout leur amour sur moi après ce drame.

– Que leur est-il arrivé exactement ?

– Ils ont été tués le 13 juin 1978. Cela fera bientôt quarante ans… J’avais fait le mur cette nuit-là pour rejoindre ma petite amie qui habitait dans le centre-ville. Lily, une fille très gentille – je me demande ce qu’elle est devenue.

– J’avoue que j’ai du mal à vous imaginer en adolescent travaillé par les hormones.

– Oh, nous l’avons tous été dans une vie antérieure… Je suis rentré au petit matin, en espérant que mes parents n’auraient pas remarqué mon absence. Il était très tôt et dès que je suis arrivé au portail j’ai vu que la porte d’entrée était ouverte. C’était inhabituel. J’ai immédiatement compris que quelque chose n’allait pas. (Brandeau marqua une pause. Sans m’en rendre compte, j’avais presque bu toute ma bouteille.) Je les ai découverts étendus dans le salon devant la cheminée. Leurs vêtements et le grand tapis étaient imbibés de sang. Ils avaient été tués à coups de couteau. Mais ce que l’autopsie a montré plus tard, c’est que le ou les assassins les avaient auparavant torturés, sans doute pour obtenir le code du coffre-fort et savoir où était l’argent. Mon père gardait beaucoup de liquide à la maison, et ma mère possédait des bijoux de grande valeur. Je n’ai appelé ni la police ni les secours. Je suis resté assis sur le tapis, sans bouger, pendant peut-être une heure, simplement à les regarder. C’est la femme de ménage qui m’a trouvé – mais je n’en ai gardé aucun souvenir.

Brandeau finit par ouvrir un sachet pris au hasard, puis versa lentement de l'eau chaude dans sa tasse.

– Le meurtrier a été arrêté ?

– Deux semaines plus tard, la police a mis la main sur un cambrioleur multirécidiviste. Il avait un casier long comme le bras, mais il n'avait jamais fait preuve d'aucune violence. Il a été interrogé et a avoué le meurtre, avant de se rétracter le lendemain et de dénoncer les violences policières dont il disait avoir été victime. Malgré cela, il a été condamné à la peine capitale. Je pourrais vous dire que j'ai détesté cet homme, mais le mot « détester » me semble trop faible. Je rêvais de le voir mourir. J'étais persuadé que ma haine ne prendrait fin que lorsqu'il recevrait l'injection létale.

– Il a été exécuté ?

– Non. Trois ans plus tard, un détenu du centre pénitencier de Philadelphie a essayé d'obtenir une remise de peine en révélant que son compagnon de cellule, condamné pour tentative de meurtre, lui avait avoué celui de mes parents. L'homme en question vivait dans notre quartier au moment des faits et, lors d'une perquisition, les policiers ont découvert au domicile de sa mère des bijoux et des objets de valeur qu'il n'avait pas eu le temps d'écouler avant son arrestation. Tous appartenant à ma famille, bien évidemment.

– Le cambrioleur a-t-il été innocenté ?

– Oui. Il a fait partie des quelque cent trente condamnés à mort innocentés et libérés par la justice américaine en trente ans. Il vit toujours à Pittsburgh. Il a trois enfants et sept petits-enfants.

– Et le véritable meurtrier ?

– Cumul de peines… Il n'a pas été condamné à mort, mais a écopé de cent quarante ans de prison.

Cent quarante ans… répéta-t-il tristement. Ça prêterait presque à rire.

– Il est toujours en vie ?

– Non, il est mort d'un cancer une dizaine d'années plus tard. Et ma haine n'a pas disparu pour autant.

Brandeau prit sa tasse de thé et s'assit dans le fauteuil devant le bureau.

– C'est une chose terrible à dire, Nick, mais la mort de mes parents a donné un sens à ma vie. Après ce deuxième procès, je suis devenu littéralement obsédé par les erreurs judiciaires. Je ne vivais plus qu'avec une pensée en tête : un innocent aurait pu être exécuté pour le meurtre de mes parents, et le coupable aurait pu sortir de prison et tuer d'autres personnes. Je me suis juré que je parviendrais un jour à faire innocenter des condamnés qui n'avaient pas eu un procès équitable. Voilà, vous savez tout. Comment Alister Brandeau est devenu un justicier redresseur de torts.

– Je suis désolé, Alister…

Il porta la tasse à ses lèvres et souffla dessus.

– Rassurez-vous, j'ai réussi à faire mon deuil. Tout cela appartient au passé maintenant. (Il abandonna son thé sur la table et se leva en renouant les pans de sa robe de chambre.) Je n'ai pas l'intention de vous laisser tomber, Nick ! Je compte poursuivre cette enquête à vos côtés, coûte que coûte. Mais nous ne devons pas nous focaliser sur Teddy Chambers.

– Pourquoi ? Il est coupable, j'en suis sûr.

– Vous me preniez pour un vieux fou la première fois que je vous ai parlé de lui ! Toutes les apparences sont contre ce garçon, je vous l'accorde. Pourtant, il y a des choses qui ne collent pas. Vous disiez que nous avions toutes les pièces, mais nous en avons beaucoup trop et certaines n'arrivent pas à rentrer dans le puzzle.

– Que voulez-vous dire ?

– Le journal intime de Lisa, la conversation sibylline qu'elle a eue avec Ethan, cet individu mystérieux dont elle avait peut-être peur… Que faites-vous de tous ces éléments dans votre version ? Non, Chambers ne semble être qu'un personnage périphérique. Il a tout à fait pu commettre le meurtre, mais un élément central nous échappe encore, un lien qui nous permettrait d'avoir une vision d'ensemble. Votre amie avait un secret. Un secret que, visiblement, tout le monde ignore. (Brandeau secoua la tête avec agacement.) Je me demande si à force de rechercher le meurtrier nous n'avons pas fini par en oublier la victime. C'est à partir de Lisa qu'il nous faut reprendre notre enquête, et cesser de croire que la chance ou le hasard nous mettront sur la piste de l'assassin.

Cette dernière remarque provoqua un déclic en moi.

– Je sais ce qu'il me reste à faire, Alister. Il n'y a qu'une seule personne dans cette ville qui puisse m'aider à découvrir son secret. Mais c'est bien la dernière que j'aie envie d'aller interroger.

Je vis le regard de Brandeau s'animer.

– Marion… la mère de Lisa ?

– Je vais la faire souffrir, et je ne sais pas si j'en ai le droit.

– Je ne vous forcerai pas la main, Nick. Pas cette fois. C'est à vous, et à vous seul, de prendre cette décision.

5

Un jour, alors que nous passions devant le cimetière de Black Oak, Lisa m'avait appris que les Romains dans l'Antiquité croyaient que certaines âmes défuntes obtenaient des dieux la permission d'habiter éternellement ce qui avait été leur demeure et de continuer à veiller sur leur famille. On leur donnait l'étrange nom de « lares ». Ces esprits entouraient au quotidien les vivants et détournaient les malheurs qui auraient pu les menacer. Sans doute avais-je rigolé en l'écoutant, comme je le faisais chaque fois que Lisa se prenait trop au sérieux.

Ce mercredi 27 avril, en me dirigeant vers la maison des Nielsen après être passé par la plage des Hollandais, je repensai à notre conversation : si Marion ne sortait plus de sa maison, c'était peut-être parce que l'esprit de sa fille l'habitait et la consolait mieux que n'auraient pu le faire les habitants de ce monde.

Je n'avais jamais revu la maison depuis la nuit du drame. Je m'attendais à trouver un jardin laissé à l'abandon mais il n'en était rien. Si les massifs de fleurs avaient pour la plupart disparu, la propriété était bien entretenue et n'avait pas subi de réels changements. J'étais venu en milieu de matinée pour éviter de tomber sur Richard, en espérant qu'il serait au magasin à cette heure. Je ne vis aucune voiture garée.

Sans savoir pourquoi, je ne me dirigeai pas vers la porte d'entrée mais fis le tour par le jardin. On avait enlevé la vieille balançoire sur laquelle Lisa et moi avions tant joué, enfants. L'arrière de la maison, à l'ombre des arbres, dégageait une odeur fraîche de sous-bois. Je m'approchai de la porte de la buanderie que nous utilisions lorsque nous voulions atteindre la plage en traversant le bois de pins. Pendant quelques secondes, j'eus le sentiment de retrouver intactes les émotions de mon adolescence, d'être capable de franchir l'épaisseur du temps pour me glisser dans la peau du garçon que j'avais été jadis. Je jetai un coup d'œil par le carreau : la petite pièce était plongée dans la pénombre. J'ouvris la porte sans même frapper.

– Marion ? demandai-je d'une voix feutrée en m'avançant.

Je gagnai la cuisine baignée par une douce lumière de printemps. Je revis Lisa, la dernière fois que je lui avais parlé dans cette pièce, agacée et m'ordonnant de déguerpir – « Ne reste pas dans nos pattes ! » –, puis Adam, affalé sur la table, à moitié ivre, quand je l'avais récupéré à la fin de la soirée.

– Marion ? répétai-je en pénétrant dans le salon.

Elle était assise sur le canapé, devant le poste de télévision dont le son était coupé. Sur l'écran, un programme de téléachat vantait les mérites d'un gadget inutile. La revoir me fit un choc. Ses cheveux, autrefois blond cendré, étaient devenus uniformément gris. Ses yeux étaient hagards, sans aucune expression d'intérêt pour ce sur quoi ils étaient posés. Je préférai rester dans la semi-obscurité de l'embrasure de la porte.

– Qui êtes-vous ? me demanda-t-elle d'une voix maladive, qui semblait moins provenir d'une quelconque faiblesse physique que d'une immense solitude.

– C'est Nick, Marion. Nick Altman.

Elle mit un moment à me reconnaître.

– Oh, Nick, fit-elle avec un peu plus de vitalité dans la voix. Bien sûr… Pourquoi ne viens-tu plus me voir ? Ça fait si longtemps qu'on ne s'est pas vus.

– Je n'habite plus Black Oak. Je vis à New York aujourd'hui.

– Oui, c'est vrai. Ta mère me l'a dit…

Ses yeux étaient de nouveau remplis de désarroi. Marion me donnait l'impression de n'avoir plus aucune notion réelle du temps : j'habitais New York depuis près de dix ans, mais on aurait dit qu'elle évoquait une conversation qui avait eu lieu une semaine avant.

– Richard n'est pas là ? m'enquis-je avec prudence.

– Richard ? C'est lui que tu es venu voir ? Non, il n'est pas là, il travaille. Mais la petite Lisbeth vient juste de partir.

– Lisbeth ?

– Tu sais bien… Elle vient à la maison, pour m'aider… et s'occuper de moi.

En m'asseyant près d'elle, je remarquai les profondes rides qui creusaient son visage. Pour ne pas s'apercevoir que les gens vieillissent, il faut vivre presque quotidiennement à côté d'eux : j'en faisais là l'expérience bien plus cruellement que lorsque j'avais revu Sherry, Connie ou même Ethan. La regarder m'emplissait d'une profonde mélancolie qui me renvoyait à trop de regrets et d'occasions perdues.

– Marion, je veux que tu saches que Susannah pense beaucoup à toi. Je crois que ce serait bien qu'elle vienne te voir. Elle a essayé de te téléphoner plusieurs fois.

J'avais le sentiment qu'elle ne m'écoutait pas vraiment.

– Je suis désolée pour ton papa. John était… quelqu'un de si gentil. Nous sommes bien seules à présent, oui, bien seules. Tu crois que ta mère m'en veut de n'être pas venue à l'enterrement ?

– Bien sûr que non. Ne t'inquiète pas pour ça.

Un sourire, à peine esquissé, anima son visage.

– Je me souviens des repas… des soirées qu'on passait dehors sur la terrasse. Un soir, Lisa et toi nous avez joué la scène du balcon de Roméo et Juliette, mais vous aviez échangé les rôles. Elle t'avait mis une perruque et une robe, c'était très drôle.

– Je me rappelle…

– Elle te donnait des coups de coude parce que tu ne connaissais pas ton texte. Tout ça semble si loin à présent.

– J'avais même déchiré la robe de Lisa en l'enlevant. Elle était folle de rage.

Je me demandai comment les souvenirs de moments heureux pouvaient devenir si douloureux avec le temps.

– J'ai vu Lisa hier à la télé. Ils ont montré sa photo…

Elle désigna du regard le guéridon près du canapé sur lequel étaient posés plusieurs portraits de sa fille. Je reconnus celui que les médias avaient diffusé.

– Je sais.

– Richard ne veut pas que je regarde les informations. Il dit que cela nous fait du mal, que les journalistes salissent la mémoire de Lisa. Tu penses que c'est vrai ?

– Non, Marion, personne ne salit la mémoire de Lisa. Les gens veulent juste connaître la vérité.

Elle détourna les yeux des photos.

– Tu te souviens des laits chauds que je vous préparais ?

– On ne devait pas avoir plus de 7 ou 8 ans à l'époque…

– Je vais t'en faire une tasse. Qu'est-ce que tu en dis ?

Elle se leva avec quelque difficulté.

– Si tu veux, oui, ça me ferait plaisir. Est-ce que je pourrais monter à l'étage, pour voir la chambre de Lisa ?

Nouveau sourire triste à ses lèvres.

– Vous restiez des heures enfermés là-haut. Ta mère finissait toujours par me passer un coup de fil pour que tu rentres chez toi. Tu verras, rien n'a changé.

Marion n'avait pas menti. Le temps avait épargné la chambre de Lisa. La même couette bleue recouvrant le lit, le petit bureau cérusé sur lequel trônait encore la photographie d'Emily Dickinson, la grande bibliothèque remplie de ses auteurs préférés et, au-dessus de son lit, une reproduction de *Vue de Delft* – la ville, le canal, l'église. Je me souvenais du jour où elle l'avait accrochée au mur.

« Tu l'aimes, ce tableau ?

– Pas mal ? C'est de qui déjà ? Rembrandt ?

– Vermeer !

– Je n'étais pas loin. Ils étaient tous les deux suédois, non ?

– Un jour, je crois que j'irai en Hollande rien que pour voir ce ciel… Un ciel calme après l'orage, quand les derniers nuages se dissipent.

– Ouvre la fenêtre et regarde en l'air : tu en auras un, de ciel magnifique, et gratis en plus.

– Tu n'aimerais pas qu'on fasse un voyage en Europe ? Rien que tous les deux… On pourrait visiter Paris, Venise, Prague et on terminerait notre séjour à Delft. Mais je sais que je serai forcément déçue : sans Vermeer, ce ciel serait sans doute resté quelconque, tu ne crois pas ? Les ciels de ce genre sont porteurs de promesses infinies. Et il vaut mieux parfois ne pas les décevoir… »

Ne voulant pas m'attarder, je me mis aussitôt en quête de son journal intime dans le placard. Je n'eus pas de mal à le trouver : il n'était pas vraiment caché, simplement rangé au milieu d'albums photo et de classeurs du lycée. C'était un épais carnet en cuir brun fermé par un cordon. Il me semblait incroyable que la police n'ait pas trouvé utile de fouiller la chambre de fond en comble, et que ni Marion ni Richard ne soient tombés dessus durant toutes ces années – ou peut-être l'avaient-ils découvert et lu avant de le remettre à sa place, par respect pour Lisa. Il était trop volumineux pour entrer dans la poche de ma veste et je dus le garder en main. Je redescendis, persuadé que je venais de mettre les pieds dans cette chambre pour la dernière fois de ma vie.

Je retrouvai Marion dans la cuisine, assise à la table, le visage tourné vers la fenêtre. Je restai debout. Nulle part je ne vis de tasse de lait. Avait-elle oublié ce qu'elle était venue faire là ? Ses yeux papillonnaient de manière étrange.

– Pourquoi Lisa a-t-elle organisé cette fête en notre absence ? Pourquoi ne l'en as-tu pas empêchée, Nick ? Tu aurais dû veiller sur elle. Tu aurais dû prendre soin de Lisa !

Ses reproches m'atteignaient en plein cœur.

– On ne faisait rien de mal, Marion. On voulait juste s'amuser…

Ses paupières cessèrent de battre. Son regard se fixa sur moi.

– Les gens pensent que je suis folle.

– Personne ne pense ça.

– Si. Je crois que c'est cette maison qui me rend folle. Je l'ai en horreur, et en même temps je serais incapable de la quitter… Ça n'a pas de sens ce que je dis, n'est-ce pas ? (Soudain, elle regarda le frigo, puis la cuisinière, et parut se rappeler ce qu'elle était venue faire dans cette pièce.) Je n'ai plus de lait, Nick.

– Ça n'est pas grave.

– Tu sais, je me souviens de cette journée comme si c'était hier… Anthony et moi étions partis à Eau Claire chez ma sœur. Nous nous promenions près de la rivière quand nous avons reçu l'appel de la police. Anthony semblait ne rien comprendre à ce qui se passait. Il n'arrêtait pas de répéter dans le téléphone : « Non, non ! Où est Lisa ? Où est ma fille ? » Et j'ai su à ce moment-là que ma vie était finie. Je l'ai ressenti au plus profond de mon être, Nick, comme si on m'avait brutalement arraché une partie de moi-même.

– Tu n'es pas obligée de me raconter ça, Marion.

Elle ne faisait plus vraiment attention à moi. Elle poursuivit :

– La police a dit que nous devions identifier le corps, que c'était à la famille de le faire. Voilà donc la seule chose qui importait : identifier le corps…

Anthony a été très courageux, il disait que nous devions nous montrer forts et dignes. Il n'a pas voulu que ma sœur ou son mari nous ramènent à Black Oak. Nous sommes rentrés tous les deux. Il a fait le trajet d'une traite, les yeux fixés sur la route, sans pleurer ni se plaindre. Je le regardais et j'avais l'impression d'avoir un étranger assis à côté de moi. En fait, le monde qui m'entourait m'était devenu étranger.

Un nuage dans le ciel et la lumière baissa.

– Tu dis que vous étiez tous les deux, mais Richard était avec vous à ce moment-là…

– Richard ? Non. Il ne nous avait pas accompagnés à Eau Claire.

Je me sentis soudain mal à l'aise et excité tout à la fois.

– Où était-il alors ?

– À Fond du Lac, répondit-elle comme s'il s'agissait d'une évidence.

– Que faisait-il à Fond du Lac ?

– Il était allé passer une semaine chez son ami Mark, le fils des Taylor. Tu dois te souvenir d'eux… Ils avaient déménagé là-bas. C'est Anthony qui a appelé Richard, peu après avoir reçu le coup de fil de la police. Moi, je n'en aurais pas eu le courage.

Je me remémorai le rapport de Brandeau. Tout le monde pensait à l'époque que Richard était revenu d'Eau Claire avec ses parents. Comment une telle information avait-elle pu passer inaperçue ?

Je m'assis en face de Marion. Je ne voulais pas la bousculer, mais j'avais besoin d'en apprendre davantage.

– Marion, comment Richard se comportait-il avec Lisa ?

– Que veux-tu dire ?

– Est-ce qu'il y avait… des disputes entre eux quand Richard revenait ici pour les vacances ?

Elle referma les pans de son gilet, comme si elle avait soudain froid.

– Richard n'allait très pas bien à l'époque. Il était anxieux, mal dans sa peau. Ton père lui avait prescrit des médicaments…

– Richard consultait mon père ? Quel genre de médicaments prenait-il ?

– Des anxiolytiques, des choses comme ça… Tu sais bien que Richard a toujours été différent des autres. Il se mettait parfois dans des colères folles.

– Contre Lisa en particulier ?

Un silence s'ensuivit. Je craignais qu'elle ne perde à nouveau le fil de la conversation, mais elle finit par me répondre :

– Contre tout le monde. Mais un jour Richard est rentré à la maison hors de lui…

*

Mai 2004

La porte d'entrée claqua violemment. Lisa, qui révisait à la table du salon pour les examens de fin d'année, et sa mère, plongée dans les comptes du magasin, sursautèrent en même temps.

– Qu'est-ce qui se passe ? demanda Marion d'un air agacé.

Sa question ne devait pas demeurer longtemps sans réponse. Le visage furieux, Richard apparut dans la pièce. Il avait l'air essoufflé, comme s'il venait d'achever un cent mètres.

– Te voilà, toi ! hurla-t-il à sa sœur.

Marion retira sa paire de lunettes.

– Richard ! Qu'est-ce que c'est que cette façon d'entrer dans la maison ?

Le garçon rajusta un pan de sa chemise qui dépassait de son pantalon.

– Ils continuent à se voir, maman ! Ce petit salaud de Walker et Lisa continuent à se voir !

– Calme-toi ! Arrête de crier !

Mais il poursuivit de plus belle :

– Jack Donovan les a vus ensemble, hier, sur la plage ! Et je peux te dire qu'ils n'étaient pas en train de faire des ronds dans l'eau ! Elle vous mène en bateau depuis des semaines. Qu'est-ce que tu imaginais, maman ? J'étais sûr que son comportement de petite fille modèle cachait quelque chose !

Marion quitta sa chaise.

– Est-ce que c'est vrai ce que raconte Richard ?

Lisa l'imita et vint se planter devant son frère, qui la dépassait de plus d'une tête.

– Tu me fais surveiller, maintenant ? Et par cet abruti de Jack, en plus ! Mais de quoi est-ce que tu te mêles ? Qui t'a dit que tu pouvais régir ma vie ? Tu n'as aucun droit sur moi. Est-ce que tu ne sortais pas avec des filles quand tu étais au lycée ? Ah, mais Ricky est un garçon, ça change tout ! Pourquoi est-ce qu'on irait s'inquiéter de ses fréquentations ?

Les lèvres de Richard se mirent à trembler.

– Les Walker ne sont que des dégénérés !

– C'est tout ce que tu as trouvé ? Je suis sûre que tu peux faire mieux. Fais un effort et cesse de répéter les paroles de papa comme un perroquet !

Marion s'indigna :

– Lisa ! Je t'interdis de dire du mal de ton père !

– Je ne dis que la vérité.

Richard saisit Lisa par le bras.

– Arrête un peu ton cinéma !

– Lâche-moi, tu me fais mal !

– Ethan est un voyou. Qu'est-ce que tu cherches, au juste ? À jeter la honte sur notre famille ? Tu veux que tout le monde nous regarde de travers en ville parce que tu traînes avec ce type ?

– Ah, les masques tombent. Voilà donc de quoi vous avez tous peur… Les Nielsen craignent pour leur réputation !

– Tu ne manques pas de culot ! Qu'est-ce qui nous fait vivre, à ton avis ? On a un magasin et des clients, figure-toi ! Qu'est-ce qui se passera quand les gens ne voudront plus mettre un pied chez nous parce que tu fricotes avec Walker ?

– Tu n'as jamais été net, mais là tu bats tous les records.

Richard ouvrit la bouche mais les mots avaient du mal à en sortir.

– Tu veux… tu veux savoir ce que m'a raconté Marcia ? Ce que cette traînée de Madison et lui faisaient quand ils étaient ensemble au pieu ?

Marion tenta de s'interposer entre eux :

– Ça suffit, Richard ! Je ne te laisserai pas dire des grossièretés dans cette maison… surtout devant moi !

Lisa pointa son index sur la poitrine de son frère.

– Si vous croyez que vous m'empêcherez de voir Ethan, vous vous mettez le doigt dans l'œil. Vous entendez ? Je vais vivre ma vie à partir d'aujourd'hui. Je ne vous laisserai pas me rendre malheureuse parce que vous avez peur des ragots qui courent en ville.

Richard parut déstabilisé. Il leva une main en l'air, puis assena à sa sœur une gifle sur la joue gauche. Une gifle puissante et sonore qui la fit vaciller.

– Ricky ! cria Marion.

Incrédule, tentant de ravaler ses larmes, Lisa se frottait énergiquement la joue, comme si elle essayait d'effacer une trace de peinture. Elle releva la tête, se força à sourire, et fit un pas en avant.

– Vas-y, frappe-moi. Frappe-moi encore. Tu me dégoûtes ! Tu critiques Ethan, mais jamais il ne lèverait la main sur moi ! Je te déteste, Richard. Je te déteste !

*

– Elle est ensuite partie s'enfermer dans sa chambre. J'ai essayé de lui parler à travers la porte mais elle n'a pas voulu m'ouvrir. Richard et Lisa ne se sont plus adressé la parole jusqu'à ce qu'il reparte, quelques jours plus tard…

Je n'avais pas interrompu Marion une seule fois durant son récit. Je connaissais les rapports houleux que Lisa entretenait avec son frère, mais elle ne m'avait jamais parlé d'une dispute aussi violente. Encore moins d'une gifle. J'avais cru à tort que c'étaient ses parents qui constituaient le principal obstacle dans sa relation avec Ethan.

Marion soupira et me regarda d'un air inquiet.

– Richard va être furieux que je t'aie raconté tout ça. J'aurais dû me taire. Il ne faut pas qu'il le sache, Nick !

– Ne t'inquiète pas, je ne lui dirai rien.

– Parfois, Richard me fait peur. J'ai l'impression qu'il cherche à m'enfermer ici. Je crois qu'il a honte de moi, qu'il est effrayé par ce que les gens pourraient penser en me voyant.

Ou peut-être voulait-il empêcher que sa mère ne raconte des choses qui pouvaient le compromettre.

– Marion, est-ce que tu aurais les coordonnées des Taylor à Fond du Lac ? Une adresse, un numéro ?

Heureusement, elle ne parut pas comprendre ce que je comptais en faire. Comment aurait-elle pu d'ailleurs envisager le terrifiant scénario que j'imaginais depuis quelques minutes ?

– Je dois les avoir… dans le répertoire près du téléphone.

Je me levai, tenaillé par le remords d'avoir utilisé Marion, de ne lui avoir rendu visite que pour faire avancer mon enquête.

– Tu t'en vas déjà ?

– Oui, je suis désolé. (Je m'approchai d'elle et lui pris la main.) Mieux vaudrait que tu ne dises pas à Richard que je suis venu. Je ne suis pas sûr qu'il comprendrait.

Elle me sourit.

– Tu reviendras me voir, Nick ? Promets-le-moi. Je me sens si seule ici.

6

Extraits du journal de Lisa Nielsen

8 septembre 2003
Nouvelle rentrée au lycée. La dernière. Tant mieux.

11 décembre
Il a neigé toute la nuit. Les flocons n'ont pas cessé de tourbillonner devant ma fenêtre dans un ballet chaotique. Ce matin, le jardin est figé, immobile. Il fait froid, tout est triste. Ici, la neige me déprime. J'aimerais vivre à New York, voir Central Park sous la neige, m'élancer sur la patinoire d'hiver au cœur de la grande ville, sentir le monde vibrer autour de moi, des millions de cœurs palpiter à l'unisson.

10 janvier 2004
Je suis passée chez Nick après les cours. Ses parents n'étaient pas là mais dans sa chambre se trouvait… Ethan Walker !!! Je suis tombé des nues même si je n'en ai rien montré. Nick ne m'avait jamais parlé de lui. Ils avaient l'air de deux idiots. Ethan est étrange, plus étrange encore que ce que je croyais. On dirait qu'il ne sait pas quoi faire de ses mains, qu'il met tout le

temps dans ses poches. Il parle en avalant la moitié des mots. Nous avons très peu discuté, juste écouté de la musique pendant près d'une heure. Chose bizarre, Nick semble très à l'aise avec lui. Les contraires qui s'attirent ? Si mes parents savaient… Quel jeu Nick joue-t-il ?

12 janvier
J'ai essayé d'interroger Nick au sujet d'Ethan. Il s'est montré mal à l'aise. Il m'a dit que son père avait soigné le sien, et que c'était de cette manière qu'ils s'étaient connus. Je sais qu'il ment, ou qu'il ne me dit pas tout. Quand il s'explique, il se gratte la joue, baisse le menton et lève les yeux au ciel. Il n'en a même pas conscience. Ethan n'était pas là par hasard l'autre jour. Après tout, je crois que je préfère ne pas connaître la vérité.

16 janvier
J'ai parlé à Ethan aujourd'hui. Impossible de faire autrement : il est collé à Nick toute la journée ! Lui qui d'habitude paraît si fier, si indépendant… Nous nous sommes retrouvés seuls un moment. Il a orienté la conversation sur *Le Meilleur des mondes* et s'est perdu dans un discours confus sur les « élites dirigeantes ». Il commençait des phrases mais avait bien du mal à les finir. J'aime bien sa maladresse. Je lui ai dit que je trouvais ce livre affreusement daté. Je n'aurais peut-être pas dû. Je crois qu'il voulait faire preuve de bonne volonté et que je l'ai vexé.

19 janvier
Ethan Walker m'a appelée ! Nick lui a donné mon numéro sans même me le dire. Il chucho-

tait presque dans le combiné. Il m'a expliqué qu'il n'y avait qu'un téléphone chez lui et qu'il devait tirer le fil jusque dans l'escalier pour que son père ne l'entende pas. J'ai ri. Je crois qu'il ne savait pas trop quoi me dire, alors il a parlé de Nick. J'ai l'impression qu'il est heureux que quelqu'un s'intéresse à lui.

22 janvier
Deuxième coup de téléphone. Quand la sonnerie a retenti, j'étais certaine que c'était lui. Étrange sensation. Je ne sais pas quoi penser. Il m'intrigue.

23 janvier
Ethan, Nick et moi avons déjeuné ensemble aujourd'hui au lycée. Regards bizarres autour de nous. Mesquins. Hostiles. Nous avons tous les trois beaucoup ri. Sherry m'a fait la gueule.

25 janvier
Ai téléphoné vers 19 heures. Tombée sur son père. Homme gentil et doux, à mille lieues de ce qu'on raconte (de ce que mes parents racontent !). Téléphoné une heure plus tard. Toujours pas là. Je ne le connaissais pas il y a deux semaines. Que m'arrive-t-il ?

30 janvier
Palpitations, cœur qui bat trop vite, grand vide au creux de l'estomac, pas faim. Je me déteste. Je crois que je suis amoureuse.

8 février
Ethan et moi sommes allés sur la plage des Hollandais. Froid de canard. Thermomètre en berne.

La plage ne m'avait jamais paru aussi belle. Vagues agitées et grises malgré un ciel limpide. Ethan m'a parlé de lui, de son enfance, de sa mère, morte d'une complication à la suite d'une inflammation pulmonaire. Elle n'avait que 40 ans. Lui en avait 7. Il m'a montré une photo d'elle qu'il garde dans son portefeuille. Je suis certaine qu'il n'a jamais parlé à personne de cette façon. Lui aussi ne rêve que d'une chose : partir loin d'ici.

Il y avait un oiseau sur la plage qui cherchait une maigre pitance dans le sable. Autrefois, les devins observaient le vol des oiseaux pour prédire l'avenir. S'ils partaient à gauche, présage défavorable ; à droite, présage favorable.

À droite, je l'embrasse… à gauche, je ne fais rien (idiote !).

L'oiseau a hésité, puis il s'est envolé en direction de la grande plage au-dessus des dunes. Je l'ai embrassé. Il a été surpris, je crois qu'il n'aurait pas osé le faire. J'ai senti son corps frissonner – et ce n'était pas à cause du froid –, puis il a détourné la tête et a gardé le silence. Sur le moment, j'ai cru que ce n'était pas ce qu'il recherchait, que je m'étais imaginé des « choses ». Il m'a souri ensuite, mais il y avait de la tristesse dans ses yeux. À ce moment-là, j'ai pensé : « J'ai envie de rendre ce garçon heureux. »

19 février

Sherry n'aime pas Ethan. Elle le trouve grossier, inculte, « pas présentable ». C'est ce qu'elle m'a dit aujourd'hui. Comment peut-on à 17 ans être déjà assez conformiste et bornée pour dire de quelqu'un qu'il n'est « pas présentable » ? Dans ces moments-là, Sherry m'horripile. Mais à bien y réfléchir, je crois que c'est moi que Sherry n'aime pas. Aux yeux des autres, nous sommes les meilleures amies du monde, mais elle me juge en permanence. Je la surprends parfois à me jeter des regards amers et envieux. Jalouse d'être tenue à l'écart de notre trio ?

22 février
Bonheur. N'ai plus envie d'écrire.

28 février
J'ai pleuré une bonne partie de la nuit, triste à en mourir. Mes parents savent tout. Crise à la maison : interdiction de le revoir, privée de sortie, blablabla… J'ai tout raconté à Nick, il m'a dit de ne pas m'en faire. Il a sans doute raison. Je vais jouer les petites filles modèles pendant un moment. Nous trouverons bien un moyen de continuer à nous voir. Ils ne pourront pas m'en empêcher, même en m'attachant à mon lit et en m'enfermant à double tour.

5 mars
Faire semblant, marcher droit… Il suffit parfois de peu de chose.

8 mars
Mes parents étaient de sortie hier soir. Dîner chez des amis. Rentrés tard. J'ai appelé Ethan vers 19 heures. Il est arrivé à la maison dix minutes plus tard. Je lui ai montré *La vie est belle* de Capra. Il a râlé au début parce que le film était en noir et blanc, mais il n'a plus prononcé une seule parole durant le film. Je crois que ça lui a plu.

Ensuite, nous sommes montés dans ma chambre.
Et puis… et puis…

« Il tripote votre âme
Comme les musiciens les touches –
Avant de plaquer ses accords –
Il vous étourdit à petits coups
Prépare votre frêle nature
Au heurt éthéré… »

9 mars
Nous… et le reste du monde.

21 mars
Papa a déjà trompé maman, j'en suis sûre. Nous avons croisé Betty Crane en ville. Drôle d'électricité dans l'air entre eux, dont je n'aurais peut-être pas eu conscience il y a peu. Il s'est passé quelque chose, probablement il y a longtemps. Mon père ne voit rien, il ne se doute pas que je sais. Pourquoi les parents s'imaginent-ils toujours que leurs enfants resteront éternellement des enfants ? Aveugles et crédules ! A-t-il eu d'autres aventures ? Maman l'a-t-elle déjà trompé elle aussi ? Difficile à croire, encore plus à écrire. Comment peuvent-ils venir me faire la morale ?

2 avril
Même quand nous sommes ensemble, il paraît absent, toujours ailleurs, dans l'après. Je ne veux pas vivre dans l'après. Le présent est déjà bien assez compliqué comme ça.

15 avril
Sénèque a écrit : « Il n'y a pas de vent favorable pour celui qui ne sait pas où il va. »

22 avril
Ethan devient de plus en distant. J'ai parfois l'impression qu'il cherche à tout gâcher entre nous, rien que pour prouver que les gens ont raison de penser ce qu'ils pensent. Il n'arrête pas de répéter qu'il n'est pas assez bien pour moi, qu'il ne m'attirera que des problèmes, et cela me met hors de moi. J'ai le sentiment qu'il n'est pas prêt à se battre pour moi, qu'il n'a pas le courage de franchir les obstacles qui nous séparent. L'amour ne demande-t-il pas des sacrifices ? Du coup, je me braque et je deviens blessante avec lui, méchante comme une peste même. Je m'en veux.

1er mai
Dispute terrible à la maison. Ce salaud de Jack Donovan nous a vus sur la plage hier et il a tout rapporté à Richard, qui a fait une scène mémorable. Il m'a giflée. Je dis « giflée » mais il s'agissait presque d'un coup. Ma joue est encore cramoisie, on y distingue des traces de doigts. Je me suis sentie humiliée. Heureusement, papa était au magasin, je n'aurais pas supporté sa réaction. Maman est restée plantée là, sans me défendre. Elle a juste feint l'indignation, comme une grande comédienne, mais je suis sûre qu'elle savait que nous continuions à nous voir. Je ne sais pas ce qui va se passer, je crains le pire.

5 mai
Richard est reparti, bon débarras ! Je ne pourrais plus vivre sous le même toit que lui. Je crois qu'il ne tourne pas rond. Papa et maman ont été trop coulants avec lui. Les problèmes qu'il a eus

ne justifient pas son comportement. J'aurais préféré avoir une sœur.
Mes parents font comme si rien ne s'était passé. Pour combien de temps encore ?

8 mai
Ethan a peur du moment où je partirai pour la fac. Rien de ce que je peux dire ou faire ne le rassure. Jaloux de tout : de ma future vie, des gens que je rencontrerai, des autres garçons… Il pourrait même être jaloux du trottoir où je marche. Il me mène une vie impossible.

16 mai
Ethan fait des efforts, il essaie du moins. J'espère que ça durera. Plus personne ne parle de lui à la maison.

20 mai
Nouvelle dispute avec Ethan. Toujours le même schéma. Il m'étouffe, me fait des reproches. Je le rabroue, le vexe. Nous regrettons tous deux notre comportement et tentons de recoller les morceaux. Jusqu'à la prochaine fois…

20 juin
Bal de fin d'année : l'horreur ! Je suis tombée sur cette harpie de Madison. Elle ressemble de plus en plus à Marilyn Manson. Elle n'a pas arrêté de tourner autour d'Ethan. Les imaginer ensemble me dégoûte. Ethan doit être content, il a sa revanche : je me montre jalouse comme une teigne. Nick m'a dit que j'étais « cruelle » avec Ethan et je sais qu'il a raison.
Teddy Chambers est encore revenu à la charge. Aussi lourd qu'un 36 tonnes. Pourquoi ne se

contente-t-il pas de toutes les groupies qui lui tournent autour ? Je n'ai pas pu m'empêcher de l'imaginer dans dix ou quinze ans. Les beaux mecs du lycée finissent toujours mal.
Seule satisfaction de la soirée : j'ai fait danser Nick. Il danse très bien, d'ailleurs. Même si nous n'arrêtons pas de nous chamailler, je crois qu'il n'y a que lui qui me comprenne vraiment.

26 juillet
De retour de notre escapade le long du lac. Tout le monde avait hâte de rentrer. La vie est parfois affreusement décevante.

3 août
Richard revient demain. Il était par monts et par vaux, « chez des copains ». Nous allons devoir cohabiter pendant presque trois semaines. Je ne sais pas comment agir. Me montrer discrète ou ne plus me cacher, pour le provoquer ? Je n'accepterai plus qu'il me traite comme il l'a fait. Je lui ai dit un jour que je le détestais. Je le pense vraiment.

14 août
Dans dix jours exactement je partirai. Semaine d'intégration à la fac.
Ethan ne me parle presque plus. Il fuit toute discussion. Nous sommes entrés dans une nouvelle phase : nous faisons comme si l'été ne prendra jamais fin, comme si tout allait s'arranger d'un coup de baguette magique.
Il n'est pire aveugle que celui qui ne veut pas voir. Je suis triste, tellement triste.

19 août
Je n'aurais jamais dû accepter d'organiser cette soirée à la maison. Qu'est-ce qui m'a pris ? Sherry s'occupe de faire les invitations en toute discrétion. Je lui ai dit : « Pas plus de quinze personnes, grand maximum. » Mais je crains le pire. Si mes parents l'apprennent… Heureusement, Richard est reparti. Il ne rentrera pas avant trois ou quatre jours. Je ne suis pas sûre qu'Ethan viendra. En fin de compte, je crois qu'il vaudrait mieux qu'il ne vienne pas.

21 août
Que vais-je lui dire ? Que vais-je leur dire ? Pour la première fois de ma vie, il me semble que je suis incapable de distinguer le bien du mal.
« Nul besoin d'une chambre pour être hanté. Nul besoin d'une maison. Le cerveau regorge de corridors bien pires que les lieux matériels. »

7

Brandeau et moi partîmes pour Fond du Lac en début d'après-midi. Encore traumatisé par sa calamiteuse façon de conduire, j'insistai pour prendre le volant mais il fit la sourde oreille. Dès que je fus installé dans la Mustang, il essaya de tempérer mon emballement :

– Je vous signale qu'il y a moins de vingt-quatre heures vous clamiez haut et fort que Teddy Chambers était le seul coupable possible.

– Ai-je besoin de vous rappeler les statistiques ? Les meurtriers sont majoritairement issus du premier cercle familial. La police aurait dû vérifier où se trouvait Richard Nielsen au moment du meurtre au lieu de foncer tête baissée. C'était bien la moindre des choses ! Richard ne supportait pas la relation que Lisa entretenait avec Ethan. Il était instable, sous traitement et il s'est montré violent envers sa sœur. Il l'a giflée, nom de Dieu ! Le journal montre qu'ils entretenaient des rapports exécrables. Si vous aviez entendu Marion Nielsen, vous seriez dans tous vos états. Elle a peur de son fils. Je pense même qu'il est en partie responsable de l'état dans lequel elle se trouve aujourd'hui. Et n'oubliez pas que Richard m'a envoyé ce message un tantinet menaçant et qu'il n'est peut-être pas étranger à mon agression. Je comprends à présent pourquoi il ne voulait pas qu'on fouille le passé…

J'ouvris le journal de Lisa sur mes genoux. Tout en conduisant – même si le verbe « conduire » est un bien grand mot le concernant –, Brandeau se pencha au-dessus pour essayer de le lire.

– Vous voulez bien garder les yeux sur la route, Alister ? Je n'ai pas envie qu'on se prenne un arbre.

Il obtempéra à regret.

– Bon, faites-moi un résumé, je vous prie.

– Ça serait mieux, en effet. La plus grosse déception, c'est qu'il n'y a pas la moindre allusion à un hypothétique amant ou à quoi que ce soit dans ce genre. Lisa ne fréquentait personne en dehors d'Ethan. Nous avons fait fausse route. *Exit* l'homme mystérieux qui aurait exercé une emprise sur elle…

– Cela réduit au moins les perspectives et les mobiles possibles.

Je feuilletai le journal et poursuivis :

– D'après ce que j'ai lu, Sherry et Lisa ne s'entendaient pas si bien que ça – Ethan avait vu juste. Il y avait de l'orage dans l'air entre elles, et visiblement tout a commencé à partir du moment où il est entré dans nos vies. Je me demande comment j'ai pu être aussi aveugle à l'époque. Sherry se sentait probablement exclue et voyait d'un mauvais œil notre trio. Une question me chiffonne : pourquoi m'a-t-elle parlé de ce journal étant donné ce qu'il contient ? Elle a eu toute une nuit pour le lire : elle n'a pas pu passer à côté des passages qui la concernaient !

– Elle devait penser que jamais vous n'iriez le récupérer chez la mère de Lisa.

– C'est possible. En tout cas, elle n'a pas menti sur ce que Lisa a écrit le jour de sa mort. Il s'est passé un événement important entre le 19 et le 21 août. Malheureusement, aucune page du journal ne permet de deviner ce que c'est. « Nul besoin d'une chambre pour être hanté. » Mais que pouvait-elle avoir à cacher ?

Brandeau sortit de la ville et prit la direction des zones boisées et des petits lacs à l'ouest du comté.

– Des allusions à Chambers ?

– Une seule, hélas, datée du lendemain du bal de fin d'année. Chambers voulait à tout prix danser avec Lisa, qui l'a envoyé balader. Je me souviens de la scène, j'y étais.

– Et concernant Ethan ?

– Le journal confirme tout ce que je vous ai raconté. Leur relation n'était pas au beau fixe les derniers temps. D'après Lisa, ils étaient tous les deux dans le déni et évitaient de parler de la rentrée universitaire. Mais plus on approche de la nuit du drame, plus elle devient évasive.

Brandeau alluma la radio sur une station d'informations. Vaste opération antigang dans le Bronx. Affrontement de Cruz et Trump dans l'Indiana. Nouveaux attentats en Irak et en Turquie. Il monta le son quand il fut question de l'affaire. Le procureur venait de publier un communiqué indiquant que son bureau étudiait la possibilité de rouvrir le dossier. « Les erreurs graves et intentionnelles qui ont été commises par deux agents de police du comté justifient sans doute que de nouvelles investigations soient menées. » Nous apprîmes également que le procureur avait annoncé son intention de poursuivre le sergent Briggs et l'agent Horne.

– Il leur en aura fallu, du temps ! m'exclamai-je. Douze ans pour se rendre compte que l'enquête a été salopée et lancer de « nouvelles investigations »…

– Le procureur est piégé à présent. Vous avez lu la presse ? Les journaux tout comme l'opinion sont en train de prendre fait et cause pour votre ami. Ethan est même en page d'accueil du site de Projet Innocence.

Durant notre trajet, je lus presque intégralement le journal de Lisa à Brandeau, ne faisant quelques pauses que pour partager avec lui des souvenirs qui me revenaient en mémoire.

– Lisa semblait vraiment très attachée à vous, Nick. À écouter ce journal, on a l'impression que vous étiez la seule personne qui la comprenait vraiment.

Je tournai mon regard vers la vitre. Paysages plats et monotones, vieilles fermes isolées, rangées d'arbres glissant à toute vitesse derrière nous. Lisa avait rêvé de New York mais n'avait connu d'autres horizons que ceux-là. Voilà en somme à quoi se résumait une vie.

– Je ne sais pas, Alister. Je crois que personne n'a jamais vraiment compris Lisa…

*

Nous avions évité le centre-ville pour continuer notre route vers le nord. Les Taylor habitaient une jolie maison en bordure du lac Winnebago, à la limite entre Fond du Lac et la petite ville de Taycheedah. Après ma visite chez Marion, Brandeau m'avait déconseillé de les appeler : « On n'obtient jamais rien des gens par téléphone, mieux vaut discuter avec eux *de visu* » – et je savais qu'il avait raison pour en avoir déjà fait les frais avec Bill Wiggins.

Si je n'avais gardé qu'un vague souvenir des Taylor, le père de l'ami de Richard savait parfaitement qui j'étais. Il était seul quand nous arrivâmes. C'était un homme corpulent, à la crinière blonde, dont le visage trahissait de l'irritation – sans que je parvienne à deviner s'il s'agissait d'une expression naturelle chez lui ou si elle était due à notre présence. Après que je lui eus présenté Brandeau, il nous fit entrer dans la maison sans grand enthousiasme. Nous prîmes place dans le salon, dont les larges baies vitrées offraient une vue reposante sur le lac Winnebago.

– Ça nous a chamboulés, ma femme et moi, d'entendre à nouveau parler de l'affaire à la télé. C'est une bonne chose d'ailleurs que Jessie ne soit pas là, ça ne lui aurait fait que du mal. J'ai lu cet article dans le *New York Times*. C'est donc à vous deux qu'on doit tout ce remue-ménage !

– J'étais le meilleur ami de Lisa, monsieur, et nous cherchons des réponses.

– Et c'est chez moi que vous pensez les trouver ? Je ne vois pas ce que je pourrais vous apprendre.

– Nous essayons d'établir avec le maximum de précision le déroulement de la nuit du meurtre. Et nous savons que Richard Nielsen était avec votre fils à ce moment-là.

Ma remarque ne fit qu'accentuer son agacement.

– Vous n'avez rien trouvé de plus urgent que de venir ici ? Vous avez conscience de ce que vous insinuez ? Vous voulez quoi ? Vérifier l'alibi de Richard ? Vous croyez qu'il aurait pu tuer sa propre sœur ?

– Nous n'avons jamais dit une chose pareille. Je connais Richard depuis que je suis né, mais les autorités vont rouvrir l'enquête et la police interrogera tous les proches de Lisa, y compris évidemment les membres de sa famille. Nous voulons lui éviter des ennuis.

– Vous faites donc le travail de la police à sa place ! Ça n'est pas très rassurant.

Brandeau intervint :

– Si nous n'avions pas été là, personne n'aurait découvert les agissements de ce policier qui a compromis l'enquête et envoyé Ethan Walker en prison.

M. Taylor tourna son regard vers la baie vitrée, comme pour gagner du temps. Je sentais sa réticence à nous parler.

– Nous étions avec Richard quand il a appris la nouvelle par téléphone, finit-il par dire. Nous avons soudain entendu hurler et nous sommes sortis de la maison. Je n'avais jamais entendu de tels cris de toute ma vie. Tous les voisins sont sortis à leur tour pour voir ce qui se passait. Richard était devenu fou. Nous n'arrivions pas à le calmer… Si vous l'aviez vu, vous ne seriez pas là à essayer de mettre en doute son alibi.

– Quand Richard est-il arrivé à Fond du Lac ?

– Une semaine plus tôt environ. Mark et lui allaient faire du surf sur le lac et sortaient le soir dans des festivals en ville. Tous les deux étaient très proches à l'époque.

– Vous nous confirmez donc que votre fils et Richard étaient ensemble la nuit du meurtre.

M. Taylor eut l'air gêné.

– Pas exactement.

– Comment ça, « pas exactement » ?

– Mark était reparti la veille pour son université. Il avait perdu sa chambre et devait trouver un nouveau logement avant la rentrée. Il avait proposé à Richard de rester un peu, histoire de profiter du lac et des derniers jours de vacances.

Brandeau et moi échangeâmes un bref regard.

– Donc, cette nuit-là, Richard était seul avec vous dans la maison ?

– Il était plus ou moins avec nous, mais pas dans la maison. Mark avait un petit appartement au-dessus du garage – on est passés devant tout à l'heure. On l'a fait aménager quand il est entré au lycée. Avoir un ado sous son toit n'est pas toujours évident, on lui laissait son indépendance.

– Et c'est là qu'a dormi Richard ?

– Oui.

– Est-ce que vous l'avez vu durant la soirée du 21 août ?

M. Taylor hocha la tête sans conviction.

– Eh bien, il est venu grignoter quelque chose à la maison aux alentours de 21 heures, puis il est sorti en ville. Il a dû rentrer tard mais… non, nous ne l'avons pas vraiment revu ce soir-là.

Brandeau et moi nous arrêtâmes devant le garage après avoir quitté Taylor.

– Ce garage est totalement indépendant et il donne sur la rue. Regardez, Alister : l'escalier qui conduit à l'appartement n'est pas visible depuis la maison. Richard avait la possibilité de partir et de revenir en pleine nuit sans que personne le voie. Combien de temps avons-nous mis pour arriver jusqu'ici ?

– Un peu moins d'une heure.

– Et on ne peut pas dire qu'on se soit pressés… Richard n'a aucun alibi, aucun ! Il a peut-être eu vent de la soirée. Il pouvait facilement se rendre à Black Oak et être de retour chez les Taylor vers 1 heure du matin – une heure raisonnable qui pouvait le mettre à l'abri des soupçons s'il avait dû recroiser les Taylor ce soir-là.

– Vous vous rendez compte, Nick ? Nous sommes en train d'envisager un fratricide !

– Je sais. Rien que l'idée me terrifie. Mais Richard avait déjà levé la main sur Lisa une première fois. Violemment. Qui vous dit qu'il n'y a pas eu une autre dispute sur la plage ? Peut-être a-t-il voulu faire à nouveau pression sur elle pour qu'elle quitte Ethan parce qu'il était obsédé par la réputation de sa famille.

En regagnant la voiture, nous aperçûmes M. Taylor à la fenêtre de la maison, à moitié dissimulé par le rideau. Il nous observait.

– Vous pensez qu'il va prévenir Richard Nielsen de notre visite ? me demanda Brandeau.

– Ça ne serait peut-être pas une si mauvaise chose… Vous savez, Alister, quelle que soit la personne qui a assassiné Lisa, elle doit en ce moment même sentir la pression augmenter sur ses épaules. Lorsqu'elle se sentira vraiment cernée, elle risquera de commettre une faute. Et il faudra que nous soyons prêts.

*

Tandis que nous rentrions à Black Oak, je reçus un message de Jay qui revenait à la charge en me proposant une ribambelle d'interviews pour des journaux ou des télévisions. « Penses-y », me proposait-il timidement. Ma réponse se limita à un simple « NON » que j'agrémentai d'un émoticône rubicond qui fronçait méchamment les sourcils. Dans le fond, je n'en voulais pas à Jay. Je savais qu'en cherchant à m'exposer médiatiquement il voulait m'attirer une publicité qui pourrait éviter à mon prochain roman d'être un fiasco.

Malheureusement, ma mère vit Brandeau me déposer devant la maison.

– Tu passes tout ton temps avec cet homme, constata-t-elle quand je l'eus rejointe dans la cuisine.

– Il m'aide, maman. J'ai besoin de lui pour découvrir la vérité.

– Tu n'as plus que ce mot-là à la bouche ! La « vérité » ! Et que te demande-t-il en échange ?

– Absolument rien. Brandeau n'est intéressé ni par l'argent ni par la célébrité. Il a des motivations plus personnelles.

Elle ne chercha pas à savoir lesquelles, et j'en fus soulagé.

– Tu te souviens de M. Flechter ?

– Le vieux grognon au bout de la rue ? Il est toujours en vie ?

– Il nous enterrera tous. Il est venu sonner tout à l'heure. Il a brandi un exemplaire du *New York Times* sous mes yeux et il m'a dit : « Susannah, dites à votre fils que je ne le félicite pas. Cet article fait une mauvaise publicité à notre quartier et à notre ville. Nick est un petit galopin. Il devrait y réfléchir à deux fois avant d'aller laver son linge sale en public ! »

– « Galopin » ! Je rêve ! On croirait entendre Vera. Pourquoi tout le monde me traite comme un gamin ? J'ai 30 ans ! J'espère que tu lui as claqué la porte au nez.

– Non. Je l'ai invité à prendre un café, et cinq minutes plus tard il avait oublié pourquoi il était venu. « Eh bien, Susannah, j'ai été ravi de vous revoir », a-t-il dit en me quittant. Il ne faut pas lui en vouloir, je crois qu'il perd un peu la tête…

– Est-ce qu'on te fait des ennuis, maman ?

– Mais non, ne t'inquiète pas pour moi. Qui pourrait me faire des ennuis ?

– Des gens dans le quartier qui voient mon enquête d'un mauvais œil.

Elle haussa les épaules. J'avais l'impression de l'importuner.

– J'ai pensé à une chose, maman. Je suis sûr que tu vas hurler, mais laisse-moi au moins aller au bout de ma proposition. Voilà : tu pourrais venir t'installer à New York. Je te trouverais un appartement pas loin du mien et…

– Ne sois pas bête !

– Tu vois, tu ne me laisses même pas parler ! Je suis parfaitement sérieux. Je m'inquiéterais moins et Adam ne serait plus qu'à deux heures de route de chez toi.

– Mais je ne connais absolument personne là-bas ! Ma vie est ici, Nick. Et à quoi est-ce que je passerais mes journées ? Ne parlons plus de ça, s'il te plaît.

Je ne pus m'empêcher de penser : « À quoi vas-tu passer les tiennes dans cette grande maison désormais ? » Je pris une grande respiration.

– Je suis allé voir Richard l'autre jour.

– Ne me dis pas que tu es allé l'embêter avec ton enquête !

– Je ne l'ai pas embêté, j'avais juste envie de le revoir.

– Vous ne vous êtes jamais entendus tous les deux, n'est-ce pas ?

– Pas vraiment. Je me méfiais de lui. Il était tellement différent de Lisa…

– C'est vrai que Richard a toujours été spécial. Je crois que Marion n'a pas su s'y prendre avec lui.

– Pourquoi est-ce que Marion devrait tout supporter sur ses épaules ? Lisa et Richard avaient un père, après tout.

– Tu sais bien qu'Anthony ne s'est jamais beaucoup occupé de ses enfants.

J'hésitai à continuer sur ma lancée.

– Tu crois que c'est pour ça qu'il s'est suicidé ? Parce qu'il s'est senti coupable d'avoir négligé Lisa et ne pas avoir su la protéger ?

Ma mère tiqua.

– Je n'ai pas envie de parler d'Anthony, et surtout pas de son suicide.

– Mais de quoi pouvons-nous discuter alors ? Maman, est-ce que tu te rends compte qu'on n'a jamais pu se parler simplement et franchement, dans cette famille ?

– Ne dis pas ça.

– Papa n'allait pas bien et tu ne m'en as rien dit. Ethan revient s'installer à Black Oak et je l'apprends par hasard en faisant un tour en ville. Et Lisa… combien de fois avons-nous parlé de Lisa depuis qu'elle est morte ? Tout ce silence… Ça m'a fait souffrir, maman, et je n'en ai vraiment pris conscience que ces derniers jours. J'aimais Lisa, je n'ai jamais eu d'autre amie comme elle. Elle passait la moitié de son temps dans cette maison avec nous, elle faisait partie de la famille ! Comment avons-nous pu faire comme si elle n'avait jamais existé ?

– Tu as décidé de me faire des reproches ?

– Je ne te reproche rien, maman. Je vois les choses comme elles sont, c'est tout.

Les yeux de ma mère brillaient de larmes. Elle secoua la tête et dit, un ton plus bas :

– Tu sais, Nick, si nous n'avons jamais parlé de ces choses, c'est que se souvenir de certains événements peut être parfois plus douloureux que de les vivre…

*

En attendant le dîner, je me replongeai dans le dossier de Brandeau en espérant naïvement découvrir un indice qui nous aurait échappé. Mais je n'y trouvai aucun élément significatif qui puisse rattacher Chambers, Richard ni aucun de nos suspects au meurtre. J'étais en train de relire une transcription des aveux d'Ethan lorsque mon portable sonna, l'écran affichant un numéro inconnu. Je faillis ne pas décrocher. À mon grand étonnement, il s'agissait de Perry Baker, l'avocat de mes parents. Je n'eus même pas la présence d'esprit de lui demander comment il s'était procuré mon numéro.

– Vous voulez parler à ma mère ?

– Non, Nick, c'est avec vous que je voulais discuter. Au début, j'avais l'intention d'attendre la lecture du testament mais… est-ce que vous pourriez passer me voir ? Demain, par exemple, si vous êtes libre.

– De quoi s'agit-il exactement ?

Il parut hésiter.

– Je préférerais ne pas en parler par téléphone, si ça ne vous dérange pas. J'ai quelque chose à vous remettre. Est-ce que 10 heures vous conviendraient ?

– D'accord, mais…

– À demain alors.

Il raccrocha sans me laisser le temps de lui poser d'autres questions.

Vers 21 heures, je décidai d'appeler Chloé. Si ma colère était un peu retombée, je n'arrivais toujours pas à digérer la manière dont nous nous étions quittés la fois précédente. Sans surprise, elle ne décrocha pas et je dus me contenter de sa voix sur son répondeur. Lui laisser un message ? Pour me confondre en regrets et risquer de l'exaspérer une nouvelle fois ? Pour lui parler de mon enquête, qui était sans doute le cadet de ses soucis ? Ou, pire, pour remettre sur le tapis cette histoire ridicule avec Fallon et répandre ma jalousie ? Je raccrochai au moment où le bip m'invitait à laisser un message.

Peut-être, tout simplement, aurais-je dû prononcer ces mots qui me consumaient et que je n'avais osé dire à personne jusque-là. Lui expliquer qu'une part de moi-même était restée prisonnière de ce lointain été – où tout ce qui avait constitué l'univers familier et rassurant de ma vie s'était brutalement effondré. Lui avouer que je n'avais jamais vraiment quitté cette plage où Lisa était morte et où mes pensées me ramenaient jour après jour. Que certaines douleurs, malgré tous nos efforts, malgré toute notre bonne volonté, sont condamnées à rester à jamais sans remède.

Mais je n'avais rien dit. Parce que le silence est souvent une manière illusoire de se mettre à l'abri.

*

– Putain de bordel de merde ! m'écriai-je le lendemain en découvrant l'état de ma voiture de location garée dans la rue.

La carrosserie avait été rayée sur toute la longueur, les rétroviseurs pendaient, à moitié arrachés, et pour couronner le tout les deux pneus avant étaient complètement dégonflés. Je n'en croyais pas mes yeux. Je fis le tour du véhicule, la rage au ventre. L'auteur de ce massacre – sans doute l'un des « fanatiques » du quartier qui n'avaient pas digéré l'article de Penny MacLane dans le *Times* – n'avait même pas eu la courtoisie de me laisser une menace de mort sur mon pare-brise. Le temps d'une brève pensée loufoque, j'imaginai notre voisin, M. Flechter, vêtu d'une robe de chambre et en proie à une crise de démence, s'acharnant sur ma voiture en hurlant comme un loup à la lune : « Espèce de petit galopin ! Comment as-tu osé laver ton linge sale en public ? »

Voyant à ma montre que j'étais déjà en retard pour mon rendez-vous avec Baker, je retournai en quatrième vitesse à la maison.

– Maman, je peux emprunter ta voiture ?

– Qu'est-ce qui se passe, Nick ?

J'essayai de ne pas laisser paraître ma colère.

– Rien, juste un problème de démarreur. Je crois qu'ils m'ont refilé un véhicule pourri.

– Les clés sont dans mon sac.

Au volant de la Chevrolet Malibu de mes parents, je ne décolérais pas. Le scénario que j'avais tant redouté était en train de se produire. Que se passerait-il lorsque j'aurais quitté Black Oak ? À qui s'en prendrait-on sinon à ma mère ? Inutile de se voiler la face : ce que j'avais fait pour innocenter Ethan resterait à jamais un mal, une tache pour certains habitants de cette ville.

Le cabinet de Baker se situait presque en face de l'appartement de Connie, à côté de l'église évangélique. Malgré mon retard, on me fit patienter dans un couloir long et étroit tapissé de natures mortes lugubres qui auraient filé le bourdon au plus optimiste des hommes. Bizarrement, ma seule présence en ce lieu me donnait l'impression d'accomplir une action honteuse. Le coup de fil de Baker m'avait paru si étrange que j'avais préféré ne pas en parler à ma mère ni à Adam.

– Nick, je suis heureux que vous ayez pu venir, me dit l'avocat en me faisant entrer dans son bureau, qui, contrairement au couloir, était une pièce plutôt moderne et baignée de lumière.

– J'avoue que j'ai été un peu déstabilisé par votre appel, monsieur Baker.

Il s'installa derrière une table massive couverte de dossiers.

– Comment va Susannah ?

– Pas si mal vu les circonstances.

– Votre père était tellement fier de vous, Nick… Chaque fois que je le voyais, il ne parlait que de vos livres.

J'acquiesçai timidement, persuadé que Baker ne cherchait qu'à me faire plaisir. Mon père ne parlait jamais de mes romans, ni en bien ni en mal, et je n'étais même pas certain qu'il les ait vraiment lus. Les exemplaires que je lui envoyais trônaient intacts dans la bibliothèque, vierges de toute lecture – sans pages cornées ni dos craquelé.

– Comme je vous l'ai dit hier, reprit-il, je ne voulais pas attendre l'ouverture de la succession pour vous voir.

– Est-ce qu'il s'agit de ces assurances-vie dont m'a parlé ma mère ?

Baker secoua la tête.

– Non, non, rien de tel. Je ne vais pas vous faire perdre de temps, Nick : il y a environ un an, John est venu me voir. Il m'a dit qu'il voulait mettre ses affaires en ordre. J'ai d'abord cru qu'il voulait modifier son testament mais… (Baker ouvrit le tiroir du bureau et en sortit une enveloppe kraft de taille moyenne cachetée et scellée.) Votre père m'a demandé de vous remettre ceci le jour où il disparaîtrait. Je n'aurais évidemment jamais imaginé que ce jour arriverait aussi vite.

– Que contient cette enveloppe ?

Il me la tendit par-dessus le meuble.

– John voulait que vous le découvriez vous-même. Je peux simplement vous dire que son contenu n'aura aucune incidence sur le testament. C'est pourquoi je voulais vous voir seul, sans la présence de votre famille.

– Vous êtes certain qu'Adam ne devrait pas être là ?

– Certain. John a expressément demandé que vous soyez le seul récipiendaire de cette enveloppe. Ce sera à vous de décider si vous désirez en parler à votre mère et à votre frère.

Je la soupesai. Elle était légère et ne semblait contenir qu'un objet minuscule.

– C'est tout ?

Il hocha la tête.

– Mon rôle s'arrête ici. Je vais simplement vous demander une signature sur ce document.

Il me tendit une feuille que je signai sans même prendre la peine de la lire.

– Vous disiez que mon père voulait « mettre ses affaires en ordre ». Est-ce qu'il vous a paru… inquiet ou tourmenté le jour où il vous a confié cette enveloppe ?

– Non. John avait l'air serein au contraire. Oui, je crois que c'est le mot qui convient : serein.

*

C'était une clé, petite et de forme inhabituelle. Voilà tout ce que contenait l'enveloppe. Voilà le trésor que mon père avait voulu me transmettre sans que ni ma mère ni Adam ne soient au courant. Pas de lettre, pas de mot qui puisse m'éclairer. Une plaque en métal attachée au porte-clés indiquait seulement le nom d'une banque à Sheboygan et un numéro, 213 – à l'évidence celui d'un coffre.

Une heure plus tard, je pénétrais dans les locaux de l'Union Bank sur Wilson Avenue. J'expliquai à la jeune femme au guichet comment je m'étais retrouvé en possession de la clé. Tout sourires, elle consulta son ordinateur puis un épais registre, et me demanda une pièce d'identité.

– Tout est en règle, me dit-elle dès qu'elle l'eut vérifiée et en eut fait une photocopie. M. John Altman, le titulaire du coffre, vous a donné procuration pour que vous puissiez y avoir accès.

J'étais surpris que les choses se déroulent aussi facilement.

– Vous voulez dire que je peux y avoir accès *maintenant* ?

– Bien sûr. Je vais vous y conduire.

Après une simple signature sur le registre, elle m'accompagna dans une pièce carrée dont les murs étaient couverts de casiers métalliques strictement identiques. Elle ouvrit le casier 213, en bas d'une étagère, et en sortit une caisse gris argenté qu'elle déposa sur la table, au centre de la salle. Ce cérémonial m'impressionnait. C'était la première fois que je me retrouvais dans la salle des coffres d'une banque.

– Je vous laisse. Prévenez-moi lorsque vous aurez terminé, me dit-elle en me quittant.

Dans le silence feutré de la pièce, tout juste brisé par le bourdonnement des néons au-dessus de ma tête, je soulevai le couvercle avec anxiété.

La caisse ne contenait qu'un album bleu, assez volumineux, sur lequel était posé un petit bristol : *Pour Nick.* C'était l'écriture de mon père. Pas plus que pour l'enveloppe, il n'avait cru utile de me fournir d'explications.

J'ouvris l'album. Sur la première page, trois photos d'un bébé, dans un couffin et sur une table à langer. J'eus un petit rire nerveux : toute cette mise en scène pour un simple album de famille.

Je tournai quelques pages : toujours le même bébé. Mais je savais qu'il ne s'agissait ni d'Adam ni de moi. Je feuilletai l'album plus rapidement jusqu'à reconnaître Lisa dans un petit parc gonflable en train de tripoter des jouets accrochés à une arche.

Ensuite, nombre de photos m'étaient connues, puisque nous en avions des doubles dans des albums à la maison. Des fêtes ou des anniversaires. Des clichés pris dans un jardin pour enfants, devant la maison des Nielsen ou la nôtre. Des photos de classe. Des scènes au bord du lac.

À chaque page, Lisa grandissait.

Je m'arrêtai un instant sur une photo qui me représentait assis à côté d'elle sur les genoux de mon père. Ces images banales, enfermées depuis un an dans un coffre dont j'étais le seul à posséder la clé, commençaient à me mettre mal à l'aise.

L'école primaire, les vacances, l'époque du collège, celle où Lisa avait porté un appareil orthodontique, puis le temps du lycée, où, dans un saisissant accéléré, elle perdait les traits de l'enfance et devenait une vraie jeune fille, presque une femme. Jusqu'à la dernière photo. Le bal du lycée. Lisa dans sa robe noire posant seule devant un fond bleu constellé d'étoiles un peu kitsch.

Je demeurai immobile, les mains appuyées sur la table, le cœur battant. De la première à la dernière page, l'album ne contenait que des photos de Lisa.

Et soudain je compris – ce que peut-être, enfoui au plus profond de mon cœur, j'avais toujours su.

La photo dans le bureau de mon père : Adam, Lisa et moi. Les enfants. *Ses* enfants.

Il se fit un grand vide en moi. Pour la première fois de ma vie j'éprouvai une solitude totale, lucide, dans toute l'étendue de sa cruauté.

Il n'est pire aveugle que celui qui ne veut pas voir.

QUATRIÈME PARTIE

Les vérités

Nous qui sommes bornés en tout, comment le sommes-nous si peu quand il s'agit de souffrir ?

Marivaux, *La Vie de Marianne*

1

Et je n'avais pas vu…

C'est dans un état second que je regagnai Black Oak, l'album posé à côté de moi sur le siège passager.

On dit que les gens qui frôlent la mort voient leur vie défiler devant leurs yeux. Il m'arrivait une chose assez semblable, mais c'était pour m'apercevoir que cette vie n'avait été qu'un vaste mensonge. Qu'est-ce qui me faisait le plus souffrir, en somme ? Connaître la vérité ? Avoir passé une vie en ne sachant rien ? Ou comprendre soudain l'ampleur de mon propre aveuglement ? J'aurais pu passer au crible de ma mémoire mille souvenirs – des épisodes de mon enfance et de mon adolescence que venait contaminer de son poison ce moment où j'avais enfin su – et y déceler les signes d'une vie souterraine, où chacun de nos actes, chacune de nos paroles aurait eu une signification latente.

Je repensais au journal de Lisa : « Papa a déjà trompé maman, j'en suis sûre… A-t-il eu d'autres aventures ? Maman l'a-t-elle déjà trompé elle aussi ? Difficile à croire, encore plus à écrire. » Tromperies, mensonges… Comment en arrive-t-on à faire du mal à ceux que l'on aime en pensant leur faire du bien ? Comment peut-on croire que la dissimulation peut guérir des blessures qui n'ont même pas eu l'occasion de saigner ?

Tandis que je me garais sur Clifton Street, je vis Vera quitter la maison. Nous nous croisâmes dans l'allée.

– Tu n'as pas l'air bien, Nick. Qu'est-ce qui ne va pas ?

– Rien, je crois que j'ai pris froid. Je vais rentrer.

– « En avril, ne te découvre pas d'un fil… » Regarde comme tu es habillé ! Tu n'as même pas de veste.

– J'en ai une, je l'ai laissée dans la voiture.

Elle s'approcha de moi et passa une main dans mes cheveux.

– Mais qu'est-ce que tu t'es fait au front ? Tu t'es battu ? Non, ça n'est pas ton genre. Tu t'es désinfecté au moins ? Tu sais qu'on peut attraper tout un tas de cochonneries avec une vilaine plaie ? Tu as été vacciné contre le tétanos, j'espère ? Bien sûr que tu l'as été, John était médecin… Encore que tu sais ce qu'on dit : « Les cordonniers sont les plus mal chaussés. » Regarde ton pauvre papa : il ne s'est jamais préoccupé de sa santé et on voit où ça l'a conduit…

– Ma mère est là ? finis-je par la couper, conscient qu'elle aurait pu passer des heures à faire les questions et les réponses.

– Elle se repose dans sa chambre. Susannah déprime. Le pire n'est pas passé pour elle. C'est maintenant qu'elle va avoir besoin de nous.

Mais, à cet instant, c'était plutôt moi qui avais besoin d'elle.

La maison était parfaitement silencieuse. Je m'arrêtai dans le corridor. L'odeur de chêne ciré – trace des jours enfuis – me parut plus puissante que d'ordinaire.

Il y a des odeurs, comme celles-là, qui restent à jamais attachées à un lieu. Je montai l'escalier, l'album sous le bras. Je me sentais déjà moins déterminé. J'aurais voulu retarder ce moment, comme un gosse se désole une veille de rentrée – « Encore un jour de vacances, rien qu'un jour… » –, mais je savais que si je n'agissais pas au plus vite je n'en aurais plus jamais le courage. Une petite voix intérieure me murmurait : « Ta mère sait depuis toujours, il ne peut pas en être autrement. »

La chambre était plongée dans la pénombre. Ma mère ne dormait pas. Elle était simplement allongée sur son lit, les draps n'avaient pas été défaits. Elle tourna la tête quand elle vit ma silhouette à la porte.

– Adam ?

– C'est Nick, maman.

Elle releva le buste et plissa les yeux.

– Que je suis bête ! Adam est parti… Vous vous ressemblez tellement.

– Je ne trouve pas.

– Tu as réussi à faire démarrer ta voiture ?

– Non, je crois qu'elle est morte pour de bon.

– Qu'est-ce qui se passe, Nick ? Tu as une drôle de voix.

Oui, une drôle de voix. Je vins m'asseoir sur le bord du lit. J'avais pris soin de dissimuler l'album. J'avais tant de questions à lui poser que je ne savais par où commencer.

– Est-ce que tu savais que papa possédait un coffre dans une banque à Sheboygan ?

– De quoi est-ce que tu parles ? Quel coffre ?

– Je suis allé voir Perry Baker ce matin – enfin, c'est lui qui m'a demandé de passer. Papa m'avait laissé une clé.

– Je ne comprends rien à ce que tu racontes !

Mon pouls s'accéléra. Elle paraissait sincère. Elle ignorait donc l'existence du coffre. Mais, lorsque je posai l'album bien en évidence devant elle, je compris immédiatement à son regard qu'elle savait ce qu'il contenait.

– Le soir où je suis arrivé, je t'ai trouvée dans le bureau de papa. Tu avais ouvert tous les tiroirs. Je n'y ai pas fait attention sur le coup mais… c'est cet album que tu cherchais, n'est-ce pas ?

– Où l'as-tu trouvé ?

– Je viens de te le dire : papa l'avait laissé dans un coffre et il avait demandé à Perry Baker de m'en remettre la clé après sa mort.

Il y eut un silence, aussi lourd qu'un ciel d'orage qui se refuse à crever.

– Est-ce que ton père t'a laissé une lettre ? demanda-t-elle prudemment.

– Une lettre ? Il n'y a pas besoin de lettre ! Pourquoi papa serait-il allé cacher ces photos dans un coffre ? Pourquoi voulait-il qu'elles me reviennent après sa mort ? Pourquoi ne parliez-vous jamais de Lisa dans cette maison et pourquoi est-elle sur la seule photo qui se trouve dans son bureau ?

– Ça suffit, Nick !

– Non, maman, fis-je en haussant la voix, je ne me tairai pas ! Pas cette fois. Je suis fatigué de tous ces mensonges. Je ne quitterai pas cette chambre tant que je ne connaîtrai pas la vérité. Depuis quand est-ce que tu sais ?

Ma mère se redressa complètement. Elle soupira et leva les yeux au plafond.

– Tu ne pourrais pas comprendre…

– Papa voulait que je sache, il avait décidé que j'en avais le droit. Tu ne peux pas aller contre ses volontés !

Je vis des larmes apparaître au coin de ses yeux.

– Mon Dieu, Nick… C'est vrai, le jour de ton arrivée, j'ai cherché cet album dans le bureau de John. J'avais tellement peur que ton frère ou toi ne tombiez dessus en triant ses papiers. Vous vous seriez forcément posé des questions.

– Tu ne m'as pas répondu : depuis quand sais-tu que Lisa était notre demi-sœur ?

Ce n'est qu'au moment où je le prononçai que ce mot prit pour moi toute sa réalité. Comment une chose absurde et dénuée de sens peut-elle soudain vous apparaître avec autant de clarté ?

– J'ai découvert cet album un jour en faisant le ménage dans le bureau.

– Quand ? La dernière photo date du jour du bal du lycée.

– Environ deux ans après la mort de Lisa.

– Deux ans ? Tu veux dire que tu ignorais tout auparavant ?

– Disons que j'avais refusé de voir la réalité… Je suis persuadée que John voulait inconsciemment que je tombe sur ces photos. D'ailleurs, il m'a tout avoué lorsque je lui ai montré l'album.

– Pourquoi après tout ce temps s'il avait fait tant d'efforts pour garder ce secret ?

– Je crois qu'il souffrait trop de ne pas avoir pu pleurer la mort de sa fille sans se cacher. Un simple ami de la famille : voilà le rôle qu'il a dû jouer après le drame aux yeux des autres. Nous étions tous bouleversés, mais lui… Je crois aussi qu'il regrettait de m'avoir menti aussi longtemps.

– Je suis désolé, maman. J'imagine combien tu as dû souffrir toi aussi.

Elle fit jouer nerveusement la bague en or à son annulaire.

– Un mariage est une chose compliquée, Nick. Passer quarante ans de sa vie avec la même personne ne va pas de soi malgré l'impression que des parents peuvent donner.

– « Pour le meilleur et pour le pire… » C'est ce que tu m'as dit l'autre jour.

– J'ai connu le meilleur, et j'ai aussi connu le pire. Mais ton père n'était pas le seul coupable dans cette histoire, j'ai aussi ma part de responsabilité. Je n'ai jamais cessé d'aimer John, mais je n'ai pas toujours su le lui montrer comme je l'aurais dû. Les marques d'affection étaient rares dans ma famille. Mes parents étaient des personnes froides, qui n'aimaient pas montrer leurs sentiments. Je crois que je leur ai toujours un peu ressemblé…

Je m'insurgeai :

– Ça suffit à justifier qu'il t'ait trompé ?

– Quand je suis tombée enceinte de toi, j'ai commencé à me montrer très distante avec John. Je le repoussais et le rabrouais sans cesse. J'avais l'impression d'étouffer. J'avais besoin d'espace, je me posais des questions sur ma vie. Les femmes vivent leur grossesse chacune à leur manière, et je crois que j'avais envie de vivre ce moment de façon égoïste. Je savais aussi que je faisais un mal terrible à notre couple. Et je savais également qu'à force de me montrer dure ton père risquait d'aller chercher auprès d'autres femmes ce que je lui refusais.

J'avais le sentiment désagréable d'entrer par effraction dans ses pensées. Il était difficile pour moi de l'entendre parler de choses aussi intimes, qu'un enfant ne devrait jamais entendre.

– Pourquoi est-ce que tu lui cherches des excuses ? Il t'a trompée, maman ! Et Marion… comment est-ce qu'elle a pu te faire une chose pareille ? Vous étiez les meilleures amies du monde !

– Marion a eu une vie moins facile que tu ne crois. Anthony était un coureur de jupons, il n'a jamais cessé de la tromper.

– Betty Crane…

– Pardon ?

– Lisa savait parfaitement que son père trompait Marion. Elle me l'a confié un jour et je n'y ai pas prêté attention. J'ai cru qu'elle se faisait des idées.

– Beaucoup de gens en ville savaient, c'était un secret de Polichinelle. Marion était malheureuse avec son mari, mais elle a passé une bonne partie de son existence à faire semblant. Après mon accouchement, les choses ne se sont pas arrangées entre John et moi. Ma vie avait changé. Tu pleurais beaucoup, tu dormais peu la nuit… j'étais à bout de nerfs. Les hommes ne peuvent pas comprendre ce genre de choses, surtout lorsque leur femme ne travaille pas : ils se disent qu'on a toute la journée pour se reposer, que s'occuper d'un enfant ne doit pas être si difficile que ça. Il n'y avait plus de communication entre nous. Nous avons fait chambre à part durant des mois. Nous vivions ensemble mais nous étions devenus des fantômes l'un pour l'autre. John et Marion se sentaient tous les deux seuls. Ils se sont rapprochés et tu n'auras aucun mal à imaginer la suite…

– Combien de temps leur relation a-t-elle duré ?

– Quelques mois, guère plus. Quand Marion est tombée enceinte, elle n'a pas caché à John qu'il pouvait être le père de l'enfant.

– « Pouvait » ? Elle n'en était donc pas sûre ?

– Non. Elle avait encore des relations épisodiques avec Anthony. Marion voulait garder cet enfant. Elle n'était jamais arrivée à retomber enceinte après avoir eu Richard. D'un commun accord, ton père et elle ont décidé de rompre pour épargner leurs familles. Ils savaient que leur relation ne mènerait à rien et qu'ils avaient commis une erreur. Marion était persuadée que la naissance de cette fille marquerait un nouveau départ pour elle. Elle se trompait. Quand Lisa est venue au monde, elle a compris aux groupes sanguins qu'Anthony ne pouvait pas être le père. Et lui a continué à la tromper de plus belle…

– Elle a accepté cette situation sans rien dire ?

– Elle se sentait trop coupable de ce qu'elle avait fait, alors oui, elle l'a acceptée. Qu'aurait-elle pu faire de toute façon ? Elle avait peur de se retrouver seule. Marion et John ont décidé que personne ne devait jamais apprendre la vérité. Je n'étais pas censée la découvrir. Durant toutes ces années, ton père a rempli cet album en secret et il a essayé de se tenir à l'écart de la vie de Lisa.

– « À l'écart » ? Alors que Lisa passait la moitié de son temps dans cette maison ! Quand nous allions voir papa dans son bureau en fin d'après-midi, il ne nous disait jamais que nous le dérangions. Il aimait discuter avec Lisa, regarder ses résultats scolaires, l'aider… Tout se passait sous mon nez et je ne me suis rendu compte de rien !

– Moi non plus. Mais avec le recul j'aurais dû comprendre que quelque chose n'allait pas. (Ma mère se leva en s'appuyant sur la table de chevet.) Sortons, s'il te plaît. Je n'ai pas envie de rester dans cette chambre.

Elle descendit les marches avec une lenteur inhabituelle, sans lâcher la rambarde. Je la suivis jusqu'au salon. Nous nous installâmes à la grande table en chêne. Les fleurs que Vera avait apportées quelques jours plus tôt commençaient à s'avachir dans leur vase. Je l'écartai pour me retrouver face à ma mère.

Désormais en pleine lumière, son visage me parut changé : y apparaissaient soudain les années de souffrance, de regrets et de solitude qu'elle avait endurées sans jamais se plaindre. Je ne m'étais jamais senti aussi proche d'elle.

J'avais espéré qu'elle reprendrait d'elle-même son récit mais elle garda le silence.

– Comment les Nielsen et vous avez-vous pu continuer à vous fréquenter comme si de rien n'était ? Tous ces repas de famille, ces week-ends qu'on passait ensemble… C'est inimaginable.

– John et Marion auraient éveillé les soupçons s'ils avaient mis des distances entre eux. Il leur fallait continuer d'agir et de vivre comme avant.

– Ce qui permettait à papa de rester proche de Lisa sans que personne se doute de rien… Est-ce que Marion sait que tu es au courant de tout ?

– Oui.

– Et Anthony ? Est-ce que cette histoire a un rapport avec son suicide ?

Ma mère détourna les yeux sans répondre.

– Bien sûr qu'elle en a un, quelle question ! C'est pour cela que tu ne voulais pas parler de lui. Non seulement il avait perdu une fille, mais il avait fini par apprendre qu'il n'était pas son père. Comment a-t-il su après tout ce temps ?

– Après la disparition de Lisa, leur vie est devenue infernale. Ils ne se supportaient plus et n'arrêtaient pas de se faire des reproches, se rendant mutuellement responsables de sa mort. Un jour, au cours d'une dispute, Marion a perdu pied et lui a tout avoué.

Je revoyais Marion, seule et hagarde dans son salon, à ressasser les erreurs de sa vie. Elle avait tout perdu. Je n'arrivais toujours pas à imaginer que mon père ait pu avoir une liaison avec elle. Je les avais vus tant de fois ensemble, sans déceler entre eux le moindre geste ou la moindre parole ambiguë.

– Papa… sa santé qui s'est brutalement dégradée, c'est à cause de la libération d'Ethan ? Il n'a pas supporté qu'il revienne s'installer à Black Oak ?

– Je ne sais pas, Nick. Disons que ça l'a beaucoup perturbé et que tous ces souvenirs douloureux sont remontés à la surface.

– Je n'ai jamais su si papa le croyait coupable… Qu'est-ce qu'il pensait réellement d'Ethan à l'époque ? Il parlait si peu de lui.

– Quelle importance aujourd'hui ? demanda-t-elle avec agacement.

– Ça en a pour moi.

– John s'inquiétait des ennuis qu'il pourrait attirer à Lisa, mais d'un autre côté cette relation le soulageait…

Je fronçai les sourcils.

– « Le soulageait » ? Pour quelle raison ?

Ma mère commença à s'agiter sur sa chaise.

– Nick, tu ne comprends donc rien ? Lisa et toi étiez inséparables. Vous vous enfermiez pendant des heures dans ta chambre ou dans la sienne… Comment ton père aurait-il pu réagir à ça ? Il avait peur qu'il se passe quelque chose entre vous. Et qu'aurait-il bien pu faire alors pour vous séparer ?

– Quoi ! Vous pensiez que j'étais amoureux de Lisa ? Elle était mon amie, maman, rien d'autre !

– Je le sais aujourd'hui, mais il aurait pu se passer tant de choses entre deux jeunes gens de votre âge. Un jour, vous êtes rentrés du lycée bras dessus bras dessous. Vera était à la maison. En vous voyant, elle a dit en plaisantant : « On finira par les marier ces deux-là ! »

– Je ne m'en souviens pas.

– Ton père était présent. Son visage s'est décomposé et il a aussitôt essayé de changer de sujet. Ce n'est que plus tard que j'ai repensé à cette scène.

Une évidence s'imposa soudain à moi.

– Notre périple autour du lac ! Papa ne voulait pas qu'on parte… Il ne faisait jamais d'histoires d'habitude, mais là, il m'a traité comme si j'étais un vrai gamin.

Ma mère baissa les yeux.

– Les Nielsen faisaient tout pour séparer Lisa et Ethan, alors que ton père craignait qu'elle ne se console auprès de toi si leur relation s'arrêtait.

Je repensai à ma conversation avec mon ancien professeur, Mlle Tyrrell. À ce que Lisa lui avait confié en ville. « Croyez-vous qu'on puisse si facilement pardonner à quelqu'un qui vous a menti, même s'il avait les meilleures intentions du monde ? » Comment aurait-elle pu pardonner à Marion et à mon père de lui avoir si longtemps caché la vérité ?

– Lisa savait, n'est-ce pas ? Elle était bouleversée les jours qui ont précédé sa mort, mais Brandeau et moi n'avons pas réussi à trouver pourquoi.

Elle hocha la tête.

– Tout s'est passé la veille du drame. Évidemment, je n'ai appris cela que bien plus tard. Lisa a débarqué au cabinet de John pour lui dire qu'elle savait qu'il était son père biologique. Il était horrifié.

– Comment a-t-elle pu l'apprendre ?

– John ne me l'a pas dit.

– Tu crois que quelqu'un aurait pu lui en parler ?

– Qui ? Certainement pas Marion. Elle n'était pas à Black Oak à ce moment-là et jamais elle ne lui aurait révélé la vérité. Elle l'a appris, c'est tout. John n'a pas eu le courage de lui parler sur le coup. Il lui a donné rendez-vous le lendemain en lui promettant qu'il lui raconterait tout.

– Tu veux dire qu'ils se sont vus le samedi où elle est morte ?

– Oui.

– Où ça ?

– Je l'ignore. Je sais simplement qu'il lui a tout avoué.

– Que peux-tu me dire d'autre ?

– Rien. Ton père n'a pas voulu me raconter le détail de leur rencontre. Personne ne sait qu'ils se sont vus ce samedi après-midi.

– Pas même Marion ?

– Après le meurtre, John a eu moins de contacts avec elle : il ne voulait pas ajouter de la souffrance à la souffrance. (Ma mère se leva.) Cela va te paraître idiot, mais j'ai toujours cru que la mort de Lisa était une punition qui nous était infligée. Nous avons mal agi et nous l'avons payé au prix fort.

Je tapai du plat de ma main sur la table.

– Personne n'a été puni, maman ! Il n'y a pas de vengeance divine ou je ne sais quelle sornette de ce genre dans sa mort. Quelqu'un a tué Lisa, quelqu'un a pris la vie d'une jeune fille de 17 ans, et c'est à lui de payer pour ce qu'il a fait.

Elle désigna l'album du regard.

– Que vas-tu faire, Nick ? Est-ce que tu comptes parler à Adam ?

Je me levai à mon tour.

– Je veux que tu me fasses une promesse, maman : tu ne dois jamais rien lui dire.

Elle me prit les mains. Les siennes étaient glacées.

– Ce secret a détruit nos vies, Nick !

– Je le sais, et c'est justement pour ça que je ne veux pas prendre le risque de détruire la sienne.

2

Vendredi 20 août 2004
11 heures

Lisa demeurait songeuse devant son lit : robes, jeans, chemisiers, sacs à main, manteaux y formaient un joyeux bazar auquel elle avait enfin décidé de s'attaquer en vue de la rentrée universitaire. Quelques mois auparavant, sa mère avait fait un grand ménage dans sa penderie. « Je ne sais plus quoi faire de toutes ces vieilleries. Tu n'as qu'à prendre ce qui t'intéresse. » Lisa les avait remisées pour un temps dans son placard, n'y piochant qu'une ravissante paire de chaussures presque neuve qu'elle avait portée au bal de fin d'année.

Elle entreprit de trier ce fatras en trois piles : les « sympa », les « même pas en rêve » et les « à voir ». Au terme d'un bon quart d'heure, elle constata que la troisième pile faisait le double des deux autres réunies. Fichue indécision… Maudits essayages… Lisa se déshabilla et attrapa dans le tas d'habits une robe à carreaux un peu rétro susceptible de revenir à la mode après deux décennies de purgatoire. La fermeture

Éclair dans son dos résista un peu mais elle en vint à bout au prix de quelques contorsions.

– Pas mal, constata-t-elle en détaillant sa silhouette dans le miroir.

La robe bâillait malheureusement un peu trop à la taille. Peu importait… Il lui suffirait de trouver une ceinture pas trop moche et on n'y verrait que du feu. Elle l'enleva, lui fit rejoindre la première pile, puis essaya quelques autres tenues qui, elles, ne passèrent pas l'examen du miroir.

Elle s'empara ensuite d'un sac à main vert à carreaux écossais qui avait la forme d'une valisette. Ravissant… Lisa le tourna dans tous les sens en se demandant avec quelle tenue elle pourrait l'assortir. Elle l'ouvrit. Le sac dégageait une agréable odeur de cuir de qualité. La grande poche zippée était vide, mais en passant la main dans une poche plus petite elle sentit un carton au bout de ses doigts. C'était un petit bristol qui avait jauni avec le temps.

L'équipe du
Lake View Motel
N Wisconsin St
Port Washington
vous souhaite une excellente année 1987

1987. Une éternité… L'année de sa naissance. Elle ne connaissait pas ce motel. Et elle n'avait jamais vu sa mère porter ce sac. Sans doute y avait-elle oublié le carton. Elle le retourna.

Jeudi 16 heures ?
Même chambre que d'habitude ?
Il faut qu'on parle. C'est urgent.
J.

Lisa demeura interdite. Les battements de son cœur s'accélérèrent. « Même chambre que d'habitude ? » Si elle ne connaissait pas ce motel, l'écriture au verso lui était familière. Oui, même sans cette initiale, elle l'aurait forcément reconnue. Les ordonnances… des annotations dans les marges d'un brouillon d'exposé sur lequel elle avait planché avec Nick.

Une angoisse inédite la saisit. Elle fut prise de vertige.

« J. » comme « John »… John Altman.

*

Samedi 21 août 2004
7 heures

Lisa ouvrit les yeux. Une lumière vive passait entre les pans des rideaux mal tirés. Il ferait beau, trop beau – comme une injure à sa tristesse. Elle aurait aimé qu'il pleuve. Quand avait-elle fini par s'endormir ? Elle se souvenait vaguement des derniers chiffres inscrits sur le petit réveil fluorescent posé sur la table de nuit. 4, plutôt 5 heures.

Elle fixa le plafond du regard. L'hiver précédent, des infiltrations d'eau avaient formé une grosse tache brune au-dessus de son lit. Malgré les couches de peinture, elle finissait toujours par distinguer les contours d'une auréole grisâtre lorsqu'elle gardait longuement les yeux sur le même endroit. Certaines traces sont indélébiles. Certaines ombres ne disparaissent jamais.

Elle se leva et regarda sur son bureau le portrait d'Emily Dickinson. Son seul et unique portrait. La poétesse n'avait que 16 ou 17 ans – « le même âge que moi », songea-t-elle. Les gens ne voyaient sur cette photo qu'une adolescente fragile au sortir d'une maladie, mais Lisa était toujours frappée par son assurance et la détermination de son regard.

Elle se planta devant son miroir et scruta son visage, avec une acuité dont elle n'était pas coutumière. Quelque chose avait changé. Ses traits étaient différents. Plus marqués, plus sombres. Elle éprouvait la sensation troublante d'avoir basculé dans un autre monde, d'aborder une terre inconnue.

Elle s'empara du journal intime qu'elle avait laissé la veille au pied de son lit. Jusque tard dans la nuit elle avait essayé d'écrire, mais les mots n'étaient pas venus. Elle s'était sentie paralysée, incapable d'exprimer la moindre émotion ou même de retracer la journée qu'elle venait de vivre. La découverte de la carte du motel… Les questions, les doutes, l'angoisse… Cette certitude affreuse qui s'était imposée à elle… Sa visite au cabinet médical, le visage de John Altman, effaré, tétanisé, quand elle avait mis sous ses yeux le carton trouvé dans le sac de sa mère. Lake View Motel… Tout était tellement évident.

Elle ouvrit le journal à la dernière page écrite. Quelques jours auparavant, elle ne pensait qu'à son départ pour la fac et au tour désastreux qu'avait pris sa relation avec Ethan. Sa jalousie, ses reproches, ses récriminations permanentes… Tout cela lui paraissait dérisoire à présent.

Elle pensait à Nick. Son ami, son… elle ne parvenait toujours pas à prononcer ce mot ni même à lui donner un sens rationnel quand elle l'accolait à son nom. « Que vais-je lui dire ? » écrivit-elle en haut d'une nouvelle page.

Elle pensait à ses parents, aux années de mensonge dans lesquelles ils l'avaient fait vivre. Elle pensait à ce donneur de leçons de Richard qui l'accusait de ternir la réputation de la famille sans se douter que… Comment aurait-elle le courage de leur faire face à nouveau ? « Que vais-je leur dire ? » ajouta-t-elle.

Lisa regarda une nouvelle fois le portrait d'Emily Dickinson. Ses propres mots n'y suffiraient pas, elle le savait bien. Ce poème, l'un de ses préférés… Elle écrivit d'une traite au bas de la page : « Nul besoin d'une chambre pour être hanté. Nul besoin d'une maison. Le cerveau regorge de corridors bien pires que les lieux matériels. »

*

10 heures

Assise sur la balançoire à l'arrière de la maison, le cœur serré, Lisa sortit son portable qui vibrait dans sa poche. Sherry… Elle ne décrocha pas. Comment avait-elle été assez stupide pour se laisser convaincre d'organiser cette fête chez elle ? Était-il encore temps de tout annuler ? Elle se mit à chercher des excuses, toutes plus grotesques les unes que les autres : elle était malade, clouée au lit avec quarante de fièvre ; ses parents avaient décidé de revenir plus tôt de leur voyage et débarqueraient à la maison le soir même ; elle avait oublié de fermer un robinet la veille et le salon était inondé. Le portable vibra à nouveau. Elle savait que Sherry reviendrait à la charge tant qu'elle n'aurait pas pris son appel. Et elle n'avait aucune envie d'envenimer les choses entre elles.

– Salut, Lisa, fit Sherry dans un bâillement. Tu ne vas pas le croire, je viens à peine de me réveiller. (*Et moi, je n'ai quasiment pas dormi de la nuit…*) Vers quelle heure est-ce que tu veux que je vienne ?

Jamais, si possible.

– Pas trop tôt, s'il te plaît, j'ai des trucs à faire en début d'après-midi. Vers 15 heures, ça irait ?

– 15 heures ! On n'aura jamais le temps de tout préparer ! Qu'est-ce que tu as à faire de si urgent ?

Si tu savais, Sherry…

– Tu n'as qu'à venir quand tu veux. Je laisserai les clés dans la jardinière devant la maison. Ça te va ?

– OK. Est-ce que… est-ce qu'Ethan viendra finalement ?

– Je n'en sais rien, je l'appellerai tout à l'heure. Je n'ai pas envie de parler de lui pour l'instant.

Je n'ai qu'une envie, Sherry : raccrocher !

– Bon, d'accord, à tout à l'heure. Mais ne traîne pas trop… Et n'oublie pas les clés. Ça va être une soirée formidable, j'ai hâte d'y être…

*

13 heures

Les mains crispées sur le volant de la Ford de sa mère, Lisa quitta l'Interstate 43 pour prendre la direction de Port Washington. Elle repéra facilement le motel en bordure de la route – un long bâtiment rose à un étage agrémenté de petites terrasses qui donnaient toutes sur le parking. En dépit de son nom, l'établissement n'offrait qu'une piètre vue sur le lac : de minuscules taches bleues émergeaient entre les arbres et les constructions de l'autre côté.

Elle imagina sa mère, dix-sept ans plus tôt, arrivant en ce même lieu pour retrouver son amant. Combien de rencontres cachées ? Combien d'étreintes dans une chambre anonyme ? Quels sentiments avait-elle vraiment éprouvés pour le père de Nick ? Un amour passionné ? Lisa avait du mal à le croire. Elle penchait plutôt pour une passade, un adultère dû au désœuvrement ou au désir de se venger d'un mari qui la trompait sans vergogne. Une vengeance, oui, elle ne devait la vie qu'à une sordide vengeance. C'était donc là, dans cet endroit banal et sans charme, qu'elle avait été conçue. C'était donc là que les graines du mensonge avaient levé. En fin de compte, son histoire n'avait rien d'exceptionnel. Elle était même affreusement banale.

Le parking était aux trois quarts vide. Lisa se gara, puis s'approcha du motel pour repérer les numéros des chambres. Elle n'eut pas à chercher longtemps, car elle aperçut John Altman sur une des terrasses, presque à l'extrémité du bâtiment. Sa voiture était juste devant. Il lui sourit, mais son sourire était triste et gêné.

– J'avais peur que tu ne viennes pas.

– Eh bien, je suis venue…

Elle ignorait comment se comporter. N'existait-il pas un guide pour ce genre de choses ? *Manuel pour les enfants naturels en dix leçons*… En s'avançant vers John, elle sentit monter en elle un immense désarroi.

– Entre, nous serons mieux à l'intérieur, proposa-t-il en lui tournant le dos.

La chambre était à l'image du bâtiment, quelconque. Un lit recouvert d'une couette rouge vif, des murs beiges, des meubles en pin brut et des rideaux à fleurs qui cherchaient désespérément à donner à l'ensemble un air d'auberge de campagne. Triste à en mourir.

John déambula un moment dans la pièce, comme s'il s'apprêtait à lui faire la visite des lieux.

– Pourquoi m'avoir donné rendez-vous ici ?

Il la regarda finalement en face et prit son temps pour lui répondre.

– Dix-sept ans de mensonge, Lisa…

– On dirait que tu m'adresses un reproche !

– C'est un reproche, mais c'est à moi qu'il est adressé, et à Marion aussi. Nous sommes les seuls responsables de cette situation. (Il s'approcha de la fenêtre et écarta un rideau.) *Mehr licht*… murmura-t-il.

– Pardon ?

– C'est de l'allemand. Ce sont les derniers mots de Goethe : « Plus de lumière ! » Il voulait voir une dernière fois le ciel avant de mourir.

– Pourquoi ce motel ? Tu te rends compte du mal que ça me fait ?

John laissa retomber le pan de rideau.

– Tu as mal maintenant, Lisa, au moment où nous parlons, mais je fais tout cela pour ton bien. Je voulais que tu voies l'endroit où nous nous retrouvions avec Marion. Je ne veux pas que toute ta vie tu essaies d'imaginer quand et comment nous nous rencontrions, ni que tu harcèles ta mère pour qu'elle te raconte ce qui s'est passé entre nous. Je suis désolé… J'aurais aimé que les choses se déroulent différemment. Mais il faut parfois accepter le réel tel qu'il est. Ce poids du silence, je l'ai supporté pendant toutes ces années et je me croyais assez fort pour le supporter jusqu'à ma mort. Mais à présent je ne suis plus sûr de rien. Je suis terrifié par ce qui va se passer.

Lisa s'emporta :

– « Ce qui va se passer » ! Je n'ai pas l'intention de « harceler » ma mère, comme tu dis ! Ni qui que ce soit d'autre. Je ne dirai rien à ma famille !

– Lisa, ma chérie…

– Ne m'appelle pas comme ça ! Qu'est-ce que tu imaginais ? Que nous allions tomber dans les bras l'un de l'autre ? Que j'allais t'appeler « papa » quand je franchirais la porte de ce sinistre motel ? Que nous effacerions tout d'un coup de gomme ?

– Non, je n'imaginais rien de tel, je ne suis pas naïf. Ce que nous avons fait, rien ne pourra venir le réparer. Mais je vais devoir parler à Marion… et à Susannah. Je refuse de m'enferrer dans un nouveau mensonge.

– Je crois que c'est plutôt à moi de décider – tu me dois bien ça –, et ma décision est prise. J'y ai réfléchi toute la nuit. Je pars dans dix jours pour l'université. Je quitte cette ville pour plusieurs années, peut-être pour toute ma vie. Je n'ai pas envie que cette histoire me ramène en arrière et gâche mon existence. Tu devras régler tes problèmes de culpabilité autrement, *papa* !

John Altman encaissa l'ironie du mot sans rien laisser paraître.

– Et Nick dans tout ça ?

– Quoi, « Nick » ?

– Tu crois vraiment que tu pourras continuer à le fréquenter en sachant ce que tu sais ?

– Je ferai en sorte qu'il ne l'apprenne pas. J'assumerai mon choix. Les études vont nous séparer, de toute façon, et ça n'est peut-être pas plus mal. (Elle recula d'un pas, soudain effrayée.) Je crois que je ne devrais pas rester ici. Ce rendez-vous n'était pas une bonne idée. Ce qui s'est passé avec ma mère ne regarde que vous deux, j'en ai suffisamment appris.

– Lisa, ne pars pas déjà ! Nous avons trop de choses à nous dire !

– *Tu* as des choses à me dire, mais je ne suis plus sûre de vouloir les entendre…

– Reste, Lisa !

Elle se dirigea vers la porte et posa une main sur la poignée.

– Au fait, il y a une fête de prévue chez moi ce soir. Nick et Adam ont dû te dire qu'ils allaient chez un copain. Ils t'ont menti. Ne leur fais pas d'histoires, s'il te plaît. C'est sans doute la dernière soirée qu'on passera tous ensemble. J'ai envie de leur dire au revoir. Et j'ai envie de dire adieu à mon ancienne vie.

John s'approcha et tenta de la retenir par le bras.

– Ne parle pas comme ça. Est-ce que tu es en train de me dire qu'on ne se verra plus ? D'un mal peut parfois naître un bien. Nous avons tant de choses à partager. Nous pouvons nous construire un avenir.

– Pour l'instant, je ne pense qu'au mien, d'avenir. Et je ne crois pas que tu y aies ta place. Au revoir, John. Laisse ma mère et Nick en dehors de tout ça, c'est la meilleure chose que tu puisses faire si tu as de l'affection pour moi.

Elle ouvrit la porte et, les larmes aux yeux, partit en courant jusqu'à sa voiture.

*

20 h 30

Dans la cuisine, Sherry était en train de préparer des sandwichs, tandis que Kelly Vogler s'occupait des assiettes de fromage. Lisa les regardait accomplir ces gestes banals avec une tendresse nouvelle. Elle avait été tellement injuste avec elles. Toujours à les critiquer, les juger, les rabaisser… Pourquoi se montrait-elle si dure avec les autres ? Sherry… Qu'adviendrait-il de leur amitié dès qu'elles auraient quitté cette ville ? Pas d'illusions… Quelques coups de fil passés tard le soir de leur chambre universitaire, entre deux révisions – des coups de fil qui s'espaceraient doucement jusqu'à ce que ni l'une ni l'autre n'ait plus le temps ni l'envie de prendre des nouvelles. Peut-être une rencontre fortuite en ville lorsqu'elles seraient de retour pour les vacances… Le temps les séparerait, comme il sépare la plupart des êtres, même les plus intimes. Comme il la séparerait bientôt de Nick.

Quand on parle du loup… Nick à la porte de la cuisine.

– Tiens ! Te voilà, toi ? dit-elle d'une manière trop agressive.

Elle n'osait pas le regarder en face. Trop de sentiments contraires se mêlaient en elle. *Oh, Nick, Nick… Si tu savais !*

– Salut, les filles ! Qu'est-ce qui se passe ? Tu tires une de ces têtes !

Trouver quelque chose à dire, n'importe quoi…

– Tu as vu l'état de maison ? Et il est quoi ?… À peine 21 heures.

Elle se fichait éperdument de l'état de cette maison. On aurait pu y mettre le feu que cela ne lui aurait fait ni chaud ni froid. Mais elle devait tenir bon. Faire semblant. Jouer la comédie. Évacuer sa tristesse et sa colère.

– Ethan est là ? demanda Nick.

Elle l'avait appelé juste avant de partir pour le motel. Grincheux, maussade… Égal à lui-même. Il pouvait bien aller au diable !

– Je n'en sais rien. Non. (Elle regarda autour d'elle, désemparée, cherchant un moyen de mettre fin à la conversation.) Tiens, rends-toi utile, emporte le plateau.

Nick la contempla d'un air grave, comme s'il pouvait lire en elle à livre ouvert, ce qui la terrifia.

– Tu es sûre que ça va ?

Non, Nick, ça n'est jamais allé aussi mal.

*

Minuit moins dix

Lisa sortit sur la terrasse. L'air frais du soir la rasséréna, mais cette sensation ne fut qu'éphémère. Un croissant de lune brillait dans le ciel limpide. Séléné, déesse de la pleine lune. Hécate, de la nouvelle lune. Pour Artémis le croissant, posé en diadème sur ses cheveux. Cruelle, forte et farouche, qui fit dévorer par des chiens celui qui l'avait vue nue au bain. Lisa, elle, se sentait faible. Terriblement faible. Toutes les résolutions qu'elle avait prises s'étaient étiolées au cours de la soirée, la laissant indécise et perdue.

Kelly était avachie sur un blondinet dans le rocking-chair. Devant eux, assis en tailleur, trois élèves de sa classe riaient aux éclats.

– Et M. Coogan… Vous vous rappelez la fois où il nous a fait le même contrôle deux fois d'affilée ? La tête qu'il faisait quand il nous a rendu nos devoirs ! Il était tout fier d'avoir fait de nous des génies des maths. Comment est-ce qu'on peut laisser un énergumène pareil continuer à enseigner ?

– Je l'aimais bien, Coogan, remarqua Kelly, surtout quand il commençait à roupiller à son bureau. Ça changeait des cours de Tyrrell où c'était moi qui m'endormais…

Déjà des souvenirs amusés et teintés de nostalgie – comme on regarde un paysage disparaître dans le rétroviseur avec un pincement au cœur.

Personne ne l'avait remarquée. Elle descendit les trois marches qui conduisaient au jardin. Assis sur le banc sous la fenêtre de sa chambre, elle vit Adam, seul, avec un verre rempli d'une boisson colorée qu'elle ne réussit pas à identifier. Son cœur se serra.

– Adam !

Il ne l'avait pas entendue et sursauta.

– Ah, Lisa ! Super, cette soirée !

Elle le dévisagea longuement, cherchant à trouver dans ses traits une ressemblance, même infime, pour se persuader que cette dernière journée n'avait pas été un rêve – ou un cauchemar. L'arcade sourcilière peut-être, très légèrement avancée…

– Ce n'est pas de l'alcool, j'espère.

– Oh ça, non, dit-il en dissimulant pourtant son verre. Nick me l'a interdit. Il se mettrait en pétard.

Qu'avait-elle échangé avec lui durant toutes ces années ? Elle ne l'avait jamais regardé que comme un gamin courant après son frère, telle une ombre, et cherchant à s'immiscer dans leur groupe à la moindre occasion. En somme, elle ne savait rien de lui.

– Tu as vu l'heure ? Vous ne devriez pas trop tarder avec Nick, ça ne serait pas raisonnable.

– Tu as raison, dit-il en souriant. Le carrosse va bientôt redevenir citrouille.

Une minute plus tard, elle allait seule sur le chemin de terre qui menait à la plage, au milieu des hêtres. Elle avait soudain froid, quoique la nuit fût douce. Elle sortit son téléphone et l'utilisa comme une lampe-torche, balayant d'un mince faisceau les quelques mètres devant elle. Au fur et à mesure qu'elle avançait, les arbres se firent plus clairsemés, permettant à la lune d'éclairer le chemin.

Après un dernier virage, le lac apparut – fine bande plus sombre que le ciel à l'horizon. Elle sentit le fond de l'air se rafraîchir.

La silhouette de la cabane blanche émergea sur sa gauche, flanquée du petit bateau à moteur enveloppé dans une housse. Elle scruta les alentours, puis la plage en contrebas. Personne.

Elle appela. Pas de réponse.

Elle appela à nouveau. Rien. Elle vérifia l'heure à son téléphone. Minuit.

Elle serra ses bras autour de son corps, par-dessus sa veste en jean, pour tenter de se réchauffer.

Elle avait un mauvais pressentiment. Elle se retourna, prête à rebrousser chemin et à regagner la maison.

C'est alors qu'elle entendit du bruit derrière elle…

3

Le soleil descendait derrière la cime des arbres. L'ombre du soir avait recouvert les dunes et grignotait lentement la mince bande de sable de la plage des Hollandais. Le ciel orangé au-dessus du lac était traversé de nuages moutonneux qui semblaient faire reflet aux vagues.

Les Inséparables… Combien de couchers de soleil avions-nous contemplés sur cette plage ? Combien de soirées passées tous les trois ensemble, non à refaire le monde, mais à nous persuader que le monde, dans tout son égoïsme, sa dureté et sa laideur, ne nous atteindrait jamais.

Brandeau me regarda d'un air attristé.

– Je ne sais pas quoi vous dire, Nick. Je ne trouve pas les mots.

Je haussai les épaules et tournai les yeux vers la cabane aux lattes délavées par le temps – ce lieu où ma sœur était morte, ce lieu que j'avais cru pouvoir fuir en mettant entre nous un millier de kilomètres de distance.

– Quels mots pourriez-vous bien trouver, Alister ? Elle savait, elle savait que j'étais son frère. Même si ça n'a été que l'espace de quelques heures, elle a pu me regarder, me parler, tout en sachant qui j'étais vraiment pour elle. Je ne pourrai jamais connaître ce sentiment-là. Ces instants m'ont été volés. Je me souviens des derniers mots qu'on a échangés lors de la fête. Je crois que Lisa avait l'intention de tout me dire. Sans doute pas le soir même, mais elle voulait me faire comprendre qu'elle devait me parler. Elle s'inquiétait même pour Adam parce qu'il avait trop bu. Elle agissait avec lui en grande sœur. Vous comprenez ?

– Avez-vous l'intention de dire la vérité à votre frère ?

– Alors que mon père vient de mourir ? Non. J'ai fait promettre à ma mère de garder le silence. Je n'aurai pas le courage de lui parler.

Un homme et une femme, main dans la main, apparurent au loin au détour d'une dune, accompagnés d'un petit chien qui s'amusait à suivre le flux et le reflux des vagues. On les entendit bientôt rire aux éclats. Je me rappelai le journal intime de Lisa. Le premier baiser qu'elle avait échangé avec Ethan sur la plage un après-midi glacial de février. « À droite, je l'embrasse ; à gauche, je ne fais rien… » Tout peut-être aurait été différent si elle n'avait pas osé faire le premier pas. Un vol d'oiseau, voilà à quoi tiennent nos vies.

Brandeau me fit sortir de mes pensées.

– Je suis désolé d'en revenir à notre enquête, mais je n'arrive pas à croire à une coïncidence. Lisa apprend qui est son vrai père, après dix-sept ans de silence, et elle est assassinée le lendemain. Il y a forcément un lien.

– Quel lien pourrait-il y avoir ? Personne ne connaissait la vérité.

– Comment être sûr que Richard ne la connaissait pas ? Si c'est le cas, imaginez le ressentiment qu'il a pu éprouver envers sa mère – ressentiment qu'il a pu reporter sur sa sœur, qui était pour lui la preuve vivante de cet adultère. Richard est à l'évidence obsédé par la réputation de sa famille et il a déjà frappé Lisa.

– Et que faites-vous d'Anthony Nielsen ? Il a trompé sa femme durant des années.

– Même si c'est injuste, un garçon trouve souvent plus d'excuses à son père qu'à la femme qui l'a mis au monde. Je vous écoutais tout à l'heure et je n'avais pas l'impression que vous en vouliez au vôtre.

– Les morts sont sans défense. Je viens de perdre mon père, il était malade et je suis resté aveugle sur son état… Alors, voyez-vous, je n'ai guère envie de l'accabler de reproches en ce moment, surtout pour une histoire vieille de trente ans.

Le couple nous salua en passant devant nous. Des rires à nouveau puis quelques mots échangés à mi-voix. Ils parlaient une langue étrangère que je ne parvins pas à identifier. Ils regagnèrent le chemin de terre qui conduisait à Frontage Road – peut-être le chemin qu'avait emprunté l'assassin ce soir-là.

– Je préfère être honnête avec vous, Alister : je vais rentrer à New York.

Surprise et déception se mêlèrent sur son visage.

– Quoi ! Vous m'abandonnez ? Mais vous ne pouvez pas partir maintenant !

– Désolé, j'ai déjà réservé mon billet d'avion. J'ai besoin de m'éloigner de Black Oak et de retrouver un semblant de vie. J'ai besoin de temps pour accepter tout ça. J'ai perdu ma meilleure amie il y a douze ans. Aujourd'hui, j'ai perdu une sœur.

Mes explications ne parvinrent pas à le calmer.

– Et c'est vous qui m'accusiez l'autre jour de me montrer défaitiste ! Oh, faites ce que voulez, après tout, mais je ne vais pas m'arrêter en si bon chemin. Je vais continuer à creuser…

– Creuser quoi ? Qu'avons-nous, en fin de compte, à part quelques soupçons et une malheureuse liste de suspects ? Teddy Chambers, Richard Nielsen ou Madison Bennett… Oui, ils auraient pu commettre le meurtre. Mais la moitié de cette ville est dans ce cas-là. Qui vous dit que Lisa ne cachait pas un autre secret ? Nous n'avons aucun indice matériel. Soyez honnête : quel pourcentage de chance y a-t-il de résoudre un meurtre plus de dix ans après les faits ?

Il fit une moue contrariée.

– D'accord, Nick, les statistiques ne jouent pas en notre faveur, mais nous le savions depuis le départ. Qu'est-ce que vous imaginiez ? Que le nom du meurtrier allait tomber tout droit dans notre escarcelle ? Chaque affaire est unique.

– Je me moque que chaque affaire soit unique. Il s'agit de la mort de ma sœur !

Brandeau s'écarta de moi.

– Tout est de ma faute : vous n'étiez pas prêt à vous lancer dans cette enquête, j'aurais dû le comprendre dès notre première conversation. Vous n'avez pas le recul suffisant. Vous avez raison, rentrez à New York.

– Alister, ne m'en veuillez pas !

– Je ne vous en veux pas. J'ai moi-même sous-estimé la tâche qui nous attendait. J'ai été trop présomptueux.

Il regarda le lac. Sans que nous nous en soyons rendu compte, le ciel s'était obscurci ; les nuages orangés viraient au gris. Il remonta le col de sa veste.

– Je suis désolé, mais je ne me sens plus la force de continuer.

– Venez. Nous devrions rentrer, il commence à faire froid…

4

Je retrouvai New York comme je l'avais laissé – bruyant, frénétique, insatiable –, habité par la sensation de n'être qu'un pauvre type du Midwest qui foulait pour la première fois de sa vie les rues de Manhattan. Tout m'agressait : le flot ininterrompu de la foule anonyme glissant sur les trottoirs comme sur un tapis mécanique, le bruit des voitures et des sirènes, l'agitation existentielle de tous ces êtres croulant sous le travail, scotchés à l'actualité et à leur compte Twitter, secrètement persuadés qu'il n'existait pas sur cette terre de vie possible en dehors d'une île de soixante kilomètres carrés achetée quatre siècles plut tôt par un colon européen en échange de quelques colifichets.

Le portier de mon immeuble, un Portoricain du nom de José, parut aux anges à mon arrivée. Il m'avait vu à la télé et conservait précieusement derrière son comptoir l'article du *New York Times* qu'il n'était pas peu fier d'avoir fait circuler dans les mains de tous les résidents.

– Ah, monsieur Altman, quelle histoire, mais quelle histoire ! Quand je pense à votre pauvre ami… Douze ans en prison pour un crime qu'il n'a pas commis… Je ne crois pas que je serais capable de supporter une telle injustice. J'ai beau avoir une femme et deux gosses, je crois que je préférerais en finir…

– Qui sait, José ? Il faut croire qu'on s'habitue à tout, même aux pires choses.

– Vous savez que j'ai été un des premiers à signer la pétition sur internet.

– Quelle pétition ?

– Vous n'êtes pas au courant ? Celle qui demande aux autorités de faire rouvrir immédiatement l'enquête sur le meurtre de votre amie Lisa. Déjà cinq cent mille signatures en quatre jours. Et le compteur ne cesse de monter. (Il sortit de sa poche un Smartphone rutilant.) Vous voulez que je vous montre ?

– Merci, José, plus tard… Je vais d'abord m'installer.

– Ah, très bien, fit-il d'un air déçu. Je vous enverrai le lien, alors.

J'étais presque arrivé à l'ascenseur quand il me rappela :

– Au fait, j'allais oublier : Mlle Chloé est passée l'autre jour.

– Chloé ? Pour quelle raison ?

– Elle a apporté deux cartons, je les ai montés dans votre appartement. Elle a dit que c'étaient des affaires dont vous aviez besoin, que vous étiez au courant.

J'essayai de cacher mon désarroi.

– C'est vrai, j'avais oublié.

Une trousse de toilette, des habits, des bouquins, du matériel informatique… Voilà ce que contenaient les fameux cartons qui reposaient dans l'entrée – des affaires que j'avais laissées chez Chloé au fil des mois quand je passais la nuit chez elle, des broutilles dont je n'avais que faire mais dont le retour me faisait cruellement comprendre que tout était bel et bien fini entre nous. Je frappai rageusement du pied dedans avant de rester comme un idiot dans l'entrée, constatant combien mon appartement était sans vie, sans âme, en tout point semblable à une photo tirée d'un magazine de décoration.

*

– Tu as une sale tête, mais qu'est-ce que je suis heureux de te revoir !

Ainsi m'accueillit Jay en me serrant dans ses bras quand j'entrai dans son bureau de Flatiron, encore plus en désordre que d'habitude. Du fauteuil face à son bureau il enleva une pile de manuscrits qui menaçait de s'effondrer.

– Tiens, viens t'asseoir. Tu sais, j'ai vraiment cru que tu allais t'enterrer pour de bon dans tes champs de maïs. Je m'inquiétais pour toi.

– Eh bien je suis de retour, tu vois.

– Je sais ce que c'est, Nick. J'ai perdu mon père il y a cinq ans. Je suis resté au fond du trou pendant plusieurs mois, et puis la vie a repris ses droits.

– Je tiens le coup, ne t'en fais pas.

– Heureux de l'entendre. (Il ouvrit un tiroir et en sortit une pile d'articles de journaux soigneusement découpés qu'il étala en éventail sur son bureau.) Tu as vu tous ces titres ? Si j'avais imaginé qu'en retournant chez toi tu déclencherais un merdier pareil ! Une vraie tornade, cette affaire ! Tiens-toi bien : Fox News est en train de préparer un docu-fiction sur le meurtre de Lisa Nielsen. Des témoignages mêlés à des reconstitutions avec acteurs, à ce que j'ai compris. Évidemment, s'ils m'ont appelé c'est que…

– Fox News peut aller se faire mettre, Jay. Je ne participerai jamais à ce truc sordide.

Il leva une main en l'air en signe de paix.

– C'est ce que je leur ai dit, bien sûr, affirma-t-il sans grande conviction. De toute façon, je croule sous les demandes d'interviews. Et cette fois-ci j'ai mis les points sur les « i » : ton bouquin et rien que ton bouquin ! Ta cote est repartie à la hausse, mon grand. Et ton enquête, alors ? Tu en es où ?

Je croisai les jambes et me laissai aller dans le fauteuil.

– J'abandonne.

– Comment ça, tu abandonnes ? Tu m'as dit l'autre jour que tu étais sur le point de découvrir le coupable !

– Je n'ai jamais dit une chose pareille. L'arrestation de ce flic a permis d'innocenter Ethan, rien de plus. Le sergent Briggs est un animal à sang froid. Même s'il connaît le nom du coupable, il ne lâchera rien. Il est déjà dans d'assez mauvais draps.

Jay se leva brusquement.

– Bon, oublions un peu cette affaire. Attends-moi là.

Il ne quitta la pièce qu'une minute avant de réapparaître triomphant, un exemplaire de mon nouveau roman entre les mains.

– Et voilà le bébé ! Je voulais te faire la surprise. Qu'est-ce que tu en dis ?

La couverture représentait une vieille bâtisse entourée de champs. Chaque lettre du titre était placée à un niveau différent de la précédente, ce qui donnait l'impression qu'elles tremblaient. L'ensemble était très réussi, mais c'était la première fois que je restais aussi froid et détaché en découvrant un de mes romans. Je me forçai à sourire.

– Et on n'a pas encore reçu les bandeaux, reprit Jay. Ça fera un effet terrible, tu peux me croire. Bon, ça te dirait de commencer les services de presse aujourd'hui ?

– Pourquoi pas, Jay, pourquoi pas ?…

*

Assis à la terrasse d'une brasserie française à l'angle de la 55e et de Broadway, je contemplais la façade en verre de l'autre côté de la rue. Numéro 1745. Mon doigt était suspendu au-dessus du SMS que j'avais tapé cinq bonnes minutes plus tôt. « Je suis en bas. Je voudrais te voir. »

– Et merde ! finis-je pas lâcher en appuyant sur la flèche d'envoi.

Puis j'attendis. J'avais toujours détesté ce moment où l'on sait que son interlocuteur est en train de répondre, cherchant ses mots, effaçant, corrigeant, louvoyant – des minutes porteuses d'autant d'espoir que de déception et qui peuvent s'apparenter à une torture. Je posai mon téléphone sur la table, cherchant à fixer mon attention sur autre chose, mais quoi ? – le camion FedEx garé le long du trottoir, le vendeur de nourriture mexicaine devant l'immeuble de Random House, un homme pressé hélant les taxis jaunes qui lui passaient sous le nez…

Bruit de carillon. « D'accord. J'arrive. » Je n'aurais pu dire si j'étais soulagé ou encore plus paniqué.

Quelques minutes plus tard, je regardai Chloé traverser la rue et tracer droit vers le restaurant – et en la regardant je me dis que j'avais perdu la plus belle chose qui me soit arrivée dans la vie.

Le visage épanoui que je lui avais vu à la soirée chez Fallon était recouvert d'un masque de froideur. Je me levai, m'apprêtai à l'embrasser puis me ravisai.

– Désolé, je ne t'avais même pas dit où j'étais.

– Où aurais-tu bien pu être ? Tu m'as toujours attendu là quand tu venais me chercher après le travail. Je ne savais pas que tu étais rentré.

– Je suis arrivé hier. (Je cherchai le serveur du regard.) Qu'est-ce que tu prends ?

– Rien, je ne prends rien, je suis en plein travail, Nick ! Je ne peux rester que cinq minutes. C'est à cause des cartons que tu es là ?

– Non, le message était assez clair de ce côté-là. Tu aurais pu garder la tablette, c'était un cadeau.

– J'en ai déjà une au boulot, j'ai pensé que tu en aurais besoin.

– Je voulais juste te parler, Chloé.

– Nous avons déjà parlé, et ça s'est mal terminé la dernière fois. Je n'ai pas envie de recommencer éternellement cette discussion.

– Je sais bien qu'il n'y a rien entre Fallon et toi. En fait, je le savais depuis le début. Et même s'il y avait quelque chose, ça ne me regarderait pas. (Je me mordis les lèvres, hésitant.) Il s'est passé quelque chose…

Son expression changea. J'étais enfin parvenu à capter son attention.

– C'est ta mère ? Elle va bien ?

– Ma mère n'a rien.

– Alors quoi ?

– C'est au sujet de ma sœur.

Durant une fraction de seconde, elle dut croire que je me moquais d'elle.

– Qu'est-ce que tu racontes ? Tu n'as pas de sœur !

– Si, j'en ai une… ou plutôt, j'en avais une.

Son regard devint vague, puis elle porta une main à sa bouche – le même geste qu'elle avait fait quand je lui avais appris la mort de mon père. Elle venait de comprendre.

– Non, Nick, ça n'est pas possible…

Les cinq minutes consenties se transformèrent en demi-heure. La banque, le coffre, l'album photo, le récit de ma mère… je lui racontai tout. Elle m'écouta comme elle ne l'avait jamais fait, comme si tout ce que j'étais vraiment venait de lui sauter au visage. Elle me prit la main par-dessus la table, et je regrettai que ce ne soit pas pour d'autres raisons.

– Qui est au courant ?

– Personne – du moins je le pense. Mais je ne peux pas exclure que quelqu'un à Black Oak…

– La police. Tu as l'intention de lui dire ce qui s'est passé ?

– Bien sûr que non ! Les choses sont déjà assez compliquées comme ça.

– Tu ne peux pas garder ça pour toi ! Lisa a été tuée le lendemain du jour où elle a tout découvert. C'est sans doute une information capitale pour l'enquête.

Même raisonnement que Brandeau : pourquoi refusais-je de voir un lien entre les deux événements ?

Je fis tourner nerveusement ma tasse sur sa soucoupe.

– Je ne sais plus où j'en suis, Chloé. Il peut s'écouler des mois et des années sans que rien arrive dans une vie, et soudain, en quelques minutes, tu as l'impression que tout s'effondre. Je ne voulais rien dire à Adam, mais je ne suis plus sûr d'avoir le droit de lui mentir. Lisa était aussi sa demi-sœur, après tout… et cette situation met ma mère dans une position intenable.

Elle me regarda avec pitié, ce qui me déplut.

– Tu as toujours été trop cérébral, Nick. Toujours à t'inquiéter de l'avenir, à imaginer le pire… Essaie pour une fois de lâcher prise.

– Pour fuir la réalité ? Pour faire comme si tout allait bien ?

– Non, juste pour arrêter de te débattre comme un homme qui se noie. Cesse de vouloir tout contrôler. Plus tu t'accrocheras à ta douleur, plus tu la renforceras.

– Cette douleur est là, Chloé, je ne peux pas la faire disparaître.

– Personne ne dit que tu dois la faire disparaître. Accepte-la, apprivoise-la, et repense à tout ce que tu as vécu de beau avec Lisa.

– Je ne fais que ça depuis des jours.

– Non. Tu y repenses et tu n'éprouves que des regrets, ce qui renforce ta colère. Ne laisse pas ce bonheur passé se diluer dans le malheur. La vie, c'est l'un et l'autre, pas l'un sans l'autre.

– Je ne pourrai pas vivre sereinement sans savoir ce qui est arrivé à Lisa, sans savoir qui l'a tuée.

– Même si tu le découvres un jour, tu ne seras pas en paix pour autant.

– Que vais-je faire, Chloé ?

Elle soupira.

– Appelle ton frère. Dis-lui ce que tu as sur le cœur. Dis-lui tout ce que tu ressens. Et tu sauras alors si tu dois lui avouer la vérité.

*

– J'ai eu maman au téléphone. Tu es rentré à New York finalement ?

Adam me rappela tard ce soir-là, plusieurs heures après que je lui eus laissé un message. J'étais allongé sur mon canapé – celui que Richard avait évalué à 5 000 dollars – et sirotais un énième verre pour tromper ma solitude.

– Tu vois, j'ai suivi ton conseil. En fait, mon livre sort bientôt, j'avais trop de choses à régler avec Jay. Comment est-ce que tu as trouvé maman ?

– Mieux que quand je l'ai quittée – mais elle faisait peut-être semblant, c'est difficile à savoir par téléphone. Je retournerai à la maison samedi prochain, je pourrai y passer un peu plus de temps cette fois.

– Désolé mais ce sera probablement sans moi… Jay m'a prévu un véritable marathon. Je vais devoir rester disponible.

– T'inquiète, je m'occuperai d'elle. Tu en as déjà beaucoup fait.

J'aurais aimé qu'Adam me rappelle plus tôt. Je me sentais à présent trop fatigué et grisé.

– Adam, tu as conscience qu'on ne s'est pas suffisamment parlé ces dernières années ?

– Tu me l'as déjà dit. Mais on a fait des efforts pendant ces quelques jours, non ?

Je renversai la moitié de mon verre sur le parquet en voulant le poser près du canapé.

– Quels efforts ? J'ai mené une enquête dans ton dos avec un homme que je ne connaissais pas il y a encore deux semaines, et on a tout fait pour éviter de parler d'Ethan et de Lisa. Tu es parti furieux.

– Tu ne vas pas recommencer ! Je ne suis pas parti furieux, j'étais juste déçu que tu ne m'aies pas dit ce que tu fabriquais avec ce type… Qu'est-ce qu'on pourrait bien se dire, de toute façon ? Je n'ai pas envie de regarder en arrière – tu peux le comprendre ? Claire est une fille formidable, nous avons déjà plein de projets. Je dois aller de l'avant. C'est déjà assez difficile de voir maman dans cet état.

– Je dois te dire quelque chose, Adam. (Je sentis la chair de poule dans mon cou. Le téléphone tremblait dans ma main.) Lisa était…

Je m'interrompis, puis laissai passer un silence. Et je sus à ce moment-là que je ne dirais jamais rien à mon frère. Ce bonheur qui m'était refusé, Adam l'avait encore à portée de main, et je ne pouvais pas l'en priver.

– Lisa était quoi ?

– Lisa était ma meilleure amie.

– Pourquoi est-ce que tu me dis ça ? Je le sais bien.

– Tu te rends compte qu'on était là le soir où elle s'est fait tuer… Et qu'est-ce que je faisais ? Je roupillais dans un putain de fauteuil ! Je roupillais parce que j'avais trop bu et que je ne tenais pas quelques malheureux verres. Et quand Sherry m'a réveillé alors qu'elle s'inquiétait de ne plus voir Lisa, je lui ai simplement dit de ne pas s'en faire, qu'elle était sûrement avec Ethan. Non seulement je n'ai rien fait pour la chercher, mais en plus j'ai mis mon ami dans la merde !

– Mais qu'est-ce que tu aurais voulu faire ? Lisa était déjà morte quand on a quitté la soirée. Tu aurais pu remuer ciel et terre que ça n'aurait rien changé. Tu aurais aimé découvrir son corps, c'est ça ? Tu aurais aimé être hanté chaque nuit par cette vision le restant de ta vie ?

– Arrête, Adam.

– C'est toi qui as voulu qu'on parle, alors parlons ! Tu peux te lamenter autant que tu veux, ça ne ramènera pas Lisa… ni papa. Ils sont morts, Nick. Quand est-ce que tu vas l'accepter ? Est-ce qu'il t'est venu à l'idée que tu n'avais peut-être plongé tête baissée dans cette enquête que pour fuir la mort de papa ? Tu n'es même pas retourné à la maison funéraire ni au cimetière, trop occupé que tu étais à jouer les détectives avec ton nouvel ami… Le problème, c'est que ça a réveillé en toi le fantôme de Lisa. Voilà tout ce que tu as gagné !

Je quittai mon canapé et me mis à déambuler dans le salon.

– Lisa n'a jamais cessé de m'accompagner au cours de ces années.

– Non. Tu as voulu fuir cette période de ta vie, et tu as cru qu'un malheureux bouquin suffirait à te faire tourner la page. Ce n'est pas comme ça qu'on règle ses problèmes.

– Ah non ? Et comment est-ce qu'on « règle ses problèmes » ?

– Si je le savais, Nick…

*

Le mercredi 4 mai – jour où Donald Trump devint officiellement le seul candidat républicain à la présidence, tandis qu'à Flint, petite ville du Michigan secouée par un scandale sanitaire, Barack Obama buvait face aux caméras un verre d'eau pour rassurer les habitants –, j'essayai de défendre bon an mal an mon prochain livre en enchaînant les interviews dans un bureau de ma maison d'édition. J'eus l'impression de jouer au disque rayé pendant plus de trois heures. Les promesses de Jay ne furent pas suivies d'effet puisque, comme je le craignais, il fut beaucoup question de l'affaire et très peu de mon roman. « Avez-vous l'intention d'écrire un livre sur votre enquête ? », « Croyez-vous pouvoir réussir là où la police a échoué ? », « Parlez-nous d'Ethan Walker : dans quel état d'esprit est-il ? A-t-il réussi à se reconstruire une vie ? »

À midi, Jay m'invita à déjeuner dans un restaurant italien de la 5e Avenue. Je préférai ne pas m'attarder sur les interrogatoires que j'avais subis et, sans trop savoir pourquoi, lui avouai tout sur mes infidélités.

– Merde alors ! Je n'aurais jamais cru ça de toi !

– C'est exactement ce que m'a dit Connie.

– Connie ?

– La serveuse avec qui j'ai trompé Chloé la deuxième fois.

– Vous n'étiez plus ensemble, ça ne compte pas. Et Chloé fricotait avec Fallon !

– Tu me rassures : les compteurs sont remis à zéro, alors…

– Qu'est-ce qu'elle t'a dit hier, au juste ?

– Elle m'a conseillé de « lâcher prise. » Elle m'a dit : « Plus tu t'accrocheras à ta douleur, plus tu la renforceras. »

– C'est beau. Elle devrait se mettre à écrire.

– Chloé pense qu'il n'y a rien de pire qu'un éditeur qui s'essaie à l'écriture.

– Moi, ça ne m'a jamais démangé en tout cas… Bon, elle pensait peut-être à elle quand elle t'a dit ça.

– Qu'est-ce que tu veux dire ?

– Chloé a souffert, et j'imagine qu'elle souffre encore. Par ton entière faute, mon vieux… Parfois, on attribue aux autres des sentiments qu'on éprouve soi-même. Ce n'est pas difficile à comprendre.

Sa remarque créa en moi un malaise, une gêne d'autant plus perturbante que je n'en trouvais pas l'origine. Je tentai de les chasser en passant à un autre sujet.

– Tu as maigri toi, non ?

– Ah ! Enfin quelqu'un qui le remarque ! Je commençais à désespérer. Toi aussi tu t'es déplumé ces deux dernières semaines. Tu veux connaître mon secret ? Protéines bio-fermentées et plasma marin.

– Qu'est-ce que c'est que ces conneries, Jay ?

– C'est tout à fait sérieux ! C'est un médecin chinois qui m'a conseillé. Des super-aliments boosters de régime, à ce qu'il paraît.

– Et ça te donne le droit de t'enfiler une pizza quatre fromages à midi ? remarquai-je en montrant son assiette.

– Il faut bien s'offrir quelques petits plaisirs. La frugalité a ses limites… (Il enfourna une énorme bouchée pour mettre ses actes en accord avec ses paroles.) Bon, reparle-moi un peu de cette fille. Connie. Tu as l'air de bien l'aimer. Alors comme ça, vous vous suciez la pomme quand vous étiez au lycée ? Ah, la vie… on finit toujours par retrouver ses amours de jeunesse.

Après avoir quitté Jay, je reçus un appel d'Ethan mais je n'eus pas le cœur de décrocher. Dans le message qu'il me laissa, il m'indiquait que Madison était partie avec son père pour plusieurs jours dans le nord du Wisconsin – Madison ne m'avait donc pas menti : ils avaient bien l'intention de retaper la bicoque d'Emmett Walker et de quitter la ville pour de bon. Ethan était resté parce qu'il avait peur qu'on s'en prenne au garage ou à la maison. Il se sentait seul et souhaitait que l'on se voie. Je ne répondis pas à son message. Qu'aurais-je pu lui dire, de toute façon ? Que j'étais lâchement parti sans l'avertir et que je n'avais aucune intention de revenir à Black Oak dans l'immédiat ? Que j'avais fait tout ce dont j'étais capable pour lui et que, inexorablement, nos routes allaient se séparer à nouveau – peut-être pour toujours cette fois ?

*

Le malaise que j'avais éprouvé au restaurant resurgit quand je me retrouvai dans mon appartement en fin d'après-midi. J'avais envie de rappeler Adam, déçu que notre conversation ait tourné court, mais je me persuadai de ne pas le faire pour ne pas remuer le couteau dans la plaie.

« Elle pensait peut-être à elle quand elle a dit ça… » Pourquoi cette phrase banale de Jay revenait-elle en boucle dans ma tête ?

Après m'être servi un verre, je m'installai à mon ordinateur. N'ayant plus écrit la moindre ligne depuis des mois, je ressentis une profonde anxiété. Pourtant, j'ouvris sans hésiter le dossier « Dernier été à Black Oak » et, sans fournir d'effort, sans même éprouver le besoin de réfléchir, je me mis à écrire : « Il m'arrive souvent de me demander quelle fut sa dernière pensée ou quelle fut la dernière image qu'elle vit. Avant que son cœur cesse définitivement de battre… »

Bientôt, Ethan m'apparut sur la plage, le soir de la lune gibbeuse. « Tu veux *ma* version des faits, c'est ça ? » m'avait-il demandé.

Ma version des faits… Voilà qu'il était temps que je la donne à mon tour. J'avais livré à Brandeau des souvenirs de jeunesse de manière détachée, distante, comme si je n'étais qu'un simple spectateur de ce que j'avais vécu.

Je tapai : « Chacun conserve en lui *sa* version de l'histoire. Voici la mienne : celle du dernier été que je passai à Black Oak, petite ville du Wisconsin où j'ai grandi… »

J'écrivis une quarantaine de pages, jusqu'à épuisement. Je dormis ensuite quatre heures d'affilée d'un sommeil lourd avant de me réveiller en sursaut, le corps couvert de sueur. Je ne comprenais pas ce qui m'avait tiré de mon sommeil aussi brutalement. Mais, dès que je me levai, la phrase de Jay revint de façon lancinante dans ma tête : « Elle pensait peut-être à elle quand elle a dit ça… »

Assoiffé, je bus deux grands verres d'eau et vins coller mon front à la vitre froide d'une des fenêtres en arche du salon. En face de chez moi, les premières lueurs du jour éclairaient les immeubles de briques rouges dont les toits anarchiques se découpaient sur le ruban nacré de l'Hudson River.

Ma version des faits… Repense à la soirée, Nick, repense à la soirée…

*

Presque 1 heure du matin, déjà.

« C'est la merde : on devait rentrer pour minuit pile ! Mes parents n'ont pas appelé ? »

Le visage de Sherry Sheldon au-dessus du mien.

« Ils ne savent pas que tu es là ! Ton frère s'est ramassé sur la terrasse tout à l'heure, il était bourré.

– Ah non ! Si j'attrape ce petit con !…

– Ce n'est pas pour ça que je t'ai réveillé.

– Qu'est-ce qui se passe ? »

Quelques minutes plus tard, j'étais entré dans la cuisine, vaseux. Adam était affalé sur la table. Il avait un gros bleu sur la joue. Ses yeux étaient rougis, il avait sans doute pleuré. Beaucoup pleuré.

« Je t'avais dit de te tenir tranquille ! Et de ne pas boire !

– Je suis désolé, Nick, désolé. »

Il s'était remis à pleurer en se cachant le visage.

« Ça, tu peux l'être. Qu'est-ce qu'on pourra bien raconter à maman quand elle te verra dans cet état ? Allez, magne-toi, tu en as assez fait pour ce soir. On rentre ! »

*

Les souvenirs me revenaient avec une précision troublante – des lames qui venaient de loin, puissantes, comme les vagues qui nous surprenaient parfois sur la grève quand nous installions nos serviettes trop près du lac.

Adam n'était pas saoul ce soir-là. Il n'avait probablement pas bu la moindre goutte d'alcool. Il n'avait jamais aimé boire.

Il était bouleversé. Terrifié.

« Tu aurais aimé découvrir son corps, c'est ça ? Tu aurais aimé être hanté chaque nuit par cette vision le restant de ta vie ? »

Il pensait à lui en prononçant ces paroles… Jay avait raison : parfois, on attribue aux autres des sentiments qu'on éprouve soi-même.

Je me mis à marteler du poing la vitre devant moi en répétant :

– Adam, Adam, qu'est-ce que tu as fait ?

5

Il pleuvait violemment quand mon avion atterrit à Milwaukee le vendredi suivant, en fin d'après-midi. Le dernier quart d'heure de vol avait été marqué par de grosses turbulences qui avaient donné une belle frayeur aux passagers.

Des trombes d'eau s'abattirent sur le pare-brise de ma voiture quand je quittai le parking de l'aéroport. Des éclairs zébraient le ciel. Les deux cents mètres qui me séparaient de l'autoroute étaient congestionnés de véhicules qui roulaient au pas sous un concert de klaxons désespérés.

Je mis près de deux heures pour gagner Black Oak, n'arrivant sur Clifton Street qu'à la nuit tombante. Il ne pleuvait pas mais le ciel était chargé de lourds nuages et il faisait froid. En verrouillant la portière, je me forçai à plaisanter, me demandant combien de temps cette bagnole resterait dans cet état quand on saurait que c'était la mienne.

Ma mère était sur le perron de la maison, un sac-poubelle à la main.

– Nick ! Mais que fais-tu là ? Tu ne m'avais pas dit que tu viendrais !

Sourire aux lèvres, elle hâta le pas vers moi pour me prendre dans ses bras. Je la serrai le plus fort que je pus.

– Maman, comment vas-tu ?

– Oh, je suis fatiguée qu'on me demande comment je vais… Regarde-moi : je n'ai pas l'air à l'article de la mort ! Adam est arrivé vers midi. Tu savais qu'il était là ?

– On s'est appelés il y a deux ou trois jours : il m'avait dit qu'il viendrait ce week-end. J'ai pensé que ce serait bien qu'on se retrouve à nouveau tous les trois.

Cette phrase sonnait affreusement faux dans ma bouche.

– Dépêche-toi d'entrer, il fait un temps affreux.

Je la retins par le bras.

– Maman… Il faudrait que je parle à Adam. Je préférerais qu'on reste seuls un moment.

Son visage devint grave.

– Tu as l'intention de… ?

– Non, il ne s'agit pas de ça. Je suis embêté de te le demander mais… tu ne pourrais pas aller chez Vera un moment ?

Elle leva les bras en l'air et baissa les yeux vers sa tenue.

– Mais regarde comme je suis fagotée !

– Quelle importance ? Vera t'a déjà vue un bon millier de fois en robe de chambre.

– Mais c'était chez moi, dans *ma* maison ! Non, non, laisse-moi au moins prendre un manteau.

La porte de la chambre d'Adam était grande ouverte. Je l'entendais parler depuis le couloir dont j'avais laissé la lumière éteinte. « Il m'a dit qu'il se faisait plus de 150 000 dollars par an, sans compter les primes et la voiture de fonction. Mais c'est un des plus gros cabinets de la ville, alors ça n'a rien de si exceptionnel… »

Je m'avançai. Mon frère était allongé sur son lit, deux gros coussins calés dans le dos, portable à l'oreille. Il me regarda avec des yeux ronds comme des billes et secoua la tête.

– Attends… Je pourrais te rappeler dans un moment ?… C'est ça, à toute !

Il abandonna le téléphone sur le lit et se leva.

– Bon sang, Nick ! Tu as pu te libérer finalement ? Pourquoi tu ne m'as pas appelé ?

En l'embrassant, je sentis l'angoisse monter en moi. Je lui demandai des nouvelles de Claire, lui parlai un peu de mes quelques jours à New York, conscient que je ne cherchais qu'à gagner du temps. Mais soudain il pencha la tête sur le côté, l'air dubitatif.

– Sérieusement, Nick, qu'est-ce que tu fais là ? Tu es bizarre.

Un silence.

– J'ai repensé à notre conversation de l'autre jour… et à la soirée où Lisa est morte.

– Tu as vraiment envie de revenir là-dessus ?

– Tu n'avais pas bu ce soir-là, n'est-ce pas ? Je me suis souvenu que papa te faisait parfois goûter du vin à table : chaque fois tu faisais la grimace, tu détestais l'alcool. Et je t'ai vu seulement avec un verre de jus d'orange à la main durant la fête.

Son visage demeura impassible. Pendant quelques secondes, je crus que j'avais perdu la raison, que tous les scénarios que j'avais imaginés reposaient sur du vent.

– De quoi est-ce que tu parles ?

– Le gros bleu que tu avais sur la joue, comment est-ce que tu te l'étais fait ?

– Tu le sais bien ! J'avais raté une marche et je m'étais affalé sur la terrasse. Sherry m'avait soigné.

– Parce que tu avais soi-disant bu ?… Dis-moi la vérité.

– Mais quelle vérité ?

Il ne cédait pas. Je m'accrochais encore à l'espoir que tout ne soit qu'un immense malentendu.

– Tu as dit que Lisa était déjà morte quand on a quitté la fête. Comment pouvais-tu le savoir ?

– Mais qu'est-ce qui t'arrive ? C'est quoi cet interrogatoire ? Tout le monde le sait ! Ça a été dit dans la presse. C'est ce qu'a conclu le médecin légiste.

– Non, Adam. J'ai passé des heures à relire tous les articles parus sur l'affaire. Le médecin légiste a conclu qu'elle était morte entre minuit et 4 heures du matin. Or tu savais qu'elle avait été tuée avant qu'on quitte la fête, vers 1 heure.

Je guettai une réaction qui ne vint pas.

– « Tu aurais aimé être hanté chaque nuit par cette vision le restant de ta vie ? » Tu te souviens ? C'est de toi que tu parlais, Adam !

Et la digue céda. Les traits de son visage s'affaissèrent. Son teint devint livide.

– Nick, non, non… balbutia-t-il en secouant la tête.

Je posai mes mains sur ses épaules.

– Que s'est-il passé cette nuit-là, Adam ? Il est temps de dire tout ce que tu sais.

Ses yeux s'embuèrent. Il tomba d'un coup à genoux sur la moquette et enfouit son visage entre ses mains, en proie à une crise de larmes qui me donna des frissons.

– Calme-toi, Adam, calme-toi.

– Lisa… si tu savais… fit-il entre deux sanglots. Tout est de ma faute, Nick, tout est de ma faute…

*

Une demi-heure plus tard, je quittai la chambre d'Adam pour m'enfermer dans la mienne. Je lui avais administré des tranquillisants dénichés dans la salle de bains de mes parents et l'avais forcé à se mettre au lit. J'avais pris soin de lui prendre son portable de peur qu'il n'appelle quelqu'un – Claire peut-être – pour lui raconter ce qu'il m'avait avoué, durant ce qui avait été la deuxième plus terrible épreuve de mon existence.

J'avais trouvé la force d'agir, d'accomplir ces gestes par pur instinct de survie pour protéger mon frère. Mais, seul à mon bureau, j'étais désormais tétanisé, incapable de formuler la moindre pensée logique.

Au bout d'un long moment, je sortis de mon portefeuille la photo de Lisa que Richard m'avait laissée quand il avait eu vent de mon enquête. Son dix-septième anniversaire. Le dernier.

« Regarde cette photo attentivement… et demande-toi ce qu'il est juste de faire ou pas. »

Je regardai longuement le visage de Lisa en train de souffler ses bougies. Tristesse et colère se mêlaient en moi. Je me sentais oppressé. *Ce qu'il est juste de faire ou pas…*

Je pris mon téléphone et composai un numéro. Trois sonneries et on décrocha.

– Allô ? fit une voix fatiguée.

– C'est Nick.

– Merde ! Qu'est-ce que tu veux encore ?

– Ne raccroche pas, s'il te plaît.

– Pourquoi est-ce que tu appelles à la maison ?

– Il faut que je te voie. C'est très urgent.

– Tu te fous de moi ! Qu'est-ce qui pourrait être si urgent ? Il est presque 23 heures… (Soupir agacé dans le combiné.) Putain ! Tu ne t'imagines pas que… ?

– Il faut absolument qu'on se parle, mais pas par téléphone. C'est au sujet de Lisa.

– Qu'est-ce que… ?

– Tu ne dois dire à personne que je t'ai appelé – tu entends ? Personne. Je sais ce qui est arrivé le soir du meurtre.

Quand je descendis, ma mère était déjà de retour. Depuis combien de temps m'attendait-elle dans l'entrée à faire semblant de ranger du courrier ?

– Qu'est-ce qui s'est passé, Nick ? Je vois bien que quelque chose ne va pas.

Je la serrai à nouveau dans mes bras.

– Tu me fais confiance, maman ?

Elle essaya de s'arracher à mon étreinte.

– Bien sûr que je te fais confiance.

– Adam est dans sa chambre. Je lui ai donné quelque chose de puissant pour dormir, mais il ne doit surtout pas quitter la maison ni utiliser le téléphone. Tu m'as compris ?

Elle acquiesça d'un air alarmé. Sans autre explication, je pris mes clés sur le meuble.

– Où vas-tu, Nick ?

– Tu dois me faire une dernière promesse, maman.

Après un bref instant d'hésitation, elle hocha la tête.

– Tout ce que tu voudras.

– Nous avons passé la soirée tous les trois ensemble. *Toute* la soirée. Et personne n'est sorti ce soir. Je ne suis pas sorti ce soir…

– Pourquoi, Nick ?

Je me forçai à lui sourire.

– Je t'en prie, ne me pose pas de questions. Pas maintenant. Je te demande de le faire, pour papa… et pour Lisa.

6

Assis sur une cantine en métal – peut-être celle dans laquelle Emmett Walker rangeait ses outils quand je l'avais revu –, je demeurais immobile dans l'obscurité du garage. La faible clarté de la lune à travers une lucarne dessinait la silhouette des chariots et du pont élévateur. Une odeur d'huile et d'essence flottait dans l'air. Je sentais mon pouls battre dans mon cou.

Je repensais au récit d'Adam, à ses larmes incontrôlées, à sa voix étranglée, à l'état d'épuisement nerveux dans lequel il avait fini par sombrer. Des images défilaient en boucle dans ma tête.

« Fais-le, pour papa… et pour Lisa. »

Je me levai et allumai tous les néons du garage. Puis j'attendis.

– Putain, tu m'as fait une de ces peurs ! Quand j'ai vu la lumière, j'ai cru qu'ils étaient revenus…

Ethan venait d'apparaître à l'entrée du garage, vêtu d'un jean et d'un sweat gris. Il tenait à la main, en guise d'arme contre d'imaginaires intrus, une tige en fer qui ressemblait à un tisonnier. Il était essoufflé d'avoir couru.

– Tu ne fermes pas le rideau métallique à clé ? Je croyais que tu avais peur qu'on s'en prenne au garage…

– J'oublie parfois… Qu'est-ce qu'on pourrait bien venir voler ici, de toute façon ? Qu'est-ce que tu fous là, au fait ?

– J'avais juste envie de te voir. C'est normal entre *amis*, non ?

– Pourquoi tu n'es pas venu jusqu'à la maison ? (Sa voix s'était faite vaguement soupçonneuse.) Tu as vu ta tête ?

Je me levai.

– « Il n'y a pas de demi-mesure, pas de zone grise. » Soit on est coupable, soit on est innocent.

Il avança de deux pas vers moi et fit une grimace.

– Pourquoi est-ce que tu me dis ça ?

– Ce ne sont pas mes mots, Ethan, ce sont les tiens. Tu ne te rappelles pas, sur la plage ? Ironie du sort : après t'avoir haï, tout ce pays te croit innocent à présent…

Je laissai passer un silence. Il n'eut aucune réaction, pas plus que n'en avait eu Adam quand je l'avais mis au pied du mur.

– Tu sais, je ne te pardonnerai jamais la mort de Lisa, mais je te pardonnerai encore moins ce que tu as fait à mon frère.

Au bout de quelques secondes, un sourire fragile apparut sur ses lèvres.

– D'accord, d'accord, répéta-t-il lentement, comme s'il cherchait à gagner du temps pour analyser la situation. (Il hocha la tête et son sourire s'accentua, mais je n'y vis que du renoncement.) J'imagine qu'il fallait bien que les choses finissent comme ça. Ce petit morveux a donc fini par parler…

– Il m'a tout dit, Ethan.

Il tira sur les cordons de son sweat tel un élève qui s'ennuie en classe.

– J'étais sûr qu'il le ferait un jour ou l'autre, c'était inévitable.

*

Samedi 21 août 2004, minuit

Adam avala une dernière gorgée de jus d'orange et suivit du regard Lisa qui s'éloignait dans l'allée. Sa façon de s'adresser à lui l'avait intrigué. Elle ne le regardait d'habitude que comme un gosse insignifiant, au mieux avec indifférence, au pire avec dédain. Pourquoi se préoccupait-elle soudain de lui ?

Il se leva et regagna la terrasse, scrutant le salon à travers la vitre. Où était donc passé Nick ? Peut-être encore avec cette fille qui l'avait collé sur le canapé tout à l'heure. Coup d'œil à sa montre : minuit. Lisa avait peut-être raison, mieux valait ne pas tarder. Il imaginait déjà sa mère, les yeux rivés sur l'horloge du salon, trépignant à chaque minute de leur retard. La scène qu'elle leur ferait… Et puis merde ! Après tout, ce n'était pas tous les soirs que Nick acceptait de l'amener avec lui dans une soirée.

Adam redescendit de la terrasse et plissa le front. Lisa… Il n'arrivait pas à se sortir de la tête son comportement étrange. Pourquoi venait-elle de partir à pied de la fête ? Il l'avait aperçue qui empruntait le chemin à travers les bois. Celui qui conduisait à la plage. Qu'allait-elle y faire à cette heure ? Il regretta de ne pas le lui avoir demandé.

Il hésita, tourna une dernière fois la tête vers la maison illuminée, et remonta l'allée à son tour. Dès qu'il atteignit le chemin de terre, il éprouva un malaise diffus. Il avait envie de revenir sur ses pas, de retrouver Nick, d'enfourcher sa bécane et de rentrer à la maison. Pourtant, une force obscure le poussait à continuer. Il ne voyait pas Lisa devant lui.

Après l'obscurité, la lune éclaira parfaitement le chemin. La plage hérissée d'herbes folles. Le lac au loin.

Adam percevait des voix. Indistinctes. Deux voix. Il quitta le chemin trop exposé pour se dissimuler derrière une rangée d'arbres et s'approcha prudemment.

Une silhouette près de la cabane. Lisa. C'était elle. Il n'avait aucun doute.

– Mais de quoi est-ce que tu parles ? Tu es devenu complètement fou !

Une seconde silhouette émergea de derrière la cabane. De l'endroit où il se tenait, Adam ne pouvait pas l'identifier mais il reconnut immédiatement la voix. Il recula la tête derrière un tronc.

– C'est ça, continue à me prendre pour un con ! Tu croyais que je ne m'étais aperçu de rien ? Je vous ai vus, Lisa, je vous ai vus !

– Ah oui ! Quand ça ?

– Cet après-midi. Je t'ai suivie.

– Tu m'as suivie ! Tu délires. Ce n'est pas ce que tu crois.

– Et qu'est-ce que je pourrais bien croire ? Arrête de te foutre de moi !

Des sanglots étouffés.

– Tu me rends malade ! J'ai fait le maximum pour que ça marche, mais tu ne fais aucun effort. C'est fini, Ethan. Tout est fini. Je ne peux pas continuer comme ça.

Adam pencha la tête. Ethan s'était rapproché d'elle et tentait de lui prendre la main.

– Lisa, non !

– Ne me touche pas !

– Comment est-ce que tu as pu me faire ça ? Comment ?

Lisa avait cessé de pleurer, mais Ethan se mit à renifler bruyamment, comme s'il essayait de retenir des larmes.

– Tu veux la vérité ? hurla-t-elle. Eh bien oui, je suis amoureuse de lui. On se voit en cachette et ça dure depuis déjà un bon bout de temps ! On s'est bien moqués de toi. Tu ne fais pas le poids face à lui. De toute façon, un Walker restera toujours un Walker !

– Tais-toi !

– Je ne veux plus te revoir. Va-t'en, Ethan. Sors de ma vie !

Adam sentait les battements de son cœur s'accélérer. Ses doigts agrippèrent l'écorce de l'arbre.

– Espèce de salope ! Tu ne t'en iras nulle part !

Lisa lui tourna le dos. Ensuite, tout se passa en un éclair. Adam vit la silhouette d'Ethan se pencher en avant. La seconde d'après, il se relevait et Adam distingua un objet épais qu'il brandissait au-dessus de sa tête.

Adam ferma les yeux. Un bruit sourd le fit sursauter. Puis il perçut un gémissement qui lui sembla étonnamment proche. Quand ses paupières se rouvrirent, Ethan relevait le bras en l'air. Cette fois, bien que tétanisé, Adam reconnut clairement la forme d'un morceau de bois. Ethan poussa un cri étouffé en frappant pour la deuxième fois.

La main s'abattit à nouveau, avec la régularité d'un métronome. Ensuite, Adam cessa de compter. Il cessa tout simplement de penser. Il sentit un liquide chaud couler entre ses jambes jusqu'à ses mollets, sans prendre conscience que c'était de l'urine. Tous ses muscles se contractèrent.

Il ne voyait plus Lisa. *Non, non, ça n'est pas ce que tu crois... Tout va s'arranger, tout va s'arranger...*

La plage était redevenue parfaitement silencieuse. Mais ce silence était terrifiant. Adam détourna le regard. Les branches emmêlées des arbres autour de lui formaient une toile géante qui le prenait au piège. Il ne pouvait plus bouger. Son pantalon était trempé. Il écarta machinalement les jambes. Il fit un premier pas. Les feuilles bruissèrent. Les branches craquèrent. *Ne fais pas de bruit.*

Alors, poussé par l'adrénaline, il se mit à courir sur le chemin. Mais il n'arrivait plus à respirer et ses jambes étaient lourdes, trop lourdes. Il avait l'impression de faire du surplace. Instinctivement, il tourna la tête et constata qu'il n'était plus seul. Ethan avait quitté la plage et le suivait. Quelques mètres plus loin, Adam trébucha et s'affala sur le sol, tête la première. *Tout va s'arranger...*

Une main puissante le retourna. Ethan s'assit sur lui à califourchon, l'empêchant de bouger.

– Sale petit con ! Toujours à fouiner de partout !

Le poing d'Ethan s'abattit sur lui avec une violence inouïe. Une douleur irradia son visage. Ses yeux se constellèrent de points blancs.

Il allait mourir. C'était aussi simple que cela. Il allait mourir sur ce chemin, comme Lisa – et, pour la première fois, il eut parfaitement conscience qu'Ethan l'avait tuée. Ce dernier leva à nouveau le poing en l'air, mais il resta en suspens.

– Et merde ! (Il relâcha la pression sur son corps.) Lève-toi !

Il lui empoigna le bras et, sans qu'il ait à fournir le moindre effort, Adam se retrouva debout. Sans le lâcher, Ethan le traîna vers la plage. Paralysé, il ne cherchait pas à se débattre ni à s'enfuir.

La brise du rivage caressa son visage endolori. L'odeur de la plage pénétra ses narines. Depuis qu'il s'était relevé, il avait gardé les yeux clos.

– Regarde ! Regarde, nom de Dieu !

Adam ouvrit les yeux. La plage était éclairée par la lune. Une robe claire. Une masse de cheveux. Une chaussure qui semblait abandonnée dans le sable. Lisa était immobile, couchée sur le ventre. Il n'arrivait plus à détacher ses yeux du corps.

– Tout va s'arranger, dit Adam à voix haute.

Ethan tournait en rond à ses côtés.

– Putain, non, rien ne va s'arranger ! cria-t-il. Elle est morte !

– Tout va s'arranger, répéta Adam, trop bas cette fois pour qu'on puisse l'entendre.

Ethan vint se planter devant lui, lui cachant la vue du corps étendu.

– Qu'est-ce que je fais maintenant ? Je te tue ?

– Non, pitié, non.

Il lui semblait pourtant à cet instant que la mort aurait été la meilleure issue possible. Son corps entier n'était plus que panique.

– « Pitié, pitié », répéta Ethan en faisant mine de gémir. Tu ne vaux pas mieux que ton frangin. Tu nous as entendus ?

Adam ne répondit pas.

– Écoute-moi bien, Adam. Lisa est morte, mets-toi bien ça dans ta petite tête. Mais tu ne diras rien de ce que tu as vu. Tu ne diras rien et je vais t'expliquer pourquoi…

*

Le poing d'Ethan s'était resserré sur la barre en métal. La colère brillait dans son regard – la même que j'avais perçue ce matin de janvier, douze ans plus tôt, quand nous nous étions bousculés dans le hall du lycée. Tout était écrit d'avance : je savais qui était réellement Ethan depuis le jour où je l'avais rencontré. Et je l'avais présenté à Lisa. Je n'arrivais même pas à le détester car, au fond, c'était moi que je détestais.

– Merde, Nick, tu avais joué ton rôle à la perfection ! Le célèbre écrivain qui vole au secours de son ami pour le disculper et prouver une erreur judiciaire… C'était beau, non ? Tu aurais pu te faire pas mal de fric en racontant cette histoire. Qu'est-ce que tu avais besoin de tout gâcher ?

– Réponds simplement à cette question : pourquoi ?

Il promena lentement son regard sur le garage, comme s'il savait que c'était pour la dernière fois et qu'il cherchait à en garder le plus de souvenirs possible.

– C'est bizarre, mais avec le temps on finit par oublier même les trucs les plus terribles qu'on a faits. Je n'arrive pas à me souvenir précisément de cette nuit-là… Ou plutôt, je n'arrive pas à croire que c'est moi qui… (Il n'acheva pas sa phrase et me regarda fixement.) Oui, c'est ça, les gens ne changent pas, Nick : ils ont simplement une faculté incroyable à occulter toutes les saloperies qu'ils ont pu faire dans leur vie.

– Pourquoi ? demandai-je à nouveau.

Il leva la tête vers les néons et plissa les yeux.

– Je l'aimais, et je la détestais en même temps. J'ai cru qu'elle pourrait faire de moi quelqu'un d'autre, je l'ai vraiment cru… Qu'elle arriverait à m'arracher à ce garage, à me rendre meilleur. Mais il ne faut pas rêver, un Walker reste un Walker. Lisa n'était pas faite pour moi. Au fond, je l'ai compris à la seconde où on s'est parlé pour la première fois. Un jour, en février, on s'est promenés tous les deux sur la plage des Hollandais. Il faisait un froid terrible. Je n'avais qu'une envie, c'était de l'embrasser. Mais je ne l'ai pas fait, parce que j'étais persuadé que je ne pourrais lui faire que du mal. Je voulais l'épargner, tu comprends ? C'est elle qui a fini par le faire… De toute façon, même si elle ne m'avait pas quitté cette nuit-là, combien de temps est-ce que notre histoire aurait duré ? Une semaine, un mois de plus ?

Ethan se mit à tapoter sa tige en métal contre la paume de sa main.

– Quand lui as-tu donné rendez-vous sur la plage ?

– Qu'est-ce que ça peut bien faire maintenant ?

– Je veux comprendre… J'ai passé un tiers de ma vie à essayer de comprendre.

– Juste après la conversation que j'ai eue avec toi sur la terrasse. Je suis entré dans la maison et je l'ai vue près du buffet. J'étais fou de colère… contre elle, contre moi, contre toi… Sherry était juste derrière elle, mais je ne pensais pas qu'elle pouvait nous entendre.

– Tu lui as dit : « Il faut qu'on parle de *lui*. » De qui s'agissait-il ? Je sais très bien que ce n'était pas de son père !

– Est-ce que tu te fous de moi ? Je croyais qu'on jouait cartes sur table ! C'est de *toi* que je parlais, Nick, de toi ! Lisa m'a regardé de haut, comme d'habitude, et a fait semblant de ne rien comprendre.

Alors j'ai simplement ajouté : « Je sais tout à propos de Nick. » En moins de deux, elle a perdu son air supérieur et son visage est devenu tout pâle. Ensuite, elle m'a demandé de la rejoindre sur la plage à minuit pour qu'on puisse parler, seuls tous les deux, sans tous ces abrutis autour de nous. J'ai accepté et je me suis tiré de la fête.

Mes jambes avaient été prises d'un tremblement incontrôlable. Je commençais à comprendre. « Je sais tout à propos de Nick. » Lisa avait pensé qu'Ethan savait que j'étais son frère, et elle était terrifiée à l'idée que d'autres personnes soient au courant.

– « Elle te plaît ? » murmurai-je.

– Quoi ?

– Tu ne parlais pas de la fille sur le canapé, tu parlais de Lisa.

Il eut un petit ricanement.

– Douze ans ! Tu as été long à la détente, Nick. Bien sûr que je parlais de Lisa. Au début, je l'avoue, je n'ai rien voulu voir. Tu étais juste le bon copain d'enfance, totalement inoffensif. Et puis, petit à petit, j'ai commencé à percuter. Vos messes basses, vos clins d'œil en douce, la manière que vous aviez de rigoler pour des trucs que je ne trouvais pas drôles. Une fois, sur la plage, je vous ai regardés de loin étendus sur des serviettes de bain. Quand je me suis approché, je vous ai entendus rire. J'étais certain que vous étiez en train de vous foutre de moi. J'imaginais votre dialogue : « C'est fou, il est complètement aveugle ! Pauvre Ethan, va… » Lisa avait enlevé le haut de son maillot et je lui ai fait tout un cirque parce qu'elle se baladait à moitié à poil devant toi. Et toi, tu continuais à faire ton enfant de chœur… Pareil lors de ce putain de bal de fin d'année ! Lisa t'a pris par la main et vous vous êtes mis à danser, collés l'un à l'autre. Un vrai petit couple bien comme il faut ! J'ai su que je ne serais jamais à la hauteur… Je n'arrêtais pas de me demander : « Pourquoi est-ce qu'il me l'a présentée s'il est amoureux d'elle ? » Mais ce n'était pas bien difficile à comprendre. Tu n'étais qu'un trouillard, tu n'aurais jamais eu le cran de sauter le pas. Mais quand Lisa est sortie avec moi et que tu as vu qu'elle risquait de t'échapper pour de bon, tu as pris confiance en toi… Tu étais mort de jalousie, tu as voulu te battre pour elle. Parce que c'est ça, la vérité : Lisa ne sortait avec moi que pour te rendre jaloux et te provoquer.

– Tu… tu te trompes. Jamais je n'ai…

– Pourtant, j'ai essayé de me persuader que je me racontais des histoires. Jusqu'à ce samedi après-midi où je n'ai plus eu aucun doute. Où j'ai enfin eu ma preuve.

– Quelle preuve ?

Ses yeux se mirent à luire. Sa jalousie dévorante resurgissait, intacte.

– À midi, Lisa m'a téléphoné pour me persuader de venir à la fête. J'ai été odieux avec elle, je n'avais plus envie de la voir ni de lui parler. Mais une heure après j'ai commencé à regretter la façon dont je m'étais comporté. Bêtement, je me suis dit : « Tout n'est peut-être pas fichu entre nous, je peux encore me rattraper. » J'ai pris le pick-up de Joe Campbell que je réparais et je suis allé chez Lisa. Quand je suis arrivé sur Dewitt Road, je l'ai croisée au volant de la Ford de sa mère. Elle ne m'a pas vue. Sans hésiter, j'ai fait demi-tour et je l'ai suivie. Inutile de te dire jusqu'où…

Je sentais une boule au fond de ma gorge.

– Si, Ethan, dis-le, j'ai besoin de l'entendre.

– Tu as envie de souffrir, c'est ça ? Tu veux te faire du mal ? Parce que tout ça est arrivé à cause de toi, tu en as conscience ?

– Dis-le !

– Très bien. Un motel à l'entrée de Port Washington… Votre motel. Je suis resté à une certaine distance pour être sûr qu'elle ne me repère pas. Je l'ai vue se garer et se diriger vers une chambre dans laquelle elle a fini par entrer. Quand je suis arrivé devant, les rideaux avaient été tirés. On ne pouvait pas voir à l'intérieur. Mais sur le parking, face à la chambre, il y avait la bagnole de ton père, Nick ! Celle qu'il te prêtait parfois. Je suis resté derrière le volant pendant cinq bonnes minutes. J'ai hésité à descendre… Pour faire quoi, en définitive ? Te casser la gueule ? Faire une scène ? Me ridiculiser devant vous ? Finalement, je me suis cassé. Qu'est-ce que vous aviez besoin d'aller dans un motel pour baiser ? À l'âge que vous aviez, c'est pathétique… Vous vous comportiez déjà comme les bourges de cette ville qui font toutes leurs saloperies en douce.

J'étais pétrifié. Je ne trouvais même plus la force de le démentir. Je repensai à la liste de suspects que j'avais établie. Suspect n° 6. L'homme mystérieux, l'amant : c'était moi, du moins aux yeux d'Ethan.

– C'est à ce moment-là que tu as décidé de la tuer ?

– Je ne voulais pas la tuer ! Si j'avais voulu le faire, tu ne crois pas que je m'y serais pris autrement ? C'était un accident…

– Tu l'as frappée à cinq reprises ! criai-je. Tu appelles ça un « accident » ?

– Elle m'avait humilié, comme elle humiliait à longueur de journée tous ceux qu'elle croisait !

– Est-ce toi qui lui as pris son téléphone portable ?

– J'ai paniqué. Je l'ai fouillée et c'est tout ce que j'ai trouvé sur elle. Je pensais que ça brouillerait les pistes.

– Qu'est-ce que tu imaginais ? Qu'on croirait qu'on l'avait attaquée en pleine nuit sur une plage déserte pour lui piquer un malheureux portable ?

– Non, je ne suis pas aussi con que tu le penses. Je voulais donner l'impression que ce téléphone avait de l'importance. Que quelqu'un avait appelé Lisa dans la soirée. Je savais que personnellement je n'avais rien à craindre de ce côté-là. Si Sherry et toi n'aviez pas parlé… Si vous n'aviez pas laissé croire aux flics qu'elle était partie me rejoindre. Et ce connard de Briggs qui a fabriqué des preuves contre moi…

– Ta gourmette n'a été découverte que plus tard, les flics n'avaient aucune preuve quand ils t'ont arrêté. Pourquoi avoir avoué ?

Il expira bruyamment.

– Parce qu'au bout de plusieurs heures d'interrogatoire j'ai pris conscience qu'il fallait que je paye pour ce que j'avais fait.

– Je ne te crois pas ! Je pense que, même aujourd'hui, tu n'éprouves aucun remords !

Il leva sa tige en fer de façon si menaçante que j'eus un mouvement de recul.

– Parce que j'avais envie de foutre ma vie en l'air ! J'avais tué la seule fille que j'avais jamais aimée. Je voulais en finir ! La taule… je croyais que ce serait toujours mieux que le garage et la vie de merde qui m'attendait. Je ne m'étais peut-être pas trompé, en fin de compte.

– Qu'est-ce que tu as dit à Adam pour qu'il garde le silence ? Il était trop bouleversé pour me l'avouer.

– La vérité. Que Lisa et toi baisiez ensemble, que c'était une traînée. Et que s'il me dénonçait je te mouillerais jusqu'au cou en prétendant qu'on avait préparé le meurtre tous les deux ! Que je ne serais pas le seul à tomber. Que tu voulais toi aussi te venger de Lisa parce que tu ne pouvais pas l'avoir pour toi tout seul. Tu sais que ton frère s'était pissé dessus ?... Ouais, il puait la pisse quand je l'ai obligé à la regarder. Tu comprends, Nick ? Pendant toutes ces années, c'est toi qu'Adam a protégé ! Il avait peur qu'on t'accuse de complicité.

– Tout est fini pour toi, tu en as conscience ?

Il frappa à nouveau la barre dans sa main.

– L'histoire se répète. Comme ton frère, tu ne diras rien, mon vieux.

Physiquement, je ne faisais pas le poids face à Ethan. Il aurait pu faire de moi ce qu'il voulait. Et pourtant je ne ressentais aucune peur, simplement du dégoût.

– Qu'est-ce que tu as l'intention de faire ? Me tuer ? Et aller enterrer mon corps derrière ta maison ? Tu ne t'en sortiras pas cette fois. C'est terminé.

– Pas besoin de te tuer, Nick. Après ce que tu as fait pour moi – et je dois dire que tu t'es vraiment bien démené –, tu foutrais toute ta carrière en l'air.

– Tu crois vraiment que je pense à ma carrière ?

Il sourit, avec un air de défi.

– Non, bien sûr. Je t'ai dit que j'avais eu le temps de potasser le droit en prison... Ça m'occupait et je voulais obtenir une libération ou un nouveau procès. Mais quand j'ai su qu'un juge allait demander ma remise en liberté, j'ai eu d'autres pensées en tête. Loi dite de renvoi légal, en vigueur dans le Wisconsin et dans vingt-quatre autres États. Tu sais ce que c'est ?

– Non, mais je suis sûr que tu vas te faire un plaisir de me l'expliquer, répondis-je avec une fausse assurance.

– Ça veut dire que les personnes mineures au moment d'un crime peuvent être renvoyées vers la juridiction pénale des adultes. Adam n'avait peut-être que 14 ans à l'époque, mais il peut être jugé comme s'il en avait eu 18. Tu vois, je sais assurer mes arrières. Ton frère a assisté à un meurtre, et il connaissait l'identité du tueur. Non-dénonciation de crime. Combien est-ce qu'il prendrait, à ton avis ? Avec le très bon avocat que tu pourrais lui payer, deux ou trois ans… Ou peut-être qu'il n'aurait que du sursis vu les circonstances, mais il pourrait dire adieu à sa carrière d'avocat. Ce serait con après toutes ces années d'étude. La vie de ton frère serait fichue, Nick, et tu le sais parfaitement.

– Adam n'a rien fait. Ce n'était qu'un gosse, tu l'as menacé et frappé, il était terrifié !

– Réfléchis un peu : je suis libre, tu passes pour un héros, Adam pourra être heureux et gagner plein de blé comme avocat. Qu'est-ce qu'il te faut de plus ? Tu détruirais trois vies en parlant.

La seule preuve de sa culpabilité résidait dans un témoignage, celui de mon frère – témoignage qui ne pourrait que le compromettre à son tour.

– Et la vie de Lisa, elle compte pour quoi dans ton raisonnement ?

– Tu n'en as rien à foutre que je passe ma vie derrière les barreaux. Tu voulais la vérité, tu l'as eue ! Ça ne changerait rien à ce qui s'est passé. Au fond, on se ressemble, tous les deux : on est des lâches. Je n'ai pas eu le courage de me casser du garage et d'abandonner mon père. Et toi, qu'as-tu fait pendant toutes ces années ? Tu as fui cette ville, pas par courage, non, mais parce que tu avais peur d'affronter la réalité. Tu as cru pouvoir te réfugier dans tes putains de bouquins ! On est des lâches, Nick, on est des lâches ! Aucun de nous deux ne méritait Lisa.

Je plongeai la main dans la poche de ma veste et serrai la crosse du pistolet que j'avais dérobé en arrivant dans la caisse en métal sous l'établi. L'arme était chargée, j'avais placé deux balles dans le barillet. Ethan continuait à me fixer, l'air triomphant, n'attendant que ma capitulation.

Trois vies… Lesquelles méritaient à présent d'être sacrifiées ? Je relâchai la pression sur la crosse et sortis la main de ma poche.

– Tu as raison, je ne dirai rien à personne.

Je vis son visage se détendre.

– Tu vois, tu es raisonnable, en fin de compte.

– Il n'y avait rien entre Lisa et moi. Elle t'a menti ce soir-là sur la plage. Elle a voulu te provoquer parce que tu l'avais poussée à bout.

– Nick, tu me déçois. Je croyais qu'on avait choisi de tout mettre sur la table. L'heure de vérité…

– Le samedi, ce n'est pas moi qu'elle a rejoint au motel. Tu aurais peut-être dû descendre de voiture finalement. C'était son père.

– « Son père » ?

Je vis brièvement le doute s'immiscer dans son regard.

– Ou plutôt le mien. John et Marion avaient eu une liaison. Lisa était ma sœur, Ethan. C'est ma sœur que tu as tuée ce soir-là…

Je ne vis pas sa réaction, car je lui avais déjà tourné le dos – et il ne fit rien pour me retenir.

*

Dans l'ébène de la nuit, au fond de l'allée jalonnée de carcasses de voitures, brillait le bout rougeoyant d'une cigarette. Une ombre m'attendait sous un chêne. Je sentais le sang battre puissamment à mes tempes.

– Alors ? demanda simplement Richard Nielsen.

Il avait l'air parfaitement calme, maître de lui, comme s'il n'avait fait qu'attendre ce moment toute sa vie et savait qu'il devait se montrer à la hauteur.

– Il a tout avoué.

– Tout ?

– Vraiment tout. Adam a dit la vérité.

Je pris l'arme et la lui tendis. Il la regarda sans dire un mot, en continuant à tirer sur sa cigarette. Il exhala une longue bouffée qui s'éleva au-dessus de nos têtes.

– Elle est chargée ?

J'acquiesçai. Il sortit une paire de gants de sa poche et les enfila lentement. Puis il nettoya méticuleusement le pistolet à l'aide d'un mouchoir en tissu.

– Tu es sûr de toi ? finit-il par demander.

– Et toi ?

– Tu crois que je serais venu si… ? Ce n'est pas la question. Tu es sûr de toi ? répéta-t-il. Pas de retour en arrière possible, Nick. Et il n'y aura pas de seconde chance.

Tout mon corps tremblait. Je n'arrivais pas à croire que cette scène était réelle. J'aurais aimé être ailleurs. « N'importe où ailleurs qu'ici. » Je fermai les yeux, sans plus chercher à penser à rien.

Le noir total. Puis une image.

Lisa au bal de fin d'année. Dansant dans mes bras. Posant sa tête contre mon épaule. Le parfum de ses cheveux… « With Or Without You ». La chanson, notre chanson…

« Comment sera le monde dans dix ans, Nick ? »

Il sera triste, Lisa, infiniment triste, parce que tu n'en feras plus partie…

De la poche intérieure de ma veste je sortis le papier que j'avais glissé dans une pochette plastique pour éviter d'y laisser des empreintes.

– Tiens, n'oublie pas ça. Sans quoi…

Il prit la pochette, toujours aussi serein.

– Fais ce que tu as à faire, Richard. Fais-le pour notre sœur.

Puis, sans me retourner, je partis à pied sur la route, les yeux perdus dans le ciel constellé d'étoiles.

7

Milwaukee Journal Sentinel
8 mai 2016

Nouveau rebondissement dans l'affaire Lisa Nielsen

Ethan Walker, qui avait passé douze années en prison pour le meurtre de la jeune femme avant d'être libéré en février dernier, a été retrouvé mort dans la propriété familiale de Black Oak, dans le comté de Sheboygan.

C'est une macabre découverte qu'a faite un client du garage des Walker, samedi, aux alentours de 11 heures. Venu chercher des pièces automobiles, l'homme, dont l'identité n'a pas été révélée, a trouvé Ethan Walker gisant au sol dans une mare de sang. Les secours, rapidement dépêchés sur place, n'ont rien pu faire d'autre que de constater son décès.

Le meurtre de Lisa Nielsen, commis en 2004 alors qu'elle n'avait que 17 ans, était revenu sur le devant de l'actualité ces quinze derniers jours après l'arrestation d'un policier soupçonné

d'avoir fabriqué de fausses preuves pour incriminer Ethan Walker.
Étant donné le caractère sensible de l'affaire, une équipe de la police scientifique est intervenue au domicile des Walker quelques heures après la découverte du corps. Le bureau du procureur a indiqué samedi qu'une autopsie allait être rapidement pratiquée pour définir les causes exactes de la mort. Mais d'après les premières constatations faites par la police M. Walker se serait suicidé par arme à feu. Des sources concordantes indiquent qu'il aurait laissé une lettre expliquant son geste.
Les avocats de M. Walker n'ont pas tardé à réagir en faisant paraître un communiqué hier en fin de journée. « Nous restons extrêmement prudents et ne souhaitons pas commenter les rumeurs qui courent sur les circonstances de cette mort. Une enquête a été ouverte : nous attendons avec sérénité les résultats de l'autopsie. Nous rappelons que notre client a fait l'objet d'une condamnation basée sur des aveux extorqués et des preuves falsifiées. Depuis son retour dans la ville de Black Oak, sa famille a fait l'objet d'intimidations et de violences. À ce stade, nous ne pouvons donc pas exclure que la mort de M. Walker puisse être de nature criminelle. »

*

Milwaukee Journal Sentinel
10 mai 2016

Mort d'Ethan Walker : la thèse du suicide confirmée

Lors d'une conférence de presse ce matin, le procureur de Sheboygan a rendu publics les résultats de l'autopsie pratiquée sur Ethan Walker, qui concluent à la thèse du suicide par arme à feu privilégiée dès le départ par les forces de l'ordre. Emmett Walker, le père de la victime, a confirmé aux enquêteurs que l'arme lui appartenait et qu'elle était entreposée depuis plusieurs années dans son garage.

Le procureur a également confirmé qu'un mot avait été découvert à proximité du corps et en a révélé le contenu : « Pardon, je regrette ce que j'ai fait, Ethan. » « Une expertise graphologique a conclu que ces mots avaient bien été rédigés par Ethan Walker, a-t-il déclaré. Nous avons parfaitement conscience que les récentes révélations sur l'implication d'un membre de la police dans la falsification de preuves ont jeté un trouble dans l'opinion et conduit nombre de nos concitoyens à conclure que M. Walker avait été victime d'une erreur judiciaire. Cependant, la découverte de cette lettre, si brève soit-elle, nous apparaît comme une allusion claire au meurtre de Mlle Nielsen et constitue un aveu patent de culpabilité. Nous pensons que M. Walker a choisi de mettre fin à ses jours parce qu'il ne pouvait plus vivre avec le poids de ce terrible geste sur la conscience. »

Cette version des faits a été immédiatement contestée par les avocats de la famille Walker : « Pour nous, il s'agit d'un geste désespéré. Après douze années de détention arbitraire, notre client n'a pas supporté un retour à la vie normale ni la pression qu'il a dû vivre ces dernières semaines. Nous allons prendre le temps d'examiner attentivement les conclusions de l'expertise médicolégale et demandons d'ores et déjà à ce qu'une nouvelle expertise en écriture soit pratiquée. »

8

Dimanche 8 mai 2016

– Je suis venu vous dire au revoir.

Brandeau se tenait les bras ballants sous le porche de notre maison, l'air désabusé.

– Qui vous a dit que j'étais revenu ?

– Une intuition, dit-il sans conviction. Cinq messages, Nick, je vous ai laissé cinq messages depuis hier ! Pourquoi ne pas m'avoir répondu après ce qui s'est passé ?

Je l'agrippai par le bras en jetant un coup d'œil vers la porte entrouverte.

– Venez, ne restons pas là.

Nous descendîmes l'allée jusqu'à sa Mustang, garée de guingois sur le trottoir.

– Je suis désolé. J'aurais dû vous répondre mais…

Je tournai le regard vers la maison. À l'étage, j'aperçus le visage de mon frère entre les rideaux. Adam. *Tous les frères heureux se ressemblent, mais les frères malheureux le sont chacun à leur façon.*

– Je vous comprends, j'imagine le choc que ça a dû être pour vous. (Il soupira.) Qui aurait cru que les choses se termineraient ainsi ?

– Alister… Il faut que je vous dise quelque chose.

Il fronça les sourcils tout en souriant.

– Ne dites rien que vous pourriez regretter. Ethan Walker est mort. Un dernier drame dans une affaire qui en a déjà beaucoup connu. Rien de ce que vous direz n'y changera quoi que ce soit. (Son visage se rembrunit.) Vous savez, Nick, faire des choix n'est pas la chose la plus difficile dans une vie.

– Qu'est-ce qui est le plus difficile alors ?

– C'est de supporter les conséquences de ses choix.

Un dialogue implicite s'était établi entre nous.

– Je ne sais pas si j'en serai capable, me contentai-je de répondre.

– Vous me permettez de vous donner un dernier conseil ? N'essayez pas de faire taire les voix du passé. Cette affaire vous poursuivra jusqu'au dernier jour de votre existence. La seule chose que vous puissiez faire, c'est d'apprendre à vivre avec pour la rendre à peu près supportable. C'est ce que j'ai fait après la mort de mes parents et, ma foi, ça ne m'a pas si mal réussi.

Il tapota la portière de sa voiture.

– Je n'aurais pas dû vous laisser tomber comme je l'ai fait, Alister. J'aurais vraiment aimé que nous allions ensemble au bout de cette enquête. On formait une bonne équipe, vous ne croyez pas ?

– Un duo improbable, mais un beau duo… J'ai été très heureux de vous connaître, Nick, mais il nous faut parfois affronter seul notre destin. Certaines décisions ne peuvent être prises qu'en notre âme et conscience.

Il inspira et se décida à ouvrir la portière.

– Qu'allez-vous faire maintenant, Alister ?

– Je ne le sais pas encore, répondit-il après un moment d'hésitation. Prendre du recul, sans doute, et un peu de temps pour moi… Je crois que je me fais trop vieux pour jouer les justiciers. Vous savez que j'ai une maison dans le Montana ?

– Non, vous ne me l'aviez pas dit.

– Enfin, « maison », c'est beaucoup dire. C'est une cabane en bordure du lac Flathead. Un vrai paradis… Ça va faire un bon moment que je n'y ai plus pêché.

– Vous n'avez pas la dégaine d'un pêcheur. J'espère que vous portez autre chose que vos costumes en velours quand vous avez de l'eau jusqu'aux genoux.

– Les apparences, Nick… Ne vous fiez pas aux apparences.

– Et qu'est-ce qu'on pêche par là-bas ?

– Oh, des truites, des brochets, des perches… (Il posa une main sur mon épaule.) Vous pourriez venir me rendre visite, passer quelques jours là-bas avec moi. Ça vous ferait beaucoup de bien et j'en serais très content.

– Promis.

Mais lui comme moi savions que je n'en ferais rien.

– Est-ce que vous avez l'intention d'écrire un livre sur l'affaire avant de vous mettre au vert ?

– Non, pas cette fois.

– Pourquoi ?

Il planta son regard dans le mien. Je me sentis désarmé.

– Parce que je n'aime pas mentir, Nick.

Il me tendit la main, cette main que j'avais refusée lors de notre première rencontre. Je la lui serrai longuement, avec un pincement au cœur. Il s'installa au volant et descendit sa vitre.

– Ah ! Tenez, j'allais oublier, fit-il en me tendant une feuille qui traînait sur le siège passager.

– Qu'est-ce que c'est ?

– Un petit cadeau : un abonnement d'un an à *Authentic Detective*. Il vous suffit de compléter l'adresse. C'est un abonnement annuel, n'oubliez pas de le renouveler. Voilà trois ans que nous sommes dans le rouge, je ne sais pas si nous tiendrons encore une année de plus. Tout finit par disparaître… C'est triste, mais ainsi va la vie. (Il me tendit à nouveau la main à travers la vitre baissée.) Bon courage, Nick, je penserai à vous quand je pêcherai ma première truite.

Je m'écartai du véhicule et lui fis un signe amical.

– En avant ! cria-t-il en faisant rugir son moteur.

*

Deux jours plus tard, installé à une table du Lake's Diner, je demeurais la tête baissée vers mon portable pour éviter de croiser le regard de Brad, qui avait fait mine de ne pas me voir quand j'étais entré. À mon grand soulagement, Connie sortit rapidement des cuisines, avec son habituel tablier bleu délavé par trop de passages en machine.

– Je ne pensais pas que tu reviendrais.

– Tu croyais que je m'en irais comme un voleur ?

Elle haussa les épaules.

– Tu n'étais pas obligé.

– Je ne me sentais pas « obligé », je voulais te revoir.

– *Jumbo fried shrimp* et tarte aux noix ? fit-elle pour dissiper notre gêne. À moins que tu n'aies pas faim cette fois encore. Peut-être n'es-tu entré que parce que tu as vu de la lumière.

Un couple à deux tables de moi me regardait depuis un moment avec insistance, l'air accusateur. Connie le remarqua.

– Ne fais pas attention à eux, ils peuvent bien raconter ce qui leur chante. Je suis triste pour toi, Nick. Après tout ce que tu as fait pour lui… J'avais vraiment fini par croire qu'il n'y était pour rien. S'il n'y avait pas cette lettre d'aveux, j'aurais encore des doutes.

– Oui, cette lettre… Il y a quelque temps, Ethan m'a dit que si je retrouvais le coupable il le tuerait de ses mains. C'est ce qu'il a fait, en somme.

– Je n'aurais jamais cru qu'un type comme Ethan pourrait se suicider.

L'image de Richard tenant l'arme d'Ethan en main s'insinua en moi. Je me sentais vide.

– Ne parlons plus de ça… Tu n'es pas heureuse dans ce restaurant, Connie. J'ai repensé à ce que tu m'as dit. Ton rêve d'ouvrir une boutique… Tu as du talent, j'aime beaucoup les objets que tu restaures. Je pourrais t'aider à monter ton affaire.

Elle se mordit les lèvres.

– Je ne crois pas que ce soit une bonne idée.

– Tu m'as piqué ma réplique – c'est ce que j'ai dit le soir où… Je suis sérieux, Connie. J'ai de l'argent, j'ai envie de t'aider.

– L'argent, l'argent… fit-elle, agacée. On ne peut pas tout acheter, Nick ! Et je ne veux pas que tu fasses des promesses que tu ne tiendras pas.

– Ça pourrait marcher et…

– Et… ?

– J'aime bien passer du temps avec toi.

Elle soupira. Je sentais que je lui faisais du mal et je m'en voulais terriblement.

– Tu crois que ça suffit ? Aimer passer du temps avec quelqu'un ? Et quoi ensuite ? On s'installerait dans une maison et on aurait des gosses ?

– Pourquoi pas ? répondis-je sans réfléchir.

– Tu n'es pas dans ton état normal, Nick. Je sais combien tu dois être chamboulé. Tu as tellement voulu l'aider, tu as tellement voulu…

– Je ne veux plus parler d'Ethan ! Je veux l'oublier. Je veux enfin me construire une vie, une vie normale, banale, ennuyeuse même, comme celle de la plupart des gens.

– Ne jalouse pas trop la vie ennuyeuse des autres, tu ne sais pas ce que c'est. La tienne, de vie, n'est plus ici, Nick. Tu serais incapable de revenir t'installer à Black Oak après tout ce temps, tu le sais très bien au fond de toi.

– Pourquoi est-ce qu'on ne se donnerait pas une chance ?

– « Une chance » ? Ne sois pas ridicule : on a couché une fois ensemble ! Pour y croire, il faut être deux. Et je suis désolée, mais je n'y crois pas. Au fait, j'ai vu la couverture de ton prochain livre sur internet. Ça a l'air bien. Je l'achèterai dès qu'il sortira, comme tous les autres.

– Connie, je t'en prie.

– Les crevettes ne sont pas terribles aujourd'hui, tu devrais peut-être aller déjeuner ailleurs… (Elle se pencha vers moi et me déposa un baiser sur la joue.) J'ai été contente de te revoir. Je penserai à toi, Nick. On n'a que 30 ans, après tout, on a encore plein de belles choses à vivre, tu ne crois pas ? Je retourne travailler, Brad n'aime pas que je discute trop longtemps avec les clients.

– Alors c'est ça, je ne suis qu'un *client* pour toi.

– Non, Nick. Tu es mon premier amour, celui qu'on n'oubliera jamais.

Épilogue

À la fin du mois de mai, une seconde expertise graphologique confirma qu'Ethan Walker avait bien écrit de sa main le message retrouvé près de son corps. *Pardon, je regrette ce que j'ai fait...* Quelques mots anodins griffonnés à mon intention qui, aux yeux de l'opinion tout autant qu'à ceux de la justice, devaient établir définitivement sa culpabilité dans le meurtre de Lisa Nielsen. L'enquête ouverte sur sa mort conclut à la thèse du suicide, que sa famille comme ses avocats finirent par accepter de guerre lasse.

La même semaine, j'accompagnai ma mère au cimetière de Black Oak pour dire adieu à mon père, ce que je n'avais pas su faire jusque-là. Plutôt que des fleurs, je déposai sur sa tombe un des cigares qu'il conservait dans son bureau.

– Ces cigares... dit ma mère avec un sourire. Je ne les ai jamais aimés, mais leur odeur me manque. *Il* me manque.

– Il me manque aussi.

Nous restâmes un long moment main dans la main. Avant de partir, ma mère s'accroupit devant la pierre tombale, la toucha du bout des doigts et dit :

– Ils sont en paix maintenant.

– Je l'espère, maman, je l'espère…

Jamais nous ne parlâmes de cette nuit où j'avais disparu deux heures durant pour accomplir l'acte le plus terrible de ma vie. Parce qu'il n'était pas besoin de paroles entre nous. Parce qu'elle savait très bien ce que j'avais fait.

Je ne revis Richard qu'une seule fois. Le matin de mon départ de Black Oak, je passai en voiture devant le magasin des Nielsen. Je garai mon véhicule le long du trottoir. Au bout de cinq minutes, Richard apparut au comptoir, les mains encombrées d'un carton. Comme s'il avait senti ma présence, il tourna le regard vers la vitrine. Je lui fis un signe discret de la tête. Il m'imita. Je cherchai sur son visage la sérénité que j'avais tant espéré y trouver, mais il n'y avait que de la tristesse. Une immense tristesse. Quand Richard disparut derrière un reflet sur la vitre, je démarrai le moteur.

*

Les demandes d'interviews qui avaient ravi Jay se tarirent le jour même où le suicide d'Ethan fut annoncé. À partir de cet ultime rebondissement, je devins *persona non grata* dans les médias en général et les pages littéraires des magazines en particulier. Penny MacLane ne fit jamais paraître la critique qu'elle m'avait promise. La Fox, quant à elle, décida d'abandonner son projet de docu-fiction. Avant que les exemplaires de mon nouveau roman ne soient expédiés aux quatre coins du pays, ma maison d'édition fit retirer en catastrophe les bandeaux racoleurs qui faisaient allusion à l'affaire. La semaine de sa sortie, mon roman atteignit péniblement la soixante-douzième place des ventes du *New York Times* avant de disparaître à jamais du classement.

*

Au début du mois de juillet, Adam partit avec des camarades de Yale pour deux semaines de vacances dans le Tennessee. Par un chaud après-midi, ils se baignèrent dans le Mississippi. Le fleuve était calme, l'endroit ne présentait aucun danger. À un moment, Adam s'éloigna du rivage et disparut sous les yeux de deux de ses amis qui se précipitèrent à son secours. Par miracle, ils le ramenèrent sur la plage, inconscient. On parvint à le réanimer. À l'hôpital, Adam déclara qu'il avait été pris d'une crampe et n'avait pas été capable de rester à la surface de l'eau. Un accident, rien qu'un stupide accident.

Je le fis rapatrier à New York et, grâce à mes relations, lui obtins une place au Bellevue Hospital Center. Il y resta une semaine sous surveillance avec suivi psychiatrique. Je passais la moitié de mes journées à son chevet. Adam dormait le plus souvent. Parfois, dans son sommeil, il délirait et prononçait des phrases incompréhensibles. Une fois, une seule, il cria le nom de Lisa. Chaque jour, au moment de quitter sa chambre, je me penchais au-dessus de son lit, l'embrassais et lui murmurais à l'oreille : « On s'en sortira, Adam, on s'en sortira… »

Après son séjour à l'hôpital, je persuadai mon frère de renoncer au stage qu'il devait effectuer au mois d'août dans un cabinet d'avocats. Je l'installai dans mon appartement pour qu'il passe l'été avec moi. Nos journées s'écoulaient lentement dans la fournaise new-yorkaise, sans contrainte, sans but précis. Nous allions voir des films des années 70 au Film Forum sur Houston Street. Nous marchions des heures dans Central Park. Nous traînions dans les librairies et les cafés sans beaucoup parler, savourant simplement le fait d'être ensemble.

Claire nous rejoignit à New York et resta deux jours avec nous. J'ignorais ce qu'Adam avait bien pu lui raconter. Sur ce qui s'était passé à Black Oak le week-end où il était revenu. Sur la mort d'Ethan. Sur son « accident » dans le Tennessee. Rien, sans doute. Comme moi, il était condamné à garder le silence sur nos secrets. Jusqu'au bout, c'était seuls que nous devrions porter le fardeau de cette terrible nuit d'été qui avait mis fin à notre adolescence. J'étais pourtant certain d'une chose : quoi qu'il puisse arriver, je serais désormais toujours là pour mon frère.

*

Un soir de novembre, des millions d'Américains allèrent se coucher avec une femme pour quarante-cinquième président des États-Unis et se réveillèrent le lendemain matin avec la gueule de bois.

Une semaine plus tard, Jay organisa une fête pour mon trente et unième anniversaire dans un bistrot à la mode sur la 1re Avenue. Une quinzaine de convives, pas vraiment des amis, au mieux des connaissances. Comme cadeau, Jay avait non sans mal persuadé Chloé de passer y faire un tour. Elle resta finalement toute la soirée. Jay but beaucoup et se perdit en blagues graveleuses pour me remonter le moral, persuadé que mon état de déprime était dû à l'échec de mon livre.

Vers minuit, Chloé et moi nous retrouvâmes un moment seuls à la table. Elle me confia qu'elle avait été très triste de la manière dont l'affaire s'était terminée, qu'il n'y avait pas un jour où elle ne pensait pas à moi et à Lisa. Puis, le regard sombre, elle m'avoua qu'elle m'aimait toujours – différemment de naguère, mais qu'elle m'aimait toujours. Je savais qu'il n'y avait dans ces paroles aucune invitation à ce que nous revenions en arrière, à ce que nous renouions une relation. Chloé était sincère, comme elle l'avait toujours été. J'aurais aimé lui dire la même chose, mais je préférai me taire, trouvant trop dur de dire à une personne qu'on l'aime pour ensuite la quitter. Parfois, nous fuyons le bonheur parce qu'il nous semble une chose trop simple, et, en provoquant notre propre échec, nous voulons nous donner raison d'y avoir renoncé.

*

Il m'arrive souvent de rêver de Lisa. Ce ne sont jamais des rêves très construits, censés raconter une histoire – ou peut-être ma mémoire n'en garde-t-elle que des souvenirs trop succincts pour pouvoir la reconstituer fidèlement. Un seul ne s'est pas dissipé à mon réveil.

J'étais sur la plage des Hollandais. Le lac était parfaitement étale, uniforme, comme sur un dessin d'enfant. Lisa portait la robe écrue de la dernière photo que j'avais prise. Ses cheveux, défaits, tombaient sur ses épaules. Sa présence sur cette plage ne m'étonnait pas. Peut-être n'était-ce pas un rêve, après tout, mais une de ces réalités alternatives où ma sœur aurait vécu une autre vie, rencontré des personnes que je ne connaîtrais jamais, connu d'autres amours.

Une belle vie, espérais-je. Préférable à la seule que je lui avais connue.

Ses lèvres demeuraient immobiles mais je l'entendais me parler. Sa voix était claire, cristalline.

– Tu viens, Nick ?

– Je ne peux pas, Lisa. On a besoin de moi ici.

– Mais… il n'y a plus personne.

Je me retournais pour constater que la plage était déserte. Alors, pour la première fois, je réalisais que ma vie était peuplée de plus de morts que de vivants.

Devant mon hésitation, elle haussait les épaules – « tant pis » –, comme si elle avait elle-même conscience de n'être que le personnage d'un rêve, l'élément insignifiant d'une pièce qui ne mérite pas d'être jouée jusqu'au bout.

J'aurais aimé lui tendre la main et lui dire : « Reste encore un peu, s'il te plaît, juste un moment. » Mais je la laissais partir, parce qu'il me semblait que, désormais, il n'y avait rien d'autre à faire.

Et, tandis que les vagues refluaient à mes pieds, je la regardais s'éloigner lentement sur la plage, suivant des yeux les traces de pas imperceptibles qu'elle laissait derrière elle – jusqu'à ce qu'elle ne soit plus qu'une figure évanescente que je n'arrivais déjà plus à fixer dans ma mémoire, un vague point, minuscule, tremblant, qui finissait par se fondre avec l'horizon.

RÉALISATION : IGS-CP À L'ISLE-D'ESPAGNAC
IMPRESSION : CPI FRANCE
DÉPÔT LÉGAL : JUIN 2019. N° 140990-2 (2046684)
IMPRIMÉ EN FRANCE

Éditions Points

Le catalogue complet de nos collections est sur Le Cercle Points, ainsi que des interviews de vos auteurs préférés, des jeux-concours, des conseils de lecture, des extraits en avant-première…

www.lecerclepoints.com

Collection Points Policier

P2288. L'Art délicat du deuil, *Frédéric Lenormand*
P2290. Lemmer, l'invisible, *Deon Meyer*
P2291. Requiem pour une cité de verre, *Donna Leon*
P2292. La Fille du Samouraï, *Dominique Sylvain*
P2296. Le Livre noir des serial killers, *Stéphane Bourgoin*
P2297. Une tombe accueillante, *Michael Koryta*
P2298. Roldán, ni mort ni vif, *Manuel Vásquez Montalbán*
P2299. Le Petit Frère, *Manuel Vásquez Montalbán*
P2321. La Malédiction du lamantin, *Moussa Konaté*
P2333. Le Transfuge, *Robert Littell*
P2354. Comédies en tout genre, *Jonathan Kellerman*
P2355. L'Athlète, *Knut Faldbakken*
P2356. Le Diable de Blind River, *Steve Hamilton*
P2381. Un mort à l'Hôtel Koryo, *James Church*
P2382. Ciels de foudre, *C. J. Box*
P2397. Le Verdict du plomb, *Michael Connelly*
P2398. Heureux au jeu, *Lawrence Block*
P2399. Corbeau à Hollywood, *Joseph Wambaugh*
P2407. Hiver arctique, *Arnaldur Indridason*
P2408. Sœurs de sang, *Dominique Sylvain*
P2426. Blonde de nuit, *Thomas Perry*
P2430. Petit Bréviaire du braqueur, *Christopher Brookmyre*
P2431. Un jour en mai, *George Pelecanos*
P2434. À l'ombre de la mort, *Veit Heinichen*
P2435. Ce que savent les morts, *Laura Lippman*
P2454. Crimes d'amour et de haine
Faye et Jonathan Kellerman
P2455. Publicité meurtrière, *Petros Markaris*
P2456. Le Club du crime parfait, *Andrés Trapiello*
P2457. Mort d'un maître de go, *Frédéric Lenormand*
P2492. Fakirs, *Antonin Varenne*

P2493. Madame la présidente, *Anne Holt*
P2494. Zone de tir libre, *C.J. Box*
P2513. Six heures plus tard, *Donald Harstad*
P2525. Le Cantique des innocents, *Donna Leon*
P2526. Manta Corridor, *Dominique Sylvain*
P2527. Les Sœurs, *Robert Littell*
P2528. Profileuse. Une femme sur la trace des serial killers, *Stéphane Bourgoin*
P2529. Venise sur les traces de Brunetti. 12 promenades au fil des romans de Donna Leon, *Toni Sepeda*
P2530. Les Brumes du passé, *Leonardo Padura*
P2531. Les Mers du Sud, *Manuel Vázquez Montalbán*
P2532. Funestes carambolages, *Håkan Nesser*
P2579. 13 heures, *Deon Meyer*
P2589. Dix petits démons chinois, *Frédéric Lenormand*
P2607. Les Courants fourbes du lac Tai, *Qiu Xiaolong*
P2608. Le Poisson mouillé, *Volker Kutscher*
P2609. Faux et usage de faux, *Elvin Post*
P2612. Meurtre et Obsession, *Jonathan Kellerman*
P2623. L'Épouvantail, *Michael Connelly*
P2632. Hypothermie, *Arnaldur Indridason*
P2633. La Nuit de Tomahawk, *Michael Koryta*
P2634. Les Raisons du doute, *Gianrico Carofiglio*
P2655. Mère Russie, *Robert Littell*
P2658. Le Prédateur, *C.J. Box*
P2659. Keller en cavale, *Lawrence Block*
P2680. Hiver, *Mons Kallentoft*
P2681. Habillé pour tuer, *Jonathan Kellerman*
P2682. Un festin de hyènes, *Michael Stanley*
P2692. Guide de survie d'un juge en Chine *Frédéric Lenormand*
P2706. Donne-moi tes yeux, *Torsten Pettersson*
P2717. Un nommé Peter Karras, *George P. Pelecanos*
P2718. Haine, *Anne Holt*
P2726. Le Septième Fils, *Arni Thorarinsson*
P2740. Un espion d'hier et de demain, *Robert Littell*
P2741. L'Homme inquiet, *Henning Mankell*
P2742. La Petite Fille de ses rêves, *Donna Leon*
P2744. La Nuit sauvage, *Terri Jentz*
P2747. Eva Moreno, *Håkan Nesser*
P2748. La 7e victime, *Alexandra Marinina*
P2749. Mauvais fils, *George P. Pelecanos*
P2751. La Femme congelée, *Jon Michelet*
P2753. Brunetti passe à table. Recettes et récits *Roberta Pianaro et Donna Leon*

P2754. Les Leçons du mal, *Thomas H. Cook*
P2788. Jeux de vilains, *Jonathan Kellerman*
P2798. Les Neuf Dragons, *Michael Connelly*
P2804. Secondes noires, *Karin Fossum*
P2805. Ultimes Rituels, *Yrsa Sigurdardottir*
P2808. Frontière mouvante, *Knut Faldbakken*
P2809. Je ne porte pas mon nom, *Anna Grue*
P2810. Tueurs, *Stéphane Bourgoin*
P2811. La Nuit de Geronimo, *Dominique Sylvain*
P2823. Les Enquêtes de Brunetti, *Donna Leon*
P2825. Été, *Mons Kallentoft*
P2828. La Rivière noire, *Arnaldur Indridason*
P2841. Trois semaines pour un adieu, *C.J. Box*
P2842. Orphelins de sang, *Patrick Bard*
P2868. Automne, *Mons Kallentoft*
P2869. Du sang sur l'autel, *Thomas H. Cook*
P2870. Le Vingt et Unième cas, *Håkan Nesser*
P2882. Tatouage, *Manuel Vázquez Montalbán*
P2897. Philby. Portrait de l'espion en jeune homme *Robert Littell*
P2920. Les Anges perdus, *Jonathan Kellerman*
P2922. Les Enquêtes d'Erlendur, *Arnaldur Indridason*
P2933. Disparues, *Chris Mooney*
P2934. La Prisonnière de la tour. Et autres nouvelles *Boris Akounine*
P2936. Le Chinois, *Henning Mankell*
P2937. La Femme au masque de chair, *Donna Leon*
P2938. Comme neige, *Jon Michelet*
P2939. Par amitié, *George P. Pelecanos*
P2963. La Mort muette, *Volker Kutscher*
P2990. Mes conversations avec les tueurs, *Stéphane Bourgoin*
P2991. Double meurtre à Borodi Lane, *Jonathan Kellerman*
P2992. Poussière tu seras, *Sam Millar*
P3002. Le Chapelet de jade, *Boris Akounine*
P3007. Printemps, *Mons Kallentoft*
P3015. La Peau de l'autre, *David Carkeet*
P3028. La Muraille de lave, *Arnaldur Indridason*
P3035. À la trace, *Deon Meyer*
P3043. Sur le fil du rasoir, *Oliver Harris*
P3051. L'Empreinte des morts, *C.J. Box*
P3052. Qui a tué l'ayatollah Kanuni ?, *Naïri Nahapétian*
P3053. Cyber China, *Qiu Xiaolong*
P3065. Frissons d'assises. L'instant où le procès bascule *Stéphane Durand-Souffland*
P3091. Les Joyaux du paradis, *Donna Leon*

P3103. Le Dernier Lapon, *Olivier Truc*
P3115. Meurtre au Comité central, *Manuel Vázquez Montalbán*
P3123. Liquidations à la grecque, *Petros Markaris*
P3124. Baltimore, *David Simon*
P3125. Je sais qui tu es, *Yrsa Sigurdardóttir*
P3141. Le Baiser de Judas, *Anna Grue*
P3142. L'Ange du matin, *Arni Thorarinsson*
P3149. Le Roi Lézard, *Dominique Sylvain*
P3161. La Faille souterraine. Et autres enquêtes *Henning Mankell*
P3162. Les deux premières enquêtes cultes de Wallander : Meurtriers sans visage & Les Chiens de Riga *Henning Mankell*
P3163. Brunetti et le mauvais augure, *Donna Leon*
P3164. La Cinquième Saison, *Mons Kallentoft*
P3165. Panique sur la Grande Muraille & Le Mystère du jardin chinois, *Frédéric Lenormand*
P3166. Rouge est le sang, *Sam Millar*
P3167. L'Énigme de Flatey, *Viktor Arnar Ingólfsson*
P3168. Goldstein, *Volker Kutscher*
P3219. Guerre sale, *Dominique Sylvain*
P3220. Arab Jazz, *Karim Miské*
P3228. Avant la fin du monde, *Boris Akounine*
P3229. Au fond de ton cœur, *Torsten Pettersson*
P3234. Une belle saloperie, *Robert Littell*
P3235. Fin de course, *C.J. Box*
P3251. Étranges Rivages, *Arnaldur Indridason*
P3267. Les Tricheurs, *Jonathan Kellerman*
P3268. Dernier refrain à Ispahan, *Naïri Nahapétian*
P3279. Kind of blue, *Miles Corwin*
P3280. La fille qui avait de la neige dans les cheveux *Ninni Schulman*
P3295. Sept pépins de grenade, *Jane Bradley*
P3296. À qui se fier ?, *Peter Spiegelman*
P3315. Techno Bobo, *Dominique Sylvain*
P3316. Première station avant l'abattoir, *Romain Slocombe*
P3317. Bien mal acquis, *Yrsa Sigurdardottir*
P3330. Le Justicier d'Athènes, *Petros Markaris*
P3331. La Solitude du manager, *Manuel Vázquez Montalbán*
P3349. 7 jours, *Deon Meyer*
P3350. Homme sans chien, *Håkan Nesser*
P3351. Dernier verre à Manhattan, *Don Winslow*
P3374. Mon parrain de Brooklyn, *Hesh Kestin*
P3389. Piégés dans le Yellowstone, *C.J. Box*
P3390. On the Brinks, *Sam Millar*

P3399. Deux veuves pour un testament, *Donna Leon*
P4004. Terminus Belz, *Emmanuel Grand*
P4005. Les Anges aquatiques, *Mons Kallentoft*
P4006. Strad, *Dominique Sylvain*
P4007. Les Chiens de Belfast, *Sam Millar*
P4008. Marée d'équinoxe, *Cilla et Rolf Börjlind*
P4050. L'Inconnue du bar, *Jonathan Kellerman*
P4051. Une disparition inquiétante, *Dror Mishani*
P4065. Thé vert et arsenic, *Frédéric Lenormand*
P4068. Pain, éducation, liberté, *Petros Markaris*
P4088. Meurtre à Tombouctou, *Moussa Konaté*
P4089. L'Empreinte massaï, *Richard Crompton*
P4093. Le Duel, *Arnaldur Indridason*
P4101. Dark Horse, *Craig Johnson*
P4102. Dragon bleu, tigre blanc, *Qiu Xiaolong*
P4114. Le garçon qui ne pleurait plus, *Ninni Schulman*
P4115. Trottoirs du crépuscule, *Karen Campbell*
P4117. Dawa, *Julien Suaudeau*
P4127. Vent froid, *C.J. Box*
P4159. Une main encombrante, *Henning Mankell*
P4160. Un été avec Kim Novak, *Håkan Nesser*
P4171. Le Détroit du Loup, *Olivier Truc*
P4188. L'Ombre des chats, *Arni Thorarinsson*
P4189. Le Gâteau mexicain, *Antonin Varenne*
P4210. La Lionne blanche & L'homme qui souriait
Henning Mankell
P4211. Kobra, *Deon Meyer*
P4212. Point Dume, *Dan Fante*
P4224. Les Nuits de Reykjavik, *Arnaldur Indridason*
P4225. L'Inconnu du Grand Canal, *Donna Leon*
P4226. Little Bird, *Craig Johnson*
P4227. Une si jolie petite fille. Les crimes de Mary Bell
Gitta Sereny
P4228. La Madone de Notre-Dame, *Alexis Ragougneau*
P4229. Midnight Alley, *Miles Corwin*
P4230. La Ville des morts, *Sara Gran*
P4231. Un Chinois ne ment jamais & Diplomatie en kimono
Frédéric Lenormand
P4232. Le Passager d'Istanbul, *Joseph Kanon*
P4233. Retour à Watersbridge, *James Scott*
P4234. Petits meurtres à l'étouffée, *Noël Balen et Vanessa Barrot*
P4285. La Revanche du petit juge, *Mimmo Gangemi*
P4286. Les Écailles d'or, *Parker Bilal*
P4287. Les Loups blessés, *Christophe Molmy*
P4295. La Cabane des pendus, *Gordon Ferris*

P4305. Un type bien. Correspondance 1921-1960
Dashiell Hammett
P4313. Le Cannibale de Crumlin Road, *Sam Millar*
P4326. Molosses, *Craig Johnson*
P4334. Tango Parano, *Hervé Le Corre*
P4341. Un maniaque dans la ville, *Jonathan Kellerman*
P4342. Du sang sur l'arc-en-ciel, *Mike Nicol*
P4351. Au bout de la route, l'enfer, *C.J. Box*
P4352. Le garçon qui ne parlait pas, *Donna Leon*
P4353. Les Couleurs de la ville, *Liam McIlvanney*
P4363. Ombres et Soleil, *Dominique Sylvain*
P4367. La Rose d'Alexandrie, *Manuel Vázquez Montalbán*
P4393. Battues, *Antonin Varenne*
P4417. À chaque jour suffit son crime, *Stéphane Bourgoin*
P4425. Des garçons bien élevés, *Tony Parsons*
P4430. Opération Napoléon, *Arnaldur Indridason*
P4461. Épilogue meurtrier, *Petros Markaris*
P4467. En vrille, *Deon Meyer*
P4468. Le Camp des morts, *Craig Johnson*
P4476. Les Justiciers de Glasgow, *Gordon Ferris*
P4477. L'Équation du chat, *Christine Adamo*
P4482. Une contrée paisible et froide, *Clayton Lindemuth*
P4486. Brunetti entre les lignes, *Donna Leon*
P4487. Suburra, *Carlo Bonini et Giancarlo De Cataldo*
P4488. Le Pacte du petit juge, *Mimmo Gangemi*
P4516. Meurtres rituels à Imbaba, *Parker Bilal*
P4526. Snjór, *Ragnar Jónasson*
P4527. La Violence en embuscade, *Dror Mishani*
P4528. L'Archange du chaos, *Dominique Sylvain*
P4529. Évangile pour un gueux, *Alexis Ragougneau*
P4530. Baad, *Cédric Bannel*
P4531. Le Fleuve des brumes, *Valerio Varesi*
P4532. Dodgers, *Bill Beverly*
P4547. L'Innocence pervertie, *Thomas H. Cook*
P4549. Sex Beast. Sur la trace du pire tueur en série
de tous les temps, *Stéphane Bourgoin*
P4560. Des petits os si propres, *Jonathan Kellerman*
P4561. Un sale hiver, *Sam Millar*
P4562. La Peine capitale, *Santiago Roncagliolo*
P4568. La crème était presque parfaite, *Noël Balen
et Vanessa Barrot*
P4577. L.A. nocturne, *Miles Corwin*
P4578. Le Lagon noir, *Arnaldur Indridason*
P4585. Le Crime, *Arni Thorarinsson*
P4593. Là où vont les morts, *Liam McIlvanney*

P4602. L'Empoisonneuse d'Istanbul, *Petros Markaris*
P4611. Tous les démons sont ici, *Craig Johnson*
P4616. Lagos Lady, *Leye Adenle*
P4617. L'Affaire des coupeurs de têtes, *Moussa Konaté*
P4618. La Fiancée massaï, *Richard Crompton*
P4629. Sur les hauteurs du mont Crève-Cœur, *Thomas H. Cook*
P4640. L'Affaire Léon Sadorski, *Romain Slocombe*
P4644. Les Doutes d'Avraham, *Dror Mishani*
P4649. Brunetti en trois actes, *Donna Leon*
P4650. La Mésange et l'Ogresse, *Harold Cobert*
P4655. La Montagne rouge, *Olivier Truc*
P4656. Les Adeptes, *Ingar Johnsrud*
P4660. Tokyo Vice, *Jake Adelstein*
P4661. Mauvais Coûts, *Jacky Schwartzmann*
P4664. Divorce à la chinoise & Meurtres sur le fleuve Jaune
Frédéric Lenormand
P4665. Il était une fois l'inspecteur Chen, *Qiu Xiaolong*
P4701. Cartel, *Don Winslow*
P4719. Les Anges sans visage, *Tony Parsons*
P4724. Rome brûle, *Carlo Bonini et Giancarlo De Cataldo*
P4730. Dans l'ombre, *Arnaldur Indridason*
P4738. La Longue Marche du juge Ti & Médecine chinoise
à l'usage des assassins, *Frédéric Lenormand*
P4757. Mörk, *Ragnar Jónasson*
P4758. Kabukicho, *Dominique Sylvain*
P4759. L'Affaire Isobel Vine, *Tony Cavanaugh*
P4760. La Daronne, *Hannelore Cayre*
P4761. À vol d'oiseau, *Craig Johnson*
P4762. Abattez les grands arbres, *Christophe Guillaumot*
P4763. Kaboul Express, *Cédric Bannel*
P4771. La Maison des brouillards, *Eric Berg*
P4772. La Pension de la via Saffi, *Valerio Varesi*
P4781. Les Sœurs ennemies, *Jonathan Kellerman*
P4782. Des enfants tuent un enfant. L'affaire James Bulger
Gitta Sereny
P4783. La Fin de l'histoire, *Luis Sepúlveda*
P4801. Les Pièges de l'exil, *Philip Kerr*
P4807. Karst, *David Humbert*
P4808. Mise à jour, *Julien Capron*
P4817. La Femme à droite sur la photo, *Valentin Musso*
P4827. Le Polar de l'été, *Luc Chomarat*
P4830. Banditsky ! Chroniques du crime organisé
à Saint-Pétersbourg, *Andreï Constantinov*
P4848. L'Étoile jaune de l'inspecteur Sadorski
Romain Slocombe

P4851. Si belle, mais si morte, *Rosa Mogliasso*
P4853. Danser dans la poussière, *Thomas H. Cook*
P4859. Missing : New York, *Don Winslow*
P4861. Minuit sur le canal San Boldo, *Donna Leon*
P4868. Justice soit-elle, *Marie Vindy*
P4881. Vulnérables, *Richard Krawiec*
P4882. La Femme de l'ombre, *Arnaldur Indridason*
P4883. L'Année du lion, *Deon Meyer*
P4884. La Chance du perdant, *Christophe Guillaumot*
P4885. Demain c'est loin, *Jacky Schwartzmann*
P4886. Les Géants, *Benoît Minville*
P4887. L'Homme de Kaboul, *Cédric Bannel*
P4907. Le Dernier des yakuzas, *Jake Adelstein*
P4918. Les Chemins de la haine, *Eva Dolan*
P4924. La Dent du serpent, *Craig Johnson*
P4925. Quelque part entre le bien et le mal
Christophe Molmy
P4937. Nátt, *Ragnar Jónasson*
P4942. Offshore, *Petros Markaris*
P4958. La Griffe du chat, *Sophie Chabanel*
P4959. Les Ombres de Montelupo, *Valerio Varesi*
P4960. Le Collectionneur d'herbe, *Francisco José Viegas*
P4961. La Sirène qui fume, *Benjamin Dierstein*
P4962. La Promesse, *Tony Cavanaugh*
P4963. Tuez-les tous... mais pas ici, *Pierre Pouchairet*
P4964. Judas, *Astrid Holleeder*
P4965. Bleu de Prusse, *Philip Kerr*
P4966. Les Planificateurs, *Kim Un-Su*
P4978. Qaanaaq, *Mo Malø*
P4982. Meurtres à Pooklyn, *Mod Dunn*
P4983. Iboga, *Christian Blanchard*
P4995. Moi, serial killer. Les terrifiantes confessions
de 12 tueurs en série, *Stéphane Bourgoin*
P5021. Little Bird, *Craig Johnson*
P5022. Tatouage. La première enquête de Pepe Carvalho
Manuel Vasquez Montalban
P5023. Passage des ombres, *Arnaldur Indridason*
P5024. Les Saisons inversées, *Renaud S. Lyautey*
P5025. Dernier Été pour Lisa, *Valentin Musso*
P5026. Le Jeu de la défense, *André Buffard*
P5027. Esclaves de la haute couture, *Thomas H. Cook*
P5028. Crimes de sang-froid, *Collectif*
P5029. Missing : Germany, *Don Winslow*
P5030. Killeuse, *Jonathan Kellerman*
P5031. #HELP, *Sinéad Crowley*